加藤 美勝

小説 天下人秀吉

―本能寺の変報、西国・関東・奥羽の戦記

知道出版

小説　天下人秀吉

目次

小説　天下人秀吉　目次

目次

第Ⅰ部

【西国】本能寺の変報・秀吉動く！

序　章　信長の麾下《きか》秀吉

一

光陰《こういん》（月日）人を待たず、乱世は無常に過ぎていく戦国時代の末期―。

天正十年（一五八二）小暑の六月節《せつ》。備中《びっちゅう》高松城（岡山県岡山市高松）を囲む築堤《ちくてい》中の羽柴秀吉本陣の陣屋に大きな衝撃が走った。

事の起こりは、六月二日（陽暦七月一日）の黎明《れいめい》（明け方）、織田信長が宿所としていた京の本能寺で、戦国の世を震撼させる大事変が勃発した。この時、秀吉は信長の命で毛利方の備中高松城を攻囲していた。

高松城は土塁の丘に築城し、低湿地帯に囲まれた天然防禦の泥沼を形成し、城主の清水宗治《むねはる》は将兵・領民を併せ五千で籠城《ろうじょう》し、難攻不落を誇る。

秀吉は、足守《あしもり》川周辺のくもつ川・えつた川という二つの川を堰《せ》き止め、川の水を溢れさせる驚天動地《きょうてんどうち》の戦術を打ち出す。

「水攻め」が、それである。

「巨大な堤防を築き、川の水を注ぎ、城を水没させるのだ」と、大普請《だいふしん》を急いでいた。

翌三日の深夜、京の町衆から飛札《ひさつ》で届いた一通の書状である。羽柴陣屋で急使から初めて口上を聴き、秀吉をはじめ重臣の黒田官兵衛（孝高《よしたか》）、羽柴秀長、山内一豊《やまうちかつとよ》、加藤清正、石田三成らの面々は、突然、主君信長の訃報に驚愕《きょうがく》する。

序　章　信長の麾下《きか》秀吉

「昨日、二日の明け方――」

「本能寺で、信長様が明智光秀の謀叛《むほん》により、討たれ、寺は炎上しました」

「なんじゃと、お屋形《やかた》（信長）様がぁ……。光秀の奴！」

秀吉は陣屋の寝所で驚き、薄い顎鬚《あごひげ》を撫《な》ぜ呆然《ぼうぜん》とする。

京の本能寺の変報は、密使・飛脚・忍びの者によって東西の諸国に齎《もたら》されていった。その真偽の情報は諸大名たちの間に飛び交い畏怖《いふ》する。運命が暗転する者、活路を開く者など悲喜こもごもの人間模様となっていく。

――まず、半年前の正月一日に遡って見る。
諸侯たちは、近江国・安土城の主君・織田信長様への年頭の挨拶ではじまる。
信長は、来月の二月早々にも「甲斐の武田氏征伐」に出陣を控えていたのである。参賀者には無用の出費を避けるため、信長は――。
「年賀のお祝い金を十疋《じゅっぴき》（百文《ひゃくもん》）ずつとする」（百文＝一万～一万五千円相当）
「参賀者はすべて布衣《ふい》を着用するがよい」（布衣＝庶民の衣装）
このことは、堀秀政・長谷川秀一《ひでかず》の二人を通じて触れが出ていた。諸国に散らばっていた信長の武将たちも安土城に参集し、主君・信長への年頭の挨拶をおこなった。
安土城（滋賀県近江八幡市安土町下豊浦）は六年前の天正四年に着手し、天正七年五月に完成したものである。琵琶湖東岸の安土山（標高一九九㍍）に、望楼型《ぼうろうがた》地上六階、地下一階建《だ》ての山城《やましろ》。城郭を配して築城したもので、信長を象徴する豪壮なものである。

信長は、先年の永禄三年（一五六〇）、駿河・遠江を領有する戦国大名、今川義元に桶狭間《おけはざま》の戦いで大勝利し天下に轟き、翌四年に徳川家康と同盟を結んでいた。

永禄十年以来掲《かか》げてきた天下不武《てんかふぶ》（武力統一の姿勢を表す印文）を眼目に。小牧山城から斎藤道三《どうさん》の孫・斎藤龍興《たつおき》を追出し、龍興の居城だった稲葉山城を、岐阜城（岐阜市金華山）に改名し移城する。さらに、天下統一を実現のため信長の最後の城、安土城に天正四年（一五七六）に移城していた。

信長は、来月の二月にも長年の宿敵である甲斐の武田氏を攻撃し、信濃進出を目論んでいた。さらに北国・中国・四国・九州征伐へと戦線を拡大する戦略を打ち立てている。

此度《こたび》の正月。諸侯たちは、信長への年頭の挨拶に際して、〈これが信長様への最後の年賀になるとは誰も知らず〉と、思っていた。年賀には、織田信長一門・他国衆・在安土衆の順で信長に拝謁した。もちろん、近臣《きんしん》の明智光秀、羽柴秀吉が続いた。

主な年頭参賀の武将には──。

「織田信忠《のぶただ》・織田（北畠）信雄《のぶかつ》・織田長益《ながます》・織田信包《のぶかね》・織田信澄《のぶずみ》・神戸《かんべ》（織田）信孝《のぶたか》、その他織田家一門の人々、次が諸国の大名衆であった。大和国衆・河内国《かわちのくに》衆・和泉国《いずみのくに》衆・摂津国《せっつのくに》衆、その他諸国衆」などである。

年賀の人々は大変な人数であった。安土城の麓・琵琶湖に注ぐ小川に架かる百々《とど》の橋から摠見《そうけん》寺《じ》三重塔に通じる仁王門へと登った。あまりにも人出のためか、登るところの山裾に積み上げてある石垣を踏み崩してしまった。

石と人が落下して死んだ人もいた。怪我人は数もわからぬほどである。刀持ちの若党たちで、刀を紛失して困っている者もいた。参賀者は、摠見寺の毘沙門堂《びしゃもんどう》と舞台を見てから表門を入り、三の門の内・御天主閣《ごてんしゅかく》の下の御白洲《おしらす》へ参上した。

ここで信長からそれぞれに言葉がかけられた。

「一同、階段を上り、座敷のなかへ招き入《はい》られよう」

といわれ、忝《かたじけ》なくも御幸《ごこう》の御間（清涼殿）を拝見し巡った。つづいて、お馬廻り衆・甲賀衆などが御白洲へ招かれ、しばらく待っていたところ――。

「白洲では皆、冷えるだろうから、南殿へ上り――」

「江雲寺御殿（三の丸）を見るがよい」との御指示が伝えられたのでそこを見せてもらった。

御白洲とは、本丸建物南に張り出して作った屋根のない露台（屋上ルーフ）で、白砂を敷き詰めてある。

座敷の方は、すべて金で装飾され、各部屋とも狩野永徳《かのうえいとく》に命じて、各地の風景を描かせてあった。多様な景色は、山あり、海あり、田園あり、村里ありで、誠におもしろく、言葉には表現できないほどであった（『信長公記《しんちょうこうき》』）。

「ここから廊下を進み、御幸《ごこう》の間を見るがよい」との指示で、もったいなくも、天皇が行幸《ぎょうこう》になる御殿へ招き入れられ、拝見した。

誠にありがたく、一生の思い出となることであった。信長は御白洲に立ち、地下《じげ》（農民・庶民）に手を振る姿があった。このように信長は上意にて、拝観を許し歓迎した。

「おぉー　皆々へ、吾が城、見物にきたれ！」

「信長さまー　信長さま」と、地下たちは白洲を見上げて手を振り、天を仰ぐと豪華絢爛たる安土城の天主閣が臨めるようになっていた。

二

―羽柴秀吉は、主君信長様に六年前から中国経略の大任を命ぜられていた。

播磨国《はりまのくに》（別称・播州。兵庫県南西部・姫路市他）の平定を終えると。今度は、但馬国《たじまのくに》（但州。兵庫県北部・豊岡市他）、因幡国《いなばのくに》（因州。鳥取県東半部・鳥取市他）方面へと、攻撃の重点を移していった。秀吉は、先年の天正六年四月から但馬の攻略に取りかかっている。

天正九年六月から毛利方の吉川《きっかわ》氏の庶家《しょけ》、石見《いわみ》の吉川氏の嫡男《ちゃくなん》吉川経家《つねいえ》を城将とする鳥取城を攻めるため、秀吉は弟の羽柴秀長らに命じた。

「兵三万の大軍で包囲し、攻略せよ」と、号する。

鳥取城は、久松山《きゅうしょうざん》に築かれた山城（標高二六三《メートル》）である。

帝釈山《たいしゃくさん》に陣を張った秀吉は──。

「力攻めにしようとせずにしよう──」

「城兵二千、郷民《ごうみん》たちを加えた総勢四千人を兵粮攻《ひょうろう》めにする」と、いう策を立てた。

しかし、降伏させるために四ヵ月を要していた。まだ、途中だが信長の目に留《と》まった。能力を重視する短気な信長は──。

「秀吉の怠慢を疑うぞ」と、高山右近《たかやまうこん》を派遣する。

「実情を調べたし!」と、いう曰《いわ》くつきの攻略である。

秀吉は、もって、因幡国中の米を通常の倍の値段で買占め、鳥取城でもそれが、秀吉の謀略とは思いもよらず、兵粮米まで売ってしまった。

この時、鳥取城の籠城兵や農民を含め、四千人の兵粮は二十日分しかなく。四ヵ月も経つと、ついに餓死者が続出する始末。城内では──。

「木の実や虫、雑草や皮も、牛馬も食べ尽くし──」

「鉄砲で撃たれた味方の人肉を喰《く》らう者あり」で、異常事態となった。当時は肉を食べる習慣がなかったにもかかわらず食べ尽した。

秀吉麾下《きか》(直属の家来)の攻撃隊の武将には、羽柴秀長・堀尾吉晴《よしはる》・仙石秀久《ひでひさ》・中村一氏《かずうじ》・黒田官兵衛(孝高)・蜂須賀正勝《はちすかまさかつ》・浅野長吉《ながよし》(長政《ながまさ》)・加藤光泰《みつやす》らの錚々《そうそう》たる面々で実行された。

秀吉は、鳥取城攻略後の天正九年のことである。

〈物欲《ぶつよく》の信長様なので──〉と、側近の黒田官兵衛と相談し、歳の瀬も迫った師走の十二月二十二日の早朝、安土城に歳暮を届けた。

信長への献上品は━。

「御太刀《みたち》一振《ひとふり》、銀子《ぎんす》一千枚、御小袖《おこそで》百、鞍置場《くらおきば》十疋《ぴき》」

「播州杉原紙《ばんしゅうすぎはらかみ》三百束《たば》、なめし皮二百枚、明石干し鯛一千枚、クモだこ三千連《つれ》」

「これに、織田家の女房衆に進呈する小袖《こそで》が二百点」も添えられた。

秀吉の歳暮荷駄《にだ》隊は行列をなし、静々と安土城の大手門を上る。これだけでも秀吉の派手な歳暮戦略は天下に鳴り響いた。

「あれを見よ！」

「余《よ》も、かような夥《おびただ》しき音物《いんもつ》（進物）の行列は初めて見たぞ」

「猿《さる》（秀吉）めは、とんだ大気者よの」

と、当の信長本人が、機嫌よく笑う。皆、黙らざるを得ない。

信長は、秀吉をわざわざ安土城の居間に招き入れて、褒美を与えた。


歳暮を納めた後、秀吉は、お屋形（信長）様に別れを告げて、姫路へ帰城した。

天正十年一月十八日、秀吉は居城の播磨国・姫路城で、茶会を開いた。

客は堺の豪商（町衆）で茶人の天王寺屋津田宗及《てんのうじやつだそうきゅう》と、茶人山上宗二《やまのうえそうじ》らが参集した。秀吉は、備中への出陣に当たって自信と余裕の現れでもある。宗及は、鉄砲商でもあり、武器弾薬などその取引にも出向《でむ》いていたのである。

三

―さて、姫路城というのは、六年前の天正四年、中国攻めを進める信長の命を受けて、秀吉が播磨に進駐すると、播磨国内は織田氏に付く勢力と中国の毛利氏を頼る勢力とで激しく対立していた。最終的には織田方が勝利し、毛利方についた小寺政職《まさもと》氏は没落してしまった。政職は黒田官兵衛（孝高）が初めて仕えた武将である。

主君・小寺氏の家臣でもありつつも、早くから秀吉に誼《よしみ》を通じていた官兵衛は―。

「そのまま秀吉さまに仕える」という。

天正五年、官兵衛は二の丸に居を移し、本丸を秀吉に譲った。

三年後の天正八年。三木城、英賀《あが》城が落城し播磨が平定されると、官兵衛は姫路城の南西に位置する国府山《こうやま》城に移った。そこで、官兵衛は秀吉に対して―。

「本拠地として姫路城に居城なされ」と、進言し姫路城をあっさり献上した。

秀吉は、これまでの姫路城は小規模であったので、規模を拡張し、一年程かけて大普請をおこなった。当時、流行りつつあった石垣で城郭を囲い、さらに天守三層を建築、姫路城と命名した。

前年の天正九年四月ころ秀吉は、近江の居城・長浜城から姫路城に移っていたのである。

長浜城は、天正元年（一五七三）、秀吉が浅井長政《あざいながまさ》攻めの功で織田信長から浅井氏の旧領を拝領した際に。当時今浜《いまはま》と呼ばれていた地名を、信長の名から一字をいただき、長浜《ながはま》と改名したものである。同年十月、因幡国の平定の功によって、秀吉の織田家筆頭の地位は不動のものとなった。

秀吉の領国は—。

「近江北部、播磨、但馬《たじま》の本領七十六万七千石の他に、織田家に加わった新たな領地の因幡の四十万石を預かり、その実力は優に百万石を超える」ものとなっていた。

秀吉の競争相手の明智光秀は、丹波《たんば》征服後は加増の栄に浴することはなく、せいぜい三十万石程度だろう。此度の光秀は、信長に甲斐武田氏征伐出陣の機会を与えられている。が、中国進出の前面を秀吉に塞《ふさ》がれ、やれ、「馬揃え」だ、「花火」だと雑用に使われる身分に転落していた。

この二人の他は比べられる人物はいない。出世街道は秀吉の一人勝ちとなってきた。

秀吉は、天正五年に播磨出兵後。備前・美作《みまさか》・但馬・因幡の攻略に成功し、今度は毛利氏と対決すべく「清水宗治の籠《こも》る備中高松城」を攻略することになったのである。

一月二十一日、秀吉は、ふたたび安土城で信長に謁し挨拶した。

「中国・毛利方の備中高松城出陣の準備を進めております」

と、お屋形様に報告した。

四

一方、信長の甲斐武田領侵攻作戦である。天正十年一月二十五日、諜報が入った。

信濃の木曽義昌《よしまさ》（武田信玄の娘婿）が、弟の上松蔵人《くらと》（義豊《よしとよ》）を人質として織田信長に通じてきた。義昌は昨年から遠山友忠《ともただ》が叛旗を翻《ひるがえ》したというのである。

こうして木曽義昌の寝返りを受け、織田信長は――。

「二月一日、甲斐・武田勝頼を討伐する」と、大動員令を発した。

信長は、武田勝頼討伐のため、二月九日。

「全十一ヶ条の条々」を、発する。

近国の筒井順慶《じゅんけい》・池田輝政・中川清秀・細川忠興・明智光秀ら諸将に甲斐・信濃への出陣を命ずる」とした。

十二日。信長の長男・信忠を総大将に、滝川一益《たきがわかずます》を軍監（副将）とする軍勢が甲斐・信濃の武田領に侵攻していく。

信忠を先鋒《せんぽう》として、信長の命を受けた武田征伐軍は、ぞくぞく甲斐へ出陣していった。

同盟者の徳川家康は、十八日。遠江国掛川城に着陣。松平家忠が遠江の浜松城から出陣する。

二十二日、小田原城の北条氏政《うじまさ》らの北条軍は、甲斐の関東口から侵攻した。

氏政は、信濃・甲斐・上野《こうずけ》の状況を、上野国・鉢形《はちがた》城主・北条氏邦《うじくに》（氏政の弟。藤田氏の娘婿・藤田氏邦）に、戦況を知らせる。

秀吉の方は三月四日。播磨・姫路城で備中高松への出陣準備の折り、宇喜多家の家臣明石《あかし》行雄《ゆきお》・宇垣宗寿《うがきむねとし》・戸川秀安《とかわひでやす》・長船貞親《ながふねさだちか》・岡家利《おかいえとし》に書状を発し、備前・備中へ向けて出兵を報じている。

—信長は三月五日。明智光秀・筒井順慶・細川忠興らの諸将を率い、甲斐に向けて安土城を出陣、柏原成善提院《かしわばらなりよしつつみいん》（近江国坂田郡）というところに着く。太政大臣近衛前久《だじょうだいじんこのえさきひさ》・日野輝資《てるすけ》・烏丸光宣《からすまみつのぶ》ら京都の公家衆も従軍する。

そして、三月十一日には、甲斐・信濃・西上野《にしこうずけ》・駿河と、遠江・飛騨・越後の一部分を支配していた武田勝頼は、ついに、織田・徳川・北条連合軍の侵攻により敗北《はいぼく》。信長が天目山麓《てんもくさんろく》の田野《たの》に追い詰め勝頼を自刃《じじん》させ、武田氏は滅亡した（天目山の合戦）。

信長は、勝頼が最後の決戦に挑んでくるだろうと予想したのだが、総大将の長男・信忠が迂闊《うかつ》に、武田の兵を離散させてしまい、意外にあっけなく滅亡してしまったのだ。

このため信長は、「これは、合戦ではなく、富士見物だ！」と称し、富士山を右手に、戦後処理のために占領する武田領国に入ることになる。信長はまず、甲斐の武田一族・重臣層のほとんどをことごとく処刑した。

ところが、武田氏に占領されていた信濃・駿河などでは、ほとんどの国衆がその所領を信長に安堵された。信長は甲府《こうふ》に入ると、武田領国の分割（知行割《ちぎょうわり》）を実施した。

それは次ぎの様なものであった。

河尻秀隆《かわじりひでたか》＝甲斐（穴山梅雪知行分を除く）、信濃諏訪郡。

森　長可《ながよし》＝信濃高井・水内・更級埴科郡《さらしなはにしなぐん》。

毛利長秀《ながひで》＝信濃伊那郡。

木曽義昌《よしまさ》＝信濃木曽郡安堵、筑摩・安曇郡加増。

穴山梅雪《あなやまばいせつ》＝甲斐河内領安堵。

徳川家康＝駿河。

滝川一益＝西上野、信濃小県《しなのおがた》・佐久郡の二郡（いずれも旧武田領）、関東管領・取次役として上野の厩橋城《うまやばし》（群馬県前橋市大手町）に置く。

信長は、知行割を実施し、甲信国掟《こうしんくにおきて》を発すると四月二十一日安土城へ凱旋していった。

このように武田氏滅亡で織田氏の東国進出となり、東国の諸大名に大きな影響を与えることになる。

この知行割の特徴は、武田氏滅亡からすでに織田氏に内通していた穴山梅雪を厚遇した。長年苦しめられていた武田氏を滅ぼしたとき、あまりに短時間に決着がついたことに信長は、「我ながら驚き入るばかりに候」と、述べた（奥野高広『織田信長文書《もんじょ》の研究』）。

第一章　姫路城を進発

一

天正十年三月十一日の武田氏滅亡の日から四日経った十五日。毛利征討を唱える大将として秀吉は、播磨・但馬・因幡の三ヵ国の軍勢二万五千を率いて姫路城を発した。

同日、備前三石《みついし》（備前市三石）に着き。十六日三石を発し浦伊部《うらいんべ》（備前市浦伊部）にて休憩をとり、宇喜多家の接待を受ける。同日、浦伊部を経由、福岡（瀬戸内市長船《おさふね》町福岡）着。十九日、福岡を出発し沼《ぬま》（福山市沼）にて休憩して同接待を受けた。

四月四日には、宇喜多直家《なおいえ》・秀家《ひでいえ》父子に迎えられて備前の岡山城（岡山市）に入った。

姫路から岡山までの全行程は二十里（約七十八キロ）ほどである。すべて織田方に寝返った宇喜多家の支配下にあり、毛利との戦闘はなかった。岡山城は、備前西部から美作《みまさか》・備中に勢力を伸ばした宇喜多氏の本拠地であるからだ。

そこで、秀吉は黒田官兵衛（孝高）・蜂須賀正勝《はちすかまさかつ》の二人を使って備中高松城（岡山市高松）の清水宗治に対する誘降《ゆうこう》工作を進めさせた。

「味方をすれば備中一国を与えよう」という秀吉の内容だ。

清水宗治は、「きっぱり拒絶する」という返書をよこした。

中国の覇者・毛利輝元の結束力は固い。備前との国境《くにざかえ》近くに位置する高松城を重視している。

毛利氏の防衛線には、次の「境目《さかいめ》七城」がある。

宮路山《みやじやま》城（岡山市足守）・冠山《かんむりやま》城（岡山市下足守《しもあしもり》）・高松城（岡山市高松）・鴨《かも》城（岡山市加茂《かも》）・

日幡山《ひばたやま》城（倉敷市日畑《ひばた》）・庭妹城《にわせじ》（岡山市庭瀬《にわせ》）・松島城（倉敷市松島）である。

秀吉は、この七城を一つひとつ落し、高松城を孤立させる作戦に出るしかなかった。四月二十五日、秀吉の家臣加藤清正が冠山城を落し、五月二日宮路山城も落した。そして孤立した形の高松城攻撃というわけである。秀吉が先年、築城形態で平山城《ひらやまじろ》の三木城「三木の干殺《ほしごろ》し」、山城《やまじろ》の鳥取城「鳥取の渇《かつ》え殺《ごろ》し」は、兵粮攻めをとった。

そして、備中高松城の攻城戦は、五月七日からはじめられた。高松城の守備兵は三千、領民二千の総勢五千。これに対する秀吉の軍勢は二万五千である。

秀吉は――。

「高松城は平城《ひらじろ》だ。低湿地の中に築かれている」

「まわりの沼地、泥田によって守られているではないか」

「この地形を逆手にとろうぞ」

「水攻めにしてしまえ」と、いう策を考えだした。

つまり、近くを流れるくもつ川・えつた川が注ぐ、足守川を堤防で堰止め、その水を高松城の周囲に注水し、城を水没させてしまおうという作戦である。

早速、築堤工事は五月八日からはじめられた。それこそ昼夜兼行で、長さ二十六町（約二・八キロ）、高さ四間（約七メートル）の規模である。工事は着々と進んでいく。

信長の方は、四月二十一日安土へ帰城していた。

翌二十二日に朝廷は勧修寺晴豊《かんしゅうじはるとよ》を勅使《ちょくし》（天皇の意思伝達の特使）として、武田征伐戦勝を祝賀のため安土に下向した。二十五日には信長を太政大臣《だじょうだいじん》、関白、征夷大将軍《せいいだいしょうぐん》のいずれかに任官させる旨、朝議を決定し、ふたたび、晴豊を安土へ赴かせたのである。

しかし、信長は何の返答もせずにいた。当時、正親町《おおぎまち》天皇が政治力を発揮し、信長と対立していたので、信長は無視していた。それよりも、信長は全国平定に向けて各地に軍を進めている。武田征伐後、それらの軍を率いたのは、信長の有力な諸将で、関東、北陸、畿内、中国、四国の五つに分かれて進軍していたのである。

関東方面では、上杉、北条という有力な敵対勢力があり、担当は滝川一益である。一益は上野国《こうずけのくに》に本拠地を定めたばかりで「関東管領《かんとうかんれい》」と称すべき地位にあり、北条とは確執がある。北陸方面では、加賀一向一揆《かがいっこういっき》が最大の敵であり、この方面を担当したのは、柴田勝家である。与力《よりき》（加勢する侍）として佐々成政《さっさなりまさ》・前田利家《としいえ》・佐久間盛政《さくまもりまさ》が属する。天正八年には一向一揆を平定し、今は、越中国・魚津《うおづ》城を攻略中である。

近畿方面では、明智光秀が担当しており、「近畿管領」と称すべき地位にあった。しかし、近畿方面は信長の直接の制圧下にあり、光秀は、特段の任務を帯びていない。

このころ、安土の動静である――。

五月十五日、徳川家康が武田家の武将から徳川方に寝返った穴山梅雪を伴い近江馬場（米原市馬場）を出立《しゅったつ》し安土に到着していた。

「五月十五日から十七日までの三日間」

「安土城内で、徳川家康への接待をせよ」

と、信長は接待役として明智日向守《ひゅうがのかみ》光秀に命じ、光秀は其れなりに務めていた。

光秀は十四日より正式に信長から在荘《ざいそう》、すなわち軍事から一切解放を命ぜられ、退役武将ではなく、もっと重要な行政面を期待されていたのである。

徳川家康と穴山梅雪の日程はこうである。

十九日。安土城の麓《ふもと》、摠見寺において幸若《こうわか》八郎九郎大夫の舞《まい》の見物。

二十日。丹波申楽、梅若大夫の能《のう》の見物。

二十日の夜。高雲寺の御殿で最後の接待である。

ところが、突然、光秀は、信長の不行を買い、足蹴りされた。

どうも、それは料理が原因らしい。

光秀は十八日、正式に徳川家康の接待役を途中で解かれ、秀吉の備中高松城攻めの援軍を申し渡された。信長に在荘を命じられてから、わずか四日後のことである。

五月十八日、元明智軍団に属していた池田恒興・細川忠興・高山右近・塩川吉大夫・中川清秀に対しても西国出兵命令が出ているように、この一連の発令は、家康の接待終了と同時に行う予定の人事発令であった。

高松に一番近い丹波亀山城を主管とする光秀を、暫定的に現役復帰させたことだけが予定外であった。信長は、この人事発令の直後、堀秀政を使者に立てて高松に派遣した。四国方面は、信長が長宗我部元親の討伐決定後。三男の神戸（織田）信孝に出陣を命じる朱印状を発給した。信孝は摂津国住吉《すみよし》に着陣し、丹羽長秀《にわながひで》らが従っている。

一方、秀吉は、高松城の築堤には近隣の農民延べ一万人を動員、金に糸目を付けず進行させていた。五月中旬ころから大雨となり、泥水は激流となって築堤内に降り注いだ。あっという間に高松城は、湖上にぽっかりと孤立して浮かび上った。

秀吉は、高松城水攻め築堤工事は、着手からわずか十九日間の突貫工事で五月二十七日に完成させた。おりからの梅雨で、みるみる高松城の周囲は水浸しとなった。

急報を受けた毛利輝元本隊・吉川元春《きっかわもとはる》・小早川隆景《こばやかわたかかげ》らの援軍が出陣してきたため、秀吉はあわてて信長に救援を求めることになった。元春が寺山に、隆景が日差山に本陣を構え、秀吉軍に対峙する形となった。だが、秀吉もすかさず信長に応援をもとめ、一方で講和の話も進めていた。

秀吉の軍勢は、二万五千にすぎなかったので、援兵として明智光秀が備中に急行することになり、五月十八日、光秀はその準備のために帰国している。

秀吉は、苦渋の決断を迫られていた。信長への援軍要請のことである。主君・信長が家康の接待の最中であるからだ。

当初、秀吉は中国の毛利征伐には──。

「すべて拙者にお任せあれ…」と、中国探題に命ぜられた時に言ってしまったので、口がさけても言えない立場である。しかし、現場を預かって土木普請を担当する前野将右衛門《しょうえもん》の意見は深刻だ。築堤の昼夜の監視体制には、絶対数が足りない。秀吉は、この際は面子《めんつ》を捨て、援軍要請の早馬が安土城に向かったのが五月十六日のことである。

二

天正十年（一五八二）五月十七日。近江安土城の織田信長のもとへ、備中高松城を攻囲中の羽柴秀吉から思いがけない援軍派遣要請の飛報《ひほう》が届いた。

秀吉の文面は──。

「…天下様（信長公）が、直々にご出馬を願いまする…」

安芸国《あきのくに》から毛利輝元・吉川元春・小早川隆景が軍勢を率いて駆けつけ、秀吉の軍勢と対陣したということ。信長はこれらの情勢を聞いて、決心した。

「今、安芸勢と間近く接したことは、天の与えた好機である」

「自ら出陣して、中国の歴々を討ち果たし、九州まで一気に平定してしまおうぞ」

信長は、すぐさま、秀吉の要請に応え、堀秀政を使者として秀吉のもとへ派遣し、種々の指示を与えた。明智光秀・長谷川秀一《ひでかず》、細川忠興・池田恒興・高山右近・中川清秀には先陣として出陣するよう命じ、ただちにそれぞれ帰国の許可を与えた。

「諸侯は本国へ戻り、出陣の準備に取りかかれ！」

長谷川秀一は家康の饗応役《きょうおうやく》として、家康の堺見物に同道することになった。信長の旗本武将の主力で近江衆の蒲生賢秀《がもうかたひで》や山岡景佐《やまおかかげすけ》らは、二の丸御番衆《ごばんしゅう》として安土城に留まらせる。

この日は、安土城内で最後の徳川家康招宴《しょうえん》が行われていた。

去る十五日、三河の家康と、故武田信玄の姉婿であり、この三月、天目山《てんもくざん》で果てた武田勝頼にとっては、伯母婿にあたる穴山梅雪が、安土城に伺候《しこう》した。家康は、駿河を賜った礼に、梅雪は本領安堵の礼のためである。

信長とは別に、家康は、五月二十一日に上洛し、二十八日まで京都に滞在。そして二十九日に堺に下向し、六月一日には茶の湯に興ずることにしていた。

明智光秀は、甲斐武田征伐から帰還したのち。五月十五日より安土城に於いて武田氏との戦いで長年労のあった家康の接待役を務めていた。が、信長は、接待役を命じるに当たって、「三河殿（家康）の接待は心を入れよ。大事な合戦と同じと心得よ」と、わざわざ注釈まで付けた。発令に説明をつけない信長だが、それほどの気配りを光秀にしていたのである。

この事は、先の十七日夕方、信長のもとに援軍要請の手紙が届いた時であった。

秀吉の要請文には――。

「要は頭数さえそろえばよろしいのです――」

「武器など一切持ってきて戴く必要はありませぬ――」

「天下様の大軍とみれば毛利は決して向かってまいりませぬ…」

日ごろ、秀吉が大言壮語《たいげんそうご》しているが、哀れっぽい、せっぱ詰まった文書に信長は気にしたようだ。信長は厨房に出向き、急ぎ接待役の光秀を招き、暫らく立ち話をしていた。

やがて、蒼《あお》ざめた顔の光秀が突然、脱兎《だっと》のごとくに飛び出していった。饗応役を命ぜられた光秀は、饗応の方法で、意見が合わず、信長に叱責《しっせき》された。先の出陣命令はそこにあった。光秀は、ぶつぶつと小声で呟くのである。

そのことで世間では—。

「わし（光秀）が饗応役を免《めん》ぜられ、用意した魚類、濠《ほり》にたたきこんだ」

などと騒いでいるらしい。が、そんなことはしていない。

「わしは、十五日から三日間、しかと、饗応役をつとめた」

十七日。光秀は、安土城で家康の接待役を解かれ、高松の秀吉の援兵として急派するため、本拠の近江国滋賀郡の坂本城（滋賀県大津市下坂本）へ帰った。

そこから丹波国亀岡《たんばのくにかめおか》盆地の中心地にある亀山城（京都府亀岡市荒塚町周辺）へ移って出陣の準備をはじめた。亀山城は光秀の丹波支配の拠点である。

丹波国・明智日向守光秀は、天正三年から、数年がかりで、丹波の経略にあたった。天正七年、ようやくその平定をなしとげる。

「あくる天正八年八月、わし（光秀）は、信長殿から丹波を与えられた」

「日向守、此度の働き、天下に面目を施し候…」と、信長殿から感状の筆頭に讃えられた。そしてまた呟く—。

「これまでの所領、近江滋賀郡を合わせれば、三十万石をはるかにこえる」

「近畿《きんき》管領《かんれい》ともいわばいうべき処遇に、心から満足していた」

「羽柴筑前守《ちくぜんのかみ》秀吉は、援軍派遣を願い出たそうだが、相変わらず、きげん取りの上手《うま》さが、類がない。例によって信長殿も気が早い」

「光秀、われが先鋒《せんぽう》をつとめよ」と、即座にわしに命じた。

「信長じきじき出馬の先鋒なら、わしに不足ない」

「筑前《ちくぜん》（秀吉）の下につかされるなどとは思いもせぬが、世間はそうはとらない」

「筑前の下につかせられて、光秀が腹を立てている」と、いいふらしているとも聞く。

だが、わしの怒りは別にある。

「わしの領地である丹波や近江を信長殿が召し上げるという屈辱」

「出雲や石見に国替えを命ずる」という話もいやなことだ。

「三年前の丹波八上《やかみ》城（波多野氏の居城・兵庫県篠山市）攻めで、わしの言い分を信長殿が聞かず、人質になった母上が敵方に殺される」と、いう事態になった。

「たしかに、いまのわしは信長が憎い」

その理由は、怨恨《えんこん》などではない。いや、たしかに、いくらかは怨恨もないではないが、第一の理由は、あの信長めに、

「四国政策で、武士の面目をふみにじられたことである」

「いくら何でも、武士ならば、いちいちわれずとも察しがつこう」

信長は、光秀を媒介に、長い間、四国の太守《たいしゅ》長宗我部元親と友好関係にあった。ところが天下

が自分の手中に入りかけると、信長は、生来の吝嗇《りんしょく》が頭をもたげた。すなわち、過度にものおしみする癖がでたのだ。(吝嗇＝過度にものおしみすること)。

信長は秀吉を通じて四国阿波の三好《みよし》氏に肩入れするようになり三男、神戸(織田)信孝を総大将とする元親討伐軍の派遣の準備。その出陣は六月二日を予定とした。

「四国全土は元親にもったいない」

「元親には土佐一国と阿波の一部だけで十分だろう」

「後は、俺によこせ」と、元親に信長が命じた。

土佐の長宗我部元親が信長に叛《そむ》いて、四国全土を武力で切り取りにかかったことから、激怒した信長は、四国征伐を思い立った。そこまではよい。

わし(光秀)の腹の虫がおさまらぬは――。

「四国攻めの大将として、信長の倅《せがれ》、三男神戸信孝だ」

「その副将として、わしをさしおき、丹羽長秀が選ばれたことよのう」

土佐の長宗我部元親の妻は、わしの重臣・斎藤利三《としみつ》の母違いの妹にあたる。

斉藤利三は、明智光秀の家老で、確かに、仕える主人を斉藤義竜《よしたつ》、稲葉一鉄、織田信長と転々としてきた点では苦労人である。

それが縁で元親は、去る天正三年の秋、嫡男弥三郎《やさぶろう》を元服させるにあたって、

「信長様に、弥三郎の烏帽子親《えぼしおや》になっていただきとうござる。お口添えのほどを」

と、わしに頼んできた。むろん、わしに否《いな》やない。わしが媒介したのだ。

元親の願いはかなえられ、その年の十月、信長は喜んで弥三郎の烏帽子親をつとめ、おのれの諱《いみな》（死後にいう実名）の、一字をさずけて、「弥三郎信親《のぶちか》」と、名乗らせるとともに、引出物として名刀左文字を与えた。

それはまた信長が、元親の四国切り取りを暗黙にみとめたということである。

とにかく、信長殿の元親討伐の命は、

「信孝と丹羽長秀に下された」

「いかにご主君でも」、心おだやかならぬ矢先に、家康饗応を命ぜられ、さらに、筑前（秀吉）救援の先鋒を申し渡された。それだけならまだしも忍《しの》べる。その上、追い打ちがかけられた。

「近江と丹波二ヵ国を召し上げ」

「かわりに、出雲と石見を与える」と、いうのだ。

「理不尽にもほどがある」

「出雲も石見も、まだ敵の領国ではないか」

いわば、目の前の飯《めし》を取り上げられて、絵に描《か》いたもちを与えられたにひとしい。ともあれ、

「承知仕《つかまつ》りました」と、答えるほかはなく、近江領の兵を集めるため、五月十七日夕刻、ひとまず、坂本城に帰ったわしは、人数をも要し。二十六日早暁《そうぎょう》（明け方）、坂本を発し、いまの居城、丹波の亀山城に戻った次第だ。わしは、それまでも、

「信長を討つ」などとは思わなかった。

ところが、坂本城を出て間もなく、意外なことを知らせる者があった。

信長が、〈わずかな手回りの人数を連れて、二十九日に安土を発し、本能寺を仮の宿舎として〉〈数日、京にとどまる〉というのだ。

それに先立ち、二十一日に、〈家康を伴って上洛した信忠の人数も、五百そこそこにすぎないという〉。

それを聞いたとたん、わしのからだに震えがきた。

「もう、わしの役目は終わったのか…」

前途の不安も膨れ上がる。いま、わしのなかには二人のわしがいるようだ。

一人のわしは—。

「光秀、ここに及んでなにをためらう。いまこそ千載一遇《せんざいいちぐう》の好機だぞ」

と、もう一人のわしに詰め寄る。たしかに、千載一遇には違いない。

信長配下の武将は、戦線に出ている。柴田勝家は越中にあって、上杉勢とにらみ合っている。滝川一益は上野厩橋《うまやばし》、羽柴筑前守（秀吉）は備中高松城を囲んでいる。信長は、あさって本能寺に入るというのだ。

第二章　本能寺の変

一

天正十年五月十八日夜、備中高松の羽柴陣屋に、安土のお屋形様から飛脚が届いた。信長お屋形様の本隊と明智軍が、高松援軍として急派くださる旨の知らせである。

大喜びする秀吉は、勝手に援軍の兵数を膨らませ―。

「明智軍来援、総勢二万余」

「続いて、お屋形様本陣援軍、総勢五万余」

と、高松城水攻め中の全軍を安心させた。いずれ、敵の毛利方に伝わることを頭に入れてのことである。総勢七万余という。ここで、大法螺《おおぼら》を吹いたのである。秀吉は、予定表を眺めながら、気をもんでいたのである。

五月二十七日。京と丹波の境、嵯峨（京都市右京区嵯峨愛宕町）に位置する愛宕山《あたごやま》（標高九二四メートル）山頂にある愛宕神社に、光秀は戦勝を祈願し参詣に出かけた。

愛宕神社は、火伏《ひぶ》せ・防火の霊験で有名だが。かつては愛宕大権現《だいごんげん》の本地仏《ほんじぶつ》の勝軍地蔵《かちいくさ》を祀《まつ》っており、武神《ぶしん》でもあった。

連歌《れんが》の達人で知られる光秀は、ここで催される連歌会のためでもあった。御神籤《おみくじ》を一回ひき、二回目も引いた。また戻り、何時になく三回目を引いた。

光秀は、自問自答する。

「蹶起《けっき》は吉か凶か。どうか、ご神示《しんじ》を…」

「神意を占うわし（光秀）の相貌《そうぼう》には、まだ迷いの色があるのか?」

その日は、愛宕山に宿泊した。

「寝に就いたものの、心はなおも揺れ動いている」

「眠れぬまま深い思念の世界へ入って」いった。

「信長と信忠の親子を討つには、千載一遇の好機だ。天与《てんよ》かもしれぬ」

と、光秀は愛宕山に上った時点で、信長や信忠の行動・手勢、家康の旅程などつぶさにつかんでいた。近江安土や京都二条の明智屋敷から各種情報が細大《さいだい》漏らさず齎《もたら》されていたのである。


―光秀の、この時期の情勢分析である―。

織田軍団の有力武将の師団長は、いずれも京都から離れた遠隔地での戦線にあった。光秀は、各武将の動向を注視していた。

一、北陸道の指揮官である柴田勝家は、越中に出陣している。前田利家、佐々成政、佐久間盛政らと共に上杉景勝の属城・魚津城を攻囲中にある。
二、東山道《とうさんどう》を受け持つ滝川一益は、上野《こうずけ》の厩橋《うまやばし》城（群馬県前橋市）で新領国経営に忙しく、小田原北条氏の脅威にも備えて動けないはずだ。
三、中国地方では羽柴秀吉が、備中高松城攻囲中で、信長に援軍を要請しているほどだ。
四、四国討伐軍の副将を務める丹羽長秀は、信長三男の神戸（織田）信孝を大将として、蜂屋《はちや》頼隆《よりたか》、九鬼嘉隆《くきよしたか》らと共に、六月三日に四国に渡海する作戦で（四国攻め）、その軍勢は摂津や河内、和泉に着陣している。
五、信長の次男織田信雄《のぶかつ》は、伊勢松ヶ島城にいるが、麾下の兵の大半は四国討伐軍に加わっており、織田信長が擁する軍勢は守備兵力程度でしかない。
六、京都は軍事的に完全な空白地帯で無防備になっている。
七、織田軍団ではないが、南奥羽《みなみおうう》（福島県）では伊達輝宗《てるむね》・政宗《まさむね》父子が相馬義胤《そうまよしたね》方の丸森城《まるもり》を攻略しようと戦線を張っており、伊達氏が上洛することはまずあるまい。
いま、光秀の脳裡《のうり》で掠《かす》めようとしていることは――。

「信長と信忠を討ち洩らすことは、まずない」

「問題は、そのあとだ。信長の一族や勝家もが、恐らく弔い合戦を挑んでくるだろう」

「備中高松の秀吉は、毛利方との戦線にあり、手放せない状況だろう」

「しかし、連中の上洛には、かなりの日数がかかるはずだ」

「少なくとも数十日はかかるに違いない」

「その間に、まず近江を平定する。信長の本拠・安土城を押さえれば――」

「近江衆は、こぞってわしに味方するはずだ」

翌二十八日光秀を主賓に、連歌の宗匠《そうしょう》（師匠）として第一人者の里村紹巴《さとむらじょうは》ら計九人で同神社内の西坊威徳院《にしのぼういとくいん》で連歌会が興行された。

光秀は、次のような発句《ほっく》を詠んだ（『明智光秀帳行百韻』）。

「時は今　天《あめ》が下知《したし》る　皐月《さつき》かな」

「とき」は、明智氏が流れを汲《く》む土岐《とき》氏《し》に通じ、「知る」は「治める」で、光秀が天下を統《す》べる決意。すなわち、「謀叛の決意表明」である。

つまり、「土岐氏の流れを汲む明智氏が、天下を取る五月」と、いうことを示唆《しさ》している。光秀は、この時点で謀叛を決意したものとして注目される。一方で、わざわざここで事前に謀叛の意を表明するのもおかしいとされる。が、如何に──。

連歌会では、威徳院、院主の行祐《ゆきひろ》と紹巴《じょうは》はこう歌われた。

「水上まさる庭の夏山」（行祐）

「花落つる流れの末をせきとめて」（紹巴）

歌はこのあと百句まで詠まれた。光秀は連歌を嗜《たしな》むような、豊な人格で教養人とされる。清和《せいわ》源氏《げんじ》の美濃国守護《しゅご》土岐氏の支流明智氏に生まれ、父は明智光綱《みつつな》である。光秀は将軍・足利義昭《よしあき》に家臣の身分で仕えたことがある。光秀の叔母は斎藤道三《どうさん》の夫人であったことから信長の正室である濃姫《のうひめ》（道三の娘）が光秀の従兄妹である。その縁を頼りに信長に仕官《しかん》したのである。やがて義昭と信長の間を取り持つようになり、信長にその才覚を認められるようになった。

光秀は百韻《ひゃくいん》（連歌・発句《ほっく》から挙句《あげく》までの一巻が百句）の懐紙《かいし》（奉書紙）を愛宕権現に奉納して下山した。亀山城へ戻った光秀は、翌二十九日。堺の豪商（茶人・町衆）天王寺屋津田宗及《てんのうじやつだそうきゅう》から届いた鉄砲・玉薬《たまぐすり》・戎衣《じゅうい》・兵粮《ひょうろう》・馬糧《うまのかて》など最後の点検をおこなった。宗及には、備中高松援軍派遣と伝えていた。さらに、鉄砲の玉薬や兵粮などの荷駄《にだ》約百荷《ひゃくのに》を西国《さいごく》へ送り出させた。偽装工作だが、この時点で光秀以外にその胸懐《きょうかい》を知る者はいない。

信長は、二十九日。自ら出馬の意を固め、安土城を進発し、同日の申《さる》の下刻《げこく》（午後四時すぎ）入洛《じゅらく》し、ただちに京の本能寺に入り宿泊した。

多くの公家が信長上洛の一報を聞き――。

「御迎えに参上しますが」と、申し越しがあった。が、森蘭丸《もりらんまる》の使者からは「御迎え御無用」であると告げられた。この日は、挨拶に来る人物はない。

信長が先陣を命じた諸将が本国へ帰っていたため、信長の守兵《しゅへい》（守備兵）は僅か六十名程度である。御馬廻衆《おうままわりしゅう》（実力部隊）の多くは信忠の警備に廻った。

本能寺には御馬廻衆が湯浅甚助《ゆあさじんすけ》・小倉松寿《おぐらしょじゅ》ら十二名。小姓衆《こしょうしゅう》では、織田家臣で美濃の豪族・森可成《もりよしなり》の三男、森蘭丸（乱丸。実名成利《なりとし》・十八歳）・弟の森坊丸《ぼうまる》（四男）・森力丸《りきまる》（五男）三兄弟ら二十二名。中間衆《ちゅうげんしゅう》二十四名などで、五～六十人程（諸説あるが、後に、実際に討死者の数字）であった。御馬廻衆が極端に少なく小姓衆や中間衆たちである。

なお、この年の暦は、五月は小の月で二十九日までしかなく、明ければ六月一日である。

六月一日の本能寺は、まるで内裏《だいり》（禁裏・天皇御殿）が一時的に移ったような賑わいである。前太政大臣《さきのだいじょうだいじん》近衛前久《このえさきひさ》とその子内大臣信基《ないだいじんのぶもと》、前関白《さきのかんぱく》九条兼孝《くじょうかねたか》、関白《かんぱく》一条内基《いちじょうないもと》、公家衆。博多の豪商の島井宗室《しまいそうしつ》など四十名ほど本能寺に挨拶にくる。そこで名物茶器を披露した茶会が催されるなど、信長は得意の絶頂にあった。これと並行して内裏から勅使として権大納言《ごんだいなごん》甘露寺経元《かんろじつねもと》。同じく勧修寺晴豊《かじゅうじはるとよ》が訪れる。この時、信長は勅使と暦について討議する（『信長公記』）。

《脚注。本能寺跡は京都市中京区元本能寺南町。戦前から本能寺跡は本能小学校と考えられていた。廃校後に発掘された。信長最期の情報が期待されていたが、本能寺ではなく、下京総構えの堀であった。応仁の乱以降、京の人々が、町の周囲に廻らせた塁壁である。当時、下京と上京、それぞれで周郭市街地が形成されていた。本能寺は、総構えの外にあり、本能小学校跡の北側（現・蛸薬師通り北）が、ほぼその地であることが判明した。しかし、そこは一度も発掘されたこともない住宅地（集合住宅など）で今後の発掘に期待するしかない》。

一方、信長の長男、信忠は、五月二十一日、安土から家康と同行し先んじて上洛していた。しかし、信長が五月二十九日に京都に入ると聞いて、にわかに予定を変更して京都にとどまった。宿所としていた妙覚寺《みょうかくじ》で待機する。信忠の手勢は五百にすぎず、足軽・下人まで入れると京都の町には、二千人の軍勢になるにしても、信長・信忠の直轄軍にしては少なすぎる。

信長の本拠地の近江、信忠の直接支配する美濃・尾張には、大勢の兵士が留守軍として残された。信忠は、六月四日には備中へ出陣の予定となっていた。

京都に入った馬廻、小姓衆たちは、信長の宿所本能寺や信忠の妙覚寺に同宿した者はほんの一部にすぎず、ほとんどの者は京都の町内のあちこちに分宿していた。

本能寺での信長は、並み居る公家衆に向かい、四日には西国に出陣することを語った。中国の毛利氏、四国の長宗我部氏らは、信長自身が出向けば他愛《たあい》なく降参するにちがいない。着々と天下の平定に突き進んでいることを披露したのである。

公家衆が退去した後、妙覚寺に泊まっていた信忠が訪ねてきた。京都所司代の村井貞勝《むらいさだかつ》や京都町内に宿をとっている馬廻りたちも次々とやってくる。昼間の公家衆たちの接待とちがって気楽な場である。信長は夜遅くまで酒宴を楽しんだ。

二

六月一日戌《いぬ》の下刻《げこく》（午後八時過ぎ）。亀山城の東方二十四町（約二・五キロ）の柴野《しばの》の暗がりに、明智光秀の一万三千の軍兵が武装し集結していた。

大篝火《おおかがりび》が焚《た》かれるなか、暗がりを背景に、馬印《うまじるし》が押し立てられ水色桔梗《ききょう》の明智の軍旗がはためく。光秀は、自ら馬を乗り回して指揮し、全軍を三隊に編制した。

第一陣＝明智秀満《ひでみつ》を首将とし、四王天政孝《しおうてんまさたか》・妻木広忠《つまきひろただ》・柴田勝定《しばたかつさだ》らを副《そ》えた四千の兵。

第二陣＝明智光忠《みつただ》を首将とし、藤田行政《ふじたゆきまさ》・溝尾茂朝《みぞおしげとも》・伊勢貞興《いせさだおき》・並河易家《なみかわやすいえ》らを副《そ》えた四千の兵。

第三陣＝光秀が直率《じきりつ》し、斎藤利三《さいとうとしみつ》を参謀とし、御牧景重《みまきかげしげ》・荒木氏綱《うじつな》らが従う五千の兵。

このように部隊編制を終えた光秀は、女婿《じょせい》の明智秀満を呼び命じた。

秀満は当初、三宅弥平次《みやけやへいじ》と称し、天正六年ころ光秀の娘を妻に迎えている。光秀の重臣で丹波《たんば》福知山城代《ふくちやまじょうだい》となり明智光春《みつはる》の名でも知られ、通称・左馬助《さまのすけ》でも有名となっていた。

光秀は、これから軍評定《いくさひょうじょう》を開くので、重臣五将《ごしょう》を呼び集めろと命じた。

軍議の場は、軍兵の群れから南へ一・五町（約一六〇メートル）ほど離れた草地《くさち》。五将は、斎藤利三・明智秀満・明智光忠・藤田行政・溝尾茂朝の面々であった。光秀と重臣の五将は、敷皮《しきかわ》の上に腰を落とした。一昨日は終日の雨。昨日も半日は雨が降り、地面は濡れている。

五将の顔に視線を注いだ光秀が、炯炯《けいけい》（鋭く光り輝く）たる眼光を放ちながら――。

「じつはだ。信長を討伐する」と、決意のほどを明かした。

謀叛の謀議は最小の人数がいい。極秘に行われなければ成功は望めない。離叛者《りはんしゃ》や逃亡者が出て、信長に通報されるおそれがある。瞬時に五将の顔貌《がんぼう》に驚愕《きょうがく》の色が広がる。

光秀は――。

「お前たちの同心がないときは、本能寺へ一人で斬りこみ、腹を切る覚悟だ」

利三や秀満らは――。

「全くご無用に候」と、重臣の五将も即座に同意した。

六月一日戌《いぬ》の五ツ半《いつつはん》（午後九時）。三段に編制された一万三千からなる明智軍団は柴野を進発した。そして、亥《い》の下刻《げこく》（午後十時過ぎ）光秀の軍団は、亀山城を出立し備中へ向かった。

今夜は闇が濃い。月齢《げつれい》は零《ぜろ》に近く、厚い雲に覆われた梅雨《つゆ》の最中の天空。漆《うるし》を一面に塗り込めたような暗夜、丹波の山中に細長い光の帯が浮び上っている。光の帯は揺れ動きながらも一定の速度を保ち、東へ東へと移動していく。明智光秀麾下の軍勢が掲げ松明《たいまつ》の火光《ひひかり》である。

馬の蹄《ひづめ》のカッカッという音が響く。馬具の金具がぶつかる音、傍《そば》に足軽隊の歩兵が続く。馬上に跨《またが》る光秀の決意はすでに固まっていた。だが、その胸中を知る士卒《しそつ》は皆無である。

ところが、光秀は山陰道を東へ向かい、山城《やましろ》と丹波の国境《くにざかえ》「老ノ坂《おいのさか》」の峠道を越えた辺りで日付が変わる子《ね》の刻《こく》（真夜中、十二時）であった。

それは先年の元弘《げんこう》三年（一三三三）、鎌倉幕府に叛旗を翻《ひるがえ》した足利尊氏《たかうじ》が、京の六波羅探題《ろくはらたんだい》へ攻入った進行路で、都と天下人への近道だった。

坂を下って沓掛《くつかけ》あたりで休憩した。「沓掛」に到着したのが六月二日子《ね》の九ツ半《ここのつはん》（午前一時）である。沓掛で人馬を休ませる間、天野源右衛門《あまのげんうえもん》を召して先発を命じた。敵情を偵察するための斥候《せっこう》（物見《ものみ》）で、京都へ先行し本能寺へ通報しようとする離反者を捕殺するためである。先発隊はただちに沓掛を発して丹波街道を駆けて京都に入った。京都盆地で暁闇《ぎょうあん》（夜明け前の暗いとき）のなか、二、三十人ばかりの農民が東寺《とうじ》（京都市南区九条町）あたりの瓜畑《うりばたけ》で早くも働いている。農民は突如現われた武装兵に驚き、あわてて逃げ散っていく。本能寺へ通報されては困る。すかさず先発部隊は、農民に白刃《はくじん》（刃の抜き身）を振りかざし、血飛沫《ちしぶき》を噴出させて倒れていった。

それに一足遅れて沓掛を出発した明智光秀の本隊。沓掛から「右」に折れ摂津《せっつ》街道（現・国道一七一号）に通じ、一路進路を備中へ向けることができる。しかし、備中とは逆に光秀の軍団は、沓掛から進路を「左」にとり、山陰道を京に向け、桂川を経て丹波口《たんばぐち》（京都市下京区）へ兵を進めていた。桂川《かつらがわ》を渡る手前で一旦集結した際に、光秀は使番《つかいばん》を走らせて戦闘準備命令を発動した。

「馬のくつ（馬の草鞋《わらじ》）を切り捨てよ！」

「徒立兵《かちだちへい》は新しい足半《あしなか》（戦闘用踵《かかと》のない草履《ぞうり》）に履《は》き替えろ！」

「鉄砲衆は火縄を一尺五寸（約四五センチ）に切って火を着け、五本ずつ火先を下にして、提《さ》げよ」

この時点で、信長襲撃という戦闘を知っているのは、光秀と五人の重臣、先発した天野源右衛門と隊員だけだ。

光秀本隊の士卒は不審感を抱きながら、下知《げち》に従い、眼前に流れる川幅三・二町（約三五〇メートル）の桂川を一斉に押し渡って東岸の自然堤防。広い河原敷に、兵一万三千が再集結した。

桂川（現・旧山陰道の桂大橋付近）から東方は、京都盆地である。向かおうとしている洛中（市街地）の出入り口関所「丹波口」辺りまでは洛外で、百姓地が続く。古くから伝わる京名物の野菜畑だ。鹿ケ谷《ししがたに》かぼちゃ・京瓜《きょううり》・堀川ごぼう・聖護院《しょうごいん》だいこん・九条ねぎ・加茂なす・聖護院かぶら・丹後小芋《たんごこいも》・すぐき菜・加茂《かも》ねぎなどなど、梅雨間《つゆま》に青々として平地が東方に見える。

夜明けの乳白色の朝靄《あさもや》が漂うなか、桂川のせせらぎの音をかき消すように大きな触れ声が響き渡る。そして、全軍が桂川の渡河を完了し空は白み始めたころ、全軍に初めて指令を出した。

──光秀は、思いを込めて本能寺の信長攻めを下知《げち》した。

「これより、信長公を本能寺に討ち、信忠公を妙覚寺に討つ！」

「二ヵ所での手柄に見合う恩賞は、望みのままに取らせる」

「者ども、命を惜しまず、名を惜しみ、勇み戦え！」

ここで頼山陽《らいさんよう》（江戸時代後期の儒学者。一七八〇〜一八三二）の言葉をかりれば――。

「敵は本能寺にあり」の名文句である。

桂川を渉《わた》ったところで「光秀乃《すなわ》ち（馬の）鞭《むち》を挙げて東を指し、颺言《ようげん》（声をはりあげて）して曰《いわ》く「吾《わ》が敵は本能寺に在《あ》り」と、号したのである。

奮《ふる》い立った明智軍団は、京都丹波口を目途に、七条通を東へ進む。

洛中近くなって、斎藤利三の方は新たな下知が飛んだ。

「木戸を押し開き、各部隊は思いおもいに本能寺の森、皁莢《さいかち》の木」

「竹やぶを夜空にすかし見て、それらを目標として進め！」

本能寺の後方、北西側には竹林や皁莢の木が生えていた。また、当時の、京の町々の境界には木戸が設置され、夜間は潜《くぐ》り戸だけが開いていた。軍旗を押し立て、指物《さしもの》を背負った状態では通りにくいので、木戸を押し開け、という命令だ。

各部隊に、思いおもいに本能寺を目ざさせたのでは、一万三千もの大軍勢が同じ道を進撃すると時間がかかりすぎるからだ。指物とは、具足《ぐそく》（鎧《よろい》・冑《かぶと》）の背に受筒にさし、戦場での目標とした小旗や飾り、旗指物。背旗などである。

七条大路《おおじ》を東進した各兵団の兵卒は、相次いで方向を左に転じた。大宮大路、堀川小路、油小路、西洞院《にしのとういん》大路などを奔流《ほんりゅう》のごとくに北へと進撃していく。いずれの経路をとっても、本能寺までの距離は二七町余（三キロ）前後だ。本能寺の寺域《てらいき》は東西約七七間余（一四〇メートル）、南北約一五〇間余（二七〇メートル）。寺ではあるが、周辺の民家は立ち退かせ、四方に堀をめぐらし、その内側に土塁を構築し、出入り口には木戸を設けてある。

三

天正十年六月二日（陽暦七月一日）寅《とら》の下刻《げこく》（午前四時すぎ『多聞院日記（三）』）――。

地上の闇は、もう薄くなって京の東天《とうてん》は白々と明け染め、東方の清水寺辺り。東山《ひがしやま》連峰の山容も徐々にくっきりと浮び上り、日の出前の明けやすい夏の朝である。

誰も、進撃を阻《はば》む者はいない。

明智光秀の軍勢は、凡《およ》そ一万三千、本能寺をひしひしと取り囲んだ。そして、本能寺を完全に包囲した大軍勢は鬨《とき》の声をあげ、鉄砲をぶっ放し、寺の土居《どい》を乗り越え、塀の木戸を打ち破って寺内《てらうち》へ雪崩れ込んだ。

――この時、空が白んできたので、信長は熟睡から覚めていた。外から聞こえる、ただならぬざわめき、信長に従う森蘭丸（乱丸）たち小姓衆も、この京都の町中で戦《いくさ》が起こるなど夢にも思っていない。

まだ、そのときには、小姓衆や女房衆らも何事かと思い、信長も――。

「当座の喧嘩を下々《しもじも》の者ども仕出《しだ》し候」(『信長公記』)
町衆たちの喧嘩か、と思っているうちに、鬨《とき》の声が聞こえ、鉄砲が打ち込まれた。
早起きの信長は、そのころ、手と顔を洗い、ちょうど手拭きで顔を拭いていたときか、信長の寝所となっていた小御殿の外が、ますます慌《あわただ》しくなってきた(フロイスの『日本史』)。

信長は傍らを振り返ると、側近中の側近、森蘭丸が居て、聞く。

「これは謀叛か、いかなる者の企てぞ！」

蘭丸には、塀《へい》の上に林立する水色桔梗紋《ききょうもん》(明智家の家紋)の旗指物《はたさしもの》が目に入った。

「明智が者と、見えますが」と、森蘭丸がそう言上すると、信長は、

「是非に及ばず！」と、吐き捨てるようにいい。信長の言葉は短い。

「(光秀の謀叛と聴いた瞬間、信長は死を覚悟したようだ)」

「(光秀の卓抜《たくばつ》した知略と武略は誰よりも承知している)」

信長が本能寺に伴った者はわずか五〜六十人。光秀軍は一万三千、多勢に無勢《ぶぜい》である。

《なお、光秀に従って本能寺を攻めた本城惣右衛門《ほんじょうそうえもん》という武士が、唯一の覚書を残しているという。それによると「この時、本能寺の中は無人に近い状態で静まり返っていた」という》

ここで、信長は弓をとり、槍《やり》を持って光秀の大軍と戦うなど無理。覚悟を決め、御殿の奥へ退いた。奥に集まって震えていた随伴の女中たちに、即刻避難するよう命じた。

「女は苦《くる》しからず、急ぎ、まかり出よ！」

女たちは避難させたあと、信長は御殿に火をかけさせ、殿中に入って納戸口《なんどぐち》の戸を閉ざした。そして渦巻く紅蓮《ぐれん》の焔《ほのお》と黒煙が御殿を包むなか、腹をかき切り、四十九年を一期として今生《こんじょう》に別れを告げる。最期の模様を『信長公記』は、次のように伝えている。

《殿中奥深く入り給《たま》ひ、内より御南戸（納戸）の口を引立て無情御腹めされ。そして、すでに廻りは火の海と化していた。森蘭丸以下小姓衆たちも次々と果てた。本能寺は燃え盛り、各処で柱や梁《はり》が崩れ、その度に火柱が上《のぼ》る。卯《う》の中下刻《なかげこく》（午前七時すぎ）、本能寺は焼け落ちて、戦いの決着がついた》

《脚注。本能寺の変での討死者は次の通り。信長側近の小姓衆で森家の討死者も含む。森蘭丸成利（乱丸。なお、「蘭丸」の文字は良書に見当たらない）・森坊丸長隆・森力丸長氏の三兄弟、青木次郎左衛門（蘭丸らの義兄）・赤座七郎右衛門・塙伝三郎・矢野兵庫・木村九十郎・伴入道・伴太郎左衛門・斎藤新五である。御馬廻衆では大塚又一郎・平尾久助。寺外から駆け込んだ者は、小倉松寿・湯浅甚介。面御堂の御番衆は、伴正林・村田吉五・八代勝助。同朋衆は一雲斎針阿弥。小姓衆・小々姓衆は、先の森三兄弟と飯河宮松に伊藤・今川・魚住・種田・大塚・小河・落合・金森・柏原（二人）・狩野・久々利・菅谷・薄田・祖父江・高橋・武田・平尾・山田。御中間衆は、岩・熊・新六・藤九郎・藤八・虎若・彦一・弥六。御小人衆は小駒若・小虎若である。なお、信長の遺骸は不明のままとなっている。女衆は不詳。》

本能寺の北北東約十一町（約一・二キロ）に位置する妙覚寺にあった織田信忠は、京都所司代の村井貞勝の急報で光秀の謀叛を知った。

信忠はすぐさま救援に駆けつけようとしたが、本能寺は炎上し、妙覚寺もすでに明智軍団の別働隊に囲まれようとしている。救援は不可能と判断し、北方約四・六町（約五〇〇メートル）ほどの二条御所《にじょうごしょ》へと逃れた。

明智軍団は、妙覚寺に火を放ち炎上、二条御所を取り囲む。

二条御所には、誠仁親王《さねひとしんのう》とその皇子《みこ》が居住している。信忠は、親王と皇子が内裏に移るまで攻撃を控えてほしい、と光秀軍に申し入れ、光秀もこれを快諾した。

辰《たつ》の刻《こく》ころ（午前八時ころ）、御動座《おどうざ》が終わるやいなや、明智勢は攻撃を開始した。銃弾と矢を急霰《きゅうさん》（にわかあられ）のごとく浴びせての猛襲《もうしゅう》だ。隣接する近衛家の屋根に上って射撃する兵もいる。

二条御所は城構《しろがま》えである。信忠の手兵《てへい》は五百ほど、町中に分宿していた信長の馬廻衆も馳せ参じて総勢は一千〜一千五百ほどになっているが、衆寡敵《しゅうかてき》（少数では多勢に勝ち目ない）せず、必死の抵抗を続けたものの、守備兵は血飛沫《ちひまつ》を噴出させて相次いで討死していく。

勢いづく寄せ手は御所内に乱入して御殿に火を放った。最後まで奮戦していた信忠もついに抗戦を断念し、自刃して果てた。享年二十六。六月二日、辰の五ツ半ころ（午前九時ころ）のことであった。

第三章　秀吉・備中高松城水攻め

一

織田信長と信忠を暁《あかつき》の電撃奇襲した光秀は、大成功を治めた。光秀は次々と布石を打っていく。戦後処理として京都の町中に放って織田勢の残党を掃討していく。

京都盆地の西南、山崎の勝龍寺城《しょうりゅうじ》（京都府長岡京市）に溝尾茂朝《みぞおしげとも》を入れ、摂河泉《せっかせん》（摂津・河内・和泉国）に集結している織田勢の四国遠征軍の上洛に備えさせる。

京都では、勝龍寺城は山崎城に次ぐ西の防衛拠点であり、本能寺の変で、もはや明智光秀の属城となった。

さらに、上杉氏、毛利一族らに信長父子の討伐を報じて外交戦を有利に展開する。光秀はこれらの手配りをすませたあと、六月二日未《み》の刻ころ（午後二時ころ）軍勢を近江へと向けた。

一方、天正十年六月二日、備中高松で水攻めをしている羽柴秀吉。築堤は、予想以上の早さで工事が進むのを見守っていた。五月の梅雨空で溜まっていく雨に作業の方が追いかけられる進行ぶりである。遂に十九日間で巨大な堤防が、四日ほど前の五月二十七日に完成した。その規模は、高さ四間（七・二メートル）、長さ二十四町（約二・六キロ）である。梅雨どきだったので秀吉には幸運であった。堰《せ》き止めた水が、みるみる高松城を水浸《みずびた》しとなり、本丸の櫓《やぐら》を残し、湖上にぽっかりと孤立して浮かび上がった。まるで、櫓は湖上の屋形船のようにも見えた。

急報をうけた中国の領主毛利輝元は、すぐ吉川元春《きっかわもとはる》と小早川隆景を送って周りの山麓に着陣した。水浸しの高松城を目前にどうすることもできず何日も経過していく。秀吉は、高松城を水攻めする一方、領土の問題で毛利方と講和交渉を進める。

六月二日夕刻、秀吉の妻（正室）・祢々《おね》（ねね）のもとに、京からの急使が長浜城に駆けつけてきた。本能寺の大事件。祢々は難を避けて、密かに領内の大吉寺（滋賀県長浜市野瀬町）に身を寄せたという。

六月三日の亥《い》の下刻《げこく》ころ（午後十一時ころ）、京の本能寺の近辺に住む町衆で信長の甲斐武田征伐に側近として同行した家臣の長谷川宗仁《はせがわそうにん》から、秀吉の側近、黒田官兵衛（孝高）の陣中に急の使者が駆けつけてきた。

三日は驟雨《しゅうう》、すなわち、急に降り出し、間もなく止んでしまう雨である。宗仁の急使は琵琶湖から流れ出る勢多川《せたがわ》（瀬田川）。名を変えて京の宇治川で川舟に乗り、京都西南の山崎（現在の京都府と大阪府の境）で合流する淀川へと下り、大坂湾に出て、そこから船で瀬戸内を進み、備前の牛窓《うしまど》あたりの港に着き。深夜に陸路で備中蛙ケ鼻《かえるがはな》の羽柴の陣に到着したのだという。

宗仁の飛脚は、深夜のこと。黒田官兵衛を名指して―。

「急ぎの口上がございまする」と、伝えた。

夜中に宿直の兵士は、官兵衛の陣所に行き、寝ていた官兵衛を起こし、

「京よりの飛脚でございまする」と、取り次いだ。

官兵衛は、急ぎ本陣に向かい、宿営の台所で飛脚と会う。兵士を全て台所より下がらせた。飛脚は、官兵衛に小声で言上した。

「京の長谷川宗仁様からの、急のお知らせでございまする」

「どうしたことか？」

「二日早暁《そうぎょう》（明け方）、信長様、信忠様が明智光秀に襲われて討たれました」と、飛脚は口上し隠し持った書状を官兵衛に渡した。

官兵衛は、使者にその労をねぎらうとともに、警護の兵士を呼び、飛脚に飯を与えゆっくり休ますように指示した。飛脚には、固く口止めをし、兵士には、飛脚に人を近づけないよう厳命する。もう一人の警備の兵士には、蜂須賀正勝・羽柴秀長《ひでなが》（小一郎、秀吉の異父弟）と。信長の上使《じょうし》として高松に先乗りしてきた堀秀政を、秀吉の寝所に来てもらうように連絡させる。

官兵衛は、そのまま羽柴陣屋の寝所へ小走りに足を運んだ。寝所に入った官兵衛は、長谷川宗仁どのからの書状を、秀吉に見せた。

「官兵衛か、ここへ入れ！」

「なになに、何じゃと。お屋形様がぁ、光秀の奴！」

と、秀吉は飛び起き、茫然自失《ぼうぜんじしつ》する。

大きな衝撃を受け、腸《はらわた》が煮え繰り返った。薄い顎鬚《あごひげ》を撫《な》ぜる。この時の秀吉は、暗黒の闇よりまだ暗い闇に包まれてしまった。涙がとまらず、息もできない程である。寝所に入ってきた正勝・秀長・堀秀政も、石田三成も秀吉の嘆きようを見て驚いた。

「正勝、読み違えた。お屋形様がぁ…」と泣き崩れ、震えて声が続かない。

宗仁の書簡を読んだ秀吉は、信長の訃報に慟哭《どうこく》した。書状を見た正勝・秀長・秀政も、三成も声がでない。悲嘆にくれる秀吉に、老獪《ろうかい》な官兵衛は、つとめて冷静であった。

「殿、さてさて、天の加護を得させ給《たま》ひ、もはや御心《おこころ》の侭《まま》になりたけりですよ」

「いまこそ、天下取りの好機でございます」と、励ました。

「なに、仇討《あだう》ちのことか…」と、秀吉は少し元気な声をだした。

さらに、官兵衛は、殿の耳元で囁き、

「これで、殿のご運が開けましたな…。うまくなされませ」

「もう、この世の天下は、殿が実権を握ることでしょうぞ」

この言葉を聞いて以来、〈秀吉は、官兵衛を警戒し、遠ざけるように〉なったという…。

今度は、官兵衛が思い切って—。

「一層のこと、毛利と和睦し、光秀を討つべきです」と、秀吉に献策した。

この時、秀吉は冷静さを取りもどし、深夜のこと。—即刻—決断は早い。

「急遽《きゅうきょ》に、軍議を召集する」と、号令した。

羽柴陣屋の軍議の部屋では、秀吉が一報を聞いたときの悲嘆に暮れた影など微塵《みじん》もない。

軍議では—。

「いいか、お屋形様（信長公）の死を、毛利側の耳に入れてはならぬ—」

「山陽道など、街道筋を厳しく警備せよ！」

「毛利方への飛脚を見たら、逃さず即刻捕まえろ！」

秀吉側近の若い石田三成にも厳命した。三成は祐筆《ゆうひつ》（武家文書の達人）でも能吏である。

「諜報《ちょうほう》・兵站《へいたん》を命ずる。しっかりやり給え！」

「ははっー　承知仕《つかまつ》りました」と、三成は応えた。

兵站とは、作戦軍のために、後方にあって連絡・交通を確保し、将兵の食糧・軍需品の前送・補給・修理などに任ずる組織である。三成は、明智軍の諜報《ちょうほう》、京までの沿線武将を傘下に就かせるため情報収集をする。兵站作戦として、兵馬の状況・食糧の買い付け・軍需品の輸送・補給などを任務とする役目である。

二

秀吉は、夜にもかかわらず毛利側と講和交渉のため、毛利の使者・安国寺恵瓊《あんこくじえけい》をよぶことにする。この交渉を急がせた時から、明智討伐「中国大返し《ちゅうごくおおがえ》」がはじまったのである。

この使者とは、以前から毛利と交渉していたが難航していた。今では、安国寺は出家している無縁の身で交渉役としてうってつけだった。

秀吉は、講和の条件として—。

「備中・美作・伯耆の各国の織田方への割愛という要求はゆるめ—」

「備中・伯耆の領土の折半という線に改める」と、譲歩案を示した。

「高松城主・清水宗治は切腹し、その他の城兵の命を助けるから開城する」という条件だ。

以前から膠着《こうちゃく》状態にあった交渉は、新しい秀吉の提案で持ち込んだ。

一方、徳川家康の方は、六月四日。変の前日にあたる六月一日は、家康にとってまさに茶湯《ちゃのゆ》三昧の日々だった。朝は今井宗久邸、昼は津田宗及邸、夜は堺奉行の松井友閑《ゆうかん》に招かれたのである。

翌二日朝、家康は上洛した信長に挨拶するため、早朝のうちに堺を出発していた。

そして、その途中で本能寺の変を聞いた。供をしていたのは、わずか四十人ほどの家臣だけである。

六月四日未明。黒田官兵衛（孝高）は、毛利の外交僧・安国寺恵瓊に使いを出し、

「未明ながら本陣まで御足労くだされ」と、書状を持たせた。

早速、恵瓊は、用意された小船で高松城に向かい、清水宗治と会ってくれた。

「恵瓊殿、宗治の死は無駄死になりませぬ」

宗治は、羽柴の軍勢をよく防いだが、水攻めという途方もない秀吉の攻めに、

「このようなことを考え、実行できる武将がいる織田家に逆らうことはできない」

「この命を差し出すことで、毛利の命脈が保たれるのであれば、武士として名分が立つ」

と、恵瓊の示唆を受け入れた。

宗治の覚悟を確認した恵瓊は、高松城の櫓を出て日差山《ひさやま》の小早川隆景に向かう。官兵衛は、講和の条件を緩めていたので、清水宗治の切腹に換《か》わり、備後の割譲を免じている。

秀吉は森高政《たかまさ》を人質として毛利方の陣営に送った。代わりに毛利方からは小早川秀包《ひでかね》に桂広繁《かつらひろしげ》が添えられて、秀吉のもとに送りこまれた。

陽が昇ると、秀吉が用意した小船三艘《そう》に宗治一行は乗り、秀吉の本陣蛙ケ鼻の近くまで漕ぎ寄せ宗治は「誓願寺《せいがんでら》」の曲舞《きょくまい》を謡《うた》い舞い、辞世を残し静かに切腹した。

「浮世をば　今こそ渡れ　武士《もののふ》の名を高松の　苔に残して」

武士として名を高松の地に残したという宗治の願いが込められた辞世の句である。

続いて宗治の兄月清《つききよ》、毛利の軍監・末近信嘉《すえちかのぶよし》と宗治の家臣・難波伝兵衛《なんばでんべえ》が後を追い。最後に介錯《かいしゃく》した高市之允《たかいちゆきみつ》も切腹した。

これで、秀吉はお屋形様（信長公）の弔い合戦の途につく―。

明智光秀と親しい中川清秀に対して秀吉は―。

「信長さま御父子は、明智軍の襲撃をきりぬけ――」

「近江に立ち退かれた」と、虚偽の書簡を送り届け、中川たちが明智側に味方するのを妨げようと調略した。

信長の死を知らない毛利方は、信長が大軍とともに京まで来ていることを知っているから、信長の高松到着前に安芸国の吉田に撤退する方が安全だと判断したようだ。

毛利陣営では、信長が本能寺の変で死んだという情報は宗治が切腹した直後だったという。秀吉にしてみれば、薄氷を踏む思いでいたのである。秀吉は、自分の方から先に撤退することはできない。毛利勢に追撃される恐れがあるからだ。

毛利方の吉川元春は―。

「信長が死んだ以上、講和を破棄して秀吉を攻めようぞ！」

小早川隆景は―。

「誓書を取り交わした墨がかわかない内に、講和を破棄するわけにはいかない！」

と、両名の主張が対立したが、隆景の主張通りとなり、陣所の撤去をはじめた。

六月五日。毛利の吉川元春・小早川隆景の軍勢が撤退を開始した。秀吉は、すべての軍勢がいなくなるのを確認して廻った。

第四章　中国大返し・山崎の合戦

一

六月六日未《み》の刻《こく》ころ（午後二時ころ）、秀吉は高松を二万五千の全軍を率いて進発した。この中に信長の家臣に率いられていた兵もあり、信長が死んだ以上、秀吉の軍事指揮下に入る形となった。

秀吉は、毛利軍が撤退をはじめたのを確認し、高松城に警備・偵察の兵をわずか残し、備前岡山の宇喜多秀家を地元の岡山に帰城させ、毛利軍の追撃に備えた。

その日のうちに岡山を経て旭川など三つの川を渡り、備前の沼城《ぬまじょう》（岡山市沼）に到着し、翌七日早朝、沼城を出発し、その日は夜通し走り吉井川・種《たね》川・揖《い》保《ぼ》川など四つの川を渡り、八日早朝に播磨の秀吉の本拠地・姫路城に入った。

一昼夜に約十四里（約五五キロ）を走った計算になる。梅雨時の川は増水、氾濫している川もあり容易ではない。

秀吉が高松を撤退しはじめた直後に、毛利輝元は信長の死を知ったという。

六月八～九日、秀吉は姫路で将兵を二日間休息させた。

秀吉の参謀で軍師の黒田官兵衛（孝高）は――。

「殿、大博打《おおばくち》をお打ちなされ」

「明智との対決を、天下取りの第一歩ですぞ」

秀吉は、「そうだ。そうだ…」と、莞爾《かんじ》（にっこり微笑む）として笑った。

姫路城は近江の長浜城とともに秀吉の居城で、中国攻めの指令本部が置かれた形だったため、金銀および兵粮米は相当なものである。金八百枚、銀七百五十貫、貯蔵米八万五千石であったという。

実に信じがたい巨財だが、金銀の大半は、生野《いくの》銀山の預かり資産か、あるいは、そこからくすねた物であろう。秀吉は、太っ腹を見せた。この全部を将兵に均等に分配することを宣言したのである。発表と同時に、なぜ、高松から急ぎ戻ったかの理由を、幹部の武将を集めて、初めて開陳《かいちん》した。

「お主らをここまで急ぎ呼び戻したのは他でもない…」

ここを先途《せんど》（進み行くさま）と、秀吉は張り裂けんばかりの声を上げた。

大声には自信がある。

「わが大恩《だいおん》ある信長公は——」

「二日未明、明智光秀の謀反によって本能寺で非業のご最期を遂げられた…」

そっと拳《こぶし》を握り、涙を拭く格好をした。一同はどよめき、悲鳴を上げた。その顔、顔、顔を、ゆっくりと見回しながら、秀吉は一段と悲痛な声を腹から絞り出す。

「我らが、ここに集うは、なんのためぞ。ただ一つ、お屋形様の弔い合戦じゃ！」

「敵は光秀ただ一人。他の武将の首は取るな、首集めは無用じゃ」

「光秀の素っ首、真っ先に取った者には、黄金十枚を用意させてある」

再びどっとどよめきが上った。

「されば皆の者。これより第二の集結地点、尼ケ崎《あまがさき》に向けて、再び早駆け競争せよ」

「余に続け！　早い者には、姫路までの倍の賞金を取らせる。いや三倍じゃ！」

秀吉は、家臣を煽《あお》りに煽った。いやが上にも戦意は上った。上々の煽動《せんどう》を終わると、自室に戻った。秀吉は――。

「九日早朝出陣」と、触れさせたところ、真言宗護摩堂の祈祷僧《きとうそう》が、秀吉のもとにやってきて忠告した。

「明日は、二度と帰ることのできない悪日《あくにち》にあたるので、出陣は延期した方がよい」

それを聞いた秀吉は――。

「二度と帰ることができないというのはむしろ、吉日である」

要するに、秀吉は、光秀との一戦に賭けており、勝てば天下を取ることになるので、何も姫路城に戻ってくる必要ないと考えていたこともあるし、一刻を急ぐわけである。

「呪術《じゅじゅつ》に頼ってはいられない！」と、いう決意だ。

一方、六月七日。明智光秀は、まだ近江の安土城に留まっていたが、朝廷から勅使として吉田兼見《よしだかねみ》が差遣《さけん》（使者を差し遣わす）された。兼見は内裏《だいり》守護の勅命を伝えるとともに、誠仁《さねひと》親王（正親町《おおぎまち》天皇の第五皇子）からの進物を渡した。朝廷は光秀の行動を容認したのである。同じ七日。光秀は山城《やましろ》の賀茂《かも》神社（京都市内・上賀茂、下賀茂神社の総称）と、山裾にある貴船《きふね》神社（京都市左京区鞍馬貴船）に禁制《きんせい》（ある行為を差止め）を掲げさせた。それは治安維持と京都民衆の不安解消策であり、再入京へ向けての周到な準備工作である。

光秀は、八日。明智秀満に安土城の守備を命じ、坂本城へ移って一泊する。光秀に対して楯突《たてつ》くような人物は現れていない。

九日。光秀は再び京都に入った。公家衆や上京《かみぎょう》・下京《しもぎょう》の町人衆が群集して出迎えた。京都の情勢は大きく光秀優位に傾いており、すでに天下人の扱いだ。

光秀はその優位を動かしがたいものにすべく、朝廷に銀五〇〇枚を献上。京都五山《ござん》（天龍《てんりゅう》寺・相国《そうこく》寺・建仁《けんにん》寺・東福《とうふく》寺・万寿《まんじゅ》寺）と大徳《だいとく》寺にも各一〇〇枚ずつを寄付し、吉田兼見にも吉田神社修理費の名目で五〇枚を贈った。

朝廷への献金は、勅使派遣に対する礼ということであろうが、秀吉への備えより、朝廷工作を優先させていた。朝廷のお墨付きさえ得れば、諸将がなびいていてくると思っていたのであろうか。さらに京都民衆に対しては地子《じし》役（土地税）を免除するなど、人心の収攬《しゅうらん》につとめる。

秀吉の方は九日朝。姫路から再び「大返し」がはじまった。市川・加古川を渡り明石に着き、兵庫を経て、翌々十一日の朝、摂津の尼ヶ崎に到着するが、姫路から尼ヶ崎までは二十里（約八〇キロ）である。その距離を二日で走破した計算で、先の沼城から姫路城のときの強行軍と負けず劣らず、の強行軍である。兵たちはもっぱら走るだけであったが、秀吉にはもう一つの仕事があった。そのころ、秀吉は、姫路城に毛利方に対する押さえの兵を二千余残していたので、軍勢は二万三千ほどである。

明智軍は一万三千ほどという情報は得ていたので、二万三千の自分の軍勢だけで明智軍と戦うことに少しすくない。城攻めになった場合はもちろん、野戦でも、「兵は多きが、勝つ」といわれ方をしているので、兵は多いのに越したことはない。

すでに秀吉が攝津の中川清秀に対しては、信長・信秀父子は難を逃れて健在であると嘘の情報を流した（『梅林寺文書《ばいりんじもんじょ》』）。摂津の大名たちは明智光秀の与力《よりき》となっていたので、信長が死んだとなれば、大名たちは光秀に加担する危険があるとふんだのである。

六月十一日早朝、摂津尼ヶ崎に着いた秀吉は、早速、大坂にいた信長三男の信孝および丹羽長秀、さらに、有岡城《ありおかじょう》（兵庫県伊丹市）にいた池田恒興・元助《もとすけ》父子らに尼ヶ崎到着のことを報じ、その参陣を求めた。

しかし、秀吉にとってこれまでの序列主義から見ると、織田信長の三男である信孝を前面にたてなければならない。信孝を総大将に迎え、その信孝の指令で秀吉が指揮をとるという、それまでのやり方であった。丹羽長秀との関係は微妙だ。信孝は織田一門であり格はまったく違う。ただ、このとき、秀吉にとって幸いなことは、信孝には何がなんでも光秀を討つという気魄《きはく》が見えない。信孝は五千の兵しか率いていない。父と兄が殺されるという予想外の出来事。いたずらに日を過ごしてしまった。

丹羽長秀も兵は四千ほどで、秀吉の二万三千五百に膨れ、はるかに及ばない。軍勢の数や信長武将への事前の働きかけからいっても、秀吉の上をいく武将は一人もいない。

しかし、信孝軍団は、明智軍に包囲される悪夢におびえて、脱走者が読出していた。姫路から次々に発信した秀吉諜報に操《あやつ》られた信孝軍は、すでに散り尻《ちじり》となり、わずか四千足らず、弱小軍団に転落していたのである。長秀軍も三千に減っていた。信長に命じられて渋々後見役を仰せ付かった丹羽長秀が、兵を留めているからこそ、格好がついているようなものである。

そこで、これらの武将の兵を足すと秀吉軍の総勢は四万余に膨れる。ここまできて、渋々と信孝軍・丹羽軍の残存部隊が加わった。兵力に違いがあるとはいえ、主君の息子が、部下の羽柴軍団に編入されたくないと、最後まで抵抗した跡があり遅れた参加だった。

羽柴軍　総勢四万余
神戸（織田）信孝　　四千
秀吉本隊　　二万三千五百
　蜂須賀正勝・堀秀政・中村一氏・堀尾吉晴・羽柴秀長・黒田官兵衛（孝高）・神子田正治・蜂屋頼隆・石田三成ら。秀吉本隊中の直番衆としての武将加藤清正・福島正則・大谷吉継・山内一豊・増田長盛・仙石秀久・田中吉政ら。
高山右近・木村重茲　　二千
中川清秀　　二千五百
池田恒興・池田元助・加藤光泰　　五千
丹羽長秀　　三千

六月十二日。秀吉は富田《とんだ》（高槻《たかつき》市富田町）まで軍を進め、そこで池田恒興・中川清秀・高山右近らと軍議を開き、高山右近が先陣、中川清秀が第二陣と決まり、この高山隊・中川隊は先鋒としてその日のうちに出陣し、高山隊が山崎（京都府乙訓《おとくに》郡大山崎《おおやまざき》町大山崎）の町を押さえ中川隊が天王山《てんのうざん》を占拠した。

光秀の方は、十日。筒井順慶の参陣を促すため、山城国《やましろの》の八幡《やわた》近くの洞ヶ峠《ほらがとうげ》（京都府八幡市と大阪府枚方《ひらかた》市長尾峠町の境にある峠）まで出陣しているが、成果は得られず。十一日には洞ヶ峠の陣は撤し、下鳥羽《しもとば》（京都市伏見区下鳥羽）に戻り、兵の一部をさいて淀《よど》城を修築させたりしていた。

光秀の思いは、京都を戦場にすることだけは避けたい。京都の南西で、桂川と鴨川が合流し、それに宇治川などの支流が合流する淀川の起点の山崎と、天王山に挟まれた形の隘路《あいろ》の山崎で、秀吉軍と一戦を交《まじ》えようとしていた。

十二日。光秀軍の先鋒も天王山の北麓および東麓《とうろく》に展開し、小競り合いがはじまっていた。しかし、今日のところは本格的な戦闘はなく、翌十三日を迎えていた。

六月十三日。決戦「山崎の戦い」は、早朝から強い雨が降っている。光秀本隊は下鳥羽から御坊塚《ごぼうづか》（京都府大山崎町の東北端）に本隊を移す。まわりは、円明寺《えんみょうじ》川の自然堤防背後の低湿地で深田となっており、要害の地といってよい。

明智軍　総勢一万六千

美濃衆　斉藤利三・柴田勝定　二千

近江衆　阿閉貞征・溝尾茂朝（明智茂朝）　三千

山城・丹波衆　松田政近・並河易家　二千
旧足利幕臣　伊勢貞興・諏訪盛直　御牧兼顕　二千
河内衆　津田正時　二千
光秀本隊（藤田行政など）　五千
その他　小川祐忠・可児才蔵・津田信春（津田平蔵の説もあり）
なお、明智五宿老のうち、光秀の叔父の明智光忠のみが、二条城攻撃時に負傷のため不参加となっている。

光秀は、敵の秀吉軍が西国街道を突進してくるのに備える。御坊塚の本陣に明智軍一万を進めるが、その配備は中央に、斎藤・阿閉・柴田・明智茂朝らの近江勢三千。伊勢、諏訪、御牧《おまき》ら旧足利幕臣（旧室町幕府奉公衆）二千。右翼天王山麓には松田・並河の山城・丹波勢。左翼には津田・村上らが淀川沿いに守りを固めた。計算上では、光秀の総勢は、一万六千ということになる。しかし、光秀軍は坂本の自城の他に、占領した安土、長浜、佐和山に総勢三千以上を割愛せざるをえないという事情がある。

光秀が当初戦力に入れていた細川忠興軍五千と筒井順慶軍九千には参戦を体《てい》よく断わられたことも響いていた。明智光春以下三千の精鋭は、戦場には見られない。

（『太閤記』小瀬甫庵《おせほあん》）は、このときの光秀の軍勢を一万六千と書いているが、本能寺の変のときが一万三千で。その後、光秀の陣に加わった軍勢はほとんどなく。せいぜい諏訪飛騨守《すわひだのかみ》や御牧《おまき》三左衛門《さんざえもん》らの、室町幕府衆がふえた程度で、逆に、長浜城や安土城、坂本城の守備に兵をかなり割いており、軍勢の数は減っていたはずである。それから推察すると総勢一万程度（後の説）ではないかともみられる。

光秀と親交のあった吉田兼見卿がこの日に、下鳥羽から山崎近くまで来て観戦しているのは帝《みかど》の内意を受け——。

「何とか光秀が勝ってくれぬか」と、神に祈る気持ちだったろう。


一方、秀吉軍は、中央に高山・中川・堀。右翼淀川堤に池田・加藤・木村。左翼天王山麓には秀長・黒田が布陣。続いて秀吉本陣・蜂谷・丹羽。殿軍《しんがりぐん》は信孝で総軍四万余がびっしり両国街道を埋めていた。

戦いは、（『兼見卿記《かねみきょうき》』吉田兼見）に「申《さる》の刻」に鉄砲の音がしはじめたとあり、午後四時ころにはじまった。戦いを仕掛けたのは光秀軍先鋒の並河易家左近《なみかわやすいえさこん》隊で。秀吉軍が、天王山の東麓に陣を張っていた中川清秀・黒田官兵衛（孝高）・神子田正治《かみこだまさはる》らの隊に攻撃をかけてこれが合図となった。

並河・松田隊が動いたのは、勝龍寺城の側面に接近しようとする秀吉方の軍勢を払いのけるのが目的だったのと、もう一つ、一度取られた天王山を奪還しようとしたためである。

ところが、この並河・松田隊の動きは裏目に出てしまった。中川隊・黒田隊・神子田隊が並河隊・松田隊が押しもどしただけでなく。その余勢を駆《か》ってさらに前に出、そのため光秀軍の主力だった斎藤利三率いる二千の軍勢が孤立し。しかも、そこを池田恒興・加藤光泰・中村一氏《かずうじ》らの秀吉軍に攻められる形となった。

戦乱の中、光秀が最も期待していた斎藤利三が討たれ、斎藤隊が崩れたことにより、流《ながれ》は秀吉軍に有利となった。御坊隊にいた光秀本隊も攻撃を防ぐことができなくなり、後方に位置する勝龍寺城まで退却した。しかし、勝龍寺城はそう大きな城ではなく、また、要害堅固の城でもなかったため、光秀もそこで籠城して戦うなどとは考えず、坂本で再起をはかるべく、宵の口に坂本への脱出をこころみ、間道《あいだみち》を通って、久我縄手《くがなわて》を北に取り、桂川から伏見村を通り抜けた。

光秀は、その夜、下鳥羽を経て大亀谷《おおかめだに》（京都市伏見区）から藪深《やぶぶか》い山道に入った。

このころ明智軍の敗北を知った郷村の溢《あぶ》れ者や無法者たちが、徒党を組み土匪《どひ》（土着の賊）と化し、小栗栖《おぐりす》辺りに屯《たむろ》していた。

光秀は山科《やましな》の小栗栖《おぐりす》村（京都市山科区小栗栖小坂町）に背走する。小栗栖の竹藪《たけやぶ》の中の路を行くとき、藪の中から、百姓のくり出した竹槍《たけやり》に腹を刺され重傷を負う（『多聞院日記』）。しばらくは馬上にあったが耐えられず家臣の溝尾勝兵衛《みぞおかつべえい》（茂朝《しげとも》）に介錯《かいしゃく》を命じ、切腹し、首を討たせた。光秀の首は、勝兵衛が近くの草叢《くさむら》に隠した。それから勝兵衛は坂本城で自害する。本能寺に信長を襲ってわずか十一日目にして落命、享年五十五であった。

明智秀満の方は、光秀の後詰《ごづめ》として出浜で堀秀政と戦うが、破れ、坂本城に入った。堀秀政軍に城を囲まれた秀満は、城の財宝を秀政の家老・堀直政に渡した後、光秀の妻子を刺殺し、城に火を放って自害した。俗書に従えば、享年四十七であった。

光秀の読みは、変後、朝廷の支持を取り付けて、京都を確保できたし、安土城を奪取して近江・美濃の制圧にもほぼ成功したから、なかば適中したといってよいだろう。

しかし、光秀が味方を確保していた組下大名の細川忠興・筒井順慶らがこぞって誘いに応じなかった。それに加えて、秀吉が恐るべき速さで中国戦線を撤収し、南方から京都に攻め上った。これによって光秀が最低でも三十日と予測していた猶予期間は三分の一に短縮されてしまった。この誤算が結果的に光秀の命取りとなる。

翌十四日。秀吉は近江に入って三井寺《みいでら》（大津市）に着陣。

十五日。秀吉は堀秀政に命じて坂本城を攻めさせて、ついに落城させた。安土城も、明智残党掃討《そうとう》のために織田信雄《のぶかつ》が城下に放った火が城まで類焼し、天主も焼け落ちてしまった（『兼見卿記』・『イエズス会日本年報』・『秀吉事記』）。

十五日。小栗栖村の百姓、長兵衛が光秀の首を掘り出し三井寺の秀吉本陣に届け出た。

秀吉は家臣に命じて本堂の前にて首実検を行う。秀吉も信孝も長秀も唯、凝視《ぎょうし》するのみで、声が出ない。光秀の首級は、すぐさま京都に送られた。十六日秀吉は安土から長浜に入り。十七日、光秀の首が、焼け落ちた本能寺の門前に晒《さら》され、山崎の合戦は決着をみた。その後、光秀と斎藤利三の首を粟田口《あわたぐち》（京都市東山区粟田口）に晒《さら》し、戦いに勝ったことを世間に示した。

第五章　変報、家康「伊賀越え」

一

織田信長が六月二日に本能寺で横死したことは、諸国に急報が飛び交い、それぞれ密書を懐《ふところ》に、早馬《はやうま》・飛脚《ひきゃく》・徒《かち》（徒歩）で、僧侶《そうりょ》に化けて行く者など。他国を通行できない遠国《おんごく》には海路で齎《もたら》されていった。

信長が同盟を結んでいる徳川家康は、安土で接待を受け、信長の勧めで家康と穴山梅雪は、京都・奈良を見物した後に、和泉国堺《いずみのくにさかい》に入り。二日に京都で信長・信忠父子と合流する予定であった。案内役は信長側近の長谷川秀一《ひでかつ》である。

信長が武田勝頼を滅ぼすと、武田一門衆を悉《ことごと》く処刑した。

そして信長の残党狩りで、武田氏の本領甲斐国における有力国衆は穴山梅雪を除いてほぼ壊滅されたのである。なかでも梅雪は、信長から甲斐河内領を安堵されている。

家康は、信長の上洛に、挨拶に向かおうとした二日の朝である。

この日、「本能寺の変」情報を得た伊賀衆は各地で潜伏から立ち上がる。「伊賀一揆が蜂起」したのである。申《さる》の刻《こく》（午後四時）、瀬田城主山岡景隆は、明智光秀の安土進軍を阻止しようとして、瀬田の大橋を焼き払った。光秀は安土攻めを断念し居城の坂本城に。光秀は上杉景勝に使者を派遣する。

備中に向かっていた細川藤孝・忠興親子は、但馬竹田で変報に接し、すぐに引き返す。夕刻に至って、高野山に本能寺の変の情報が届く。まもなく、織田方寄手は撤退を開始、高野山勢はこれを追撃して打ち破る。

信長に京へ向かうことを知らせるために、先行して家康家臣の本多忠勝《ただかつ》を出発させた。忠勝は途中で、家康と交流のある京の商人、茶屋四郎次郎《ちゃやしろうじろう》と出会い凶報《きょうほう》を知る。

茶屋は堺の家康に知らせるために向かう途中であり、忠勝は茶屋と一緒に家康に知らせるため、急ぎ引き返した。

そして二日の昼ころ、河内・四条畷《しじょうなわて》辺り（大阪府四条畷市）の途中で、信長の死を知らされた家康は、驚愕《きょうがく》し自刃も覚悟したという。

家臣らの説得で冷静さを取りもどし、領国への帰国を決意する。家康に従っている少ない兵力では何もできず帰国しかない。

このとき、家康に従っていたのは、酒井忠治《ただはる》・石川数正《かずまさ》・本多忠勝・榊原康正《さかきばらやすまさ》・服部半蔵《はっとりはんぞう》正成《まさなり》・大久保忠佐《ただすけ》ら多くの重臣と小姓衆ら四十名余。そして穴山梅雪も重臣・小姓衆ら四十名余を従えていた。

徳川・穴山の両軍合わせても頭を含め二百名に近い。さらに、それぞれの侍に従者が付き、それらを入れると、四百名余の勢力である。

徳川一行は、京都方面は避け、甲賀《こうが》を経て、伊賀越えし、伊勢方面に脱出することに決めた。「伊賀越え」は、畿内《きない》より東国へ行く際に、伊賀国《いがご》（伊賀市）を経由して行くことを指す。

しかし、まもなく穴山主従《しゅじゅう》は家康と別れて独自に甲斐を目指すと言いはじめた。家康は引き留めたが穴山はこれを固辞したため、やむなく先に甲賀に向けて出立した。これが後で両者の明暗を分けることとなる。

家康一行は、四条畷から飯盛山麓《いえもりさんろく》（生駒《いこま》山地）、さらに尊延寺《そんえんじ》（いずれも大阪府）を通り。宇治田原《たわら》（京都府綴喜郡《つづきぐん》）、そしてその夜には、近江・信楽《しがらき》の小川城（滋賀県伊賀市信楽町《しがらきちょう》小川）に辿り着いた。

城主多羅尾光俊《たらおみつとし》から赤飯《せきはん》を出されると、飲まず喰わず一行は、一気に食べ、ここ、小川村で一泊する。

多羅尾氏は、昨年の天正九年、信長の「伊賀攻め」に参陣しており、信長の配下にあった。多羅尾氏の計らいで、信楽から郷士《ごうし》二百人に護衛され、家康一行を伊勢白子《しらこ》まで届けることになった。〈後に、伊賀の郷士二百人は、徳川の同心に採用され、隠密頭《おんみつかしら》服部半蔵正成のもとで、長久手《ながくて》の戦い・関ヶ原の合戦・大坂の陣で活躍し江戸時代には江戸城に半蔵門を残している〉。

三日朝霧と共に明けた。家康一行は伊賀の丸柱《まるばしら》（伊賀市丸柱）に掛かる頃から、敵の攻撃を受けた。

山の中の間道《あいだみち》だから道は狭い、兵の展開が自由に効かない弱点を利用して、森の中から突然兵を起して、延びた一列の弱いところを狙って斬り込んで来るのである。数人の斬り込み隊であった。その度に列は乱れ。犠牲者が出た。敵は長くは戦わず、さっと斬り込んでさっと引き上げるといった戦法であった。鉄砲による狙撃もあった。家康の居る部隊の中程を目掛けていた。

「敵にかまうな、追ってはならぬ、ふりかかった火の粉だけを払えばいい」

家康は部下をいましめながら道を急ぐだけに懸命だった。

そして波敷野《はじきの》（阿山町）・加太峠《かだ》（関町）を越えて、三日、伊勢湾岸の伊勢白子（那古《なご》。鈴鹿市）にて乗船途中で土民の一揆の衝撃に遭った。が、船で四日朝三河湾岸の大浜《おおはま》（愛知県碧南市）に着岸。その日のうちに三河国の岡崎城に帰還した。

家康は伊賀越えで、供《とも》の服部半蔵正成の活躍、伊賀衆の助けや茶屋四郎次郎の金策の助けで無事着いたが、途中で山賊と出会い随行の兵卒百名余（異説もあり）を戦死している。馬を従い、狭隘《きょうあい》の山中、間道《あいだみち》を一昼夜、徒《かち》で走った（乗り物に乗らないで走る）。信長の側近長谷川秀一は、最後まで家康一行とともにした。

二

一方、穴山梅雪は、二日に家康らと協議の結果、別行動で甲斐に戻ることになり、梅雪一行は、家康らより遅れて出発していた。山城国草内《くさじ》村（京都府京田辺市）の渡し付近に達したところ、木津川河畔で土民の襲撃に遭い、多くの家臣とともに討死した。

『三河物語』などによると――。

「梅雪らは、家康主従に金品を奪われるのを避けたようだ」と、伝えられている。

家康は、帰国後、明智光秀を討伐するため尾張鳴海《なるみ》（名古屋市南区鳴海）に出陣し、いったん兵を進めたが、六月十三日は、羽柴秀吉が山崎の一戦で明智光秀を破り、天下の帰趨《きすう》の決定した当日であった。

その後の家康は、岡崎を動こうとせず状勢を見守る。いま、甲斐・信濃は、信長の死によって、領主不在の地となっており、家康はこれに目をつけている。

信長勢力の神戸（織田）信孝は、住吉にいたが、変報後、丹羽長秀と組んで、津田信澄《のぶずみ》を謀殺した。信孝は、逃亡兵が相次ぎ主導権を握れぬまま、秀吉に合流し、山崎では名目上の総大将として光秀軍と戦う。実際に秀吉が主導権を握り、戦況を有利にもっていった。

織田家の織田信雄は、伊勢の松ヶ島にいたが、変報を受け、光秀討伐のため、近江土山へ進軍するが、山崎の報を聞くと、安土城に寄って焼いてしまうという愚行に出た（異説もあり）。

一方、秀吉への敵対勢力の動向である。中国備後の猿掛《さるがけ》にいた毛利輝元は、秀吉と講和後に変報を知り、吉川元春は秀吉追撃を主張したが、小早川隆景はこれを止め、動かなかった。

四国の長宗我部元親は、白地《しらじ》城（徳島県三好市）にいたが、信長横死を聞くと、讃岐《さぬき》・阿波へ兵を進め四国を制圧する。

紀伊鷺森《さぎのもり》の石山本願寺顕如《ほんがんじけんにょ》は、石山退却後、鷺森に移った。変後、秀吉と衝突したが、後に和睦する。

本能寺の変は、越後・春日山《かすがやま》城（新潟県上越市春日山）の上杉景勝の命運を切り開き、息を吹き返すことになった。

当時、織田軍は、信濃・上野・越中で一斉に上杉領国への侵攻を開始していた。

越後直江津《なおえつ》に出陣していた景勝は、織田軍の柴田勝家の討伐を受けて領土を侵食され、滅亡寸前であったが、変報で勢いを盛り返し、北信濃を攻略する。

越中では、魚津城（富山県魚津市）の戦いの最中にある。越後侵攻で勝家らは、六月四日にも上杉景勝の本拠地・春日山城攻撃を目論んでいた。

ところが、上杉景勝を危機に追い込んでいた織田軍は、潮が引くように上杉領国から退去していくのが見えた。景勝は、それが信長の横死だと知ったのは、六月八日ころのことである（『上越』上杉家二三九一号）。

信長の死は、滅亡を覚悟していた上杉景勝にとって、まさに僥倖《ぎょうこう》であった。

織田軍の柴田勝家らは、上杉景勝の反撃や地侍の蜂起ですぐに引き返せず。十八日、江北《えきた》まで来たところで山崎の報を聞く。佐久間盛政は、変後、尾山城に引き上げたが、畠山の旧臣が蜂起すると、前田利家を助けてこれを鎮圧する。

前田利家は、能登一国侍大名として七尾《ななお》入りしていたが、利家は変後、能登小丸山《こまるやま》城へ引き上げた。畠山氏旧臣らが石動山で蜂起した。佐久間盛政の助勢で鎮圧するが、光秀討伐には参加できず。佐々成政は、変後、富山城に引き上げたが、上杉勢の反撃と混乱で動けずにいたので、時を失った。

三

信長の居城安土城を与《あずか》り留守役の家臣蒲生賢秀《がもうかたひで》は、伊賀にいたが、安土から信長の妻子を落ち延びさせ、居城の中野城（別称・日野城。滋賀県蒲生郡日野町）に退却し籠城、光秀軍と対抗した。

細川藤孝は丹後宮津にいたが変報を聞くと、光秀の協力要請を断わり、家督を忠興に譲って剃髪《ていはつ》。忠興の妻で光秀の娘であった玉《たま》は幽閉《ゆうへい》される。津田信澄《のぶずみ》は大坂にいたが、光秀の女婿《じょせい》であったため、内通を疑われ、五日、信孝と丹羽長秀に謀殺される。

河尻秀隆は甲斐府中にいたが、変報後に国人（豪族）一揆が勃発。家康に助けを求めたが、家康は京に帰ることを勧め対立、混乱のなか十八日に殺害される。

東国方面では、関東の北条（小田原北条氏・後北条氏）である。北条は、この機に乗じて、旧武田領で信長の領国であった上野国《こうずけのくに》に侵攻し、さらに信濃に進出していった。その後、信濃をめぐっては北条・徳川・上杉の三氏の争いと発展していく。

事の起こりは、織田方の滝川一益《かずます》と北条氏直（第五代）、北条氏邦《うじくに》（氏直叔父）が武蔵国《むさしのくに》児玉《こだま》郡上里《ぐんかみさと》（埼玉県児玉郡上里町）周辺で争い戦う。

この戦《いくさ》は、本能寺の変から十四日後の天正十年（一五八二）六月十六日から十九日にかけて、戦国時代を通じ関東地方でもっとも大きな野戦となり、第一次・第二次の「神流川《かんながわ》の戦い」となった。

本能寺の変報は、滝川一益および北条家の陣営に相前後して伝わったのである。

当初、北条家から一益へは友好関係を保ち、至急の上洛を応援する姿勢が示されていた。信長と信忠の死が確実な状況になると、これに乗じて上野侵攻がはじまる。北条家の氏政（第四代）

と嫡男の氏直（第五代）は、当初、旧武田領・上野の滝川一益に協調関係を継続する旨を通知していた。

その後、氏政は氏直を主将とし、氏邦に出陣を命じ、上野を奪取するため、北条軍は関八州から即時に動員を行った。氏直と氏邦が率いる兵、五万六千の大軍が上野に侵攻した。この時、北条の本拠地・相模国《さがみのくに》小田原城（神奈川県小田原市）には、氏直の父・氏政（第四代）が本城防衛に当たる。

滝川一益は上野を治めてまだ三ヵ月しか経っておらず、軍の統制が十分とれていない。

一益は――。

「織田家の弔い合戦だ」と、称し二万弱の兵を率い北条と対決することになった。

氏直勢は、六月十六日倉賀野《くらがの》（群馬県高崎市）に攻め襲い、一益勢はこれに応戦すべく神流川《かんながわ》を渡り、金窪《かなくぼ》（群馬県上里町金久保《かなくぼ》内出）で迎え撃った。

主要な戦いは二回にわたって繰り広げられる。十八日の金窪原でおこなわれた第一次合戦では、一益勢が寡兵《かへい》（小人数の部隊）ながらも氏邦に鉢形《はちがた》衆（北条の鉢形城。埼玉県大里郡寄居《よりい》町）三百余や、氏直の近侍《きんじ》衆（主君に近い侍）を討取るなど、北条勢の先制部隊を追い落した。

しかし、翌十九日の第二次合戦では、上野勢は積極的に動こうとせず、一益勢二千八百がほぼ単独で戦った。序盤は優勢であったが、北条勢を追ったところで軍勢が著しく縦長《たてなが》となり、退くと見せて反転攻勢に出た北条勢に囲まれ、一益勢は総崩れとなり惨敗を喫《きっ》した。家臣の笹岡平右《ささおかへいう》衛門《えもん》が身代わりとなって討死し一益は一旦厩橋《うまやばし》城（群馬県前橋市）に遁走《とんそう》（遁《のが》れ）するも。やがて碓氷《うすい》峠から信州の小諸《こもろ》を経て本拠地の伊勢長島城（三重県桑名市）に逃げ帰った。

上野における旧武田領から織田勢力は一掃された。代って北条・上杉・徳川の勢力が進出し、東国戦国史は新たな段階に入った。

滝川一益は、この敗戦のため敵前逃亡の悪名を羽柴秀吉に張られ、近く開かれる清洲《きよす》会議に出席できず、織田家における一益の地位は下落する。

第六章　清洲会議、賤ヶ岳の戦い・北ノ庄

一

秀吉は、山崎の合戦で勝利したものの、これで織田信長後継者への道筋がついたことにはならなかった。そうこうしている内に、柴田勝家から来た一通の書簡である――。

それは、清洲への呼び出し状であった。秀吉の果たした「弔い合戦」の功には一切触れず、いきなり十四日後の六月二十七日に、尾張清洲城（愛知県清須市一場）にて、

「今後の織田家としての対応策を協議したい」と、一方的な通告であった。

側近で祐筆《ゆうひつ》の石田三成の代読を聞き、秀吉は即座に腹を括《くく》った。

「使者が誰かは知らぬが、余は会わぬ」

「ただ喜んで出席するとだけ申せ」

「書面での返事は、うまくことわれ！」

秀吉は、来るべき清洲会議の対応策を練ることになった。血縁で家臣の羽柴秀長（秀吉の異父弟・小一郎《こいちろう》）・浅野長吉（長政。秀吉の姻戚）、側近の黒田官兵衛（孝高）・蜂須賀正勝（幼名・小六《ころく》）・前野将右衛門《しょうえもん》（長康）・石田三成らを長浜城に招集した。

恐らく信長の残った遺児のいずれかを後継者に立て、柴田勝家・丹羽長秀や秀吉らが後見人になることだろうが、それでは、苦労して叛逆者《はんぎゃくしゃ》・明智光秀を屠《ほふ》ったこの俺に立場がない。

「やはり、官兵衛どのの知恵がいるな」と、秀吉は頷《うなず》いた。

長浜城で清洲会議を巡る諜報分析からはじめた。その後の官兵衛や将右衛門の諜報収集によっ

て、清洲会議の出席者は、織田信雄《のぶかつ》（次男）・神戸（織田）信孝（三男）・柴田勝家・羽柴秀吉・丹羽長秀・池田恒興の諸将。

ただし、会議の重要事項は、秀吉の他は、「柴田・丹羽・池田」の、わずか三人だけで行うことが判明した。「信雄・信孝」は、跡継ぎ問題の当事者ということで外され、また、二人は兄弟仲が悪かったという。関東管領の滝川一益は招聘もされていなかった。滝川一益は少し前、小田原北条氏と上野の神流川の戦いで敗れ、信長から加増された領土一切を放棄、伊勢長島に逃げ帰っていたことが、最高会議からはずされた原因であった。

秀吉は――。

「滝川一益が参加できない」と、聞いてほっとした。勝家を別にすれば、織田家中で一益が一番苦手な男だった。

「先を駆《か》くるも滝川。また、殿《しんがり》も滝川」とまでいわれ、武勇一辺倒でなく知略にも、弁舌《べんぜつ》にも長《た》けている。会議に出てくれれば、間違いなく柴田側に立つ人物だ。

会議前の世間のうわさでは、

「信孝が後継者となるとみていたようである」

（『イエズス会日本年報』）によると、宣教師たちもキリスト教に理解ある信孝相続を望んでいたらしい。

このころの織田家の家臣格付けは、信長の下に織田信忠（長男）、その下に重臣筆頭の柴田勝家、安土城の築城で財政面を支えた丹羽長秀、滝川一益、明智光秀、羽柴秀吉という順位である。なかでも秀吉は、農民の出という負い目がある。

清洲会議の出席者は、柴田・丹羽・池田・羽柴の四名である。池田恒興は重臣ではなかったが、信長の乳《ち》兄弟として出席を認められた。

柴田勝家が、機先を制して語り出す――。

「信長様、信忠様を失った。今、その跡継ぎが必要になった」

「お年頃といい、評判のいい、利発なる信孝様が――」

「次なる天下を治めるにこの上ない」

信孝は、明智討伐で名目上の総大将を務めるなど家臣からの評判も高かった。勝家は、信孝が男子の成人に際して立てる仮親である「烏帽子親《えぼし》」（武家社会で元服の時、烏帽子をかぶらせ、烏帽子名をつける人・元服親）、実の親子のように信孝とは絆を持っていたので、織田家の実権を握るつもりである。さらに、勝家は、強力な援軍がいた。信長の妹・お市の方と結婚が約束されている。勝家は、大方の予想通り信孝を担いだ。

秀吉は、明智討伐で勝利に導き、乾坤一擲《けんこんいってき》（運命を賭《と》して、のるかそるかの勝負をする）の勝負にでた。

秀吉は、次男の信雄が正室の子であり、三男信孝は側室の子。序列では信雄なら優位にある。が、信雄は戦場では独断で敵地に切り込み、敗退する経緯があり、家臣たちからは評判が良くない。さらに信雄には致命的な障害があった。つまり、明智討伐で深追いし、安土城に放った火が、天主閣を焼いてしまったという失態である（当時の宣教師の記録）。

秀吉は、「うーん、待てよ。信長様の孫で、長男・信忠様の子・三法師《さんぼうし》様がいるではないか」と脳裏に走った。

じーと、耳を傾けてきた秀吉は──。

「ご意見は、ごもっとも」

「されど、ここのところは筋目で考えるのが道理であろう」

「亡き信長様のご長男信忠様に、若君様がいる以上、三法師《さんぼうし》様をお取立てになるのが、当然でござろう」

その後、意見は出ず、みな、沈黙した。そんななか、重鎮の丹羽長秀がおもむろに口を開いた。

「秀吉どのが申すことは、筋目の通す正論である」

ここで、長秀の発言に物申す者はいなかった。

すると、秀吉は予想外の行動に出る──。

「持病の中風がでた」と会議半ばにして、秀吉は突然の中座をする。

秀吉不在のまま、長秀は、勝家を説き伏せるように──。

「上様が本能寺で亡くなったとき、秀吉どのは、中国から三日と休息せずに──」

「直ちに京都に入り、見事に亡き信長様の仇を討ったではないか」

「勝家殿も、すぐに北陸から戻っていれば──」

「光秀の二・三人は踏み潰すことができただろうに、油断なされたな」

間もなく、勝家は、跡継ぎは「三法師様」ということに同意し—。

会議には、秀吉が「三法師を抱いて出てきたのである」（『川角《かわすみ》太閤記』）。

こうして清洲会議は幕を閉じた。

清洲会議では、後継者は信長の次男信雄、三男信孝でもなく。信長の嫡孫《ちゃくそん》（信忠の長男）にあたる三歳の三法師《さんぼうし》」（後の織田秀信）に、決められた（『浅野家文書』・『多聞院日記』）。三歳の三法師を擁立すれば、秀吉の思いのままになることは明白であった。当初、秀吉の意図を見ぬいていた勝家は、猛反対したが—。

「丹羽長秀・池田恒興が秀吉に賛成したため、三対一で押し切る形」と、なった。

秀吉は信雄・信孝では、自分では思うままにできず、幼少の三法師ならば傀儡《かいらい》（あやつり人形）とすることも可能であると考えたようだ。清洲会議の前より三法師を、おもちゃで手なづけていたのである。信長の嫡男信忠の子（秀信）を前面に押し出した秀吉苦心の演出である。

秀吉は光秀討伐の功労者であり、長秀らの支持や、三男であり神戸氏に養子に出ている信孝よりも血統的な正当性が強いこともあって、三法師が後継者として決まり、信孝はその後見人として収まった。

秀吉が三法師を推したのは、腹心の黒田官兵衛（孝高）の策で、他の宿老（家老）たちも根回しが行き渡っていたのである。

遺領《いりょう》分配では—。

「信雄に伊勢と尾張を、信孝に美濃を、勝家には越前八郡の旧領に秀吉の旧領北近江三郡を与え」

秀吉自身は「山城（京都・他）・丹波両国」を新たに得た。信長の四男で秀吉の養子である羽柴秀勝は、明智光秀の旧領丹波を相続する。

長秀は――。

「若狭国を安堵の上で、近江の二郡を」

「恒興は摂津国から三郡を」それぞれ加増された。

新当主である三法師は――。

「近江国の坂田郡と安土城」を相続する。

信孝・勝家らは不満であったが、それを聞いた秀吉は――。

「何人が天下の君となるか各自の腕によって定めよう」と言った（『イエズス会日本年報』）。

清洲会議では、それまで織田家の重臣筆頭として最大の発言権を持っていた勝家の影響力が低下し、代わりに秀吉が重臣筆頭の地位を占めるなど、織田家内部の勢力図が大きく塗りかえられた。清洲会議は、秀吉の思惑通りの結果となった。

ところで、北近江を勝家に譲ったということは居城だった長浜城も勝家に渡したことになるわけで、その段階で、秀吉の居城は――。

「播磨の姫路城だけ」となっていた。秀吉は、少しばかり気張ってしまったのだ。

いずれ新しい城を築く適地をさがすことになるが、勝家と戦うことになるのではないかと、独り言のように思っていた。

秀吉が新城として選んだのは、山崎の戦いの際、戦場にもなった山崎の天王山であった。そこには天王山宝寺城《ほうじ》（別名・山崎城）があり、場所が大山崎なので、ふつうには山崎城の名で知られている。

天王山は標高二七〇㍍《メートル》ほどあり、麓からの高さ、すなわち比高《ひこう》も二五〇㍍《メートル》ある山城である。秀吉は、清洲会議の直後から、その山上に本曲輪《ほんぐるわ》、二の曲輪、三の曲輪など普請に取りかかり、明らかに勝家と戦うための城であった。

この山崎城の築城に神経を尖らせたのが、「勝家と信孝」だった。秀吉の築城は、「秀吉と勝家の亀裂」をさらに大きくしていった。

八月には、京都奉行として自らの一門筋で、「浅野長吉（長政）、杉原定家」を据える。

勝家や信孝らは──。

「これらの一連の行動は、自らの政権樹立のためではないか」

と、激しく警戒し敵意を抱いた。

こうしたことから、「賤ケ岳《しずがたけ》の合戦」（滋賀県長浜市の賤ヶ岳一帯）にいたる両陣営は動き出したのである。

双方とも周囲の勢力を自らの協力体制に持ち込もうと盛んに調略を行うが、北陸の柴田氏の後方にある上杉景勝や、信孝の地盤である美濃の有力武将・稲葉一鉄が、羽柴秀吉になびくなど、やや秀吉に有利な状況になってきた。

九月十一日。柴田勝家、正室・お市の方をして、妙心寺（京都市右京区花園）において故織田信長「百ヶ日己の法要」を行う。これに対し十二日、秀吉は信長の第六子（四男）である養子於《お》次丸《つぎまる》秀勝をして、京都・大徳寺に故織田信長の「追善《ついぜん》百ヶ日己の法要」を行った。

二十日。信長と誼《よしみ》の深かった奥羽（東北地方）の出羽国《でわのくに》の戦国大名・秋田（安東）愛季《ちかすえ》へ、秀吉は今度の「信長御不慮」の件と、その後の情勢を通知した。すでに畿内は討伐したと仔細を述べ、安心するようにと。来年は「東国」へ進出する予定があることを通知したものである。これで秀吉は、奥羽の情勢を諜報していくことができる。

十月三日。正親町《おおぎまち》天皇は秀吉に対して、古今希有《ここんきゆう》の武勇を称えた論旨をだした。「明智光秀討伐の功により、従五位下に叙任《じょにん》し、左近衛権少将に任ず」（実際は天正十二年）となった。

二

そして、「故信長の葬儀」は、十月十六日大徳寺（京都市北区柴野大徳寺町）において盛大に執行された。

本能寺の変から百日をすぎ、織田政権の覇権争いの舞台となり、大葬礼《そうれい》を執り行われ、喪主は信長の遺児で秀吉の養子秀勝が務める。秀勝は丹波から十四日に上洛していた。

秀吉の弟・羽柴秀長（大和大納言）を、警護大将として三万もの兵が大徳寺より千五百軒の間左右の道、武装した侍ばかり警護するなか、羽柴秀吉が先行し進めた。

これに対し、織田信雄・信孝兄弟は返事なし。柴田勝家は不参加。池田恒興は次男輝政を名代として派遣し、丹羽長秀は家老を代理として派遣した。

秀吉は、お屋形様（信長公）のご遺体がいまだに不明にあって、一体の信長の木造を造り、一体を棺《ひつぎ》に納め、棺の前を池田恒興の次男・輝政が、後ろを羽柴秀勝（信長四男）が担《かつ》ぐことにする。位牌は信長の十男でまだ幼少の信好《のぶよし》が、信長愛刀を秀吉が担ぎ、その後に烏帽子《えぼし》藤衣《ふじぎぬ》を着た三千人の武将葬列が続く。信好は秀吉に引取られ家臣となる。

導師《どうし》は、古渓宗陳《ふるたにそうちん》（浦庵古渓《うらあん》）。京都五山《ござん》の寺格の僧侶をはじめとして洛中洛外の禅僧や諸宗の僧侶数は千人も、はかり知れぬほど。このとき、棺に入れられた木像は、荼毘《だび》に付され、もう一体は寺に安置された。

柴田勝家は、滝川一益や織田信孝と供に、秀吉に対する弾劾状を諸大名にばらまいた。厳しく秀吉を攻撃する内容である。

これに対して秀吉は、この日、養子の羽柴秀勝（信長の四男）を喪主として、信長の葬儀を行うことで切りぬけてきたのである。

秀吉は、その後の織田信長の一周忌に間に合うように、広大な大徳寺の境内に、大徳寺二十二塔頭《とうとう》寺院の一つ、豪壮な総見院を建立した。

勝家の方は、四国の長宗我部元親や紀伊の雑賀《さいが》衆を取り込み、特に雑賀衆は秀吉の出陣中に和泉岸和田城などに攻撃を仕掛けるなど後方を脅かしている。

十月十六日、柴田勝家は、堀秀政に覚書を送り、非難している。

「秀吉の清洲会議の誓約違反だ」

「不当な領地再分配だ。山崎城（宝寺城）の築城は怪《け》しからん」

十一月に勝家は――。

「前田利家・金森長近・不破勝光を、秀吉のもとに派遣し――」

「秀吉との和睦の交渉」を、依頼する。

これは勝家が北陸に領地を持ち、冬には雪で行動が制限されることを理由とした見せ掛けの和平であった。

秀吉はこのことを見抜き、逆にこの際に三将を調略しており、さらには高山右近・中川清秀・筒井順慶・三好康長らに人質を入れさせ、畿内の城を固めた。

十二月二日、秀吉は――。

「毛利氏対策として山陰は宮部継潤《けいじゅん》、山陽は蜂須賀正勝を置いた上で――」

「和睦を反故《ほご》にして、大軍を率いて近江に出兵、長浜城を攻撃」した。

羽柴軍の主な武将は――。

「黒田官兵衛（孝高）・石田三成・浅野長吉（長政）」

「中川清秀・福島正則・小川祐忠《すけただ》・堀秀政・脇坂安治《やすはる》」

「加藤嘉明・加藤清正・丹羽長秀・羽柴秀勝・羽柴秀長など」

その兵力は、五万から十万とも、膨れ上がった。

柴田軍の主な武将は――。

「佐久間盛政・柴田勝政・金森長近・徳山則秀・拝郷家嘉《はいごういえよし》・不破勝光《ふわかつみつ》」

「原長頼・前田利家・前田利長など」

兵力は、二万から三万。

北陸越前の勝家は、すでに雪深く大雪に阻まれ、動くに動けない状態だった。

柴田軍は、援軍を出せずに、

「さらに勝家の養子でもある城将柴田勝豊は、わずかな日数で秀吉に降伏」してしまった。

柴田軍は、手をこまねいていたわけではない。伊勢の滝川一益、中国の毛利輝元と連携し、秀吉の挟み討ちを計画するなど、外交戦略を立てていた。

もっとも毛利家全体としては、どちらにもつかずに様子見をするつもりだった。

さらに秀吉の軍は――。

「美濃に進駐、稲葉一鉄などから人質を収めるとともに」

十二月二十日には、勝家と手を組んでいた岐阜城の、

「織田信孝を攻め、降伏させた」のである。

明けて天正十一年（一五八二）の正月。秀吉は姫路城にあって家臣たちの年始の挨拶をうけ、五日には茶会を開いた。毛利家中にあって新秀吉派の小早川隆景も、年始の贈りものを送ってよこした。

ついで閏《うるう》正月五日、山崎城でも茶会を開き、滝川一益攻めの軍事行動を起こしたのは、二月に入ってからである。

越後の上杉景勝は、一月十二日に秀吉と協力する道を選び、秀吉のもとへ使者を派遣し、誓詞《せいし》を持たせた。二月四日、秀吉の下に、景勝より誓詞の書状が届き、七日返書で誓詞を認めたことを知らせる。

このころ、柴田勝家は徳川家康に対して、再三再四使者を遣わし――。

「秀吉、織田家簒奪《さんだつ》の企て明白」

「従前、織田・徳川同盟の誼《よしみ》で、秀吉の背後を襲われたし」

と、要請したが、家康は一向に受け入れなかった。

徳川家の家臣たちは――。

「成りあがり者の秀吉より、織田家宿老の勝家に味方するように」

と、家康に迫る。家康は、秀吉と勝家の争いを傍観する。

二月十六日。伊勢の滝川一益が柴田勝家への旗幟《きし》（旗のぼり）を明確にして挙兵し、関盛信・一政親子が不在の隙に、亀山城、峯《みね》城、関《せき》城、国府《こくふ》城、鹿伏兎《かぶと》城を調略し、一益自身は亀山城で秀吉を迎え撃った。

十六日。秀吉は、一益の部将佐治新介《さじしんすけ》の守る伊勢亀山城を攻撃。秀吉は地下から坑道を掘って攻めたて、ついに三月三日、亀山城は落城、降伏させ、佐治新介は伊勢長島に退いたのである。

そこで勝家は、一益支援のため三月九日、大雪を掻《か》き分けつつ、二万八千余の軍勢をもって出陣し、先鋒隊が北近江稲葉郡の柳ヶ瀬（岐阜市）に。佐久間盛政が行市山《ぎょういちやま》（滋賀県犬山市）に布陣、勝家は柳ヶ瀬の北方三里（約一一・八キロ）の内中尾山（滋賀県余呉町）に着陣した。三月十三日。

石田三成が柳ヶ瀬配備の者からの諜報で、秀吉に、勝家の出陣の状況を詳しく報告する。秀吉も伊勢から急行し、戦線が膠着《こうちゃく》状態となった。

そんな折、岐阜城（稲葉山に築城の山城《やまじろ》。岐阜市）の信孝が秀吉に叛旗を翻《ひるがえ》したため、秀吉が本隊を率いて岐阜に向かった。この行動は、勝家をおびき出すためともいわれている。秀吉は信孝を攻めるため四月十六日。大垣城に兵を集結させ、攻撃の機会を狙っていたが、二十日、大岩山において柴田の将佐久間盛政と秀吉の将中川清秀が戦い、清秀が討ち死にした。

まだ岐阜城に着いていなかった秀吉は、大垣城でその報を聞いた秀吉、急遽、軍を山岳戦となる賤ヶ岳《しずがたけ》の近江木ノ本《きのもと》に移動させた。

北伊勢侵攻を織田信雄と蒲生氏郷に任せて、秀吉は、羽柴秀長・堀秀政・高山右近ら七万五千の大軍を従えて北上、木ノ本に向かうことにする。

大垣城から大軍を出発させる前に、秀吉は、石田三成に命じた。

「飛脚を出し、大垣から木ノ本までの村々に対し――」

「各戸ごと、米一升ずつ飯を炊かせ。また炬火《きょか》（たいまつ）」を、準備させた。

なんと十三里（約五一キロ）を五時間で走破するという、中国大返しの再現のような驚くべき速度だ。秀吉は――。

「兵に装備を解かせ、水や、にぎり飯を補給しながら走れ」とした。

とにかく、午後二時に大垣を出て、

「垂井《たるい》→関ヶ原→藤川→小谷《おだに》→木ノ本」と、走り通す。

午後七時には到着した（『秀吉事記』・『太閤記』）。

勝家は、山岳戦を得意とし、秀吉は平場の野戦を得意とする。琵琶湖北岸の山地、賤ヶ岳。両軍の決戦は、二十日に行われたが、佐久間隊が秀吉の最前線を占領する。

四月二十一日。前田利家が、勝家から離反したため、勝家はついに力尽きる。この離反を知った柴田軍は動揺し、将兵たちは次々に戦場を放棄し四散し、総崩れとなり賤ヶ岳から撤退していった。勝家の軍兵は、三千余に減った。

結局、「賤ヶ岳の戦い」は秀吉方の大勝利となり、勝家方は越前北ノ庄《きたのしょう》を指して落ち延びていった。

秀吉の軍は、走り続け、すぐに山に登って戦っている。

このとき、秀吉の子飼いの武将で、見事な武功を上げた福島正則・加藤清正・加藤嘉明・片桐且元《かつもと》・脇坂安治《やすはる》・平野長泰《ながやす》・糠屋武則《ぬかやたけのり》は、のちに、「賤ヶ岳七本槍《しちほんやり》」として讃《たた》えられる。意表を突かれた柴田軍は、有力な味方だった前田利家の隊が戦線を離脱。それをきっかけとして、ほかの隊も連鎖的に撤退してしまい、勝家本隊も北ノ庄城に落ち籠城した。

ついで二十三日には、「秀吉は越前府中」に到着した。勝家を追った秀吉は、「戦線を離脱した前田利家・利長の府中城（福井県越前市府中）」で会見し、昨日まで勝家の配下にあった前田利家は秀吉の軍門に降って、家来になった。

三

早速、秀吉は北ノ庄城を攻撃した。

「わしの北ノ庄城攻めに加わり、利家が先鋒を努めよ」

かつて織田信長は、天正三年に越前の一向一揆を平定し、北ノ庄城に柴田勝家を置き、府中には前田利家を封じ、府中城が築かれたものであった。

秀吉の軍勢が北ノ庄城を取り囲み、城内に最後まで楯籠《たてこも》る将兵一千五百、側室十二名と共に本丸に籠城した。それでも石蔵《いしぐら》を高く築いて九重の天守閣に籠り、容易には落ちそうもない。

二十三日の夜、勝家は城内で、一族、近臣とともに酒盛りをした。

「酒を飲み、ご馳走を食べ、楽器を奏《そう》し、歌をうたい、盛大な決別の宴」を張る。

最後まで籠城した侍に対して――。

「汝等《なんじなど》が速やかに心を決したる事、また汝等の意思が吾に同じ事を喜ぶ」

「唯《ただ》遺憾とするのは、現世において、余《よ》に対する愛情に報いる途《みち》なきことなり」

と、いって、将士をねぎらった。

四月二十四日虎《とら》の刻《こく》（午前四時）、秀吉は――。

「四万の全軍に総攻撃を命じた」

正午には本丸が陥落する。

北ノ庄城には、織田信長の妹・お市と三人の娘もいた。以前、市は小谷《おだに》城が落城したとき信長に保護されたが、その後、勝家に嫁いでいたのである。お市は、もと浅井《あざい》長政の夫人で、のちに勝家のもとに再嫁《さいか》していた。

勝家は、北ノ庄城で小谷《おだに》の方(お市の方)を殺し、ついで一族の子女を殺し、午後五時ころ勝家は、天守に火を放って、最後に切腹して果てた。勝家は享年六十二歳。正室・お市の方は、先の浅井長政との間にもうけた三人の娘の助命を頼んで果てる。お市の方は享年三十七歳。北ノ庄城は、猛火に包まれ落城した。そのなか、三人の娘は秀吉に助けだされた。市の三人の遺子は、北ノ庄城の落城でふたたび城をのがれ、敵の秀吉を頼るしかなかった。そのとき長女の茶々《ちゃちゃ》は十五歳、次女の初《はつ》(お初《はつ》)は十四歳。三女小督《おごう》(お江《ごう》)は十一歳になっていた。三姉妹は、秀吉の庇護下に置かれることになる。戦線を離脱した前田利家は、秀吉に降伏、佐々成政も講和し、一益は降伏した。

北ノ庄城落城後、秀吉は四月二十五日、勝家の遺領の処分を行った。

「前田利家に加賀国石川・河北二郡」を与える。

二十七日には、丹羽長秀に——。

「越前および加賀の能美《のうみ》・江沼《えぬま》の二郡」を与え、さらに、

「佐々成政に越中」と、する。

この処分は、柴田勝家の遺領を丹羽長秀に、佐久間盛政の遺領が前田利家にということになる。その他、信孝と滝川一益の所領を没収して、そのほとんどが織田信雄に与えられることになった。

この時点で一段落したが、四月二十六日。小早川景勝に「北国平定」の詳細を報告した。今後、

対毛利との外交的なかけひきも、ぬかりなく行うためである。同時に、越中までが勢力圏となれば、当然、越後の上杉景勝との衝突も予想されるからだ。二十八日、佐々成政に対し、上杉景勝と交渉にあたることを命じた。

勝家に呼応して挙兵した神戸（織田）信孝の方は、兄信雄に居城岐阜城を囲まれ、勝家自刃のあと、秀吉・信雄の策謀によって尾張知多半島の突端、野間の内海《うつみ》に移された。信孝（二十六歳）は、頼みとした勝家が滅んだとあっては再起の望みを失い、秀吉の書による自殺の催促もあって、ついに五月二日、内海の大御堂寺《おおみどじ》で自刃して果てた。

こうして、反秀吉勢力は一掃され、羽柴秀吉は、信長の後継者として地位を確立し、「天下統一」の道は開かれてきた。

二十一日、織田信雄は、京都奉行に前田玄以《げんい》を任命し、秀吉は、これを後見する。信雄が主筋だが、完全に実権は秀吉の手に渡った。

玄以は、はじめ尾張小松原寺の僧侶であった。後に比叡山延暦寺に入った。しかし、信長に招聘され臣下となり、本能寺の変では、織田信忠とともに二条御所にあったが、信忠の命で、嫡男の三法師を連れて京都から脱出、美濃岐阜城から尾張清洲城へ逃れた。玄以は私欲がない性格で、信長、信忠から信認が厚かった。後に、前田玄以は秀吉の命令で豊臣政権下に五奉行の一人に任じられている。

第七章　大坂築城、小牧・長久手の戦い

一

天正十一年（一五八三）八月に入った。

秀吉は―。

「一日も早く、信長・お屋形様の安土城を超える名城を完成させたい」

「そこに囲う女衆の中から一人でもいい。自分にふさわしい跡継ぎがほしい」

「できれば、自分の野心であったお市の方を彷彿《ほうふつ》させる長女の茶々《ちゃちゃ》に…」

と、妄想でもなく、本意である。秀吉は、妻（正室）・祢々《おね》（ねね）との間に、子供が授からない。

そして、他人には言えないが、なんとしてでも己《おのれ》の子をなして、内外に、後継者宣言を急ぐ必要がある。自分の余命と子の成長を考えれば、この年齢が限界である。

「子供がほしい、子供がほしい。わしの血を受け継ぐ子が、な…」

秀吉は、一人寂しく叫び続け、呟《つぶや》くのである。

「壮大な名城を造れば、徳川殿も靡《なび》くことだろうぞ」

そこで、大坂本願寺跡地に、八月二十八日、大坂城の築城を開始する。

「普請奉行には、浅野長吉（長政）」

「縄張りは、黒田官兵衛（孝高）」を、命ずる。

「作事は中井正吉《まさよし》が」担当する。

作事は、安土城で名を上げた穴太衆《あのうしゅう》（石工《いしく》の集団）など、近江職人が主に普請にあたり、数万の人夫が動員される。天守閣の完成までに二年を要するものとみられる。

秀吉は——。

「戦わずして、天下を威圧する巨城を築く」と、各武将に鼓舞する。

大坂城の基本設計は、竹中半兵衛《はんべえ》（重治《しげはる》）が死ぬ間際、秀吉に示していた。

（半兵衛は、天正七年・三木城包囲中に秀吉本陣で病没）。

秀吉の構想は——。

「安土城の数倍の規模、大坂の台地に五層の天守閣を上げ」

「北は淀川、東は平野川、大和川、西には水利が広がる大坂湾」

「本丸、西の丸、二の丸、三の丸を持ち、西側の難波を商業地とする計画で——」

「惣構《そうがま》えとして城下の周囲を幅三十間の空堀で囲む」

「城の防禦を高めるため、城の南方面・上町台地上に、高さ三丈・幅二十間・長さ三十間の出丸を築く。ここには、南蛮《なんばん》渡来の大砲を数十門据付け」

「さらに射程距離を誇る長鉄砲部隊を配置する」と、いうものである。

秀吉が、いま築いている大坂城の位置には、清洲会議後、摂津国を領した池田恒興の大坂城があった。恒興の大坂城の前は、織田信長の直轄地としての大坂城である。その前が信長を苦しめた本願寺顕如《けんにょ》光佐《みつすけ》の石山本願寺《いしやまほんがんじ》の場所であった。

秀吉の城も、長浜城、姫路城、そして山崎城と、大坂城以前に手がけた城のすべてが石垣を積んでいる。

秀吉がはじめに着手したのは、土塁の城から石垣の城への大改造となった。大坂築城の手配も一段落した。

八月十七日、秀吉は、妻の祢々（ねね）を差し置いて、側室の龍子《たつこ》（竜子）を連れ出し摂津国・有馬湯山《ありまのゆやま》（神戸市北区。有馬温泉・六甲山地の北側）で休養した。

なによりも湯屋に入って二人戯れるのが楽しみらしい。龍子は、かなりの美女だと評判だ。父・京極高吉《きょうごくたかよし》の娘で、兄が高次《たかつぐ》で。母は浅井《あざい》久政の娘である。

龍子は、はじめ若狭国守護武田元明《もとあき》と結婚し、一男一女を生んだ。夫・元明と兄弟の京極高次が、本能寺の変後、明智光秀に味方したため、夫は秀吉の軍に討たれた。

その後、秀吉に捕われて側室になり、寵愛《ちょうあい》を受ける。伏見城松の丸に住んだことから、「松の丸殿」とも称される。後に小田原・名護屋《なごや》の戦陣でも淀殿とともに赴き、醍醐《だいご》の花見では、側室淀殿の、次の三番目の輿《こし》に乗った。淀殿とは血縁関係もあって特に確執はないらしい。

有馬は、入浴前後に琴を弾いたり、和歌を詠んだり、今様《いまよう》を謡《うた》うなどして、湯治客をもてなす女性たちがいた。秀吉は二十名の湯女《ゆな》に禄《ろく》（給与）を与えて保護した。なお、湯女の制度は、一八八三年に廃止された。

十九日、本願寺顕如光佐が有馬湯治中の秀吉の元に——。

「道服《どうぷく》二枚、大樽五樽（祝い酒）」を、大坂城普請の祝いにと贈り届けてくれた。

《脚注。道服は公家や大納言以上の人が内々で用いた表着《おもてぎ》である》。

秀吉は、二十七日、有馬での湯治を終え大坂に帰城した。

いよいよ、九月一日、大坂城の築城に着手し、普請開始日とした。

この日、鍬入式《くわいれしき》とか、根石《ねいし》はじめのような儀式が行われた（今日の起工式にあたる）。

秀吉は——。

「大坂城の築城は、天下普請として、取りくまれよ！」と、号す。

天下普請というのは、手伝い普請ということであり、諸大名が手伝いに動員され、工事を進めるものである。

秀吉の城でありながら、工事は秀吉の直臣たちによって進められるのではなく、信長在世中、秀吉の同僚だった部将たちに工事を手伝わせるのである。

ところで、賤ヶ岳の戦いで、織田家の宿老だった柴田勝家を破ったとはいえ、その段階の秀吉は、織田家の家督三法師の後見人にすぎず、信長時代の同僚だった部将たちを自己の配下に置く論理をまったくもたなかったのである。

大事なこととして、秀吉は——。

「普請に諸大名を総動員し、秀吉と諸大名のそれまでの相対的な上下関係を——」

「絶対的上下関係。もっといえば、主従関係に近い形にする」

と、いうものである。この普請には、みな、靡《なび》いてきた。

さらに、もう一つの秀吉の狙いは——。

「大坂城を大きく、豪華に築く」

信長時代の同僚部将や遠方の部将たちに対して——。

「あの秀吉には、かなわない」と、思わせることである。

いま、一番大きな城は、伊豆・関八州（関東）を支配する大大名・北条氏政・氏直父子の小田原城（神奈川県小田原市）であるが、それよりも大きい城にする。

秀吉は、大坂築城を、戦争抑止力となることを計算していた。つまり、大坂築城を、自身の天下統一戦争の一環として位置づけたのである。

間もなく、この大坂城の大普請を知り、敵対していた中国の毛利輝元が、秀吉に誼《よしみ》を通じてきた。輝元は、一族の小早川元総《もとふさ》（秀包《ひでかね》）と吉川経言《きっかわつねとき》（広家《ひろいえ》）の二人を人質に提出するというものであった。

「いつまでも、秀吉殿に、敵対しているのは得策ではない」と、考えた。

秀吉は、十一月一日、築城工事中の大坂城で、この二人と謁見した。

「人質は二人もいらない」といって小早川元総一人を留めて、吉川経言は帰国させた（『吉川家譜《かふ》文書』）。

ここで、秀吉は、人たらしの天才と、いわれ、毛利側がよろこぶことを計算していた。実際に、このことに感動した毛利側から——。

「吉川《きっかわ》元春・小早川隆景の毛利両川《りょうせん》ともいう本人が大坂城」に、出向いてきた。

そして、秀吉に挨拶し、ここに和平交渉が一気に進展する。大坂築城が、毛利側の秀吉と戦う意欲を削《そ》いだ形である。それこそ、戦わないで勝つという秀吉流戦法の極意といってよい。秀吉は、毛利氏を傘下に治めたが、大物の徳川家康の存在がある。

あの、本能寺の変が勃発したとき、家康は、たまたま、わずかの供を従えて和泉の堺にいたため、同盟者織田信長の弔い合戦をする機会がなく、その後の清洲会議にも声がかからず、秀吉の織田家簒奪《さんだつ》の動きを、ただ遠くからみているしかなかった。賤ヶ岳の戦い直後には、戦勝祝いを贈って、友好関係を保っていた家康が、ここにきて、秀吉との対決姿勢をあらわにしたのである。

二

天正十二年（一五八三）正月。秀吉は、近江の坂本城まで出てきて、ぎくしゃくしていた織田信雄と近江の三井寺《みいでら》で会見した。

このとき、秀吉の織田家簒奪《さんだつ》の意図を視ぬいた信雄は怒って清洲城とともに居城としていた伊勢長島城（三重県桑名市西外面《にしども》）に戻ってしまったのである。が、何と、残った三人の家老、伊勢松ヶ島城（松阪市松ヶ島町城の腰）城将《じょうしょう》津川義冬《つがわよしふゆ》。尾張星崎城《ほしざきじょう》城将岡田重孝《しげたか》、同苅安賀《かりやすか》城（一宮市大和町苅安賀）城将浅井田宮丸《あさいたみやまる》が秀吉に籠絡《ろうらく》（まるめこむこと）されてしまったのである。

怒った信雄はすぐ家康と相談し、家康の助言により、彼らを長島城に招き、謀殺してしまった。すなわち、三人の家老を秀吉に内通した嫌疑《けんぎ》で切腹させたのである。それは三月六日のことである。

昨年来、信雄と秀吉の関係は破綻《はたん》していた。

天下の覇権が、柴田勝家を賤ヶ岳に破った秀吉に傾きつつあることに、信雄は強い不満をもった。だが、自力で秀吉に決戦を挑むには非力である。そこで、家康と結んだ。

この時期、家康も秀吉糾弾《きゅうだん》の書状を各地の大名に送っていた。

たとえば、下野の皆川広照に宛てた三月二十五日の書状(『佐竹文書』)には——。

「羽柴、日来余《ひごろよ》りに不義相動くに付いて、信雄・我等申し合せ」

「彼等の為、存分に及ぶべし」

「去る十三日、尾州清洲《びしゅうきよす》(尾張国清洲)に到り出馬」など、秀吉の行為に対し東国・関東方面まで報知している。

秀吉は——。

「家老をみだりに成敗するとは不届《ふとど》き至極《しごく》」と、これを大義名分として、十日に上洛し、翌十一日に近江に進軍する。三月九日、信雄が伊勢・亀山城を攻撃すると、秀吉もすかさず、十三日に尾張・犬山城を陥落させた。

これを知った徳川家康は、小牧山《こまきやま》(愛知県小牧市)に陣を張り、十七日に秀吉方の森長可《ながよし》を破った。そして二十八日には、楽田《がくでん》(犬山市)に陣を布《し》いた秀吉軍が、小牧山の家康・信雄連合軍と対峙する。ふつう、三月末までの戦いを総称して「小牧の戦い」とよんでいる。膠着《こうちゃく》状態が長くつづく。

四月に入ると、秀吉は、池田恒興が献策したもので、

「三河中入《みかわなかい》れ」と、いう陽動《ようどう》作戦をとった。家康の本拠、三河への出兵である。

六日、秀吉の甥の羽柴秀次《ひでつぐ》が、恒興の作戦を聞き、「自分が、その大将になりたい」と、志願してきた。

こうして、六日の夜半というか七日の未明に、秀次を総大将とする別働隊一万六千の兵が、ひそかに南下を開始した。

主だった部将の顔ぶれは――。

「池田恒興・元助《げんすけ》父子、森長可それに堀秀政」である。

堀秀政は、軍艦（副将）という立場である。

ところが、この秀次率いる別働隊の動きを完全に家康方に見破られていたのである。家康は羽柴秀次隊に見つからないよう家臣の榊原康政・大須賀康高《おおすがやすたか》らに四千五百の兵をつけ、秀次隊を追いかけさせている。

秀次らが、この動きに気がついていなかったのは迂闊《うかつ》といえば迂闊であるが、これが勝敗の分かれ目だったといってもいい。

一昨年、本能寺の変報で、家康は「伊賀越え」をした際に、服部半蔵正成《はっとりはんぞうまさなり》に協力を得て信楽《しがらき》から護衛二百人に見守られた。その忍《しの》びの郷士《ごうし》を徳川家に同心《どうしん》として採用していたので、隠密頭《おんみつかしら》、半蔵のもとで、斥候《せっこう》を出し、先の秀次軍の動きを捉《とら》えていたのである。斥候とは、物見《ものみ》ともいい、敵状・地形等の状況を偵察させるため、部隊から派遣する少数の兵士のことである。

それを察知した家康は、ひそかに小牧山を出て。九日早朝、家康は先鋒の榊原康政らと連絡をとりつつ。三河との国境《くにざかい》に近い長久手《ながくて》(愛知県愛知郡長久手町長湫《ながくて》)で、縦に伸び切った秀次軍を、挟み撃ちし、先頭と背後から各個撃破に成功する。

不意をつかれた羽柴秀次軍は━。

「森長可、池田恒興父子が戦死し、壊滅状態に」陥った。

敗戦を知った秀吉が長久手に急行したとき、家康軍の姿はなかった。すでに小牧山の本陣に引き上げていたのである。これは、直線にして二キロほどしか離れていない楽田《がくでん》に本陣をおく秀吉に気づかれないよう家康自身も兵を率いて小牧山に出。矢田川《やだがわ》の北岸の小幡《おばた》城(名古屋市守山区小幡)に入っている。

「秀次隊が追撃されていることに気づかず」

「秀吉が家康の出撃に気がついていなかったわけで」

このように、秀吉は、二重の失態をしていたのである。秀次と堀秀政は、「這這《ほうほう》の体《てい》」で、秀吉のもとに逃げかえっている(四月九日、小牧・長久手の戦い)。

秀吉側の池田・森軍の戦死者は二千五百。

徳川軍にも五百九十余の戦死者が出た。

この「長久手の戦い」を徳川方は、各地への戦勝報告で、
このとき、「敵の戦死者の数は、一万以上もでている」と、報知した。

家康は翌十日付で、自分の娘・督姫《とくひめ》の婿でもあり、同盟者でもある関東・小田原城の北条氏直(北条氏第五代)に戦勝報告を送った。

「…一万余討捕《うちと》る」と、伝えている。

つまり、家康方は、討捕った敵の数をきちんと、数えているわけでもなく、「一万余」と、概数としていい、宣伝していたことが、後世に「古文書」の分析でわかる。

三

攻防戦はさらに続く――。

信雄・家康の支城を一つひとつおとしていく作戦が功を奏した形で、秀吉にしてみれば、二つの城を陥落させたので、「長久手敗戦の衝撃」から、いくらか立ち直ったようである。秀吉は、六月十三日に岐阜城に立ち寄り、二十八日には大坂城に戻った。

一方、家康は――。

「秀吉が大坂にもどりはじめた」との報をうけ、小牧山を酒井忠次にまかせ、自らは清洲城に入った。

秀吉は、七月中旬から下旬にかけて、大坂と美濃の間を往復しているが、八月十六日、ふたたび大軍を率いて大坂城を出発し、尾張へ向かい、二十七日には遅くとも楽田に入った。

家康は――。

「秀吉が再び尾張に向かって出陣」と、聞き、

「いよいよ秀吉と雌雄を決することができた」と判断した。

秀吉の軍勢は――。

「十万である」

家康の軍勢は、兵の数では負けている。

「一万六千、ないし、せいぜい一万七千」

先の四月七日、長久手の戦いは、いってみれば奇襲戦で、そのような場合は少ない兵でも多い軍勢を破ることができるが、奇襲戦という戦い方。そう何度も通用するものではないことは、家康も百も承知していた。

「兵多きが勝つ」と、いう戦国の世である。

そこで家康も負けず劣らずとられた策が、百姓の大動員命令である（『原川文書』、『静岡県史』）。

家康は、家臣の駒井帯刀勝益《たてわきかつます》・坂本豊前守貞次《ぶぜんのかみさだつぐ》を通じて、郷村の十五歳から六十歳までの成人の動員を命じた。

このやり方は、すでに、小田原北条氏がかなり前から「兵農未分離《へいのうみぶんり》」で徴兵していたので同盟者の北条氏に倣《なら》ったようだ。


この時期、秀吉は――。

「依然として、大軍を擁しながら――」

「小勢《こぜい》の織田信雄・徳川家康を倒すことができない」

「わしは、織田信長公の後継者としての立場を固めるのが先だ」

「これ以上、長期の滞陣を続けることは得策ではない」

「家康と信雄を分断させる作戦に切りかえるのだ」

まず、九月十五日、「信雄の臣《しん》・木造《こづくり》氏が守る戸木《へき》城の夜戦」で信雄方に蒲生氏郷ら秀吉軍が猛攻し、圧力をかけ脅威を与えた。秀吉は―。

「信雄と単独講和にこぎつけてしまえば、家康もしかたなく和平に応じてくる」と、計算した。

それ以後、事態はその秀吉の計算通りに推移するのである。

その転換点を象徴するのが、伊勢戸木《へき》城（久居《ひさい》市戸木町桃里）攻めであった。

「家康軍の援軍がすぐには到着できない伊勢で、信雄に戦意を喪失させよ」

と、秀吉は信雄方の伊勢における拠点の城の一つ、戸木城にしぼり、氏郷に命じて攻めさせる（『勢州四家記《せいしゅうしけき》』）。

蒲生氏郷軍の軍事行動は、相当手荒な猛攻であったので、氏郷の名は一挙に轟いた。秀吉は、信雄を心理的に追い詰め、講和の話をもちかけた。それも家康には隠したまま、信雄一人に話をもちかける。

十一月十五日、伊勢桑名の東、矢田川原で信雄と会見し、「単独講和」を結ぶことに成功した。

講和条件は―。

「信雄側から人質を出すこと」

「北伊勢四郡は、信雄に返還すること」

「尾張の犬山城と甲田《こうだ》城（河田《こうだ》城とも。一宮市）を秀吉方に割譲《かつじょう》する」

これは、秀吉が有利な条件であるが、信雄はこれを呑んだ。

信雄は、一連の小牧・長久手の戦いで、

「自分は勝ったという印象がなかった。これ以上戦っていてもしかたがない」

と、いう思いでいたようだ。秀吉からの講和の申し出は、「渡りに舟」であったのである。徳川家康は、秀吉と戦う名分を失った。それは、信雄が秀吉と単独講和したためである。十一月十六日、家康は、これ以上、秀吉と戦いを続ける理由がなくなり、秀吉にたいし、講和に応じてきた。

「御無事相済候《おんぶじあいすみそうろう》で、家康御馬入れられ候」（『家忠日記』）

秀吉は、十一月二十一日、家康に使節を派遣し講和をはかった。織田信雄の斡旋で徳川家康二男於義丸《おぎまる》（義伊丸、後の結城秀康）を、秀吉の養子として差し出すとし講和する。

家康は――。

「二男の於義丸を差し出しまする候」と、申し出た。これは、名目上は養子（於義丸を羽柴秀康《ひでやす》に）という形をとっているが、実質は人質である。

秀吉は、小牧・長久手の戦いに展望がひらけなくなっていた。

「やはり、権威を利用し、朝廷への接近が大事」といい。

「織田信長が目指していた天下布武《てんかふぶ》（武力統一）」を棄《す》てる。

秀吉は、家康と講和成立後の十一月二十三日のことであった。

「従三位《じゆさんみ》・権大納言《ごんのだいなごん》」に進んだ。異例の早さで昇進する。

この三月からはじまった小牧・長久手の戦いは、終わった。

「大局的には、秀吉の判定勝ち。局地戦は家康の勝ち」と、世間の人々がいう。

於義丸は、十二月十二日、秀吉の養子として大坂城に到着した。その直後、元服して養父・秀吉と実父・家康の名を一字ずつ取り「羽柴秀康」と名乗る。実質的には、「秀吉政権が誕生」したのである。

第八章　紀伊・四国攻め、関白、越中平定

一

天正十三年（一五八五）の正月である。秀吉は、家康との終戦によって、事実上、秀吉の織田家奪取は「本能寺の変」から、わずか二年半という驚異的な短期間で終結したことになる。

家康の方も十五日、岡崎に赴き、三河の吉良辺りで鷹狩りしていた。関東の常陸国《ひたちのくに》（現在の茨城県の大部分）の佐竹義重からは、家康の許に使者がきて、秀吉との和睦を祝す挨拶である。さらに、佐竹義重の属将で多賀谷重経《たがやしげつね》（下総国《しもつけのくに》下妻城主）が、家康家臣・大久保忠隣《ただちか》へ――。

「家康・秀吉間の和議締結を祝し、羽柴秀吉関東出馬の際は、従軍する意思」であると伝達した。これは、小田原の北条氏が「関東統一」を掲げることに、佐竹氏、多賀谷氏らが、前々から敵対していたからである。

一月十七日。毛利輝元の使者・口羽春良《くちばはるよし》が上洛し、秀吉に謁見した。秀吉の家臣・蜂須賀正勝と黒田官兵衛（孝高）が「四国征伐」の方針を毛利氏に伝え、伊予国（愛媛県）を毛利氏に進呈することを伝えた。

この日、秀吉は妻・祢々《おね》（ねね）を伴って摂津国有馬（温泉）へ湯治に出かけた。翌々十九日、有馬において茶会を開き、石川数正・千宗易《そうえき》（利休）・津田宗及《そうきゅう》が参席する。

二月三日に秀吉は有馬から大坂城に帰城した。祢々は秀吉よりも一足遅れて、五日に帰った。祢々は、有馬湯山阿弥陀寺へ、薬師堂建立のため公用一千五百貫と地料として毎年百石を寄進する儀《ぎ》を行ったのである。

秀吉は、あと残すのは織田政権の中枢でない、いずれも独立の地方勢力で、連携の可能性はない。一つずつ潰《つぶ》していっても消せる存在であろう。

秀吉の「横との戦い」は——。

「畿内では、紀州の雑賀《さいが》衆（さいかとも読む）・根来《ねごろ》衆ら」

「四国の長宗我部《ちょうそかべ》ら」

「越中《えっちゅう》の佐々成政《さっさなりまさ》の討伐」の、三者である。

「さらに、九州征伐と東国へと展開する」

秀吉は——。

「天下統一の最後は、東国であろう」

「北条氏五代、百年で築き上げた関東（関八州）と—」

「奥羽（東北）で、鎌倉時代以来四百年の名門、伊達・葛西・大崎・最上氏らが群雄割拠する大名たち」を、屈服させることにある。

「東国征伐には、征服した全国の大名に命じ——」

「総動員令して進攻する」と、いう大構想を立てる。

こうなると、武力のない朝廷は、織田信長の後継者・羽柴秀吉にすり寄って行かざるを得ない。

朝廷の自己保存体質は、源平の昔から変わっていない。秀吉が根っからの朝廷好きであることから、朝廷も公家たちも大歓迎だ。何といっても秀吉は、お金持ち、大量の金銀をばらまいて突進している。

三月一日。秀吉は、毛利輝元に対し、毛利水軍を岸和田に派遣するよう命じた。小早川隆景自ら出発の準備を行い、ほどなく出陣した。秀吉は、三月二十一日、大坂を兵十万の軍勢を率いて発し、泉州路を南下し、紀州に進軍した。紀州攻めのはじまりである。

紀州には、雑賀衆のほか、根来衆など、国人《こくじん》・地侍《じざむらい》や宗教勢力による自治的組織ができあがり「紀州惣国一揆《そうこくいっき》」と、称される。

紀州攻めは、昨年の小牧・長久手の戦いのとき、雑賀・根来衆が、織田信雄・徳川家康に呼応し、秀吉配下の岸和田城を攻め。大坂城まで攻めてきたことに対する報復である。さらに、「紀州惣国一揆を壊滅させる」と、いう意気込みがある。

紀州攻めには、毛利水軍も加わり、十万の大軍となった。このころから、毛利輝元もはっきりと秀吉に服従していた。秀吉は、すでに、毛利の中国も平定していたことになる。紀州攻めは、紀州に限定したものではなく、雑賀衆の中心雑賀荘《さいがのしょう》と根来衆の中心根来寺《ねごろじ》も紀州にある。和泉の南半分、泉南《せんなん》も「紀州惣国一揆」に含まれていたので、「泉南・紀州攻め」ということにもなる。

羽柴秀吉は、自ら総大将に、羽柴秀長・羽柴秀次を副将として十万の大軍を率いて大坂を進発、和泉の畠中《はたなか》城や千石堀《せんごくぼり》城などを落城させた。千数百人が立て籠もる和泉千石堀城の落城は秀吉軍の火箭《かせん》（火の点《つ》いた弓矢）が火薬庫に命中して爆発したためである。

二十二日、秀吉軍の細川忠興・大谷吉継・蒲生氏郷・池田輝政らは、敵の防衛線の中核である積善寺城を攻撃、開城させる。

三月二十三日、秀吉は、命ずる。

「前日に戦わなかった六万の兵を二手に分け、二方面から根来寺を攻撃せよ」

羽柴秀長の率いる先陣は根来の坂本の城門を攻めたが、太田左近《さこん》の鉄砲隊に押しまくられ、一度は退却した。しかし、秀長は伏兵《ふくへい》を巧みに使いながら態勢を立て直し、城門への攻撃を再開した。攻防がくり返され、秀長軍がまた退却をはじめた。

これを見た城兵は思わず深追いしすぎ、その間に寄せ手の別働隊が城門を突破し、火を放った。秀吉は九鬼嘉隆《くきよしたか》や仙石秀久《せんごくひでひさ》らの水軍を海岸に配慮していたので、海から逃れようとした根来勢のほとんどが討死にしてしまった。秀吉の根来征伐である。

二十四日には秀吉の軍は雑賀に進んだ。雑賀衆はいちど織田信長に降伏していたのであるが、信仰心から覇者を許すことができず、反抗をつづけていた。

しかし、戦力は弱くなっており、石山本願寺からの反応もなかったから、秀吉の大軍の前にはなすすべもなく敗退した。死を免れた雑賀衆は高野山に逃げた。

三月二十四日、雑賀衆の最後の拠点である太田城（和歌山市太田）。堀は深く櫓《やぐら》は高く、防衛力の強い城であった。

太田左近を中心とする太田党一千と、近辺の雑賀衆が逃げ込んで数千人が籠城の構えに入っていた。

食糧も武器も長期の籠城に耐えるだけの貯えがあった。秀吉の大軍は根来寺を焼き払った翌日

（二十四日）には、太田城攻撃に取りかかった。

石山本願寺を退去した顕如《けんにょ》が当時貝塚に住んでいたので、秀吉はまず顕如を通じて太田城の降伏を誘ったが、拒否された。

二十五日、堀秀政と長谷川秀一が六千の兵で突撃したが、川を渡ったところで伏兵の弓鉄砲の攻撃にあい、五十一名が戦死した。

そこで秀吉は「水攻め」に切りかえる。

紀ノ川《きのかわ》の水を堰《せ》き止め、城から約二・八町（三〇〇メートル）離れた周囲に堤防を築いた。この距離は、鉄砲の射程距離にはいる。堤防の高さは約一・七丈（五メートル）。幅約一六・七間（三〇メートル）で東の方を開け、全長約一・五里（六キロ）にもおよんだ。途轍《とてつ》もない計画である。工事に要した人数は四六万九千二百余名。昼夜突貫工事で、六日間で仕上げた。四月一日から水を入れはじめ、四月三日から数日間大雨が降り続け、水量が増しはじめた。大名たちは領地の多少に応じた数の人夫を供出させられ、工事の進み具合で賞罰を科せられた。

「太田城は大海に浮ぶ小島のようになった」

水で囲まれた太田城に秀吉軍は中川藤兵衛に一三隻の安宅船で攻めさせた。

船の先端には大きな板を建てて、鉄砲や弓矢から攻撃から守るため改造したが、太田城の城兵の中で水泳の名手を選び、船底に次々と穴をあけ沈没させ、また押し寄せる攻城兵には鉄砲で防戦した。《太田城＝和歌山県和歌山市太田》。

四月九日、切戸口間で堤防が一五〇間（二七〇メートル）決壊したため、宇喜多秀家の陣営では多くの溺死者を出した。このとき秀吉軍は、六〇万個の土俵を使って、数日で堤防を修復した。寄せ手が船を出しての小規模攻撃は何度かあったが、基本的には寄せ手の持久戦になった。

太田城では、増水するにつれて工夫して防衛してきたが、一ヵ月なる籠城に次第に物心両面で衰えが見えはじめ、四月二十四日、蜂須賀正勝、前野長康の説得に応じて、太田左近をはじめ五三名が自害した。主だった者五一名の首を差し出すという条件で休戦開城した。根来寺落城から一ヵ月のことであった。五三名の首は城の三ヵ所に埋められた。〈現在玄通寺の近くに「小山塚」という大きな碑が建っているが三つのうち一つとなっている〉。これが、「秀吉の雑賀衆太田城の戦い」である。

それ以外の者は一人二十日分の食糧を持つことが許され、武装解除されて城から退出した。

この様にして紀州攻めは三月二十一日からはじまり、雑賀の最後の拠点・紀伊太田城が四月二十二日開城し終結、秀吉は「紀州を平定」した。

五月の早々、秀吉は、紀州征伐に功のあった弟・羽柴秀長に紀州の地を与えた。秀長は、紀伊・和泉などの約六十四万石余の所領を得る。

二

天正十三年（一五八五）春。四国の長宗我部元親が伊予道後の湯築《ゆづき》城を攻め河野通直《みちなお》を破った。

長宗我部氏による土佐・阿波・讃岐・伊予の四国制覇が成しとげられた。

かつて、織田信長が四国遠征を計画し、信長三男の信孝らがまさに渡海しようとしたとき、本能寺の変がおこり、信長による長宗我部元親討伐が頓挫《とんざ》する形となった。元親は、信長の死によって救われ、四国統一に勢力を伸ばそうとしていたのである。

秀吉にしてみれば、昨年の小牧・長久手の戦いのとき、元親が家康・信雄側に呼応する動きで自分に刃向う姿勢をみせたことで、「四国攻め」に踏み切ることを決意する。これは、自分の考える天下統一の妨げになるとの判断である。


五月四日、休みなく天道に進む秀吉は――。

「黒田官兵衛（孝高）に四国攻めの先鋒として淡路（島）に向いたし！」

「一柳直末《ひとつやなぎなおすえ》には、明石で待機するように」と、命じた。

四国征伐のはじまりである。

秀吉は、はじめ、戦わずに元親を屈服させることを考えた。

「伊予・讃岐を返上すれば、残りの土佐・阿波の二ヵ国は安堵しよう」

と、持ちかけた。

元親の方も何とか交渉によって和平が成ればと考えていた。四国の四ヵ国は自分の力で切り取ってきたとの自負がある。伊予一国の返納で妥協したいとしたが、秀吉は、伊予・讃岐二ヵ国の返納という線を譲らず、結局、交渉は決裂し、四国攻めとなった（『長元記《ちょうげんき》』）。

秀吉は、出発直前になって病気を患った。あまり休養もとらず、戦線に明け暮れていたようだ。秀吉本人が総大将として出陣する予定であった。

秀吉は、四国遠征軍として、三つの上陸軍を編制し、諸将に命じた。

「総大将は、羽柴秀長（秀吉の弟）、副将を羽柴秀次（秀吉の甥）」とする。

天正十三年六月十六日。

一、淡路・阿波上陸軍

「秀長軍三万の大軍を率いて堺の港から出帆、淡路島の洲本《すもと》（洲本市）に渡る」

「副将の秀次軍も三万、明石を出帆して淡路島に渡り——」

「福良《ふくら》（兵庫県南あわじ市福良）で秀長軍と合流する」

秀長・秀次軍合わせて六万の大軍が、淡路島の南端・福良泊《ふくらどまり》から潮の激しい鳴門《なると》海峡を渡り四国阿波の土佐泊《どまり》（徳島県鳴門市土佐浦）に上陸し、長宗我部軍との戦いがはじまった。

三手に分け、↓鳴門の撫養《むや》城（岡崎城）↓渭山《いのやま》城↓牛岐《うしき》城。↓一宮《いちのみや》城。↓木津《きづ》城↓脇《わき》城↓岩倉《いわくら》城↓白地《はくち》城（三好市白地）へと侵攻する。

元親は、斥候《せっこう》や諜報により、秀長・秀次らの軍勢が阿波国から攻めてくることは承知していた。阿波の諸城に重臣を配し、守り固めていた。

ところが、秀吉の軍勢はそれだけではなかった。秀吉には別働の上陸軍がある。

二、讃岐・屋島上陸軍

「宇喜多秀家・黒田官兵衛（孝高）、蜂須賀正勝・家政らに命じる。播磨・備前国の港より二万三千の大軍で瀬戸内海を渡り、讃岐の屋島（香川県高松市屋島）に上陸させ、讃岐からも侵攻せよ！」というものである。

屋島城↓高松城↓牟礼城↓木津城↓岩倉城へ侵攻する。

中国の毛利輝元にも四国征伐を命じた。

三、伊予上陸軍（毛利輝元軍）

小早川隆景・安国寺恵瓊《あんこくじえけい》・来島康親《くるしまやすちか》・吉川元春《きっかわもとはる》・得能太郎左衛門《とくのうたろうざえもん》の軍に、備後・安芸国の港、瀬戸内海に浮ぶ島々の水軍勢が海を渡り、伊予（愛媛県）の新間《にいま》（新居浜）・氷見《ひみ》・今治《いまばり》に上陸させ伊予から攻める。その数、三万とも四万。

長宗我部の城、新間の金子山城、氷見の高尾城・高峠城、今治の霊仙山城を攻撃する。

予想していた阿波だけではなく、讃岐・伊予からも同時に攻められては、元親も兵を分散させるしかなく、各地の戦いでは敗北が続いた。

元親軍の決定的な敗北は、阿波の諸城での戦いである。

まず、七月十五日、牛岐城（阿南市宮岡町）は元親の弟・香宗我部親泰《こうそがべちかやす》が守っていたが、守りきれず、城を捨てて土佐へ逃げ戻ってしまった。

滑山《いやま》城（別称・徳島城。徳島市城之内）を守っていた重臣の吉田康俊を同じように城を捨てて逃げてしまった。

阿波で最後まで抵抗していたのは、一宮城（徳島市一宮）と岩倉城（美馬市岩倉田上）および脇城（美馬市西城山）の三つであった。

秀長が岩倉城と一宮城を攻め、とうとうこの二つの城も落ちた。

長宗我部元親は、伊予・讃岐・阿波の三ヵ国の国境近く阿波の一番西奥の白地城（三好市白地）に兵八千で守り、城を落とされた一族や重臣たちもそこに集結している。

重臣筆頭の谷忠澄《たにただすみ》が──。

「これ以上、秀吉に抵抗するのは無理」と、秀吉に降伏することを勧告したが、元親ははじめこれを拒否し、徹底抗戦を主張していた。しかし、その後も各地からの敗報が続き、結局、講和交渉にのぞむことになった。

実際の交渉場面の中心になって動いたのは蜂須賀正勝であった。八月六日に、講和が成立し、秀吉は四国を平定した。元親は土佐一国を安堵された。

没収された伊予には、

「毛利方の小早川隆景・安国寺恵瓊・来島康親・得能太郎左衛門らが」

讃岐には、

「仙石秀久・十河存保《そごうまさやす》らが」

阿波には、

「蜂須賀正勝の子家政」が入ることになった。

このように、直前までに四国統一を果たしていた長宗我部氏も、天下統一の仕上げ段階に入らんとする秀吉の前には一《ひと》たまりもなく、その傘下に収まることになったのである。羽柴秀長が大坂に凱旋したのは、八月二十三日であった。

三

四国攻めの間に──。天正十三年（一五八五）七月十一日、京都では大きな動きがあった。それまで関白だった二条昭実《あきみ》が罷免《ひめん》され、秀吉が関白に就任することになった（『公卿補佐』『多聞院日記』）。当時、近衛信尹《このえのぶただ》が関白になりたくて、左大臣をもかねていた二条昭実と争っていた。が、その間隙をぬって菊亭晴季《きくていはるすえ》を動かした秀吉が、関白任官に成功したのである。結局、近衛信尹は、左大臣となった。

近衛前久《さきひさ》の養子となって藤原姓を称していた羽柴秀吉が昇殿し、柳原淳光《やなぎはらじゅんこう》を通じて従一位関白の宣下をうけた。

史上初の平民関白の誕生に、朝廷内外に波紋が広がっている。秀吉は昨年十一月、徳川家康の頭越しに織田信雄と和睦を実現し、政略では勝利をおさめたものの、小牧・長久手の戦いで屈服させられなかった家康の武名は一躍、天下に轟いた。

信長亡き後の武家の棟梁《とうりょう》をめざす秀吉としては、明らかに蹉跌《さてつ》（失敗）であり、その容易ならざる事態を一気に覆《くつがえ》す手段が、朝廷に対する官位戦略である。

秀吉は、信雄との講和後すぐに従三位権大納言《じゅうさんみごんのだいなごん》に叙任《じょにん》され、公卿《くぎょう》となって家康より上位に立つと、今年三月には正二位内大臣に叙任、その差をひろげた。

だが、秀吉がなおも満足せず、足利義昭に征夷大将軍への就任を依頼。しかし、落魄《らくはく》の身とはいえ、源氏の嫡流《ちゃくりゅう》を自任する義昭が、平氏《へいし》を称する秀吉の望みに応じるはずがない。

秀吉はやむなく、人臣《じんしん》最高位の関白職に狙いを変えたものと思われる。名実ともに天下人となった秀吉は、さらに新姓《しんせい》「豊臣」の下賜《かし》を奏請《そうしょう》するつもりのようだ。

閏八月二十二日、羽柴秀次は、十八歳にして、四国攻めの恩賞として、関白秀吉より自分領二十万石、合わせて近江に四十三万石を与えられ、近江八幡《おうみはちまん》城主（滋賀県近江八幡市宮内町）となった。

四

四国平定のだいたいの目途がついた時点で、秀吉は越中の佐々成政討伐を具体化しはじめた（富山城の戦い・越中平定・北国征伐ともいう）。

柴田勝家の与力であった越中富山城主・佐々成政は、賤ケ岳の戦い後、秀吉に従った。与力とは、寄騎《よりき》とも書き、主君に助勢・加勢のための侍大将《さむらいたいしょう》を指す。しかし、天正十二年、織田信雄・

徳川家康が秀吉と衝突すると、これに呼応して兵を挙げ、秀吉方の加賀金沢城主・前田利家と交戦した。

成政が厳冬の立山を「さらさら越え」で踏破して浜松城に赴き、家康に支援を求めたのはこのときである。立山は、飛騨山脈の山々である。成政はその山を踏破したことで、戦国の世に名を上げる。

十一月に信雄・家康と和睦した秀吉は、翌天正十三年八月、孤立して成政を責めるべくことで、今回の越中に出陣となった。成政が、昨年の小牧・長久手の戦いのとき、織田信雄・徳川家康と結び、秀吉に敵対し続け、そのままになっていたからである。朝廷から佐々成政討伐の勅許《ちょっきょ》（天皇の許可）を得た秀吉は、十万余の大軍を率いて京都から出陣する。これに対し、成政は麾下の兵二万余をすべて居城である越中富山城に集めた。

秀吉の先陣が、出陣したのは天正十三年（一五八五）八月四日で、七日には越前に入っており、秀吉はその七日に大坂を出陣し、八日に京を出て越中に向かった。

秀吉本隊が加賀に到着したのは十八日で、前田利家は秀吉を松任《まっとう》まで迎え、自ら先導して金沢城（石川県金沢市丸の内）に入った。

そして早くも二十日、秀吉は倶利伽羅峠《くりからとうげ》（富山県と石川県の境にある砺波山《となみさん》の峠）まで軍を進める。

秀吉軍は、富山城を十万の大軍で包囲する。成政は、富山城（富山市丸ノ内）に籠城して戦う姿勢をみせたものの、多勢に無勢であることを悟り、大軍の来攻で戦意を喪失し、二十六日、剃髪《ていはつ》し、僧形《そうぎょう》に身をやつして秀吉本陣を訪れ、降伏した。これは、織田信雄の仲介により降伏したのである。

秀吉の裁定により、九月十一日、成政は――。

「越中国のうち新川郡《にいかわ》だけを安堵する」

「残りの礪波《となみ》（砺波）・射水《いみず》・婦負《ねい》の三郡・三十二万石は、前田利家嫡男・利長に与える」

そして、前田利家は関白羽柴秀吉より、「筑前守」を賜る。

「秀吉軍の金森長近に飛騨一国を与える」

成政は――。

「一命を助けられ、妻子と共に大坂に移され――」

「以後、御伽衆《おとぎしゅう》として」秀吉に仕えることになった。秀吉と御伽衆という関係は、秀吉は読み書きが不得意であり、それを補うべく耳学問として、（一説では）御伽衆を八百人も揃えたという。武家では、足利義昭・織田信雄・織田有楽斎《ゆうらくさい》・佐々成政・滝川雄利《かつとし》・金森長近ら多数。町人では、茶人の千宗易（利休）・今井宗薫《そうくん》などである。

秀吉の治世を内政面から支え、壮麗な桃山文化を生み出し、一方では簡潔さを追求した詫《わ》び茶を完成させるなど、日本の文化の一面を形づくる。

十月二日。秀吉は西国で、あと残すのは九州の諸将である。

薩摩《さつま》の島津義久《よしひさ》と豊後《ぶんご》の大友義統《よしむね》（吉統）氏へ――。

「勅命により越中は平定した旨」を、報告する。

「天下静謐《せいひつ》（太平）の勅命を奉《ほう》じ九州国郡境目《こくぐんさかいめ》の紛争停止」を促《うなが》した。すなわち、停戦勧告を遵守《じゅんしゅ》しなければ「御成敗」の対象となるべきことを通達する。秀吉は━。「九州地方に惣無事令《そうぶじれい》」を発令した。

これからは、大名間の領土紛争などは、すべて秀吉政権がその最高機関として処理にあたり、これに違反する大名には厳しい処分を下すことを宣言した。

九州の島津義久と大友義統に対し、朝廷の権威を以《も》って━。

「九州での軍事行動の停止を通告する」と、直書《じきしょ》を発した。

しかし、島津は黙殺《もくさつ》して、九州統一を進める。

秀吉には、大友の手引きにより「九州攻め」に踏み切る日が近づく。

四日に大坂城から入京した秀吉は、七月の関白就任の返礼で宮中を参内し、内昇殿《だいしょうでん》（内裏《だいり》・天皇御殿の殿上《でんじょう》の間に昇ること）を許された。

秀吉が開いた内裏茶会で正親町《おおぎまち》天皇に献茶し、侘び茶で高名な千宗易《せんのそうえき》は「利休居士号《りきゅうこじごう》」を下賜《かし》される。つまり「利休」の号を勅賜された。

利休は大永二年（一五二二）、堺で魚問屋や倉庫業などを営む田中与兵衛の子として生れた。幼名は与四郎。武野紹鷗《たけのじょうおう》に茶の湯を学び、のちに織田信長や秀吉の茶頭《さどう》（茶坊主・茶道・茶堂とも）として数々の茶会を主宰する。利休は竹製の茶杓《ちゃしゃく》や黒楽茶碗《くろらくぢゃわん》を好み、自身が考案した茶室特有の出入り口である「躙り口《にじぐち》」は約二尺余りでとても狭い。二畳という限られた空間の茶室をつくるなど、文化の粋ともいう「詫び茶」の大成者として名高い。

二十三日秀吉は、大坂城に帰城した。二十七日、徳川家康は大坂城で関白羽柴秀吉に謁見する。翌二十八日、秀吉より要請があった人質呈出《ていしゅつ》について、家臣と協議し拒否することに決した。それと同時に、他方、同盟関係にある小田原の北条氏との間には、誓書の交換に応じていた。こうして、秀吉にとって、当面する敵は何れも滅亡に追い込まれるか、降伏してきたので短期間に順調に推移していたが、不安材料は、徳川家康の存在であった。

十一月二十八日、秀吉は、織田長益《ながます》・滝川雄利《かつとし》・土方雄久《ひじかたかつひさ》の三人を使者として岡崎城の家康のもとに送り、上洛を促した。しかし、そのときは、家康は秀吉の申し出に応じなかった。

その翌日の天正十三年十一月二十九日亥《い》の下刻《げこく》（午後十時すぎ）。天正地震（白川地震）といわれる畿内隣国の範囲で大地震が発生した。

イエズス会ポルトガル人宣教師ルイス・フロイス著『日本史』には—。

「それはかつて人々が見聞したことがなく、往時の史書にも読まれたことのないほどすさまじいものであった」

「日本の諸国でしばしば大地震が生じることはさして珍しいことではないが—」

「この地震は、桁《けた》はずれて大きく、人々に異常な恐怖と驚愕《きょうがく》を与えた」

と、空前絶後の地震に出会った驚きを母国に伝えている。

この日、関白羽柴秀吉は、近江に滞在していたが、秀吉について、

「これらの地震が起こった当初、関白（秀吉）は、かつて明智光秀のものであった近江、琵琶湖の畔、坂本の城にいた」

「だが、秀吉は、その時に手がけていた一切（のこと）を放棄し――」

「馬を乗り継ぎ、飛ぶようにして大坂へ避難した。そこは、秀吉にもっとも安全な場所と思えたからである」と、フロイスは筆をはしらせている。

《なお、現代の『理科年表二〇一一年版』によると、この地震は、マグニチュード（M）七・八に相当。北緯36・0度、東経136・9度と推定記載されている。飛騨白川谷で大山崩れ、帰雲城《きぐも》、白川郷で300戸全壊、他に民家300余戸埋没し、死者多数、飛騨・美濃・伊勢・近江など広域で被害。阿波でも地割れを生じ、余震は翌年まで続いたとある》。

秀吉に対し前田利家は――。

「越中木舟《きぶね》城（富山県高岡市）が倒壊し、（利家）弟・秀継《ひでつぐ》夫妻が被災死」

と、被災状況を報告してきた。特に、甚大な被害は、飛騨帰雲城（岐阜県白川村）は崩れ抜け落ち膨大な岩石土砂により倒壊し、城主・内ケ嶋氏理《うちがしまうじまさ》はじめ全員死亡し、一族が滅亡した。秀吉が築いた近江長浜城は、山内一豊《やまうちかつとよ》と妻（千代《ちよ》・見性院《けんしょういん》）が居城としていたが、全壊し、一人娘与祢《よね》姫（数え歳六歳）と乳母が圧死したという（『一豊公記』）。

第九章　秀吉に家康臣従

一

天正十四年（一五八六）正月。

四国も平定し、秀吉にとって、あと残るのは九州と関東・奥羽のみとなった。秀吉は、勅旨《ちょくし》をもって九州の島津義久に対し大友宗麟《そうりん》・龍造寺政家《りゅうぞうじまさいえ》との講和を命じていたが、その返事が一月十一日届いた。

ところが、その返事の内容は――。

「百姓からの成りあがり者であること」を理由に、秀吉を無視。由緒正しい細川藤孝（幽斎）に対して出されていた。

「命には従いがたい旨」が、付記されていたのである。

秀吉は――。

「島津は、許しがたい。必ず成敗する」と、意気込む。

昨年末ころから、秀吉は急速に朝廷へ接近の度を増していった。

一月十三日に入京する。昨年十一月二十九日の「天正地震（白川地震）」で畿内隣国の範囲に及び、大地震で壊れた近江の長浜城の修築を山内一豊に命じた。

翌十四日宮中に参内《さんだい》し新年を賀し、十五日には内裏（禁裏）の小御所《しょうごしょ》に大坂城の黄金茶室を運び、組み立て、千利休を随伴し茶会を開催、茶湯を献上した。十六日、黄金茶室は京の柴野において京中に披露される。

吉田兼見がこの茶室を拝見し――。

「三畳の部屋、畳表《たたみおもて》は猩猩皮《しょうじょうのかわ》、縁《ふち》は黒地の金襴《きんらん》」

「先代未聞、筆舌《ひつぜつ》に尽くしがたい」と、目を光らせ驚いた。

吉田兼見は公家の家格《かかく》を持ち、織田信長や明智光秀と親密で、信長の比叡山焼き討ちのとき、延暦寺を焼くことに不安を抱いた信長が相談に訪れたという。

また、本能寺の変のときは――。

「光秀に会いに行き、銀五十枚もらった」

後に、そのことを秀吉に指摘され、その銀を秀吉に差し出した。兼見は京都の吉田神社神主の神道家で『兼見卿記』の著者として、名高い人物である。

十八日には、宮中において猿楽《さるがく》（申楽）を観賞した。猿楽は、平安時代の芸能で、こっけいな物まねや言葉芸が中心である。

二十三日、今度は島津氏の当主・義久が、秀吉のもとに使者を派遣し、秀吉の「惣無事令《そうぶじれい》」を拒否する構えをみせた。

昨年十月二日付で、九州の諸大名に惣無事令を発し、義久には大友義統《よしむね》（第二十二代当主・父は宗麟）との和議を命じていた。大友氏と龍造寺氏を破って、九州全土に拡大しつつある島津氏は――。

「秀吉を成り上がり者」と、みて軽んじているようだ。

二十七日に織田信雄は、秀吉の命で三河岡崎に赴いて家康に会った。関白秀吉との和議を説得、上洛を勧めたのである。

一方、二月二十一日。関白秀吉は、聚楽第《じゅらくだい》の工事をはじめる。平安京大内裏の故地である「内野《うちの》」に普請を開始する。このころ、大坂城修築普請も並行して進められており、秀吉は加藤嘉明に大坂城修築の石材運搬に関する条規（条文の規定）を与えた。大坂城の普請には六万人。聚楽第の普請も同じくらいの人夫が動員されることになった。

聚楽第というのは、天皇が命名してくれた。すなわち――「長生不老《ちょうせいふろう》の楽しみを聚（あつ）める屋敷」と、いう意味である。

聚楽第の規模は、本丸は五層の天守が聳《そび》え、西の丸、北の丸、南二の丸などの諸曲輪《ぐるわ》を配している。その周囲は、濠《ほり》で囲み。濠の幅は二十間（三十六メートル）で、濠の深さ三間（五・五メートル）。周囲の長さは一千間（千八百メートル）の石垣で囲んだ大城郭である。近くには徳川家康などの諸大名の屋敷が建てられる。

《脚注。聚楽第跡の位置は、二〇一二年京都府埋文研究センターよると、京都市上京区上長者町裏門東入ルの京都府警西陣待機宿舎敷地南端で東西に延びる石垣基部が発見された。聚楽第本丸南堀北側の石垣と判断された》。

秀吉は、聚楽第の大普請に、責任者を発表した。

「総責任者に豊臣一族である近江八幡山城四十三万石の羽柴秀次」
「作事奉行に前野長泰《ながやす》（但馬出石《たじまいずし》五万三千石）に殿舎《でんしゃ》（御殿）の建築」（出石＝兵庫県豊岡市）
「造営奉行として、高力清長《たかりききよなが》（家康家臣）を石垣工事担当」

秀吉は、呟《つぶや》く——。

「九州遠征前に、三河の家康を大坂城に呼び寄せ——」

「なんとか、わしの配下にし、謁見させる手はないものか」

「わしの妹を家康の正室に嫁がせ、家康の義兄になる」

「他人からみれば、義兄弟にすれば、今の世の中で通りがいい」

と、決め、ぬけぬけと、実行に移した。

二月二十二日。秀吉は、妹の朝日姫《あさひひめ》を徳川家康に嫁がせるため、

「織田信雄の家臣・滝川雄利《かつとし》と土方雄久《ひじかたかつひさ》」を、三河に向かわせ、家康の家臣である酒井忠次と協議させた。

朝日姫というのは、秀吉と同腹で四十四歳になっていた。このときは、秀吉の家臣・佐治日向《さじひゅうが》守《かみ》に嫁いでいて、円満な夫婦で暮らしていた。

日向守に、

「知行《ちぎょう》五百石を加増する」という条件で、無理やり離別させた。

しかし、日向守は、

「加増と妻を引き換えに離別したとあっては、面目がたたない」と、いって断わり、自害して果てた。家臣たちや世間では、この事件に驚いた。

家康の方は――。

「正妻のないところを上手《うま》く衝かれてしまった」

と、家康の主従関係者で、筆頭の本多忠勝が、対応策を練った。

「せっかくの友好を、申し受けたほうがよいのでは…」

「嫁入りであり、人質でもありまするぞ」

「この際、びっくりするような持参金を吹っかけましょうぞ」

忠勝は――。

「殿、それと、もう一人、人質を出してもらわないと、面子《めんつ》がたちませぬ」

家康は乗り気で「秀吉の母か」と笑う。

三月九日、家康は、伊豆の三島で北条氏政・氏直父子と会見し、同盟関係を一層深めることを約した。

しかし、娘の督姫を氏直に嫁がせており、関白秀吉からは、朝日姫との婚約、上洛を迫られていて複雑な動きになっている。

この二月。正式に家康と和議を結んでいた秀吉は、家康を臣従させるため、四月二十三日に結納がとりかわされ、五月十四日に結婚式が行われた。

二

いよいよ、四月に入り「九州の役」（天正十四年四月五日〜天正十五年六月七日終結）がはじまる。

四月五日に、豊後の大友宗麟《そうりん》（義鎮《よししげ》・第二十一代当主）が、関白羽柴秀吉に大坂城で面会した。

「島津氏の豊後侵入を食い止めていただきたき申し候」

「島津討伐を願います」と、秀吉に臣従することで、大友は要請した。

秀吉は、いずれ九州平定を果たすことを想定していた。これは好機とばかりに、宗麟の要請を受け入れた。秀吉は快諾し大坂城内の隅々まで案内した。その後、茶で饗応《きょうおう》する。

宗麟は、この城のあまりの豪華さに驚き――。

「三国無双《さんごくむそう》の城でござる」と、称えた。また、宗麟は千利休の馳走に感動した。

宗麟は秀吉や松井友閑《ゆうかん》、宮本宗賦《むねみつ》らより贈物を賜る。

それから五日後の四月十日、秀吉は――。

「九州諸将の国境を定める」

「その命に背いた者を討つ」

「吉川元春らへ、諸城の守備を固めよ」と、下命した。

この日、秀吉は大坂城普請を続行中にもかかわらず。「京都に方広寺大仏殿《ほうこうじだいぶつでん》を建立《こんりゅう》」すると称し、材木の調達を諸大名に命じた。

京都の南北は春日《かすが》から一条にかけて七町（約七六三㍍）、東西は大宮から朱雀《しゅじゃく》にかけて四町（約四三六㍍）、十万坪の大宮殿の普請をはじめる。天守閣を北西隅に置く方形の本丸と、その前方に馬出《うまだ》しを設け、本丸の外周には、多くの大名屋敷が配置される。城内は、桧皮葺《ひわだぶ》きの御殿と広大な林泉《りんせん》（林や泉水などのある庭園）から構成され外壁は石垣と塀《へい》で囲まれる構想である。秀吉は普請に要する資材の調達を命じたのである。

「毛利氏には、領内から千三百本をこえる檜材《ひのきざい》の運上」を課すと通達した。

西国《さいごく》の各地の鉱山から産出される金・銀・銅は、秀吉が独占して大坂城に流れ込む。大仏殿建立や、聚楽第普請の費用の大部分は、課役《かえき》を申し付けられた大名や秀吉の負担となり、その荷重に耐えかねた農民が逃散する村が続出する始末である。後に、徳川家康が秀吉の臣下になったころ、大仏殿の棟木《むなぎ》となる大木を富士山麓から運ぶのに、延べ五万人の人々が動員され、徳川家の負担は並大抵のものではなかった。

七月に入った。秀吉は京都・大坂・大津と席のあたたまる間もなく動いている。五日、京都で聚楽第の普請の進捗状況を見て大坂に戻り、十七日は再び入京、さらに二十二日に奈良の春日大社《かすがたいしゃ》（総本社・春日神社。奈良市）に参詣して京に戻り、また二十六日には参内している。

一方、九州攻めについて八月から動きが急となっていく。

八月十六日、秀吉は――。

「毛利輝元・吉川元春・小早川隆景ら」に、出陣を命じる。

大坂城では―。

「岡崎行きを嫌がる母（大政所）に、何度も秀吉は平伏し」説得した。

「おっか様、なんとか、関白として、天下太平のために…」

このとき、母・なかは、しぶしぶ承諾してくれたのである。

九月二十六日、秀吉と信雄は、徳川家康に使いを遣わし、大政所を人質に送ることを約し、家康の上洛を促した。これに対し、徳川家では羽柴家への対応に関する評定がおこなわれ、家康の上洛が決定された。

「大政所は、朝日姫見舞いの名目で岡崎に赴く」ことになる。

十月十八日、秀吉が生母の大政所までも人質として岡崎城に送ってきたため、遂に、家康は秀吉に臣従することを決意した。

「十月二十日に岡崎を出立し、二十六日に大坂に到着、羽柴秀長邸に」宿泊する。

その夜には、秀吉本人が密かに家康に会い、改めて臣従を求めた。こうして家康は完全に、秀吉に屈することとなった。

二十七日、大坂城で居並ぶ大名の中で―。

「上洛、大儀であった」と、秀吉は、一言大上段にいっただけだった。

ここで、家康は、関白秀吉に拝謁して臣従し、臣下の礼を取った。

謁見の前日、秀吉の臣・浅野長吉（長政）が家康を訪ね、明日、秀吉が着る羽織を所望《しょもう》してほしいと依頼していった。当日、家康がいわれたとおりに秀吉の羽織を所望すると、秀吉は――。

「家康殿は自分に具足羽織を着させないつもりらしい」

と、いって羽織を家康に与えた。つまり、合戦には家康が行き、秀吉をわずらわすことはないという秀吉の芝居であった。

翌二十八日、秀長は、猿楽を興行して家康を饗応する。裏工作はどうあろうと、表面は秀吉の勝利である。


十一月一日、家康は京都に行き、秀吉は家康の邸《やしき》を築かせる。こうして、秀吉と家康との関係は、一応平静となった。

人質の役目が終わった大政所は、家康の臣・井伊直政に護られて、十一月十二日、大坂城に戻ってきた。


毛利の家臣・吉川元春・元長父子より、秀吉のもとに書状が届いた。

「九州攻めのための出陣を延期すべき申し候」という意見である。

十一月二十日、秀吉は――。

「その意見に従って来春に延ばす」と、元春・元長父子に伝えた。

ついで、十二月一日。

「来春三月に、九州攻めの軍をおこす」と発表する。

「諸国の大名に兵力動員の指令」を出した。

すでに、秀吉配下の毛利勢は九州に渡り、駒を進めていた。島津勢との戦いはいくつもみられた。

このころ、用心深い秀吉は三河の徳川家康とは、まだ不安定な関係にあったため、大規模な援軍を九州に送ることができず、援軍として仙石秀久を軍監とした長宗我部、十河《そごう》らの四国勢を豊後に先陣派遣していた。

秀吉が大友宗麟を支援するため送りこまれた仙石秀久・長宗我部元親・信親父子、大友義統《よしむね》・十河存保《まさやす》が率いる豊臣軍と、島津家久（義久の弟）が率いる島津軍との衝突である。これは九州攻めの前哨戦となった「戸次川《へつぎがわ》の戦い」（大分市中戸次の河原）である。

ところが、秀吉の出陣もなく、代りに指揮を任されたのが、秀久であり、四国征伐の功で、讃岐高松十万石の領主となったが、着任して日が浅く、その中核となる直軍《ちょくぐん》を含めて、寄せ集めの団結力であった。

救援に出迎えた大友勢も道案内役の戸次統常《べっきむねつね》率いるわずかな兵であり、島津勢に比べ兵力は劣っていた。

焦る秀久らは、無謀にも冬季の渡河作戦を決行した。島津戦法の「釣《つ》り野伏《のぶ》せ」に誘われ、伏兵《ふくへい》に遭い、戸次川の中で戦死者が多数出した。長宗我部信親・十河存保もこの川で戦死する事態となった。秀吉が豊後の大友宗麟を助けるために送りこんだ長宗我部元親らの軍勢は戸次川の戦いで惨敗してしまう。この大勝に乗じた島津勢は、鶴賀《つるが》城を落とし、十二月十三日府内《ふない》に侵入。義統《よしむね》は万策尽きて、豊前に逃走し大敗した。

その後、鶴崎《つるさき》城攻めで女《おん》武将《な》「妙林尼《みょうりんにん》」のたくみな謀略で、島津勢は敗戦、重臣を失う。島津軍は、鶴賀城での戦いでも苦戦し多くの戦死を出した。臼杵《うすき》城では宗麟の国崩し攻撃を受け撃退される。島津家久軍の損害は数千以上に上ったと伝えられる。

妙林尼は、大友氏の家臣・吉岡鑑興《あさおき》の妻（吉岡妙林）で、籠城を決意し、農民に板や畳を持ち寄らせ、それらで砦を築き、農民に鉄砲の使い方を教え、決戦に備えた。妙林尼率いる吉岡軍は、計十六度におよぶ島津軍の攻撃を退け、島津軍を苦しめた。夫の鑑興が耳川《みみがわ》の戦い（天正六年、大友宗麟と島津義久軍との戦い）で戦死したため、夫を弔うために妙林尼と称していた。（現代でも地元では、彼女の戦いを語り草となっているという）。

その後も大友軍は、臼杵、杵築《きつき》、佐伯《さえき》、竹田《たけだ》などで激しく抵抗を続けたため豊臣軍の大軍が豊前に入ると島津は豊後から撤退することとなる。

後に、仙石秀久が帰還後、秀吉から敗戦の責を問われ、秀久の所領没収ならびに改易処分となり、高野山へ追放された。

十二月二十五日、秀吉は太政《だじょう》大臣（従一位）の宣下《せんげ》を受け、「豊臣」の姓を賜った。このとき、「豊臣政権が確立」することになった。

秀吉は五摂《せっ》家《け》の筆頭である近衛前久《さきひさ》の猶子《ゆうし》（兄弟の子・親戚）となって藤原姓を称していた。関白のときはそれでよかったにしても太政大臣になるにあたっては新姓が欲しかったのである。

第十章　九州平定作戦

一

天正十五年（一五八七）正月元旦。

秀吉は、太政大臣、関白豊臣秀吉という武家の最高権威を持ち、大坂城において公家衆・諸大名の参賀を受ける。懸案となっていた徳川家康とも関係改善し、家康が秀吉の臣下となり、悠々として、大規模な九州攻めを決行できる好機となった。この日、年賀の祝儀の席で、九州侵攻作戦について軍令を下した。

次のような部署を「豊臣軍」として、諸大名に命ずる。

「総大将は、わしである（関白豊臣秀吉）」

「本軍十万の指揮は、織田（羽柴）信秀」

「副将として、蒲生氏郷・池田輝政・堀秀政、徳川竹千代（秀忠）の名代（代理）として本多忠勝・榊原康政が。真田昌幸の名代として真田幸村（信繁）が、秀吉から指名された本軍・馬廻衆に組み入れられ、秀吉を護衛することとする」

「別働隊十五万の大将は、豊臣秀長」

「副将には、毛利輝元・長宗我部元親・細川忠興」

「軍師（軍監）として、黒田官兵衛（孝高）を指名する」

「豊臣水軍として、九鬼嘉隆・堀内氏善《うじよし》・村上（能島《のしま》）武吉《たけよし》・村上（来島《くるしま》）通総《みちふさ》らには、日向灘《ひゅうがなだ》から薩摩・錦江《きんこう》湾に入らせ、薩摩の島津家・本拠地の内城を攻撃するように」と命じた。

「兵站《へいたん》作戦として、石田三成・増田《ました》長盛・大谷吉継《よしつぐ》・長束正家《なつかまさいえ》・小西行長《こにしゆきなが》らに兵二十五万人分、兵粮《ひょうろう》三十万人分、馬飼料二万頭分の準備をする」

豊臣軍の総兵力は、戦国史上最大の二十五万余で、九州全土に侵攻することとなった。

九州遠征軍の陣容は、次の四十余国の武将に軍役を割り当てる。

「越後・甲斐・信濃・駿河・遠江・三河・尾張・美濃・飛騨・越中・能登・加賀・越前・若狭・近江・伊勢・伊賀・大和・志摩・山城・丹波・丹後・紀伊・和泉・河内・摂津・淡路・播磨・但馬・因幡・備前・美作・伯耆・出雲・岩見・備中・備後・安芸・長門・周防・阿波・讃岐・土佐・伊予」

秀吉が度量の広さを見せることで、

「秀吉嫌いを高言する徳川家の重臣二人を身近に置き――」

「自分はそなたたちを信頼している」と、秀吉特有の宣伝である。

留守中・城の守りは――。

「大坂城は前田利家が二万の兵で守る」

「甲斐・府中は滝川雄利が、駿河・駿府城は一柳直末《ひとつやなぎなおすえ》が、岡崎城は堀尾吉晴が」

「越後の春日山《かすがやま》城は上杉景勝が守る」

「京都の守りは、豊臣秀次・中村一氏・山内一豊で、目付として細川忠興（藤孝）を残す」

関東の北条氏、奥羽の伊達氏らの動きを牽制するため、

「常陸国《ひたちのくに》太田城主（茨城県常陸太田市）の佐竹義重と同盟を結ぶ」

秀吉の軍令は、留守含む、総数四十万の軍勢である。

「九州攻めに出陣する兵二十五万」

「関東の北条氏への備えとして十万、畿内の留守部隊に五万を諸城に配置する」

実際に軍勢が出発したのは正月二十五日からであった。

この日、先鋒の宇喜多秀家が一万五千の兵を率いて出陣、二月一日には宮部継潤《みやべけいじゅん》・南条元次など因幡・伯耆国の諸将が。二月五日には前野長康・明石則実など但馬の諸将が、それぞれ続々と九州に向けて出陣した。

二月一日。長門・周防・伊予から豊臣秀長軍の先遣隊として、細川忠興（藤孝）の長男忠利・生駒親正・長宗我部元親らの軍勢が、豊前・中津に上陸して、黒田官兵衛（孝高）三千と合流した。

秀吉の命を受けていた水軍勢は、二千艘《そう》余の関船《せきぶね》を周防に集結させ、豊臣軍二十五万の兵馬の輸送に当たっている。

関船は巡洋艦《じゅんようかん》で大型の安宅船《あたけぶね》の戦艦《せんかん》と小型の小早船《こはやぶね》の間に位置する軍船である。艣《ろ》の数が、四十から八十挺《てい》あるものが関船である。

石田三成・増田長盛・大谷吉継・小西行長らは、大量に買い付けた兵粮米・弾薬を、豊前・中津と筑前・博多に輸送している。

「殿下（秀吉）が、九州までご出馬なさらなくてもよいのに、拙者《せっしゃ》だけで十分…」

と、秀長はいっているらしい。

秀吉は、九州平定後を見据えて、

「新しい国割りをし、博多は畿内の堺に匹敵するので、地の利から南蛮《なんばん》貿易」を、盛んにしたい。商都として博多は価値がある。もともと、博多の支配を巡って、永年、大友氏、龍造寺氏らが紛争を演じてきたところだ。

ここに「漁夫《ぎょふ》の利《り》」で、侵入してきたのが島津氏だ。

「島津を本拠地に追い返し、大友と龍造寺の言い分を聞き、和睦させるべきだ」

「わしの、和睦料として臣下の者を置く」

「博多に、睨《にら》みを利かせるのだ」

これら、権威と駆け引きや脅しは、秀長には無理であろう。

「今や、長崎一帯は切支丹《きりしたん》王国化しているらしい」

「実情を視察しておきたい」と、秀吉は呟く。

二

天正十五年三月一日。秀吉は、唐冠《とうかんむり》の兜《かぶと》・緋縅《ひおどし》の鎧《よろい》を付け赤地錦《あかじにしき》の直垂《ひたたれ》を着て、あでやかに飾り立てた装いで、名馬に跨《またが》り、黄母衣《きほろ》衆・馬廻《うままわり》衆・槍《やり》衆・鉄砲衆ら八万の軍勢を率いて、大坂城を発した。勅使・公家衆らに見送られ、陸路を西へ山陽道に向かった。黄母衣衆は、秀吉の馬廻衆から選抜された親衛隊で、信長の時代に倣《なら》うものである。

その後の秀吉の行程は――。

「五日に備前片上《かたかみ》、六日備前岡山、十二日備後赤坂に到着し」

「赤坂で前将軍足利義昭の出迎えを受け、十四日安芸四日市に」

秀吉は、義昭と会うとは思っていなかった。義昭は「落魄《らくはく》（落ちぶれる）の足利元将軍」で、信長によって京都から追われ、備後に下向し在国していた。

何せ、秀吉にとっては、天正元年（一五七二）、室町幕府・将軍足利義昭であり、秀吉の主君・織田信長が義昭を京から追放し、「室町幕府が滅亡」。織田政権樹立してから、十五年ぶりの再会であった。

秀吉は、考えぬき、会見場所として津之郷《つのごう》の田辺寺《たなべじ》の庭に、丸型の縁台に籐椅子二脚を住職に用意させた。

成り上がり趣味を見せたくなく、公家姿から武士の格好にして待っていた。義昭は、朝早く毛利家差し回しの真新しい網代《あじろ》の駕籠《かご》に乗ってきた。無腰《むこし》（丸腰）で道服姿《どうぶくすがた》。投げ頭巾《ずきん》を取って、秀吉に、先に軽く一礼してきた。

この態度に、秀吉は感激し、声をかけはじめた。

「お懐かしゅうござる。義昭殿、ささ、これへ」

と、庭の椅子の方を指す。義昭は、丸い縁台を視まわし、席の隔たりがないことに、安堵したようである。手配しておいた茶坊主《ちゃぼうず》二人が、黒と褐色の天目茶碗《てんもくちゃわん》に入れた薄茶と茶菓子を、静々と置いた。

「どの茶碗でもお選びくだされ、粗茶をご賞味くだされ」

秀吉は、声低く囁《ささや》いた。茶碗を選ばせ、毒入りでない証の配慮である。

義昭は、「では」と、褐色の茶碗で召し上がった。およそ、半刻《はんとき》（今の一時間）ほど話をし、義昭は帰った。

「十六日安芸海田、十七日には安芸廿日市に着陣」した。

「十八日は安芸厳島《あきいつくしま》に渡り厳島神社に参詣、ここで和歌を詠み米穀を寄進」

「十九日周防永興寺《すおうえいこうじ》。二十五日長門赤間関《ながとあかまのせき》に」

「二十九日にはついに豊前小倉《こくら》を経て馬嶽《うまたけ》城に入った」（『九州御動座記』）。

この間に秀吉は一色昭秀《いっしきあきひで》および木食応其《もくじきおうご》上人を使って島津義弘に和議を勧めさせていたが、義弘の方に応ずる動きはなかった。

島津軍は、三月十二日には豊後府内《ふない》（領内）、十五日には豊後松尾に進出してきた。すでに豊臣軍先鋒の豊臣秀長・黒田官兵衛（孝高）・小早川隆景らの軍勢は日向に駒を進めており、三月二十九日には日向県《あがた》城を陥落させている。

四月二日。豊前・筑前の秀吉本隊の方は、島津方に属した筑前の秋月種実《あきつきたねみ》を攻めた。船載《はくさい》砲十門《ほうじゅうもん》に破裂弾《はれつだん》を装填《そうてん》し、秀吉は秋月城本丸を砲撃させる。

種実は豊臣軍の攻撃をこらえ切れず、ついに四月四日、娘を人質に出し、黄金百枚、米二千石と名器のほまれ高い楢柴肩衝《ならしばかたつき》を秀吉に献上して、秀吉の軍門に降った。秀吉は秋月城の破却を命じて、立花城に兵を戻した。

さらに、秀吉の行程は―。

「筑後に入り、高良山《こうらさん》に着陣、龍造寺政家《りゅうぞうじまさいえ》・筑紫広門《つくしひろかど》を味方とし」

「十三日には肥後《ひご》高瀬《たかせ》、十六日隈本《くまもと》。十七日宇土《うど》、十九日八代《やつしろ》に進む」

こうした秀吉勢の快進撃をみて動揺したのは島津側である。

特に、四月十七日の日向根白坂《ひゅうがねしろざか》の戦いで、島津義久、義弘の軍勢が秀長の軍に敗れて以来戦意を喪失。ついに二十一日、家老伊集院忠棟《いじゅういんただむね》を人質として和を求めてきたのである。

日向路の豊臣秀長軍が十五万、肥後路の秀吉軍が十万という圧倒的兵力にまさる秀吉側の勝利である。

秀吉はなおも二十五日肥後佐敷《ひごさしき》、二十七日薩摩出水《さつまいずみ》。五月一日薩摩阿久根《あくね》と軍を進め、三日、薩摩川内《せんだい》の泰平寺《たいへいじ》に本営を置いた。

秀吉はここで秀長の報《しらせ》によって島津の降伏を知る。こうして義久が剃髪《ていはつ》（薙髪《ちはつ》）して、龍伯《りゅうはく》と号し泰平寺に秀吉を訪ね正式に降伏してきた。

義久が降伏したことにより、秀吉の九州遠征の目的はほぼ達成された。が、まだ島津義弘は降伏していなかった。

義久が秀吉に拝謁した日の前日、義弘は日向の飯野城などに籠って秀吉と対決しようとし、義久が秀吉に降《くだ》ろうとするのを止めようとしていた。

しかし、秀吉が十八日薩摩の平佐《ひらさ》、二十日山崎と進むに従い、ついに二十二日、薩摩鶴田《つるた》の陣に、義弘は秀吉を訪ね降伏してきた。

　だが、義久・義弘が降伏したにもかかわらず、島津家臣の中には頑強に秀吉に抵抗する者もあった。

　日向都城《みやこのじょう》の北郷一雲《きたごうかずくも》と薩摩大口城の新納忠元《しんのうただもと》である。秀吉は義久・義弘に説得させることにした。その結果、二十六日、新納忠元が、義久の説得をうけ入れて降り、秀吉のもとに謁見を申し入れて来た。

　また北郷一雲も五月二十七日、秀長に謁見し人質を出してきた。ここに、秀吉の九州攻めは、ことごとく完了したのである。

　四日前の二十三日、島津一族が降伏するのを待っていたかのように、津久見で養生していた大友宗麟は、五十八歳の生涯（病没）を終えた。

　二十七日、薩摩・内城に入った秀吉は、三州の知行割りを布告した。南九州の薩摩・大隅・日向のことを三州と称する。

「島津義久に薩摩の内十万石。島津義弘に大隅の内十万石」

「伊集院忠棟《いじゅういんただむね》に八万石、島津以久一万石、寺社領三千石」

「関白蔵入《くらいり》分一万石、石田三成六千石、細川藤孝三千石」

「出水郡《いてみずぐん》三万石は、羽柴信秀《のぶひで》（信長の六男）に」

「日向飫肥《おび》（宮崎県南東部・日南市）三万石は、伊東祐慶《すけのり》に」

「日向二十万石は、織田家の直轄地とする」

　こうして、給人領《きゅうにんりょう》（領地を持った武士）については、徹底した封地替《ふうちが》えが行われた。六月一日、薩摩を出立した秀吉は、天草《あまくさ》から長崎・平戸《ひらど》など視察した。

七日、平戸・唐津《からつ》・前原と遊覧し博多筥崎《はこざき》（箱崎）に逗留《とうりゅう》した秀吉は博多の豪商神谷宗湛《そうじん》に案内され、小型南蛮船に乗り、博多港の復興を視察した。

博多の浜に上陸した秀吉の許には、筑前の地侍や神官・僧侶たちが金銀を進物として贈ってきたが、秀吉は銀子一枚のみ手にして、残りを博多再興にと寄付した。羽柴（織田）信秀が考えた「博多再興」の条々を、秀吉は公布した。信長が安土に下した「掟」を参考とした。今回は、九条の掟であった。


六月十八日、秀吉は九州陣における軍功を賞して、知行割を発表した。

「筑前の内宗像・鞍手・嘉穂・朝倉四郡を、小早川隆景に」

「糟屋・筑紫・糸島三郡は関白蔵入地に、筑後上四郡は秀吉・馬廻衆に」

「筑後下四郡は立花宗茂に、筑後一郡・肥前一郡を筑紫広門に」

「肥前四郡を龍造寺政家に、肥前・長崎を秀吉直轄地に」

「対馬・宗氏、肥前松浦氏、有馬氏、大村氏には旧領を安堵する」

「肥後一国は佐々成政に、豊前の内遠賀・田川郡は関白蔵入地に」

「豊前の南半分――京都郡《みやこぐん》・筑城郡・上毛郡・下毛郡・宇佐郡・仲津郡の六郡、合わせて十二万石を黒田官兵衛（孝高）に」

「豊後一国は大友義統に、志賀親次には秀吉直轄地から千石を」

「秋月種実・高橋元種を日向に、宇都宮鎮房は伊予に」

「毛利輝元には小早川隆景の領地であった周防を与える」

秀吉が約一ヵ月滞陣ののち、天正十五年（一五八七）七月二日、筥崎を出発し、海路、長門の赤間関《あかませき》に到り、十日には備前岡山に到着した。つづいて十二日の夜、備前片上《かたかみ》を出帆《しゅっぱん》して海路大坂城には七月十四日に凱旋した。

そこには勅使勧修寺晴豊《ちょくしかんしゅうじはるとよ》が出迎えていた。大坂城を守っていた前田利家が二万の兵で閲兵し、労をねぎらった。

大坂城内に戻った秀吉は、出迎えた生母・大政所（関白の母として天皇宣旨《せんじ》の称号政所。従一位《じゅうのいちい》）のなか（仲）や、妻・北政所（関白の正室として従三位《じゅうのさんみ》）の祢々《おね》（ねね）。側室、侍女など大勢の女衆で華やいだ情景である。

九州のお土産物を山のように積み上げ、母に長い不在を詫び、母の息災を慶《よろこ》んだ。そして、北の丸に住む妻・祢々の許に、

「かかや、かかや。ようやく、かなえた…」

「気苦労をかけて、すまんのぅ…」

「いいえ、本当に、おめでとうございまする」と、ほほ笑む。

祢々の点じた茶を飲み、一緒に博多の菓子を食べ、秀吉はごろりと横になり、心休まるひとときである。

今度は、祢々《おね》（ねね）に気遣いして、静々と西の丸に住む側室の龍子《たつこ》（竜子）の居室を訪ね、茶湯を楽しんだ。

秀吉は、できれば、名家のお市の血縁・茶々（のち淀殿）を何とか手に入れたい心境だが、龍子の方も、浅井《あざい》家の茶々よりも、京極家という名門の出である。

秀吉は、名門に憧れ、名門に弱い。貧乏百姓の生まれ、いじめられ、妬《ねた》まれ、成りあがり者と揶揄《やゆ》されつつ、諦めることなく邁進《まいしん》するのみ。関白・藤原姓・豊臣に改名・太政大臣へと大きな権威を持ち、遂に西国、九州の果てまで平定した。

第Ⅱ部

【東国】関東・奥羽の戦線

第一章　関東・奥両国惣無事令《おくりょうこくそうぶじれい》

一

天正十五年（一五八七）立夏。西国を平らげた秀吉の次なる平定は、東国である。これを終えれば天下統一は成る――。

九州の島津氏を臣従させた関白秀吉は、御年五十一歳を迎えていた。関白とは「天皇の行政代行者」であり、すでに西国で秀吉が公儀《こうぎ》の代理となって豊臣政権を樹立した。秀吉にとって、東西一統の過程で、最も重要なのは「惣無事令《そうぶじれい》」の発令にある。この令は一言でいえば、私戦禁止令である。

「戦国大名が、勝手に他国に侵略することを禁止する」法律である。その目的は――。

「公儀として、関白豊臣秀吉が、静謐《せいひつ》(平和)を実現させるために戦国大名に要請した」法律である。

「従わなければ、征伐する！」

これは、秀吉が薩摩鹿児島の島津氏や関東・奥羽に送った書状であった。しかし、この書状で完全に統一できず、有力大名は「秀吉をみくびって」いる。島津氏は、すぐに従わず、結局、征伐を受け、島津義久は剃髪《ていはつ》して秀吉の許しを請《こ》い、薩摩一国のみを安堵《あんど》されるに到った。

秀吉は、昨年の十一月、徳川家康が秀吉に帰服を機に――。

「関東惣無事令」を命じ、家康を通じて関東の北条氏政に伝えている。次なる目標は関東にて大勢力を誇る北条氏を服従させる。そののち、奥羽に下向し伊達氏、葛西氏、大崎氏、最上氏など有力大名に奥羽仕置を実行することであった。

七月二十五日。秀吉は大坂城から入京し聚楽第に入った。

聚楽第の普請は、昨年の天正十四年二月からはじめられており、完成までにあと二ヵ月を残す程度に進捗している。武家関白に任官したことにより、京都に新たに政庁を兼ねる邸宅が必要となったのである。それが豪壮な聚楽第である。今後、大坂城と京の聚楽第を往来する形で政務をとることになった。大きさ、豪壮さ、ともに内裏《だいり》（天皇御所）を凌駕《りょうが》しており、最高のものを秀吉が京都に築く。そして、聚楽第から全国の大名統制の場として位置づける。

明年の春には後陽成《ごようぜい》天皇に聚楽第へ行幸《ぎょうこう》していただき儀式を行うことにしている。昨年十二月十六日、後陽成天皇は、皇祖父《すべらぎ》にあたる正親町《おおぎまち》天皇から譲位《じょうい》されていた。

一方、秀吉の東国平定に立ちはだかる最大の敵が、相模国《さがみのくに》（相州《そうしゅう》）小田原城を拠点に、関八州に勢力をのばす北条氏であった。

北条氏は室町幕府の政所執事《まんどころしつじ》だった伊勢《いせ》新九郎盛時《しんくろうもりとき》（北条早雲《そううん》）が伊豆へ下って国盗りをはじめて以来。氏綱《うじつな》、氏康《うじやす》、氏政《うじまさ》、氏直《うじなお》と五代にわたってつづく、関東の覇者である。

二代氏綱のときに、姓を「伊勢」から「北条」にあらためているが、これは鎌倉幕府の執権《しっけん》北条氏に倣《なら》い、関東で栄えたいとの謂《いい》があった。（謂＝いわれ・意味・理由）。

北条氏のことを、小田原北条氏や後北条氏ともいわれる。北条氏は民政面にすぐれており、かつて同盟を結んだ駿河今川氏、甲斐の武田氏が次々と滅んでいくなか、着実に生き残り、五代氏直の時代にいたって、その所領は最大版図《はんと》に広がっている。

秀吉は、この北条氏に対し――。

「鎮西《ちんぜい》（九州の称）の島津氏も、われに従った」

「早々に上方へのぼって、臣下の礼をとるように」と、上洛要請をおこなった。

しかし、北条氏には、関東の覇者としての誇りがある。また、相模湾を臨む大城郭の小田原城は、戦国最強とうたわれた上杉謙信、武田信玄の攻撃にも屈しなかった実績があり、「秀吉は何をするものぞ」という気概を、一族、家臣たちに与えていた。

奥州には伊達政宗という北条との同盟者があり、また豊臣政権に臣従しているものの、同じ北条氏と結んでいる徳川家康を味方に引き入れれば、

「成り上がり者の秀吉には、負けることはない」

と、いう読みが、北条氏の内部にある。

関東の北条家では七月晦日《みそか》（三十日）――。

豊臣軍の襲来に備え、当主氏政と氏直父子の弁《べん》は――。

「緊急動員を目的として人改令《ひとあらためのれい》」を伊豆国・相模国・武蔵国内に発し軍備を整えることを指示していた。

昨年の天正十四年以降、小田原城をはじめとする関東・伊豆の諸城を改修拡張する普請を続けている。北条氏は、秀吉に臣従する気などさらさらない。

北条氏政や氏政の弟氏照（八王子城主）は──。

「われら北条家は早雲公以来、五代百年にわたって独立を保ち、関八州と──」

「南方の伊豆方面にも善政を布《し》いてきた。民百姓はわれらを支持し慕っている」

「成り上がり者の秀吉連《づ》れに、いまさら頭を下げに行けるものか！」

「関東の地が欲しければ、力ずくなり何なり、向こうから出かけてくるがよい」

と、きわめて挑戦的な態度である。

北条家では、軍事動員の準備として人改令を郷民代表の小代官《こだいかん》らに発布する。

一、侍《さむらい》・凡下《ぼんげ》を問わず、万一「御国《おくに》御用」の場合に召使うべき者を選び、その名を届けよ（人数指定、八人は例外、三、四人に）。働ける者を選び、名を書き出せ。

二、弓・鑓《やり》・鉄砲を何なりと用意せよ。身分・職業問わず十五歳から七十歳の者を選べ。

三、腰差類のひらひら（旗指物）はいかにも武者めくように支度せよ」

四、働ける者を残し夫（戦闘に加わらぬ陣夫）同様の者を出せば小代官の頸《くび》を切る。

五、よく働いた者には、望み次第に恩賞を与える。

この人改令は、兵と農の明確な区分を前提に出されたものである。北条家では兵農分離であるが、武士・農民・漁民・町人・職人を問わず、十五歳から七十歳までの成人男性がすべて徴兵され、小田原城や各支城に配備される。

初期の小田原城は、土肥郷《どいごう》（神奈川県湯河原町一帯）の豪族、土肥実平《どひさねひら》（神奈川県湯河原駅前に銅像）が、鎌倉時代初頭。石橋山（小田原市）の合戦で源頼朝《みなもとのよりとも》を助けて戦功をあげたので、戦後、実平の長男遠平《とうひら》がこの地域を治め、築城したのがはじまりである。土肥氏失脚後は、八十年ほど大森氏子孫の支配下にあった。

しかし、明応四年（一四九五）大森藤頼《おおもりふじより》城主のとき。伊豆韮山《にらやま》から興った伊勢新九郎盛時（北条早雲）に攻め取られたものである。その後、城は、上杉氏、武田氏の攻撃に備え再々拡張整備されてきた。そして、此度《こたび》の秀吉の侵攻に備え普請を続けているのである。

天正十五年七月二十九日。徳川家康は秀吉の九州征伐から凱旋祝賀のため駿府を発していた。八月五日に秀吉は、凱旋を祝賀するために上洛した家康を、わざわざ、近江国の大津に出迎え、ともに入京した。

家康の宿舎は京の豪商・茶屋四郎次郎清延（初代）邸に。そして家康は招かれた聚楽第で秀吉に謁し、九州平定を賀した。その後十二日、家康は帰国する。

八月六日、九州において「肥後国人一揆（八月六日~十二月五日）」が勃発する。肥後国菊池郡の隈部親永《くまべちかなが》が、新領主の佐々成政の検地に抵抗し、隈府城《わいふじょう》（別称・菊池城。熊本県菊池市）に籠城。この日、成政が六千の兵力で隈府城を攻めると、同城を放棄して、嫡子親泰《ちかやす》のいる城村城（山鹿市）に移る。肥後国衆一揆のはじまりとなった。

二

九月の長月《ながつき》の秋に入った。四日、秀吉の側近黒田官兵衛（孝高）は、京都一条通猪熊に邸宅を賜り、また河内丹北郡において五百石の湯沐料《とうもくりょう》を与えられた。湯沐料とは、君主が与える領地のことで、湯沐邑《とうもくゆう》ともいわれ古代中国から飛鳥時代に伝来し戦国時代でも続く。このころ、千利休は聚楽第の城下の葭屋町元誓願寺《よしやまちもとせいがんじ》前に屋敷を設けている。

九月十三日。待望の「聚楽第が完成」する。大政所《おおまんどころ》（秀吉の母。なか・仲）、祢々《おね》（ねね・北政所《きたのまんどころ》）とともに、大坂城より正式に移徙《わたまし》（移転）した。

十六日。聚楽第において多数の公家衆の祝賀を受ける。秀吉は聚楽第のお披露目をして、その途方もない豪華さに皆驚いた。

二十七日。秀吉は来月の大茶湯《だいちゃのゆ》に向けて、予行と茶器選びを兼ねて聚楽第本丸に女衆を招き、招待客に見立てての茶会を催した。

このとき突然、茶々《ちゃちゃ》が現われ、正室正客である祢々の次席に、当然のように座っている。実は、側室の龍子《たつこ》の定席《じょうせき》の処であった。龍子は聚楽第の「西の丸」に移徙している。本来、城の「西の丸」は城主の嗣子《しし》（家督を相続する子）の居室。または引退した前城主の居場所である。嗣子のいない秀吉は、龍子が秀吉の嗣子を生む可能性もある。

この時点で龍子は側室筆頭であったようだ。秀吉は、事前に茶々に招待を知らせていたが、席次まで決めていなかったし、難しかった。

龍子と茶々との席取りを巡って、二人の間に争奪がはじまった。龍子が茶々を説得するも、茶々は龍子を押しのけ拍子に、茶々も隣の祢々の方に倒れこみ、正室の祢々を横倒しにする事態となった。大柄の茶々の下敷きになった祢々は、幸いけがまでにはならなかった。

「年のせいか、うっかりよろけましてな。うう怖《こわ》いや」

と、妙に年のことにし、笑って茶会は続いた。

秀吉は、「北野大茶湯《だいちゃのゆ》（北野大茶会《だいさのえ》）」開催に向けて、十七日。博多の豪商神谷宗湛らに、大茶湯の招待朱印を送った。宗湛が二十二日、博多を発した。

豊臣政権五奉行の一人で京都所司代の前田玄以に「茶会奉行」を命じ、公家衆に北野社境内馬場に場所を与えた。いよいよ、北野社での北野茶会茶席の建設がはじまった。玄以は朝廷との交渉役でもある。晦日（三十日）、秀吉は茶席の設営状況を視察した。そして、「北野大茶湯」の大茶会は、十月一日開催した。

秀吉は―。

「九州を平定し実質的に天下統一を果たした祝勝と」

「聚楽第造営と併行して、内外への権力誇示を目的」として、史上最大の茶会を北野天満宮で開催したのである。

黄金茶室、秀吉自慢の茶道具なども展覧された。茶人の千利休・津田宗及・今井宗久と共に秀吉の御茶事《おちゃじ》四席の茶頭《さどう》として、この茶会の演出に関わった。境内に八百ヵ所が設けられた。この当時、茶の湯の流行《はやり》に大きな影響を与えた。

今でも北野天満宮境内には、「北野大茶湯之址」と記した石碑のほか、太閤井戸などが残る。北野天満宮は、菅原道真公をおまつりした神社の宗祀《そうし》（総本社）で、「北野の神社さま」として、京の人々に親しまれている（京都市上京区馬喰町）。

この大茶湯は当初、十日間開く予定であったが、二日未明に九州から早馬がきて、「肥後国一揆」の発生で佐々成政が苦戦の報が入ったため、二日目以降は中止されたのである。

この茶会からは、茶々の「お客分」として、方針が貫かれ、秀吉が茶を点《た》てるときは、祢々、茶々、龍子の順番に変っていった。龍子は悔しがった。京極家の出という誇りの家格を無視されたのが許せなかったようだ。

「天下様のお子をなしていれば、わらわば、もっと若ければと…」

このあたりから、茶々はいろいろの行事に出席できるようになっていく。

茶の社会では、いままで、なにかと千利休に右に出ることを押さえられてきた。しかし、利休の片意地な茶の湯美学の押し付けに、秀吉は、次第に疑問を感じるようになった。

「侘《わ》び、寂《さ》びなどもよいが、万人にも気楽に許されなくてはならぬと…」

そして考えたのが、無限空間の大茶会であった。

先日、八月二日に、秀吉は「定《さだめ》　御茶湯之事」と題した七ヵ条からなる高札《こうさつ》を、京の辻々に立てさせる。

大茶会の当日、秀吉が出したその七ヵ条の沙汰書《さたしょ》には―。

「若党・町人・百姓以下によらず、釜一つ、吊瓶《つるべ》一つ、呑物一つでもよい」

と、あり広く貴賤《きせん》（身分の上下の別なく）を問わず参加をよびかけ、茶亭《ちゃてい》（茶室）八百余という大掛かりなものであった（『北野神社文書』・『兼見卿記』・『多聞院日記』）。

大茶湯の第一日目の日、秀吉は〈この程度しか集まらないのか〉と、大変に衝撃を受けた。十日間の予定が、〈集まった人数の少なさ〉に、世間の笑いものにならないように、一日で切り上げてしまった。

その理由は、「肥後で佐々成政の施政失敗を上げ、肥後の不穏分子が上洛して危険である」と、放言していた。

四日。神谷宗湛が博多から大坂に着き、八日に遅れに遅れ入洛《じゅらく》するも、博多を重視する秀吉に歓迎された。十二日聚楽第屋敷に、秀吉が御成《おなり》。秀吉を訪ねた神谷宗湛を、細川藤孝（幽斎）と千利休とでもてなした。

三

十月十四日。九州の肥後国一揆が拡大するなか、秀吉は―。

「九州征伐で、佐々成政に肥後一国を宛行《あてが》ったが―」

「検地を強行したために百姓に対して非分を申し懸けたので一揆が発生した」

「しかるに、佐々成政の罪状にある」

と、いう旨の書を浅野長政（長吉）・石田三成・増田長盛《ましたながもり》・安国寺恵瓊《あんこくじえけい》・小早川秀包《ひでかね》らに早馬で送り、厳罰を通知した。

秀吉は、十一月十日、龍造寺政家へ。肥後国一揆成敗のために毛利輝元の出馬を報じた。毛利輝元・小早川隆景の指示を遵守《じゅんしゅ》し、「根もなき一揆原」を掃討すべきと、命令した。明春には、豊臣秀長が十万の軍勢を率いて「国々置目」の制定を予定している旨を通達したのである。

十二月三日、「二回目の惣無事令」として、秀吉は関東と奥羽に、「関東・奥両国《おくりょうこく》惣無事令」を発した。すなわち、奥両国というのは、陸奥（奥州）と出羽（羽州）を意味している。

秀吉は、簡単に服従しない関東と奥羽には—。

「惣無事令を突きつけ、言う事を聞かない武将には、道理を明確にし、宣戦布告して西国の武将を総結集し、大規模な侵攻作戦をとる」と、していた。

小田原北条氏は、すでに、豊臣軍の襲来に対峙するため、小田原城や各支城の整備を進めていた。一ヵ月前の十一月三日には、北条氏照（氏政の弟）は栗橋《くりはし》城（茨城県猿島郡）の防御普請を命じている。

矢面に立たされている小田原北条氏（後北条氏）の事である。初代北条早雲（伊勢新九郎盛時《もりとき》）が伊豆国・韮山城を拠点に、そして相模国を平定したのをきっかけに、以前まで関東を支配していた関東公方の足利氏や関東管領の上杉氏を攻め追いやった。

北条五代にわたり凡《およ》そ百年。伊豆《いず》・相模《さがみ》・武蔵《むさし》・上野《こうずけ》・下野《しもつけ》・上総国《かずさのくに》北半の合計六ヵ国を支配するだけでなく常陸《ひたち》・安房《あわ》・甲斐国《かいのくに》の一部にも勢力を拡大させていた。

これは箱根天嶮という連山、箱根峠および足柄峠以東の関八州（古代の坂東《ばんどう》八ヵ国）と伊豆・甲斐の部分など十一ヵ国に到達していた。最大二百五十万石余を有する関東の太守である。

今日で言えば、静岡県東部（伊豆半島）と山梨県の東部。神奈川・東京・千葉・埼玉・群馬・栃木・茨城の一都六県に相当する。この地域を北条家としては、関東と総称していたのである。

北条氏の城は、小田原城の本城をはじめ、伊豆・関八州に約百五十余の支城・砦が点在する。その兵力は総勢八万から十万余とされる。

北条の家中では、豊臣秀吉の命に従い、その臣下につくかどうかの話し合いを持つが、なかなか決着をみずにいた。

重臣のなかには、抗戦を主張する早雲以来、関八州の覇者を誇る名門、関東を統一し関東独立国家として生きぬく勢いがある。

「農民出の秀吉に屈服する必要がない」と、いう意見である。

すなわち、関白豊臣秀吉の「実力をみくびっていた」のである。

北条家と同盟を結んでいた徳川家康や奥州（陸奥）の伊達政宗が、味方してくれるだろうという公算もある。

徹底抗戦派は─。

「北条氏政（小田原本城当主・第四代）と、その弟北条氏照《うじてる》（支城の八王子城主・八王子市）」

らである。

関白秀吉に従うべきだという穏健派は—。

「氏政の弟北条氏規《うじのり》（支城の韮山城主・静岡県田方郡韮山町）」らであった。

抗戦か、穏健かに迷っていたのは—。

「氏政の嫡男北条氏直《うじなお》（本城当主・第五代）」である。

氏政は隠居し、氏直に当主を継いでいたが、氏政が実権を握っていたので、氏政・氏直父子の第四代・五代の当主で支配している。他の大名のように一族の係争などなく、統率のある北条家でもある。

氏直は、すでに、徳川家康の息女・督姫と結婚しており、家康の方は秀吉に臣従したことにより、氏直は複雑な思いが漂う。秀吉も北条攻めを目論むが、家康がいつ謀叛に及ぶか警戒している状況である。

《脚注。古代から東国について変遷と諸説があり、古事記に「足柄坂（足柄峠）」、日本書記には上野国の「碓氷坂（碓氷峠）」の以東を指し、関東八州（関東）と呼ばれていた。

奥羽（東北地方）は、奈良時代の律令制において、当時の中央政権に征服されておらず、東国には含まれない。すなわち、奥羽は、陸奥と出羽の二つの国であった。箱根連山の足柄峠は駿河（静岡）と相模（神奈川）の国境にある。碓氷峠は信濃（長野）と上野（群馬）の国境にある。この二つの峠以東が関東地方と称された。そして、戦国時代の織豊政権（織田・豊臣氏）では、東国とは関東・奥羽を指すようになっていった。現代では、日本を大きく分けるとき、東半分を「東日本」としている。この場合、新潟・山梨・長野、静岡県の一部を関東地方に隣接する地域も、法令にはないが含まれている》。

さて、十二月二十八日小田原城の北条氏政は、対秀吉戦に備え、分国の将士に軍備として小田原参陣を指示した。北条臣下の城主は、小田原本城に参陣することである。しかし、関八州の諸国では、すべて北条氏に臣従していたわけではない。

北条に敵対している大名がいた。容易に北条に屈服しないのは、下野《しもつけ》の宇都宮国綱《うつのみやくにつな》や那須《なす》資晴《すけはる》。下総《しもうさ》の結城晴朝《ゆうきはるとも》、常陸《ひたち》の佐竹義重《さたけよししげ》らである。

すなわち、宇都宮・那須・結城・佐竹の四氏は、天正四年ころから北条氏に攻められ、婚姻関係を通じて周辺領主と連合することで、北条氏の攻撃をしのいでいたからである。

房総半島の突端、安房《あわ》の里見義頼《さとみよしとも》は、天正五年、北条氏政の娘・鶴姫を正室に迎えていた。二年後鶴姫が死去すると、氏政の妹・菊姫を後妻《あとづま》にした。

ところが里見一族に内紛が起こり、北条氏政の支援を受けて上総国を制圧した。天正十年義頼《よしとも》夫人が死去すると、また北条氏政との争いが再燃。義頼は北条を撃退する。房総半島では、北条氏と里見氏の領国境界線が未解決となってしまった。

此度の秀吉の惣無事令に接した里見義頼は、京の聚楽第・秀吉の許へ使者を派遣し、太刀、黄金を献上、秀吉に恭順《きょうじゅん》の意を示した。

これを受けた秀吉は、境界裁定を下した。

「里見分国の上総《かずさ》北東部は、東金《とうがね》、土気《とけ》領とする」

「中央部は、庁南《ちょうなん》武田領。中南部は万喜《まき》土岐《とき》領を除いた地域。そして安房一国」と、確定した。

これで、里見氏は安房国《あわのくに》のみとなった。しかるに、房総半島の諸大名のほとんどが北条に従うことになる。が、里見氏は北条に敵対し、その去就は、はっきりしていない状況である。

第二章　政宗らの惣無事令違反

一

天正十六年（一五八八）正月――。関東の北条氏は、領内の防衛力を強化していた。一月五日、北条氏政の弟の氏照は、関東の寺社に対し一斉に梵鐘《ぼんしょう》の提出を命じ、武器の鋳造をはじめている。七日には小田原本城の補強普請強化を打ち出す。

奥羽には陸奥（奥州）と出羽（羽州）の二国があり、秀吉が惣無事令でいう「奥両国」と称した。いま、奥羽では、戦乱が激化している状況にある。

正月早々。秀吉は大坂城を出て入京する。前将軍ですでに出家して昌山《しょうざん》と号していた足利義昭も上京した。秀吉は、大坂城と聚楽第との往来で忙しい。

正月の祝賀も一通り終わった十三日。秀吉は、足利義昭を伴って宮中に参内する。このとき秀吉は昌山に一万石の知行を給し京に住まわせた。

昨年の九州攻めにあたり、島津義久に対し、昌山が再三和議斡旋の書状を出し、義久も、昌山の申し出を受け入れる形で降伏してきたことに対する論功行賞でもある。

一方、肥後一揆は、秀吉からの援軍によって佐々成政側が有利のうちに展開していった。が、秀吉から失政の責任を問われていた成政は、事情説明と謝罪のため大坂の秀吉を訪ねようと肥後から大坂に向かっていた。しかし途中、摂津尼崎まで来たとき切腹の命を受け、同地の法園寺《ほうおんじ》で自刃して果てた。佐々成政から没収した肥後一国は、加藤清正と小西行長に分け与えられたのである。

こうした一連の騒ぎがおさまったのち――。

秀吉のもとに黒田官兵衛（孝高）から隠居の申し出があった。

「それがしは、そろそろ、息子の長政が成人いたしましたゆえ――」

「そろそろ骨休めしとうございます」

「好きな碁など打って、余生を送りたく思いまする」

秀吉は、突然の官兵衛からの願い出にあわてふためいた。

「何を申すのだ。そなたはまだ、隠居などという年齢《とし》ではない」

「これからも、わしを助けてほしいのじゃ」

秀吉の右腕だった竹中半兵衛が天正七年播磨三木城攻めの途中で肺の病気により陣没した後は、官兵衛が軍師として天下取りに貢献してきた。半兵衛は、織田氏の家臣である羽柴秀吉の参謀として活躍し、黒田官兵衛とともに「両兵衛」や「二兵衛」と称された。

だが、謀才《ぼうさい》が仇となり、秀吉の九州平定後は、警戒され、貢献の割には豊前の南半分十二万石という、ぱっとしない石高しか与えられなかった。

秀吉から警戒されていることを敏感に察知した官兵衛は、隠居を申し出たのである。

秀吉は智謀が煙たく、あと残す東国、関東・奥羽、天下統一の総仕上げには、どうしても官兵衛の力が不可欠であった。でも、頼りにしていたが、同時に恐れてもいた。

「このわしを、見捨てるのか、官兵衛」

「それがしの知恵袋も、鈍くなりました」

「なにをいう」

「何分にも、お許しくださいませ」

秀吉は、官兵衛と根比べとなったが、秀吉の妻・北野政所・祢々（ねね）の所に足を運び、隠居の意思が固いことを訴え続けた。

その後、秀吉は根負けし、一年半後の天正十七年五月、官兵衛は四十四歳で隠居することになった。自由な身となった官兵衛━如水《じょすい》と号し、黒田如水。

息子長政二十二歳が家督を継ぎ、黒田家の当主となった。しかし、如水は、その後も秀吉からの強い要請で小田原征伐などでも活躍することとなる。


関東と奥羽戦線の情勢である━。

北条氏と伊達氏は永禄三年（一五六〇）秋ころに同盟関係を結び、本能寺の変を経て、天正十一年（一五八三）秋には「北条・徳川・伊達」の三国同盟が成立していた。挟撃《きょうげき》される形となった常陸の佐竹義重、越後の上杉景勝は、秀吉に救いを求め対抗する図式ができあがった。

天正十六年正月ころから年末にかけて━。豊臣家に抵抗する北条・伊達と、秀吉に臣従する上杉・佐竹が、関東・奥羽で鎬《しのぎ》を削る状況となった。

秀吉に臣従する動き見せたのは、出羽の羽後、安東家（秋田家）から自立を目論む遙か北方の蝦夷地《えぞち》（現・北海道）の蠣崎慶広《かきざきよしひろ》だった。《脚注。蠣崎氏は、後に秀吉に謁見して本領を安堵され、名実ともに独立した戦国大名となる。天正十九年（一五九一）九戸政実の乱が発生すると、秀吉の命に応じて多数のアイヌ人を動員して海を渡り参陣した。秀吉の死後、徳川家康に接近して蠣崎家から松前家へ改めて、蝦夷松前藩主となって栄えた。蝦夷国松前郡大館《おおだて》（松前）を本拠地とする》。

秀吉が惣無事令を発したにもかかわらず、北奥羽（北奥）では津軽為信と九戸政実が、南部家の跡目相続の乱れに乗じて、南部信直から自立する動きを見せる。羽後の安東氏（秋田氏）は、最上義光に圧迫される。奥羽の陸中、葛西晴信は伊達政宗に協力して陸前の大崎義隆と戦い続けていた。

南奥羽・米沢の伊達政宗は岩代から陸前に勢力を伸ばし、北羽前・山形の最上義光は出羽の羽後に勢力を伸ばしている。岩代国《いわしろのくに》（伊達郡と安達郡）の蘆名盛広《あしなもりひろ》、磐城国《いわきのくに》（東白河郡と西白河郡）の相馬義胤《よしたね》は、常陸国の佐竹義重の後援を受けて伊達政宗に対抗する図式となっていた。

奥羽の大名たちの内、日本海に面した蠣崎氏・最上氏・津軽氏は、日本海の荒波の交易を通じて畿内中央政権が日増しに強固になっていく状況を知り、豊臣家に敵対する愚かを悟り、秀吉の許に人質を送り込んだ。

秀吉は、奥羽に飛ばした諜者《ちょうじゃ》からの情報を収集していた——。それによると、前年の十二月に発した「関東・奥両国惣無事令」の違反が続々出てきたので、上使《じょうし》を派遣する。上使とは、関白豊臣秀吉から諸大名に上意を伝える使節である。

二

――まず、〈惣無事令違反〉となったのは、大崎義隆対伊達政宗連合軍の「中新田《なかにいだ》の戦い。または、大崎合戦ともいう」である。

南奥羽（南奥）には、奥州王を目論む独眼流・伊達政宗（二十二歳）がいる。政宗の強敵となっているのは、陸前の大崎氏と、南奥羽の岩代の蘆名《あしな》氏だった。南奥羽とは、出羽の南羽前（山形県の南部）、奥羽の陸中・陸前（岩手県南部から宮城県の北部）、奥羽南部（福島県）の凡《およ》そとなっていた。

天正十六年（一五八八）一月中旬。奥羽陸中の大崎家に内紛があり、岩手沢《いわてさわ》城主（宮城県大崎市）氏家吉継《うじいえよしつぐ》は、大崎義隆に反抗し、伊達政宗に援助をもとめた。大崎家は最上家（山形城）の本家筋に当たる。

二月二日に到り、政宗は大崎侵攻の好機を得たので、濱田景隆《はまだかげたか》を陣代とし、留守《るす》政景《まさかげ》と泉田重光《いずみだしげみつ》を両将として大崎家臣の南条下総守《しもうさのかみ》が城代を勤める中新田《なかにいだ》城（宮城県加美郡加美町）を総勢一万余の軍勢で侵攻させた。

大崎家は、奥州管領《かんれい》・斯波家兼《しばいえかね》を始祖とする奥州の名門である。しかし、大崎家自身が境界を接する陸中の葛西《かさい》家と抗争しているため、政宗は蘆名討伐に力を入れていた。そんな折、天正十四年ころより大崎家には家臣団の主導権争いがあり、家政《かせい》が定まらないでいた。政宗自身は、本命の敵である蘆名・佐竹ら連合軍と対峙して福島仙道（山道）の郡山陣《こおりやまのじん》を動けなかったのである。行動を起こした伊達軍は真っ先に、大崎軍の拠点、中新田城を攻めた。

大崎氏の主城は名生《みょう》城（宮城県大崎市）だったが、この時は中新田が本陣になっていた。中新田城の落城は時間の問題と見えた。これを守る南条隆信は名将で千五百の寡兵《かへい》で敵の猛攻をよく凌《しの》ぎ、おりから降り出した水分の多い大雪を利して逆襲に転じた。雪で鉄砲は不利と見え槍刀で戦うが、血飛沫《ちしぶき》を噴出して倒れる。雪野原は真っ赤に染まり、伊達軍を四分五裂の敗走に導いた。遊撃軍として温存していた留守政景軍も雪の原野で包囲され潰滅《かいめつ》し、軍目付の小山田頼定《よりさだ》が討死するなど、伊達軍には多くの犠牲者が出た。

政宗の母・保春院《ほしゅういん》（山形城。義姫《よしひめ》）の懇願により講和。二月二十三日講和条件として新沼（大崎市）に籠城する泉田重光と長江《ながえ》月鑑斎《げっかんさい》（勝景《かつかげ》。永江、永井、長江へ変遷）らの諸将が人質となることで、兵五千の伊達軍の帰還が認められた。留守政景は松山城（大崎市）に撤退することができた。重光と月鑑斎は新沼城から半里ほど南の蟻ケ袋《ありがふくろ》に送られた。（なお、泉田重光は、後に葛西一族で大量虐殺する「須江山《すえやま》の惨劇」を実行した人物である）。

これまで連勝の伊達家代々にとって黒星をつけた大崎軍の善戦が光る戦いであった。長江月鑑斎は、長江盛景《もりかげ》の子で陸奥国（奥州）桃生郡深谷庄《ものうぐんふかやのしょう》を領し、伊達氏に属していたが、中新田の戦いで大崎側であった最上氏の捕虜となった後、伊達氏から離反した（後の天正十九年謀叛の罪で伊達氏に問われる）。《脚注。ここで平安時代以後の所領単位は、「荘《しょう》・庄《しょう》・保《ほ》・郷《ごう》・名《みょう》」と並称である》。

一方、伊達政宗は、奥州（陸奥国）南部を本拠とする戦国大名・伊達輝宗《てるむね》の嫡子《ちゃくし》で、奥州伊達氏ともいわれ「中興の祖」である稙宗《たねむね》の曾孫《そうそん》（ひまご）に当たる。

幼い頃、政宗は病のために隻眼《せきがん》（一つの眼。独眼）となり、消極的な性格となった。幸いにも、傅役《もりやく》（養育係）の片倉小十郎（景綱《かげつな》）の的確な指導で、何事にも積極的にとり組む武将に変貌している。天正十二年（一五八七）、晴宗の隠居に伴って家督を相続した。

ところが、翌年、陸奥二本松城主（福島県二本松市）の畠山義継《よしつぐ》の謀略で父が敵方に誘拐される。この時、伊達方は義継の逃亡を阻止するべく、鉄砲を畠山方にめがけて連射。義継を仕留めたが、流れ弾のために父・輝宗も亡くすという悲運に見舞われた。以後の政宗は分国《ぶんこく》（領地）の拡大に本腰を入れてとり組み、同十四年に二本松城を掌中《しょうちゅう》に収《おさ》めている。

天正十六年三月初旬。伊達政宗の補佐役・片倉小十郎（景綱）の家臣伯蔵軒《はくぞうけん》（氏名不詳）と船生道蝸斎《ふにゅうどうかさい》が京都から帰国した。

景綱には関白秀吉から直々の書（花押《かおう》のある書状）が届けられた。富田左近将監《とみたさこんしょうげん》（知信《とものぶ》）に対する書状を披見《ひけん》すると（披見＝文書など開いて見る）――。

「関東・奥両国惣無事令のこと」

「このたび家康に仰せつけられたので承知すること」

「もし、背く者あらば成敗するので、その意を心得るものなり」

「天正十五年十二月三日　　豊臣秀吉　花押」

「片倉小十郎とのへ」

これは、秀吉が、ほぼ同じ内容の書状を前後して関東・奥羽に。すなわち関東と陸奥（奥州）・出羽（羽州）の諸将に出されたものである。

「惣無事令か…。われらは、関白が来る前に――」

「周りの諸将を斬り従えねばならぬの…」

書状に目を通した小十郎（景綱）は、家臣の佐藤定郷《さださと》の前で呟《つぶや》いた。

「関白といえども、九州を制したばかりゆえ、そうすぐではなかろう」

「四国を制してから二年ほどじゃ。そう先ではなかろう」

「されど、米沢にまいるには、関東の北条が阻《はば》みましょうぞ」

「関白が北条に兵を向けた時は敵対するか、与《くみ》するか決めねばなるまいの…」

政宗を補佐する小十郎（景綱）は、実際に関白秀吉の書を見て、焦りのようなものを感じていた。

――天正十六年閏《うるう》五月。秀吉は、上使・金山宗洗斎《かなやまそうせんさい》を戦争の激化している南奥羽に派遣した。秀吉は宗洗斎に対して、

「相馬、白河。出羽の山形、米沢、庄内などを巡回し、実情を調査せよ」

「諸家に、交戦停止を命ずる」と、号した。

これは、伊達政宗および最上義光に、豊臣政権へ参画および臣従を求める命令が下されたのである。

上洛して秀吉に服従すべきか否やは、南奥羽の諸家にとっては、一《いち》に政宗の動静いかんにかかっ

ていた。つまり単独の上洛は、南奥羽同盟よりの離脱、反伊達の立場にもなりかねない。従って、諸家は政宗の動静を見ながら、政宗を通じて自家の安泰を計るものであった。

大崎氏の隣国、領主の葛西晴信《はるのぶ》（第十六代＝葛西氏仙台系系図。登米《とよま》城、または寺池《てらいけ》城。宮城県登米《とめ》市登米《とよま》町）は、伊達氏との同盟修復する意味で使者を派遣し、「政宗・晴信両者が誓紙」を交換することになり、一層緊密となっていた。

上方《かみがた》からの情報は、政宗を通じて葛西氏に伝達されるが、その真偽はさだかではない。このころから（今の宮城県北部から岩手県南部）の諸家は、政宗を盟主として、一応同盟状態に入る。

つまり、この辺りを領する諸家とは、葛西・富沢・長江・大崎・氏家・黒川・留守・国分の各氏が政宗と同盟を図り、その傘下に属すようになる。この様に政宗の傘下で、関白秀吉の侵攻による「奥羽仕置」を迎えようとしていたのである。七月八日。伊達政宗の母・保春院の斡旋で最上義光が和睦した。続いて大崎氏・黒川氏も和睦していった。

七月中旬。陸奥の南部信直は陸奥国岩手郡高清水《たかしみず》城の斯波《しば》詮直《あきなお》を攻め斯波御所を滅亡させる。家臣の木村杢《もく》を京に遣わせ、聚楽第で秀吉に謁見し北奥《ほくおう》（北奥羽）の情勢を報告して誼《よしみ》をなしていった。

――〈惣無事令違反〉として、伊達政宗対佐竹・蘆名連合軍の「郡山合戦（窪田の戦い）」である。天正十六年六月から七月にかけての戦いとなった。

この戦いは、佐竹義重《よししげ》と蘆名義広《あしなよしひろ》に加え。これに白河氏や二階堂氏が加わり、兵四千が安積郡《あづみぐん》に侵入した。対する伊達政宗は先の「中新田の戦い（大崎合戦）」の影響もあり、大崎氏や最上氏などへの備えのため、兵六百の軍勢で当たらなければならない劣勢にあった。

政宗軍は山王館（郡山市久保田）に本陣を置き、伊達領最南端の郡山城と窪田砦で連合軍の侵入を阻止しようとし、七月四日に両軍が激突、伊達方六十から七十人、連合軍二百人ほどの犠牲者が出たが、戦いがあったのは、この日だけで持久戦となった。約四十日間の持久戦を経て岩城《いわき》常隆《つねたか》と石川昭光《いしかわあきみつ》が間に入り和議が成立した（合戦の所在は、現在の福島県郡山周辺）。

八月五日、政宗は三春《みはる》城（田村郡三春）に入って、妻の愛姫《めごひめ》の従弟・田村宗顕《むねあき》を田村氏当主に据えて田村領の確保に成功し、一連の合戦は伊達氏の勝利となった。しかし、前年十二月、関白豊臣秀吉より惣無事令が発せられていて早くも無視する戦いとなった。

―《惣無事令違反》として、最上方の東禅寺義長《とうぜんじよしなが》・中山対武藤・本庄、両連合軍の「十五里原《じゅうごりはら》の戦い」である。天正十五年に端を発し、天正十六年八月上旬ころまで続き戦った。

事の起こりは、前年の天正十五年。最上義光が武藤義興《よしおき》に攻撃を命じると、東禅寺義長が立ち上がり、義光がその救援、六十里越街道を進撃し武藤義興を大敗させ庄内を手中にした。

庄内の紛争に関して義光は、山形城の本隊を派遣することもないと、尾浦城主（鶴岡市大山字城山）の中山朝正と、酒田城主（別称、東禅寺城・亀ヶ崎城、酒田市亀ヶ崎）の東禅寺義長の庄内軍に任せ、越後の本庄繁長《ほんじょうしげなが》の庄内侵攻に対する本格的な準備に祭しておらず楽観的であった。

ところが、今年の十六年八月、上杉景勝の命で越後勢は国境を侵犯し、義興の養子武藤義勝（繁長の次男）と、その実父越後村上城主本庄繁長が、大軍を率いて庄内に侵攻した。

最上勢は出城を次々と攻略して尾浦城に迫った。兵力千ほどであったものが、城兵に寝返る者が続出し、数千の兵となった。

最上・庄内勢は、東禅寺義長・勝正兄弟が迎撃《げいげき》を決めたため、城中や城下で寝返る者が続出したことから籠城策を放棄し、大宝寺《だいほうじ》城（のち鶴ヶ岡城。鶴岡市馬場町）と尾浦城（鶴岡市大山）の中間地点の十五里原に遊撃して、凄惨な戦闘となった。

十五里原は鶴岡と大山の中間にあって、未墾の原野が広がり、三つの渓谷が流れる天然の要害であった。しかし、多勢に無勢であり、勝機は万に一つもなく、東禅寺兄弟は討死にし、中山朝正は山形へ敗走した。

越後勢は内応者の手引きで最上軍の背後に回り、尾浦、大宝寺城を攻めて炎上させ、最上方の武将草刈虎之助、宿老氏家尾張守の息子らが討死にした。

急報に接した最上義光は直ちに大軍を率いて六十里越えを急いだが、間に合わず兵を引いた。その後、翌年六月まで最上衆の残党狩りが行われ、庄内は越後の上杉景勝の領国と化した。

この戦いについて関白秀吉は、使者を急派して――

「関東・奥羽の惣無事令に従い、本庄氏の庄内攻撃を停止するように」と命じた。

しかし、本庄氏は、庄内は本来武藤氏の領地で、ここを侵略した最上氏の方が不当であると主張して侵攻を続ける。これは、豊臣政権に対する最上義光の外交の敗北でもあった。（合戦の所在は、現在の山形県鶴岡市柳原）。

三

一方、天正十六年五月二十一日。徳川家康は北条氏政・氏直と秀吉の調整に苦慮し、小田原に使者を派出して書を送り、北条父子の上洛を促す。その起請文の形の三ヶ条というのは―。

「一、氏政・氏直父子が上洛時、捕縛、処罰する。北条領を家康が得る、などの風聞《ふうぶん》があり。これに家康が関与しているなどの疑惑を否定し、潔白を主張せよ」

「二、今月中に北条家兄弟の上洛を要請する」

「三、秀吉への出仕に納得いかぬなら、娘（督姫・氏直の妻）を返してもらいたい。北条・徳川同盟は解除する」

と、家康は北条氏が従属するか、対決するかを迫った。

すなわち、家康を取巻く風聞を否定し、北条は、秀吉公の臣下となるか、氏直が、妻の督姫（家康の息女）と離縁して、秀吉公と対決するかである。家康は、この二者択一を迫った。家康と氏直は舅《しゅうと》と娘婿の関係である。

もう、刻々と判断する時期が迫っていた。氏直は、父氏政の強行姿勢を退け、氏政の弟で叔父の氏規（韮山城主）を上洛させることに決した。ようやく、氏政に了承を取り付ける。

八月七日、氏規は小田原を発ち、上洛した。氏直の父氏政大殿《おおとの》の代官（代理）として上京させたのである。

氏政の考え方は、氏規を代理として上洛させ、これから家康に頼って氏政の上洛延期を、関白秀吉に再願することにあった。その一方で、主戦論者の氏政を筆頭に、氏照（八王子城主）、氏邦（鉢形城主）らと、その家臣などは、兵員を増加させ、小田原本城、各支城の防御強化工事を続行する。

八月二十二日。北条氏規は、京の聚楽第で関白秀吉公と接見した。

氏規が関白に切り出したのは――。

「北条と徳川の親和によって、関東の上州《じょうしゅう》（別称・上野国）は――」

「北条方の領地と決めていたにも拘わらず――」

「真田昌幸《まさゆき》どのは、いまだに占領して退かず」

「願わくは関白殿下の威命で、真田どのを退去させて頂きたく候」

「さすれば、氏政と氏直のいずれかが上洛し、関白殿下に拝謁いたしまする」

これに対して秀吉は――。

「沼田のことは徳川・北条両氏間の問題だから関係者を上洛させせよ」

と告げる。さらに、

「国境の問題は、詳しく話を聞いてから命じよう」

「その際、家老の氏政殿を上京させせよ。沼田は、北条に授けよう」

「その上で、北条も上洛して、わしに仕えよう」

氏規は、「わしに仕えよう」というのが、腑《ふ》に落ちなかった。

秀吉は、上州の沼田領には、沼田城と名胡桃《なぐるみ》城があり、これを裁定して、氏政と謁見して、直ちに臣下にすることが狙いである。

「沼田領の三分の二は北条氏領とする」

「残る三分の一は、真田家の墳墓がある名胡桃の地を真田領とする」

「この条件は、氏政殿が上洛してくれた場合のことである」

秀吉としては、最大の温情を示した。

北条氏規は、

「関白殿下のご意向を小田原に持ち帰り、報告いたしまする」

二十四日、氏規は、豊臣秀長の接待を受け、その日に帰国の途につく。

このことは、氏政の弁を、なんとしてでも新しい提案をして時間を稼ぐためだった。氏規が上京する前に、氏政が考えたことである。実は、上州の沼田問題は、信濃を本拠とする上田城主・真田昌幸が領有を主張し、独立独歩の武勇の武将であり、氏政にとって簡単に解決しないと思っていたのである。

―《惣無事令違反》として、安東《あんどう》（秋田）実季《さねすえ》対安東道季《みちすえ》「檜山《ひやま》城の戦い（湊《みなと》合戦）」が勃発した（戦いの舞台は秋田県能代市檜山である）。

天正十六年二月。秋田の安東氏の祖は布川《ふかわ》で敗れた安倍《あべ》氏に発し、中世豪族の安東氏に変身するまでの過程には、大きな動きが見られる。

活躍の舞台も、今の青森、北海道、秋田と広範に繰り広げられた。最初、一族は、「上国家《かみのくにけ》」「下国家《しものくにけ》」の二系に分かれるが、戦国期には秋田を舞台に「土崎湊《つちざきみなと》」「檜山《ひやま》」の二系になり、対立する。もともと安東氏は海の豪族で、青森の十三湊《とさ》を拠点に栄え、中世中頃には「日ノ本将軍」と称されるほどであった。

天正年間に入ると、檜山系八代目に愛季《ちかすえ》という英傑があらわれる。この人の母が土崎湊系より入ったこともあって、檜山・湊両系は愛季を核として合併し、「秋田」を称する新大名が誕生する。

天正十五年、愛季が没すると、嗣子《しし》(家督を相続する子)実季《さねすえ》が未だ十三歳という弱みにつけ入り、土崎湊(秋田市)の道季(一説に高季)は愛季の弟茂季《しげすえ》の子だから従兄弟間の合戦となった。守る実季の勢力は浅利、嘉成《よしなり》などの比内衆《ひないしゅう》が主力で、城中の鉄砲は三百挺《ちょう》にすぎず、これを包囲する道季軍は城兵の十倍であった。

苦戦におちいった実季は耐えに耐え、籠城・実に百五十日。ついに由利衆《ゆりしゅう》の援助を得て反撃に成功し、道季を湊城に攻め破ることができた。

道季はのちに戸澤氏をたより、南部領に逃れた。かくして勝利を得た実季は、近世大名・秋田氏として雄飛する機運をつかむこととなった。

道季は、外交交渉に優れ、早くから秀吉に誼をなし、二年後の天正十八年、秀吉から秋田郡のうち五万二千石余を安堵され、秋田城之介《じょうのすけ》を名乗るようになった。こうして安東氏が秋田氏になる。秋田実季の湊《みなと》城は、出羽国土崎湊（秋田市）にある。一時、惣無事令に触れたが、外交力で秀吉に臣従したのである。

—天正十六年九月二十五日、金山宗洗《かなやまそうせん》は伊達氏の城下米沢を発して帰郷の途につくまで、奥羽下向の間、知られるかぎりでも相馬・白河・山形・庄内・米沢など奥羽各地に関白秀吉の上使として滞在し、「惣無事令」の執達《しったつ》と監察にあたった。

南奥羽の戦国抗争は、実質的に最上・伊達・佐竹の抗争である。同年十二月十二日、京において金山宗洗の復命を受けた富田一白が伊達政宗に「南奥羽の和睦」を申し送った。

富田一白が伊達方に、

「来春者早々御出京可然存候」と、政宗の上洛を促す。しかし、その意図が貫徹するのは、後の「奥羽仕置」をまつしかない。

—天正十六年九月中旬。秀吉は、使者として富田左近将監《とみたさこんしょうげん》を小田原に派遣した。

「九月二日付の関白豊臣秀吉朱印状」を、持参し北条家に手渡す。

「先の沼田領裁定に同意してくれたので、北条氏を赦免する」

そのお礼として、十月中旬。北条氏政は、小田原から板部岡江雪斎《いたべおかこうせつさい》を上京させた。板部は北条氏の家臣で、早くから奉行衆として頭角を現し、徳川家康や豊臣秀吉との外交交渉に奔走してきた人物である。

氏政の戦略として—。

「関白殿下へ。十二月上旬、氏政自ら上洛出仕いたしまする候」

と、いう誓約書を提出する。

秀吉は、十二月早々の事。二人の使者、津田隼人正盛月《つだはやとのかみせいつき》と富田左近将監を小田原に下した。

「沼田は、北条家に授けよう」

「ただ、沼田領内の真田氏代々の墳墓がある名胡桃は、真田に授けるがよい」

「その他は、北条氏が支配すべきことである」との仰せである。

北条氏政・氏直ら家中は—。

「あの、真田は沼田を手放して納得するのだろうか」と訝《いぶか》った。

第三章　聚楽第・落書事件

一

天正十七年（一五八九）二月二十五日亥《い》の下刻《げこく》（午後十時過ぎ）。

聚楽第の秀吉の許に衝撃が走った。秀吉の側近・石田治部少輔三成《いしだじぶのしょうゆみつなり》からの知らせである。

事の起こりは、京の地下《じげ》たちが「成り上がり者の秀吉」と称し誹謗《ひぼう》しはじめた。

秀吉は、聚楽第で四半刻《しはんとき》（三十分）前に関東・奥羽征伐の軍議を終えて寝所に戻り唐織《からお》りの搔巻《かいまき》姿で寛《くつろ》いでいた。

聚楽第は一昨年の秋、京都内野《うちの》に竣功《しゅんこう》した秀吉の政務を兼ねる豪壮な邸宅である。三成が息を切らして駆けつけ、寝所の前で、秀吉に事件を言上しようとした。

「三成や、これへ」と呼び上げた。

「関白殿下、はても面妖《めんよう》なことが起こりました」

「壁に、落書《らくがき》のようなものが貼られておりまする」

「なんじゃと、それは…」と、秀吉は憮然《ぶぜん》とする。

「聚楽第の南門、屯所《とんしょ》の白壁のところです」

屯所とは、警備兵の詰所のことで番所ともいった。

「いったい、どういうことだ」と、甲高《かんだか》い声で目を光らせた。

「ぬけぬけと、わしを甘く見ておるな！」

と、われながら迂闊《うかつ》にも思った。

その内容というのは、関白豊臣秀吉の政治に対する批判である。秀吉は、居城の大坂城と京の聚楽第を往来し、政務を仕切る折り、この邸宅で珍事に遭遇した。

これまで、落書きされたことは、何度もあったが、今度は少しひど過ぎた。

聚楽第の命名は、天皇によるものであるが、京の自邸であり城郭の様相だ。秀吉は、はじめ、お屋形様（信長公）が生前、本能寺や妙覚寺を京都滞在の折り、宿所として使っていた例にならい、妙顕寺《みょうけんじ》を使っていた。秀吉が関白に任官したことにより、宿所だけでは不十分になった。特に、武家関白として、内裏（天皇御殿）に出仕《しゅっし》して政務をとる形ではなかったことも関係し、新たな政庁が必要になったからだ。

ところで、秀吉側近の三成という家臣の出自《しゅつじ》は、近江国石田村の土豪石田正継《まさつぐ》の次男に生まれた者で、寺で幼少期を過ごしていた。

そのころ秀吉は織田信長からはじめて城をもらったのが琵琶湖の畔《ほとり》、近江国・長浜城だった。この地域は今浜《いまはま》と呼ばれていた。秀吉は嬉しさのあまり、長浜の長は信長の一字をとったものである。

天正元年、秀吉が浅井長政《あざいながまさ》攻めの功で織田信長から浅井氏の旧領を拝領した。当時、小谷城で使われていた資材や、あらかじめ琵琶湖の北部に浮ぶ竹生島《ちくぶしま》に密かに隠しておいた資材などを見つけ出し、それらを使用して築城したのである。

秀吉は、しきりに領内を歩き回り、領国経営と金勘定《かねかんじょう》を大事にしていた。ある日、鷹狩りに出かけ、疲れて喉《のど》が渇《かわ》いた。たまたま、近くに小さな寺があった。

秀吉は立ち寄って、《寺は、米原市朝日にある観音寺といわれている》

「新しい領主の羽柴だ。茶をもらいたい！」

寺の奥から出てきたのは、小坊主《こぼうず》であった。

「畏《かしこま》りました」と、いって大きな器にぬるい茶をいっぱい湛《たた》えて持ってきた。

秀吉は一気に飲み干《ほ》した。

「うま―い。もう一杯くれ」といった。

今度は前よりも少し小さい器にやや熱めのお茶が入っていた。

秀吉は飲み干しながら、〈この小坊主は、なかなか才覚があるな…〉と、感じた。

そこで今度は確かめる意味で、

「もう一杯くれ」と、頼んだ。

小坊主は奥へ引き込み。今度はごく小さな器に相当熱い茶を入れてきた。

秀吉は飲みながら「ニヤニヤ」笑った。

この小坊主は〈愛《う》いやつだ。智と義のある者である〉と、感じていた。

寺の住職に頼んで、小坊主をもらい受けることになった。名は左吉《さきち》といった。

このように、秀吉が寺を訪れて三成を目に留まり、秀吉の小姓のころ三也《みつなり》といい十五歳で秀吉に仕官、主に事務方として実力を発揮していった。それから祐筆を務める能吏ともいわれる。天正十三年秀吉が関白就任に伴い三成は、従五位下治部少輔《じゅうごいしたじぶのしょうゆ》に叙任《じょにん》した。叙任は位に叙して、官に任ずることである。いまは、秀吉側近の奉行・石田三成である。

その三成であるが、貼紙を剥《は》がしてきて秀吉に差し出した。和紙に書いたものである。

文面は、となると――。

［大仏の功徳《くどく》もあれや　槍《やり》かたな］
［釘《くぎ》・鎹《かすがい》は　子宝めぐむ］
［ささたえて　茶々生きしげる　内野原］
［今日はけいせい　香《こう》をきそいける］

秀吉が聚楽第を築かせた場所は、そのころ内野と呼ばれていた。「平安朝大内裏跡地《へいあんちょうだいだいり》」で野原になっていたからという地名の由来だ。豊臣の権力を誇示するとともに、豊臣政権の基礎づくりと京都大改造の第一歩である。

この「内野原」というところは、豪華絢爛とした屋敷に、梅桜の木や秋ならば紅葉の映える聚楽第のことで、俗に「内野」や「関白御屋敷」とも称される。

落書は二ヵ月前に秀吉が洛中に出した高札と、前年から普請を継続している方広寺《ほうこうじ》大仏殿の建立や、淀《よど》城の築城に対し、地下《じげ》が苦しんでいる様子を皮肉ったものである。

落書の文面を見たとき、秀吉の容貌が一変した。

元々が細目の皺《しわ》の多い貧相《ひんそう》な顔の関白である。年齢《とし》以上に顔の筋肉にたるみがきていた。いくら白壁のように、こってりと塗りたくっても、暑い夏は汗で溶けだし、冬は、ぼろぼろと剥がれ落ちる。

これまでも、秀吉批判の落書を張られたことは幾度もある。今度の落書には激怒したのである。特に「ささたえて」と、あるのは秀吉が九州征伐で肥後一揆の騒乱を鎮圧できなかった佐々成政が責められ自刃に追い込まれたことを意味する。

そして「茶々…と、香をきそいける」とあり。

これは茶々の使う「竜涎香《りゅうぜんこう》（麝香《じゃこう》に似た風雅な芳香《ほうこう》）」を、匂《にお》わせるような言葉にはかっとなってしまった。

「今日は、けいせい」である。けいせいは、傾城《けいせい》と書き俗に遊女の意味合いがある。

すなわち、漢書にある傾城は、

「美人が色香《いろかおり》で、城や国を傾け滅ぼす」という意味がある。そのように悔《く》いられることはまったく許されない話であった。

二

三月九日。秀吉は、まず、三成に命じ武衛《ぶえい》の斯波義銀《しばよしかね》・京兆《きょうちょう》の細川昭元《ほそかわあきもと》を聚楽第落書の黒幕として捕縄《ほじょう》した。これは関白秀吉の権威づけるための捕縄で、すぐに二人とも許された。

それから、秀吉は吐き捨てるような勢いで、警固衆にいった。

「一人残らず捕まえ、斬首《ざんしゅ》せよ！」

この落書《らくがき》は明らかに落書《らくしょ》の一首《いちしゅ》（歌《うた》）で風刺と政道批判をこめた匿名の戯歌《ざれうた》である。洛中を警固していた聚楽第の作事奉行《さくじぶぎょう》・前野長康《ながやす》（通称・前野将右衛門）によって、同九日、番衆《ばんしゅう》十七人の罪人を、忽《たちま》ち捕縛《ほばく》したのである。

さらに、大坂天満本願寺に隠れる者を、匿《かく》った六十名余を六条河原で磔《はりつけ》にする。ついには一三〇名以上を磔にした。

長康は、蜂須賀正勝（幼名・小六《ころく》）とともに木津川の川並衆《かわなみしゅう》と呼ばれる秀吉の与力で、賤ヶ岳の戦い・小牧長久手の戦い・四国攻めで阿波国の木津城攻めなど秀吉の歴戦に荒武者として貢献してくれた面々だ。

秀吉は、すぐさま、長康、正勝らを集め審判を下した。処刑は甥の豊臣秀次に、厳命したのである。

「いいか、処刑はこの様にするんだぞ！」

「まずだ、第一日目には鼻を削《そ》げ！」

「そして、二日目に耳を切り」

「三日目には、倒磔《さかさはりつけ》にせよ！」

これは、倒磔にかけられるという残酷なものだった。威嚇とみせしめのためであった（『鹿苑目録』）。

秀次は驚き、応えた――。

「はっはー、承知仕《つかまつ》りました」と、早速、京の六条河原へ、犯人らを引きつれて処した。

京の地下は、みな驚き静まり返った。これまで秀吉の激しい戦歴を見てきた秀次は、従わざるを得なかった。それは、秀吉がすでに三木城干殺《ほしごろ》し・鳥取城の渇《かつ》え殺《ごろ》し・備中高松城水攻めなど熾烈《しれつ》な攻城戦が目に浮かんだからだ。

小者から成り上がった秀吉には、三人の兄弟姉妹があった。弟に小一郎秀長《こいちろうひでなが》と、妹の朝日姫である。先の秀次は、秀吉の姉・智《とも》の子で秀吉の養子となった。

秀吉は七歳の時、実父・弥右衛門と死別している。

秀次は、七年前の天正十年（一五八二）六月本能寺の変で織田信長の死後、秀吉が信長の後継者として擡頭《たいとう》する過程で数々の作戦に従軍し武功を上げてくれた。秀吉にとって数少ない縁者《えんじゃ》として重用《ちょうよう》されてきたのである。

秀次は秀吉から拝領した近江・八幡山城《はちまんやま》（滋賀県近江八幡市）四十三万石の城主、権中納言《ごんちゅうなごん》の官位をもつ。近江八幡は美しい琵琶湖の畔《ほとり》にある。水路はあまり開削《かいさく》されていない。ここは渇水《かっすい》による水争いが絶えないところだ。秀次は悪政を敷いた代官を自ら成敗し、秀吉から信任されていた。このようなこともあってか、此度《こたび》の聚楽第の落書事件で、処刑の段取りを秀吉から命令が下ったのだ。《現代でも、水争い裁きの名君として琵琶湖半に秀次像が建つ》。

そして、秀吉は側室茶々の懐妊を知り昨年の天正十六年十二月から産所《さんじょ》として山城国・淀城（京都市伏見区淀本町）の普請を大動員してはじめ。この三月末に完成した。

茶々は秀吉の居城である大坂城から移り、出産をひかえていた。

秀吉自身は、茶々のことを「淀《よど》のもの」「淀の女房」と呼んだ。それから「淀の局《つぼね》」「淀君《よどぎみ》」「淀殿」と、言うようになっていった。そして、四月六日、落書事件で揶揄《やゆ》されていた方広寺《ほうこうじ》大仏殿も大略完成していた。

―秀吉と茶々との出会いは複雑であった。六年前の天正十一年（一五八三）、柴田勝家が羽柴秀吉と対立して賤ヶ岳の戦に敗れ、越前国・北ノ庄城《きたのしょうじょう》で勝家と共に自刃したとき、後妻《あとずま》のお市の方（織田信長の妹）も死んでしまった。

その前に、お市は織田信長の命で浅井《あざい》長政と政略結婚する。浅井家と織田家が同盟していたが断絶し、信長は近江国・小谷城《おだにじょう》を攻め浅井氏を没落させた。

このとき小谷城の長政とお市の三人の遺子《いし》は、北ノ庄城の落城でふたたび城をのがれ、敵の秀吉を頼るしかなかった。長女の茶々は十五歳、次女の初《はつ》（お初）は十四歳、三女小督《おごう》（お江《ごう》）は十一歳になっていたときのことである。

初は近江国・京極高次《たかつぐ》の正室となった。小督は数奇な運命を辿り何度も再嫁《さいか》するが、後年のこと、最後に徳川秀忠（徳川二代将軍）の継室《けいしつ》となったのである。

そもそも、秀吉は戦国一の絶世の美女といわれたお市の方が欲しかった。その代わりにというように、茶々を手に入れた。茶々が側室になったのが前年の天正十六年のことである。

秀吉は、正室の祢々との間に子供が授からなかった。子宝に恵まれようと念じていた矢先、此度の落首事件となったのである。この事件前に、秀吉は高札で「悪所通《あくしょがよ》いの制禁《せいきん》」というものを布告していた。

秀吉の言っていることには、

「悪所・遊女は国を傾ける元凶《げんきょう》で、将《しょう》・諸太夫《だゆう》が悪所通いすることで」

「軍役を疎《おろそ》かにするばかりで、諸費が多く費やされる」

と、いうことを嫌い発布したものである。

ところが、先の悪所通いの制禁を出していた秀吉であるが、天正十六年四月末に京都東山《ひがしやま》の里山へ鷹狩りに出かけた。そこで美しい女房に惹《ひ》かれてしまった。早速、供の小姓を使い女の名前を聞き出したのだ。彼女の名は、お三《みつ》（お吟《ぎん》）といい、侘茶《わびちゃ》完成者の茶匠《ちゃしょう》・千利休の娘で万代屋宗安《まんだいやむねやす》の後家《ごけ》だと答えた。聚楽第に帰った秀吉は、早速、手紙を遣《つか》わした。

「聚楽第に上がって側室として奉公するように」と命じた。

これに対し千利休は断り拒み続けた。お三は父・利休の苦しみを救うため三人の幼子《おさなご》に未練を残し懐刀《ふところがたな》で自死したのである。こうしたことから、秀吉は、利休への憎しみを、次第に増していくのである。そして秀吉は二代目としての跡継ぎが定まらず迷走する。

その秀吉の出を辿ると――。天文六年（一五三七）丙申《ひのえさる》二月六日（『天正記』）、尾張国愛智郡《おわりのくにあいちごおり》中村（名古屋市中村区）の小作農《こさくのう》、百姓であった木下弥右衛門《やえもん》と、なか（仲《なか》・のちに大政所）夫婦の二番目の子として生まれた。七歳の時、父の死去とともに八歳で寺に預けられた。
「貧しい百姓の倅《せがれ》として生まれ、若いころには、山で薪《まき》を刈《か》り――」

「それを売って生計をたてた」

「極貧の際には、古い蓆《むしろ》以外に身を覆《おお》うものがなかった」

と、日本でキリスト教の布教活動をおこなっていたイエズス会宣教師・ルイス・フロイスが、ポルトガル語で「日本史」の中に書き母国に伝えたほどである。

そのどん底から這《は》い出した秀吉は。十五歳の時、天文二十年（一五五一）今川義元幕下《ばっか》で遠江国・頭陀《ずだ》寺城主松下加兵衛之綱《まつしたかへいゆきつな》に拾われ秀吉は奉公に出た。

ここで草履取《ぞうりと》りから次第に納戸方《なんどかた》（衣服・調度）の出納《すいとう》に取り立てられたが、周りの者に妬《ねた》まれ、いじめられ、わずか三年の奉公で中村に帰された。

天文二十三年（一五五四）十八歳になる秀吉は、尾張国・織田家の小物頭《こものがしら》のがんまくと、一若《いちわか》の推薦によって二十一歳の織田信長に仕えることになった。信長のもと、また草履取りからの出発で小者として、小人《こびと》ともいわれ、中間《ちゅうげん》の下位におかれた。

このころ、今川義元は、尾張に勢力を伸ばしつつあったので、秀吉はその選択を考えた末でもある。

秀吉が二十四歳の時、永禄三年（一五六〇）五月十九日。尾張の小大名《こだいみょう》だった清洲城の織田信長が、三河・遠江・駿河三国を領有する大大名の今川義元に「桶狭間の戦い」で勝利した。この合戦で信長の名は一躍全国に知られる。

この戦《いくさ》は、今川義元が二万五千余の大軍を率いて、駿河府中を発ち、西進を始めていた。目的は、尾張制圧と上洛にあった。

今川勢が三河桶狭間にさしかかった時、折から大驟雨《おおしゅうう》（急なにわか雨）が襲った。雨が上がった未《み》の刻《こく》（午後二時）、織田勢たった二千余。太子ケ根《たいしがね》の傾斜地を駆け下《くだ》り、今川軍縦列の横から一気に今川の本陣を突いて、義元の首級を挙げたのである。この信長の大勝利、このとき、秀吉はまだ小者で草履取りの身分であった。

信長のはく草履を懐《ふところ》で温めるなど、その忠勤ぶりが次第に認められ、やがて小者頭に取り立てられた。また、信長が鷹狩りに出る時、声がかかるとすぐ控えていた。朝火事の時、信長が出て行こうとすると、秀吉がすでに馬を用意するなど信頼されていったのである。まもなく足軽から足軽組頭《くみがしら》に昇進していく。桶狭間の戦いで今川義元に勝利した織田信長は、次第に勢力を拡大する。

翌年の永禄四年（一五六一）八月三日、秀吉は二十五歳。織田信長の弓衆《ゆみしゅう》・浅野又右衛門長勝《あさのまたえもんながかつ》の養女祢々《おね》と付き合いして結婚した。

仲人は信長である。祢々《おね》（別称、ねね・寧子《ねい》・寧《ねい》とも。後に、北政所・高台院《こうだいいん》）は十四歳。杉原定利入道道松《すぎはらさだとしにゅうどうみちまつ》の娘で、浅野長勝の養女という名分で結婚した。

結婚してからは、長勝と同じ足軽長屋に住み。永禄八年（一五六五）二十九歳のころから「木下藤吉郎《きのしたとうきちろう》」を名乗るようになった。浅野長勝には、男子がいなかったので、長勝の娘ややに、安井重継《やすいしげつぐ》の子・長吉（十九歳）が婿入りし、浅野長吉（長政）が家督を継いだ。長吉（長政）は、信長の命で藤吉郎（秀吉）にもっとも近い姻戚《いんせき》であることから、秀吉の与力（後に豊臣政権下で筆頭奉行）としたのである。長政というのは、晩年の改名で、初名の長吉を名乗っていた時期が長い。

秀吉の妻（正室）祢々は、自筆書状にはすべて「ね」とだけ書かれている（『桃山時代の女性』）。これは、祢々（おね）と呼ぶのが正しいとされる。「寧子《ねい》」という史料もあり、お寧《ねい》と呼ばれたこともあるらしい。俗に、「おねね」と呼んでいるのは、『絵本太平記』の誤伝とされている。

三

二月二十五日のあの落書事件後に、何を思ったのか、秀吉は、妙な言い回しをした。

「地下が巨石の運搬に駆り出される苦しみを知ってか、しらずしてか」

「茶々の出産が近づき、嬉しくなったのか…」

と、誰しも心境は分からないでいた。

それは、五月二十日巳《み》の刻《こく》（午前十時）に、秀吉の気持ちが表れた。

秀吉は、聚楽第に一族と智仁《ともひと》親王ら公家・諸大名を集め、厖大《ぼうだい》な金銀の金賦《かねくば》りを始めた。大判金六千枚、御公用銀《ごこうようぎん》二万五千枚を配ばり、大名達に忠誠を誓わせたのである。

配った大名は、豊臣一族の秀長・秀次。娘が秀吉の養女や側室という一族に準ずる前田、上杉、毛利氏などである。

秀吉は、もう直ぐ側室の淀殿が第一子の男子を産むであろうと、生まれながらの「天下人の後継者」であると宣伝したかったのである。

集まった秀吉側近の大名には、いわゆる吏僚《りりょう》的人物（奉行職）がいて、秀吉子飼いの家臣で五奉行（当時は年寄りと呼ばれた）を置いた。

豊臣五奉行筆頭で司法担当は浅野長吉（長政）。行政の石田三成・土木の増田長盛《ましたながもり》・財政の長束正家《なつかまさいえ》・宗教の前田玄以《まえだげんい》。特命担当奉行の大谷吉継《おおたによしつぐ》がいた。

前田玄以が京都所司代として別に扱われ、御所・朝廷・公家・寺社を。長束が財務の特別部門を担当し、浅野・増田・石田の三方《さんかた》が一般政務の処理に当る諸将とした。

他に、有力大名には、徳川家康・前田利家・毛利輝元・宇喜多秀家・小早川隆景らだ。子飼い大名には加藤清正・福島正則と、先の大谷吉継ら武闘派など多数の家臣が集まった。

秀吉は、世上の聞こえをよくするため、自ら名聞《めいぶん》を放った。

「人の死生《しせい》は定まらないものなので、先に配分しておく」といった。

大広間に集まった家臣団は、謝意《しゃい》を表し畳に伏して、あらためて臣従を強くしたのである。

—それから七日後の二十七日黎明《れいめい》（明け方）、淀城から早駆《はや》けがあって、秀吉の聚楽第に報せが入った。淀殿が男の子を生んだ（『御湯殿上日記』・『鹿苑日記』）。

浅井長政とお市の方の遺児茶々が、秀吉の側室となったのは前年の十六年。茶々はやがて妊娠し、淀城に移っていた。

ここで話は少し逸《そ》れるが、信長と秀吉とでは、朝方は少し違う。

「秀吉の朝は比較的遅い方である」

「信長は薄暗い時、鶏《にわとり》の声で起き、政務をとり、馬場に出ていた」

「秀吉の朝は、側室に仕える侍女の御局《おつぼね》に抱きつき、目覚めを楽しむ方であるらしい」と、洛中で囁《ささや》かれた。

ところが、秀吉は、この五月二十七日の朝だけは早い。秀吉は、蒲団《ふとん》を跳《は》ね除《の》け、邸《やしき》から飛ぶように馬に乗り三騎の小姓を引きつれて淀城に向かった。

淀城に着くやら、目を丸めて回廊を小走りに、産所に入った。

秀吉は、大喜びして、淀殿に声をかける。

「お茶々！　ちゃちゃっー、茶々ー」

「おぉー　ようでかした！」

と、部屋の中を跳ね回った。秀吉のお茶目な場面が見えた。

「殿下、男《お》の子です。ありがとうございまする」

と、二十一歳の淀殿は、侍女らに囲まれながら、微笑む。

秀吉はこのとき、五十三歳、初めての子供であった。

早速、棄《す》て（捨て）子は育つという俗信《ぞくしん》に従い、「棄丸《すてまる》」と名付けられ、やがて鶴松《つるまつ》とよばれるようになった。

秀吉の初めての子供ということで、五月晦日（三十日）、朝廷より淀城へ棄丸誕生の祝いに女房らが遣わされる。御陽成天皇女御《ごようぜいてんのうにょうご》・近衛前子《このえさきこ》から茶々（淀殿）へ。三重樽《みえだる》が贈られたのを始めとして人々から贈物が淀殿に届けられた。公家や諸大名たちは、われがちにと、この時とばかりに豪華な祝いの贈物を届けてきた。早くも、七日前の金賦《かねくば》りの成果もあってか、次々と訪問客が絶えず訪れ賑わった。

一方、秀吉の正室祢々の方には子供がなかったので、祢々はこの報せを大坂城の二の丸で聞き、たいそう喜んだ。かねがね豊臣家の跡継ぎが心配されていたからだ。祢々は、夫・秀吉の子飼いの家臣として子供のころから加藤清正や福島正則らを養育し、今では秀吉側近の武闘派として名高い。

祢々にとっては感慨《かんがい》深いことだ。祢々は秀吉よりも十一歳年下であるが、賢明な女性、しっかり者。次々と出世するのも、祢々の援助と励ましであった。

一説によると、江戸時代に書かれたという『爛柯堂棋話《らんかどうきわ》』（林元美《げんび》著）で読むと、祢々は結婚して間もなく懐妊したという。当時、生活は貧しいので流産のため、灸《きゅう》をすえた。それで、三人の子を流産したが、貧しさから脱出、子供が欲しいと思ったら、出来ない体だったという。

秀吉が永禄十一年（一五六八）三十二歳のころ——。近江長浜城主であった。この間に織田信長に従って上洛していたときのことである。京で妾《めかけ》の南殿《みなみどの》をとり長男石松丸秀勝《いしまつまるひでかつ》をなしている。これは側室との初めての男児であったが、六歳で夭逝《ようせい》（若死に）した。秀吉は秀勝を惜しみ、幼くして没したので偲《しの》ぶためか、後には養子に「羽柴秀勝」「豊臣秀勝」などを名乗らせていったのである。

秀吉が長浜城時代は、織田信長軍に従軍すること多くて留守が多かった。祢々は、秀吉の生母・

なか（仲《なか》、従一位、大政所）と共に仲良く住み、夫・秀吉が遠征で長浜を空けることが多く、そのころ長浜城主代行のような役目をして朝廷ともうまくいき、諸大名とも外交交渉し立派なものであったという。

―秀吉の子・鶴松が誕生して八日後。またまた、南奥羽では「惣無事令違反」を繰り広げていた。

四

それは、天正十七年六月五日早暁《そうぎょう》のこと、「摺上原《すりあげはら》の戦い」がはじまった。

伊達政宗の補佐役片倉小十郎（景綱）は太宰金七《だざいかねしち》の声で就寝中に起こされ、蘆名《あしな》軍が日橋川を渡り、高森山（標高五九八メートル）周辺に布陣し始めていることを知った。

「ちっ、遅れをとったか、引き続き、敵の様子を知らせよ！」

朝から大声で下知《げち》をした景綱は、即座に着替えて政宗の許に向かった。

「なに、蘆名が？」

と、報せると。やはり、政宗も驚いたような声を上げた。

「他に伏兵《ふくへい》がいるやもしれませぬので、お焦りになりませぬよう」

「判っておるわ！」

諫言《かんげん》（いさめる）を聞く政宗であるが、失態を実感しているようだ。

「まずは、末端の兵に到るまで腹ごしらえをし、次なる報せをまちましょう」

景綱の進言に頷《うなず》き、政宗は着替えをはじめた。

朝食ののち、政宗は麾下《きか》の部将を主殿に集めた。景綱・伊達成実《しげざね》・白石宗実《しろいしむねざね》・濱田景隆・大内廉也斎《れんやさい》・片平親綱《ちかつな》・猪苗代盛国らであった。

「まことでござろうか」

成実が訝《いぶか》しがる。昨日も似たような報せが届けられたが、誤報だった。

「わが手の者の報せゆえ、間違いはござらぬ」

景綱が答えると、次々に斥候《せっこう》（物見）が戻り、蘆名軍の出陣は事実で、猪苗代湖畔の民家を焼き払っているという、報せが届けられた。

「もはや敵の出陣は明白。また、兵数は六千で伏兵はなし」

「寡兵《かへい》の敵がわざわざ出向いてくれるとは好機——」

「この機会に躊躇すれば末代《みだい》までの恥」

「ものども、憎くき蘆名を打ち——」

「積年の恨みを晴らして奥州を伊達の手に握ろうぞ！」

「うおおーっ！」

覇気ある政宗の言葉に、景綱ら家臣たちは雄叫《おたけ》び（勇ましい叫び）で応じた。

昨日とは打って変わって快晴の中。会津磐梯山麓、猪苗代湖を見下ろす摺上原がある。政宗軍二万三千に膨れ上がり、威風堂々亀ヶ城を出て蘆名軍が布陣する摺上原に向かう。

蘆名義広軍一万六千の大軍が激突した。

前年七月、政宗と佐竹・蘆名両氏は一旦和睦していた。が、佐竹義重《よししげ》・義宣《よしのぶ》父子と蘆名義広は、伊達領に隣接する相馬義胤《よしたね》を授けて、安積《あづみ》軍に出兵した。

だが、蘆名氏の属将、猪苗代城主の猪苗代盛国の内応をえた政宗は会津侵攻を開始。義広は政宗を迎え撃つべく、摺上原に転陣した。

戦いは、数で勝る政宗軍の優勢となり、敗走する蘆名勢の多くは日橋川に落ちて溺死した。すでに、猪苗代盛国が、橋を落としていたのである。

蘆名義広は居城黒川城を捨てて白河にのがれ、さらに生家である佐竹氏を頼って落ちていった。

政宗は、わずか一度の戦いで蘆名領を手中にした。政宗は大勝し、会津の名門蘆名氏は滅亡したのである。

天正十七年（一五八九）六月十一日。蘆名氏を破った伊達政宗は、奥州会津黒川城に入城した。

政宗は、秀吉の停戦命令と上洛命令を無視した行動をとったのである。

秀吉は、七月四日、隣国の上杉景勝と佐竹義重に、結責《けつせき》して撤兵させ、政宗討伐を命じた。十三日、富田一白《とんだいちはく》（知信）・施薬院全宗《せやくいんぜんそう》・前田利家に命じて書を遣わし政宗の会津侵略を責めさせる。

政宗は、景綱に囁いた。

「適当に躱《かわ》しておけ。関白が奥州に来たとしても何年も先の話じゃ」

「関東の北条家を討って、奥州に兵を進めるのは簡単にはいかぬ」

「その前に、できるだけ版図《はんと》を拡大しよう」

「畏《かしこ》まりました」と、景綱は素直に応じた。

八月十六日。秀吉への使者として、政宗は外交手腕の優れた家臣の遠藤基信《もとのぶ》（不入斎）を上洛させた。

「会津攻めは父輝宗の代に、政宗の次弟の小次郎を養子に入れる約束でした」

「蘆名家が約束を違《たが》えて、佐竹義重の次男を養子に入れ――」

「白河・石川・岩城・岩瀬・相馬・大崎・黒川・最上・佐竹と誼《よしみ》を通じ――」

「政宗を討伐しようとしたので、止む無く会津を討ちました」

「元来、伊達家は奥州五十四郡の探題に任じられているので」

「刃向う敵を討ち、職務を全うしたに過ぎません」

と、秀吉に遠藤は弁明した。

このことは、秀吉の近習で奉行を勤める浅野長政（長吉）と祐筆である和久宗是《わくそうぜ》にも取り次いでいることが、政宗に報告されたという。

そして、八月十七日、小田原の北条氏の不利を解した政宗は、さらに、秀吉に使者を送り、会津攻略について弁明し、許しを請うた。

秀吉は、信長の統一事業を継承しており、秀吉から上洛して恭順の意を示すよう促す書状が、何通か届けられており、政宗はこれを黙殺し続けているのである。

第四章　名胡桃《なぐるみ》城事件・最後通牒

一

天正十七年二月五日（一五八九年三月二十一日）。

遠江・駿河・甲斐に大地震が起こった。（現代の『理科年表』国立天文台編纂マグニチュード＝M6・7相当）。駿府城・浜松城・掛川城の土塁や、河川の堤防が決壊したという徳川家康からの書状が、関白秀吉のもとに届いた。

秀吉は、直ちに河川の堤防を復旧させるとの名目で、

「遠江・駿河に数千人の石積み人夫と――」

「治安維持のため羽柴信秀勢一万余」を送込む。

送込まれた人夫の内、近江穴太衆は沼川・富士川・興津川・安倍川・大井川・天竜川の築堤に従事したが、信秀率いる生駒衆は道の拡張普請、河川への橋普請に当り、生駒衆の一部は清水・焼津の港湾整備に振り向けられる。

秀吉は、大地震の被害に乗じ、明春予定している「小田原征伐」のため、大軍進路の隘路《あいろ》となる河川・橋梁の普請が大事と見ていた。

さらに、秀吉傘下の九鬼嘉隆が指揮する水軍勢・豊臣家船手《ふなて》警固衆は、

「領民救済として五穀を遠江・駿河」に搬入しはじめる。

秀吉の命を受けた甲斐・府中では、

「加藤光泰に、甲府城の築城をはじめさせ、関東の北条氏政・氏直父子」を牽制、刺激する。

そして、秀吉は、小田原北条を征伐するというきっかけとなったのは、上野国の沼田領問題に絡み、突然勃発した「名胡桃《なぐるみ》城事件」である。事件は、北条家が上洛を渋り、事態は混沌とし、秀吉が最後通牒《つうちょう》を突き付け、宣戦布告に到ったのである。

事の起こりは、九〇年ほど遡る──。

上野の利根川上流右岸断崖部に位置し、川を挟んで北東に位置する明徳寺城と対峙するのが名胡桃城（群馬県利根郡みなかみ町下津）である。明応元年（一四九二）に沼田城の支城として沼田氏によって築かれたとされる。上杉景勝との甲越同盟により東上野の割譲を受けた武田勝頼が、天正七年に家臣の真田昌幸に命じて、敵対関係となった小田原の北条氏から沼田領を奪取するための前線基地として築いた城である。昌幸は名胡桃城を内応させ、ここを足がかりとして、沼田城を攻略する。

天正十年（一五八二）に到って、武田氏の滅亡後、天正壬午《じんご》の乱を経て独立した真田氏と北条氏が沼田・吾妻領をめぐって争う。名胡桃城は沼田城の有力な支城として、沼田領に攻入ってきた北条の軍を退けた。

──秀吉は、天正十七年（一五八九）七月初旬。

「北条氏政・氏直父子のどちらかが至急上洛せよ」と命じた。しかし、一向に従わず、ついに、沼田領問題を裁定した。

「沼田三万石の地を両分し──」

「上野の真田領の三分の二は沼田城に付けて、北条氏に割譲」

「三分の一は上田城主・真田昌幸に安堵する」

「家康は割譲する三分の二相当分を――」

「真田に所領（信濃伊那郡箕輪領）として宛がう」

七月十四日。上田城主真田昌幸は、

「関白の裁定に基づき、上野国の沼田領利根川以東を北条氏に明け渡し――」

「代替地として信濃国伊那郡箕輪領を」与えられた。

七月二十一日。秀吉は、富田一白・津田隼人正を信濃上田城に遣わして、昌幸に了解をとろうとしていたのである。

「昌幸が沼田城・吾妻城を、北条方へ明け渡す」

「北条氏直（北条家五代当主）は、沼田城を受け取って――」

「叔父北条氏邦に管理を依頼する」

ところが、事態は急変する。猪俣邦憲《いのまたくにのり》が名胡桃城を急襲して、奪い取った。

北条氏邦の家臣猪俣邦憲を城代として沼田に入れることにした。北条家中では、古くから沼田の名胡桃は紛争が絶えないところだったので、秀吉の裁定とはいえ、猪俣の起用に疑問を抱き、猪俣で大丈夫なのかと訝《いぶか》る者もいた。

北条家臣のある者は、かなり昔の元暦元年（一一八四）、あの源義経と木曽義仲との宇治川合戦において、義経に従い活躍した猪俣小平六範綱の子孫であるそうだ。四百年以上前の先祖のことである。

秀吉の調停で沼田城を含む利根沼田の三分の二は北条氏になったが、真田氏の墓所があった名胡桃城を含む残り三分の一はそのまま真田領として安堵された。名胡桃城には鈴木主水重則《もんどしげのり》が城代として入る。

—秀吉は、九月十三日、鶴松は淀城で母の淀殿（茶々）と暮らしていたが、鶴松を大坂城に移した。これは、わずか四ヵ月足らずの鶴松が、豊臣氏の後継者として定められたことを内外に宣伝するためである。

十月二十三日。北条家の鉢形城主北条氏邦の家臣猪俣邦憲（沼田城代）が思慮もなく、名胡桃城（真田領）を攻め、城を奪う事件が発生した。

十一月三日（月日は異説あり）、猪俣は、中山九郎兵衛なる者を言葉巧みに唆《そそのか》し、名胡桃城代の鈴木主水重則に偽物の真田昌幸の書状を出し、鈴木を城外に誘《おび》き出した。暫らく経って、その留守中に名胡桃城を乗っ取られてしまった。異変に気付き名胡桃城に戻った時は、もう手遅れであった。鈴木はその不覚を恥じ、悔しがって沼田の正覚寺で、腹を掻き切って果てた。

こうやって、猪俣は、易々と名胡桃城を手に入れたのである。これが惣無事令に違反した。秀吉の北条攻めの口実になる。

北条家では、本城から何も命令をしておらず、名胡桃城奪取は秀吉公の謀略ではないかと噂が立った。

これには裏があった。秀吉は、関東の北条と奥州の伊達を臣下にしたいのだが、思うように事が運ばないでいた。四ヵ月余り前の六月五日、伊達政宗の蘆名攻撃を責め、上杉景勝と佐竹義重に、伊達の討伐を命じた。これは、北条と伊達が同盟して、北関東に勢力を伸ばされると、秀吉にとって大きな打撃になるからである。秀吉の敏速な対応に恐れをなした伊達は、八月に家臣を上洛させ、南奥羽の岩代進出の正当性を弁明させた。秀吉はこれを許さなかった。

北条は、これを伊達討伐に名を借りた北条攻めの準備だと警戒した。その準備というのは、名胡桃城に絡む経略である。

秀吉は謀将の真田昌幸と黒田如水（官兵衛）の二人に、それと羽柴信秀に献策を実行するように命じていた。信秀というのは、織田信長の六男で本能寺の変後、秀吉の養子になっていた。功名を図る猪俣は、猪のような武者で謀略を施すには、うってつけの武将だと目をつけたのだ。秀吉から命を受けた羽柴信秀は、秀吉の朱印状を偽造し行動した。

信秀は、豊臣軍が先の九州攻めの際、耳川合戦で失態により改易され、北条氏直を頼っていた他国衆の一員の尾藤勘右衛門を使い、北条氏の沼田城・城代猪俣邦憲に朱印状を届けさせた。

尾藤は、九州攻めで豊臣軍本隊の指揮を取った羽柴信秀の言葉に喜んだようだ。尾藤はじかに届けず、知己のある生駒八右衛門を通じて猪俣に届けさせた。この流を闇雲にするためであった。

猪俣には──。

「此度の、働き次第によっては、帰参を願い出てもよい」と、甘い言葉で謀議に参加させた。この話に乗った猪俣は、ここで、いっきょに手柄を立てようと考えたようだ。北条氏にとっては、とんでもないことをしたのである。

名胡桃城は、秀吉の裁定で真田の属城として管理されている。城将には、真田の家臣で鈴木主水重則と僅かな手勢で守っていた。

猪俣邦憲には、弱みがあった。五年前の天正十二年に真田昌幸と戦い大敗したので、偽の朱印状を見て、汚名挽回策をはかろうと功を焦った。

名胡桃城の鈴木主水重則が城外に出たとき、猪俣邦憲の伏兵の軍勢二千を導入し、占領したのである。

二

天気の良い日には、猪俣の沼田城から対岸の名胡桃城が見え、三十町（三・二キロ）の距離、沼田領から守るには都合が悪いと思っていたのだ。

小田原の北条家では猪俣に詰問すると―。

「ちゃんと、沼田城に書状を保管していたが、泥棒に盗まれ手元にない」と、主張した。

北条氏直は、不戦を願っていたので手痛いこととなった。この偽造された秀吉の朱印状であるが、その所在は判らなかった。

書状は、実際に秀吉の花押が捺されていたそうで、偽造ではないので見つかるとうまくない。猪俣の沼田城に真田昌幸の忍びの者が、忍び込み、真田が取り戻し証拠隠滅を企てていたようだ。

名胡桃城事件後の十月二十九日、真田昌幸は、駿府の徳川家康に訴え、足を伸ばして上洛、関白秀吉にも猪俣邦憲が名胡桃城を奪取したことを訴えた。

秀吉は——。

「詰問の使者として、大谷吉継・徳川家の石川数正を」北条方に遣わした。

北条氏直は、家臣の石巻康敬《いしまきやすまさ》を急いで秀吉の許に上洛する。

「名胡桃城事件は、事情の知らない家臣が勝手にやったことで、直ぐに城を返却しまする」

と、侘びながら弁明した。

秀吉は弁明に耳を傾けなかった。

「氏政・氏直殿が上洛するというので——」

「沼田を渡したのに、いまだに上洛していない」

「おまけに、わしの承諾なしに名胡桃城を奪うとは、叛逆である」

「急いで、北条家を退治すべし」と、秀吉は怒った。

北条の使者石巻康敬は、たちまち捕まえられ牢に閉じ込められた。

これとは別に、北条氏一門は、以前から防衛普請の備えを進めており、合戦がはじまると覚悟はきめていた。ただ、奥州の伊達政宗や、徳川家康との同盟は不能となり、北条の対応は出撃か野戦か、籠城かの画策をしていた。

天正十七年（一五八九）十一月二十四日。

秀吉は、名胡桃城攻めを口実に、小田原の北条氏に、五ヶ条からなる朱印状を駿府の徳川家康を通じて送り、内容は「宣戦布告」である。

豊臣の諸大名に対しては、出陣準備を命令する。これで徳川家康の一年有半の努力はついに水泡に帰した。

五ヶ条の朱印状（北条攻めの弾劾状）は—。

「北条事、近年公儀を蔑《ないがしろ》にし—」

上洛するにあたわず、殊に関東において雅意《がい》に任せ狼藉の条、是非に及ばずで、はじまり次の五ヶ条が示された。
一、徳川家の婿である北条氏直を大事に思い、今まで誅罰《ちゅうばつ》しなかった。
二、真田昌幸を宥めて、わし（秀吉）の裁量で沼田城を北条氏直に与えた。
三、北条氏政が上洛すると言うから、人質として家臣の津田信勝・富田知信の二人を、小田原に遣わした。
四、陳謝にきた使者・石巻康敬は、北条家の評定衆ではなく、不遜である。
五、わしは、一僕の身を信長公に取り立てられ、今や天下仕置の身分にある。
　末尾には、

「結局、この世で勅命《ちょくめい》に逆らう者は、早く討伐し、来年は諸国が朝廷から授かった御旗《みはた》を持って軍を進発し、逆徒《ぎゃくと》北条氏政の頚《くび》を刎《は》ねるべきである。これは一刻も猶予を置いてはならない」

書状は、秀吉が発した最後通牒を意味し、この「弾劾状」を新庄直頼《しんじょうなおより》に持たせ、徳川家康に届けさせ、徳川家の石川数正はこれを北条氏政に渡したものであった。

北条の使者石巻は、北条家を代表して弁明のため秀吉のもとに上洛したが、弁明は聞きいれられず、牢に入れられたが、出され、その帰路、徳川家康に駿河で捕えられ幽閉された。

—小田原城の北条氏政は、秀吉の書状に目を通すと、弟の氏照（八王子城主）らにいった。

「この書状を見なされ—」

「猿冠者《さるかじゃ》（秀吉）の分際《ぶんざい》でありながら、このようなことを申してきた」

「そもそも、関白など名乗る秀吉は—」

「尾張国、中村生まれで、地下侍に仕えていた藤吉郎とか申していた男だ」

「運がよかったのか、才能があったのか—」

「いつのまにか信長直参の侍となっていたのだ」

「自らの手で功名はないけれども、身のこなしは達者で、謀《はかりごと》に長け—」

「たびたび勝ち戦をした。信長が取り立ててくれて、西国方面の大将にした」

「本能寺の変の時、信長が明智光秀に殺害され、世の人々が動揺していたので—」

「秀吉は、謀《はかりごと》で、敵であった毛利と和を結び、京へ直ぐ上った」

「この機に、信長の三男信孝を大将に仕立て、山崎の合戦で勝った」

「すぐに光秀を退治してしまった」

「その後、信長の子息を手名付け利用した。柴田勝家を自害に追い込んだ」

氏政は、秀吉を軽蔑すべき振る舞いと、眼差しを示しながら諸侯に続けた。

「秀吉は、低い身分でありながら、将軍義昭公の養子になろうとした」

「義昭公は、卑しい者として、お許しならなかった」

「そこで義昭公を脅したり、騙したりして関白に成り上がった」

「まったく呆れて、開《あ》いた口が塞がらない」

「秀吉は、天下を取ったとしても長くは続くまい」

「とんでもない男だ！」

と、氏政は北条一門が集まっている上座で、檄を飛ばしたのである。

二十八日、秀吉は常陸太田城（茨城県常陸太田市）の佐竹義宣に対し、小田原征伐への出陣命令を発した。だが、義宣は南奥羽の南郷において伊達政宗と対峙している最中であった。

天正十七年十二月八日、北条氏政・氏直父子は―。

「伊豆・関八州の領内の支城全軍に、出陣準備命令を」下した。

第五章　秀吉の陣触れ、小田原評定

一

天正十七年（一五八九）十二月十日。関白豊臣秀吉は、上杉景勝・上杉の家臣直江兼続《なおえかねつぐ》・前田利家・徳川家康・毛利輝元・小早川隆景・島津義広・黒田如水（官兵衛）らの有力大名と評定衆の蒲生氏郷・堀秀政・細川忠興に小田原の北条征伐の陣触れ《じんぶ》（出陣命令）を出した。秀吉は、前年より天徳院宝衍《てんとくいんほうえん》に命じ、関東地方の地形・地勢の絵図面を描かせ、情報収集していたので、この陣触れに案内役を命じた。

秀吉の陣触れは、こうである。

一、天徳院宝衍（佐野房綱）を道案内役とする。徳川家康・加藤清正を先陣とし、伊賀以東の東海道の諸国、及び近江・美濃の将兵が東進し沼津に向かう。伊豆・箱根・相模に攻め入る。

一、九州・瀬戸内・熊野・伊賀・志摩の船手警固衆《ふなてけいごしゅう》を九鬼嘉隆《くきよしたか》の指揮に入れ、兵粮・弾薬を運搬する。

一、別働隊として、越後・北国勢の総大将は羽柴信秀、副大将前田利家と上杉景勝、案内役真田昌幸とする。東仙道《とうせんどう》・中仙道《なかせんどう》から上野・武蔵国に攻め入る。

一、大坂城の留守居役には大和大納言豊臣秀長と島津義広が。京の聚楽第には毛利輝元の各軍勢が、清洲城には小早川隆景らの家臣や部隊が守り、防禦を固める。

一、諸大名の妻子を京に集めて人質にし、諸国に向けて軍兵を督促する。

一、全国諸軍の出陣は、天正十八年（一五九〇）二月一日から三月一日までとする。

一、東海道、東仙道の各駅を整備し、軍用として飛脚、伝馬五十頭を用意する。

一、兵粮奉行の長束正家には、米二十万石（兵二十万人の一年分）を集める。さらに黄金二万枚（現在の金額では百十億円以上）で伊勢・尾張・遠江・駿河の諸国の米を買い上げる。

《脚注。大判は「黄金」と呼《よ》ばれ、「大判金」ともいう。小判は単に「金」という。金貨として規格化されたのは、天正十六年秀吉の命令で京の後藤四郎兵衛《しろうべえ》家（京金工）が製造したのが始まり。一枚当たり四十四匁《もんめ》（百六十五グラム）である。戦国時代は米にして四十から五十石相当という》

一、小田原攻めの、兵粮・弾薬は全て、関白豊臣秀吉が負担・調達する。

一、豊臣領内において、天正十八年度に限り、年貢《ねんぐ》・諸課役《かえき》（仕事の割り当て）・諸段銭《たんせん》（臨時の田地別の税金）を半減するとし、諸大名や領民の負担を軽くする。

このように、秀吉は小田原攻めへの決意を示し、関東の小田原包囲網が着々と進行する。従前、北条氏と同盟関係にあった徳川家康が東海道の先鋒に立たされた背景が伺える。

それは、徳川の領国駿河と、北条の領国伊豆・相模が隣接する前衛であるからだ。家康の子督姫は、北条氏直に嫁がせていたので、本気で北条を攻撃するのかどうかを秀吉は、家康の忠義を試しているようである。家康には、北条との同盟関係にあったので、いつ謀叛に及ぶか噂が流れていたからだ。

—秀吉は軍令を発した。

「一日当り、武将・雑兵問わず一人に米一升」

「塩は十人に一合、味噌は十人に二合、干し魚は一人に二匹」を支給する。

東海道軍十四万余が消費する米は、一日に一千四百石、一ヵ月で四万二千石、六ヵ月で二十五万二千石となり、俵数に換算すると六十三万俵となる。これは、兵粮奉行の長束正家がはじき出した数量だ。

このほかに軍用の馬の秣《まぐさ》（馬草《まぐさ》・枯草《かれくさ》）と大豆。塩・味噌・副食物や陣域普請の資材・石材、鉄砲・弾薬等の輸送は、合戦同様に指揮能力の高い武将とする。

—関白・豊臣軍の総兵力は、総勢二十三万余の史上空前の規模とする。

その内容は—。

【Ⅰ】東海道軍　総勢十四万七千余　（以下、合流した武将の兵力は、代表武将名で示す）

「総大将…秀吉本隊　三万五千」（京の聚楽第を進発・東街道起点三条大橋下る）
軍師・黒田如水（官兵衛）三千、浅野長吉（長政）三千、石田三成千五百、長束正家・大谷吉継ら諸将の兵など本隊に含まれる。

「先　軍…先鋒隊・徳川勢　三万」
徳川家康一万五千、滝川雄利五千、一柳直末二千、堀尾吉晴二千、諸将の兵六千など。

「副　将…豊臣秀次一万、蒲生氏郷五千、細川忠興三千、堀秀政五千など」

「遊　軍…織田信雄五千、織田信包五千、美濃衆一万、伊勢衆一万、丹羽氏重一千、中川秀政二千、長谷川秀一二千など」

「後　軍…宇喜多秀家一万、筒井定次五千、豊臣秀保一万、小早川秀包五千など」

「荷駄隊…羽柴信秀一万」

「関東勢…地元の参陣組、秀吉に拝謁（秀吉に臣従）　総勢三千余」

佐竹義重（常陸太田城）・結城晴朝（下総結城城）・福原資孝（下野那須家臣）・大関高増（下野那須氏家臣）・宇都宮国綱（下野宇都宮城）・太田資正（武蔵旧岩付城）。

〈那須資晴（下野国、遅参咎《とが》め）・里見義康（安房国、遅参咎め）〉。

【Ⅱ】北国勢（北方隊）　総勢六万五千余（信濃佐久から碓氷峠を越え、上野国に出る部隊）
「大　将…前田利家・利長一万八千（加賀尾山城、越中守山城より出陣）」
「副　将…上杉景勝・家臣直江兼続ら一万（越後春日山城より出陣）」
「先　軍…真田昌幸五千（信濃上田城）、依田康国四千（信濃小諸城）、羽柴井頼（美濃川並衆・木曽山方衆）三千
「遊　軍…木曽義昌・小笠原信嶺・青木新五郎二千」
「後　軍…金森長近二千・加藤光泰五千・前田利長五千」
「荷駄隊…溝口秀勝三千・木下家定二千」

【Ⅲ】豊臣水軍　総勢一万六千余（駿河湾に集結、伊豆西海岸から相模湾へ侵航する部隊）
「船手衆　大将…九鬼嘉隆」
「九鬼嘉隆水軍…志摩・鳥羽城主、一千五百」（志摩、熊野、鳥羽）

「加藤嘉明水軍…淡路・志知城主、六百」（淡路加藤）
「菅《すが》　達長水軍…淡路・志知城・客将、二百三十」（淡路菅）
「脇坂安治水軍…淡路・洲本城主、一千三百」（淡路脇坂、洲本、撫養、阿波）
「来島通総《くるしまみちふさ》水軍…伊予・来島城主、五百」（伊予、来島）
「長宗我部元親水軍…土佐・岡豊城主、二千五百」（長宗我部、土佐、十市）
「羽柴秀長水軍…大和・郡山城主、一千五百」（大和、和泉、紀伊）
「宇喜多秀家水軍…備前・岡山城主、一千」（備前、備中）
「毛利輝元水軍…安芸・吉田城主、五千」（安芸、村上、能島、因島、瀬戸内来島）
「徳川家康水軍…駿河・駿府城主、二千」（浜松・江尻・清水）
「船団　規模……安宅船《あたけぶね》（大型艦船、鉄甲船）、関船《せきぶね》（中型）、小早船《こはやぶね》など総勢一千隻余」
「輸送……兵粮・弾薬は、伊勢の大湊に集積し、駿河の江尻・清水・焼津の湊に海路輸送」

《脚注、安宅船は起動力よりも攻撃力を重視し、二層から三層の櫓《ろ》を搭載し「浮ぶ城」である。海賊衆が使用した大型艦船で、淡路島を拠点とした安宅水軍に由来している。九鬼水軍は、織田信長から鉄甲船の開発を命じられ建造し、毛利水軍との戦いを有利にした。漕ぎ手は、五十から百五十挺《ちょう》（人力による艪漕ぎなど数える語＝丁《ちょう》とも書く）の艪によって走行する。兵員は漕ぎ手の倍以上が乗船する。水軍とは、かつて海賊衆ともいった。山賊のような盗賊とは異なり、公的権力から認められた水先案内人で、海域の警固料を徴収した。支払いを拒否した場合は、その名

の通り襲いかかり積荷を奪い取った。武装した船団を組み、大名家の臣下として仕えている》

二

一方、小田原城では、先の秀吉の陣触れ情報が入り、北条家にとって風雲急《ふううんきゅう》を告げる事態となった。小田原城内外の郷村落をはじめ、早くも関八州の隅々まで情報が行き渡り、鼎《かなえ》の沸くような大騒ぎとなっている。

北条氏政・氏直父子は、十一月二十四日付の秀吉の弾劾状が届き、明年早々にも侵攻は間違いないと判断した。

徳川は、もうこれ以上調停してくれる意思なく、秀吉の先鋒として決定し、東海道を下ってくる準備をしているという報せが、北条の草（忍の者）の方から、刻々と小田原に届いた。北条としては、数年前から応戦の準備を進めていたので、当然戦うものとしていたが、最後の頼りであった徳川との手綱《たづな》が切れたのである。

北条は、これまで関八州を平定したとはいえ、常陸・下野・房総の全域を手中に収めたわけではない。これまでは戦闘の途中にあり、秀吉の惣無事令により関東や奥羽での大名同士の戦いを禁止したためである。

房総の里見氏は、昔、江戸川縁《べり》の丘陵、国府台《こうのだい》合戦（千葉県市川市）で激戦の後、相模の北条が勝利し里見氏が敗北、のち北条とは和議を結んだ。しかし、里見氏は北条を恨み、秀吉の陣触れに同調したのである。

他に、反北条を唱えているのは、北関東の常陸（茨城県）の太田城主・佐竹氏である。佐竹は、義重・義宣《よしのぶ》父子の代になって内紛もおさまり、領国拡大を目論み、数年前から秀吉に誼を通じている。また、常陸西部の下総側の結城《ゆうき》城主・結城晴朝も秀吉に臣従した。

下野（栃木県）では、国内で各氏の間で勢力争いを続けてきた。ここは中小の大名が混在する。北条の攻撃に押されて危機的状態にあった宇都宮国綱（宇都宮城主）は、いち早く秀吉に誼を通じている。烏山《からすやま》城主の那須資晴《なすすけはる》は小勢ながら宇都宮氏や結城氏、常陸の佐竹氏と渡り合っていた。他に、大田原晴清や、以前、上杉謙信に降伏していた小山城主の小山秀綱などみな反北条を唱える。これらの勢力は、今まで相模の北条や越後の上杉氏による抗争が展開されたところであった。

北条の侵攻が激化する北関東、宇都宮氏は、常陸の佐竹・結城氏と手をむすんで対抗するが、待っていたかのように豊臣秀吉に同調したのである。

しかし、秀吉の小田原着陣の直前になって、鹿沼城・真岡城・壬生城の周辺諸城の領主は全て北条に寝返った。

宇都宮国綱は、拠点の平城では危険と感じ、宇都宮城から山城の多気《たき》城に移さざるを得なかった。施策としては、秀吉の出陣を願うのみとなっていた。

北条氏政・氏直は―。

「小田原城の防禦に、外周郭の普請を急げ！」

「井戸を増やせ」と、号した。

小田原城の外周郭は、深い堀を掘り、敵の侵入を防禦し、籠城戦をとるのである。外周郭内に、どうしても地形や河川などから取り込めない郷村落がでてくる。

湯本・入生田・風祭・水之尾。早川・大窪・堤・星山・荻窪・久野・井細田・酒匂・今井・町田・網一色・山王原・渋取。多古・北久保・久野・掛之上・舟原・穴部・諏訪原の村落である。

家臣の姻戚者や身寄りのない者は、郭内に住まわせる。他に親類縁者に身を寄せることを指示する。

小田原城の防衛は、本城と城下町まで、すっぽり広範囲に取り込み、外周郭・総延長約二・二里（約九キロ。最近、研究者の実測の由）を防禦普請中であった。

外周郭の構造は、土を深く二・八間（約五メートル）掘り下げ、空堀・水堀とし、発生土を盛土した土塁で、傾斜面高さ五・六間（約十メートル）の落差にする防禦であった。

土塁は空堀によって発生した土を盛り上げて築かれる土居ともいい、この防禦方法は、土塁と空堀で構成され、「掻き上げの城」と称し、戦国時代の大多数を占める。早川沿いや、他の一部には石垣積みとしている。

天正十八年（一五九〇）正月二日。北条家では、評議を開いた。

秀吉の北条征伐の準備が進むなか、北条氏政・氏直は、評定衆を集め豊臣軍に対する措置を相談していた。これは、後に小田原評定と、諺《ことわざ》として揶揄《やゆ》される由来となった。

集められた重臣は、松田憲秀《のりひで》・清水康英《やすひで》・大道寺政繁《だいどうじまさしげ》・山角定勝《やまかくさだかつ》・成田氏長《なりたうじなが》・遠山景政《とおやまかげまさ》・武田豊信《とよのぶ》・千葉重胤《しげたね》・土岐為継《ときためつぐ》・皆川広照《みながわひろてる》・壬生義雄《みぶよしお》・笠原政晴《かさはらまさはる》らである。

評定には、北条氏政・氏直父子と、北条氏照・氏邦・氏規ら北条一門多数が参加した。なかでも、主君氏直（第五代）と叔父の氏規は穏健派で知られる。

北条氏規は、氏直の意向を代弁して──。

「関白秀吉公に臣従し、北条の家名を存続させるべきである」

評定衆筆頭の老臣松田憲秀は──。

「秀吉の出陣は虚勢に過ぎず、小田原は、京から遠く離れている」

「まして、天然の要塞である箱根天嶮があり、あの猿冠者（秀吉）が暴走し、東征を思い立っても、思うようにならぬ」

「山中城・足柄城・韮山城は要塞であり、脆弱《ぜいじゃく》な上方兵に十分対抗できる」

「難攻不落の小田原城に籠城する方がいい」

「小田原城は、過去に上杉謙信や武田信玄など、籠城戦で退けた前例があるではないか」

これに対し、京で外交交渉に当たっていた北条氏規と、家臣の岡部江雪斎《こうせっさい》は、秀吉に抵抗する意思をなくし厭戦《えんせん》の気分でいた。

岡部は堂々といった―。

「かつて、秀吉公は、九州征伐で二十五万の大軍を挙げた」

「今度は北条征伐も大軍となるのは必定、世の諺に、大軍に切所なしという」

「北条家は、例え山河の険阻を頼むとも」

「野山も海川も一面に押し寄せられれば防戦の術はない」

「その時、生け捕われ、攻め伏せられ、降参するよりも―」

「今すぐ罪を謝すべきである。関白豊臣秀吉殿を頼り、本領安堵を図るべし」

と、臣従論を主張した。

北条氏政・氏照・氏邦・大道寺政繁は、大胆に主戦論を強調した。

「関八州に理想の国を築く志に燃え、秀吉に安易な妥協は認めてはならぬ！」

さらに、主戦論者は―。

「箱根峻険《しゅんけん》での山岳戦、あるいは、この方より兵を出して―」

「駿河の富士川を前に進出し、堂々と合戦すべし」

と、武門の意地から出撃、野戦を主張した。

この衆議は一向に一致せず、主戦派・籠城派・臣従派に分かれた。これまであまり、表面に出なかった臣従派が露呈された。結論は長引いた。

この日の正月二日、「小田原評定」は、北条氏重臣、評定会議で和戦決せず、最終的に北条氏政の決断で籠城説に落着いた。

二日後の正月四日、北条氏政は、最後の裁断を下した。実は、北条家の当主は第五代氏直だが、父氏政が先をきって檄を飛ばした。

「諸軍打ち立ち！」

「この難攻不落の小田原城にて籠城戦で挑む！」と、号した。

北条家は、伊豆・関八州の太守《たいしゅ》、二百五十万石の自負心があり、「百姓からの成り上がり者の秀吉」などに頭を下げる気はなかった。

秀吉からの再三の上洛命令にも背いてきた。名高い「小田原評定」に軍議は、これにより、籠城戦と決したのである。

この日、氏政は領内に「諸軍討ち立ち！」といい、小田原城に詰めるよう命令したのである。


秀吉は、関東出陣にあたって、西国の大名の妻子を大坂に住まわせた。これは、「人質差出指令」だった。肝心の徳川家康は、そっぽを向いたままである。

家康の妻朝日姫は、去る十六年六月、秀吉の母大政所見舞いのため上洛したが、体調をこわしそのまま家康の駿府に帰ることなく、一月十四日、母と妻袮々の二人、懸命の看病にもかかわらず、あっけなく逝った。

朝日姫危篤の知らせで現われたのは、朝日の死の翌十五日、それも嗣子《しし》の竹千代だけだった。

徳川家康の三男・竹千代（秀忠）は、十三日上洛。十五日聚楽第にて秀吉の謁見を受けた。家康は、竹千代を人質として送ったのであろう。

秀吉は―。

「さよう、異心のないことを態度で示されたかのう」

「家康殿との縁を強くしようぞ」

その場で、元服して秀吉の一字を賜り、「秀忠」（十二歳）と名付けられた。

人質として聚楽第に入った秀忠を見て、秀吉は大いに喜んだ。織田信長の妹、お市の方の三女小督（お江与・達子。十八歳）、秀忠（後に徳川幕府二代将軍）との婚儀を執りおこなった。秀吉の母・大政所は―。

「自ら手を引いて御閣に連れてゆき、秀忠の髪を結い直してあげた」

秀吉の妻祢々《おね》・北政所は―。

「歓迎しまする」

「衣装を京風に改めましょうね」と、晴れ姿で容貌が京風になりよくなった。

三

天正十八年（一五九〇）正月六日。

北条方では、すでに籠城戦の意を決し、士気を高め臨戦態勢で着々と固めていた。小田原城は難攻不落の堅城を誇る惣構え（惣郭）で、本城（内城）と城下町をすっぽり堀と土塁で落差をつけた外周郭で包み込み、巨大な城郭をなしていた。

外周郭は、御幸ノ浜沿いに約二十五町（二・七キロ）、内陸部に奥行き約二十町（二・二キロ）もあった。外周郭の惣延長は約二・五里（九キロ。長さは諸説あるが最新の文献で提示）である。外周郭の出入り口の門は、周囲十一箇所ある。

本陣には、北条氏政・氏直を本城に置き、本陣の前後には前備《まえそなえ》と後備、左右には脇備、または左備と右備が、外周郭のそれぞれの門付近に周郭に沿って布陣した。


小田原籠城戦の布陣は、次による—。


「小田原城天守閣…主君北条氏直（第五代）麾下の兵五千余」

「同　右　…主君　氏政（第四代）麾下の兵三千余」

「東側の酒匂口　…上田朝広ら兵七千二百余」

「東北側の渋取口…内藤景豊ら兵八千九百余」

「北側の井細田・久野・荻窪口…太田氏房ら兵一万一千八百余」

「西北側の水之尾口　佐野氏忠ら兵二千五百余」

「西側の二重張・大窪口…松田憲秀ら兵八千七百余」

「南側早川口・浜側欄干橋通口・広小路通口…北条氏照・北条氏堯ら兵九千六百」

「北条水軍（伊豆水軍・三浦水軍・玉縄水軍）…千五百余」

「以上、小田原本城の全兵力　五万六千七百余」

「他に地下（民衆）を収容…千五百余」

「伊豆・関八州の百五十余の支城・出城・砦・番所に籠城守備軍…兵三万余」

これにより、北条軍は「総勢八万六千七百余」で対峙する。

小田原本城の籠城に際し、関八州の城主（支城主）が集まり参陣した。

早川・上方・湯本口には、主戦派の八王子城主の北条氏照、老臣松田憲秀を配し、水之尾口には佐野氏忠らであった。

荻窪・久野・井細田口には、岩付城主北条氏房・長尾顕長・北条氏克・北条直重ら、渋取口には津久井城主内藤景豊・小幡信貞ら、東南の酒匂口には、松山城主土田朝広・山角貞勝・北条繁広らを配置する。北条氏政・氏直は、これらの総師として本丸で指揮をとる。

大評定で論争した鉢形城主の北条氏邦は、出撃論の代表格であり、老臣の松田憲秀は、籠城説の代表格であった。しかし、結果は、籠城が採用されて、評定に敗れた氏邦は、鉢形城に帰って守備にあたった。


小田原籠城に参陣した支城の武将は―。

「成田氏長・皆川広照・垪和康忠・笠原政晴・笠原政堯・遠山景政・大和兵部大輔・山角康資・山角定勝・多目彦三郎・南条山城守・酒井康治・小幡信定・由良成繁・阿久沢能登守・高山遠江守（定重）・壬生上総介義雄ら」の多数である。

小田原本城に籠城する軍勢は、氏政・氏直の領国からの動員が凡そ三万五千、それに友軍が二万一千、合わせて先のように五万六千余という大勢力となる。

一方、天正十八年（一五九〇）正月十一日、豊臣秀吉から小田原攻めの先鋒を命ぜられていた徳川家康は、最前線の駿河で、駿府城（静岡市葵区）に羽柴信秀を招いて軍議を開いていた。徳川勢に加わる本多忠勝・榊原康政・井伊直政らと共に、信秀の弁は—。

「今度の戦いでは、私は荷駄隊を率いまする」

「皆様方で軍議を御進め下さい」と、発言を控えた。

信秀は、秀吉の命で北条領内の諜報を全て提供してきたので、家康殿の手前、少し引き下がって言い訳をした。

北条氏政・氏直父子は、正月二十日、小田原城に主だった諸将を召集して、最終的な軍議を凝らした。此度、北条方が取り得る作戦としては、次の四策が考えられた。

「一、主力部隊を駿河へ出し、大井川東岸で敵を迎え討つ」

「二、富士川東岸で第一線的防御陣を布く」

「三、箱根の天嶮を利して第二陣的防禦を布く」

「四、小田原城および各支城に籠城して時をかせぎ、敵が撤退するのを待つ」

このうち第一と第二は、積極的防衛策ともいうべき作戦である。これを採用すれば、北条軍の防衛線は駿河まで延長されることになり、地の利得ている伊豆の水軍を活用しつつ、海陸で連携して戦うことになる。

その後の小田原評定の結果、北条氏が採用したのは、第三、第四の消極的防衛策であった。この決定によって、防衛の最前線は箱根山の西側に点在するいくつかの城、それに伊豆南端の下田城ということになった。駿河湾岸に配備されていた水軍は、すべて艦船を下田城に集中されるので、西伊豆の大型水軍基地である高谷城、丸山城、長浜城などは、無用となってしまった。

正月二十八日、豊臣軍遊軍の将・織田信雄《のぶかつ》は、家臣や尾張・三河国中の全船召集を命令した。二月二日、秀吉の命を受けた前田利家、加賀・能登・越中の北国勢を率いて上野国に入ろうとする。この際、奥州の伊達政宗にも下野国に出陣するよう促す。

二月七日、豊臣秀吉の先鋒として徳川家康は、酒井家次・本多忠勝・榊原康政・平沼親吉・大久保忠世・井伊直政ら兵を率いて駿河国駿府城（静岡市葵区）を進発し、賀島に着陣した。ついで二十一日には、大軍の通行として富士川に舟橋を架けさせ、二十四日駿河と伊豆国境に近い長久保城（静岡県駿東郡長泉町下長窪）に着陣する。この時点で、秀吉の小田原攻めの幕が切って落とされたのである。

豊臣軍は、東海道軍・北国勢（北方隊）・豊臣水軍（船手衆）の三つの軍団を編制し、伊豆・関八州や駿河湾・相模湾に侵攻を開始した。

東海道沿線には、豊臣傘下の諸城があり、守備兵を配置し、兵站や連絡機関とした。東海道諸駅（宿場）には、伝馬それぞれ五十頭を運用とし、飛脚も置き、物資の輸送と通信の使者を図っていた。

献策とは、

――このころ、奥州（陸奥）の伊達政宗は家臣らと関白秀吉への対応を献策していた。献策とは、諮《はか》りごとを上の者に申し述べることである。

二月中旬になると、秀吉から再び矢のような参陣要求が求められた。ただ、上洛せずとも小田原に参陣して謝罪すれば、許すというような内容に変化してきた。

「関白め、弱気になったか。見知らぬ地に多勢を動かすのは困難なのであろう」

政宗は、してやったりといった顔で、補佐役の片倉小十郎景綱に告げる。

「殿、弱気かどうかは定かではありませぬが、関白も大変だとは存じまする」

「関白は来月一日に出馬とあるが、まことに用意は整っておろうか」

「書の報せでは二十万を越える兵を動員し、二十万石の兵粮を用意したという」

「上方の者たちは大風呂敷を広げるので、どこまでが真実か判りませぬ」

「関白は、百姓に戦をさせぬと申すが、まことかの」

政宗に兵農分離という考え方もない。

奥州王を目論む政宗は、南奥羽の大物、蘆名氏を滅亡させ、今は会津黒川城（後の会津若松城。福島県会津若松市）で、少ない豊臣軍の情報を探っていた。

二月下旬に入ると、伊達家が滅ぼし麾下《きか》になった諸将が頻繁に黒川城を訪れる。皆、秀吉の家臣から個別に、小田原参陣を求められてきたので、政宗の意思の確認をしにきたようだ。

「小田原城は関東一、難攻不落と聞く」

「されば関白は攻めあぐねて逃げ帰るやもしれぬ」

「左様な族《やから》に臣下の礼を取る訳にはいかぬ――」

「今少し様子を見ねばならぬ」

伊達家とすれば、麾下の諸将に勝手な行動をされては困るので、政宗はそう伝えた。

麾下への大言《たいげん》は景綱の助言によるものであるが、実際は関東以西の武将が腰を上げ始め、政宗としても、不安は感じているようであった。


――一方、豊臣軍の北国勢（北方隊）は、関東に進撃を開始した。

二月二十八日。早くも中仙道を行軍、信濃追分《おいわけ》に到着している。この軍団は、前田利家・前田利長、上杉景勝・同家臣直江兼続らと、信濃の真田昌幸・依田康国の軍と合流し、その兵数は六万五千に膨れた。

関東の北の入口、碓氷峠《うすい》（現在の国道八号線付近）を越えようとしていた。北条の支城で上野の松井田城、武蔵の鉢形城、八王子城を攻略するために進軍している。

上杉と直江が北条攻めに加わったのは、他でもない。八年前、織田信長勢が上杉景勝を攻めていたが、思いがけなく信長が本能寺で没し、難を逃れた。天下の形勢は秀吉に移りつつ、四年前の天正十四年、上杉景勝と直江兼続は共に上洛し、秀吉に臣従、此度の北条攻めに参陣したのである。


――さらに、豊臣水軍は、総勢一万六千余が進航を開始していた。

二月二十日。早くも淡路の加藤嘉明の水軍は、志摩の鳥羽に到着して九鬼嘉隆の軍と合した。

長宗我部元親・脇坂安治らも、このころ参会する。これらの水軍は、伊勢海《いせのうみ》を越えて、二十五日遠江今切《いまきり》湊に接岸する。

徳川家康以外は、いずれも西日本の水軍を配下に持つ大名たちだった。熊野灘、遠州灘を越えてやってきた西日本勢は二月二十七日、駿河清水《しみず》湊で徳川の水軍と合流する。

九鬼嘉隆・加藤嘉明・菅達長・脇坂安治・来島通総・長宗我部元親・羽柴秀長・宇喜多秀家・毛利輝元ら大名の水軍勢と、徳川家康の水軍勢と合流する。

勢揃いした豊臣連合軍水軍の軍船は、補給用の軍船を含め総数一千隻以上であったと推定されている。

水先案内を務めることになった徳川隊の船大将は、小浜景隆、向井兵庫、本多重次らであった。小浜と向井は旧武田水軍の幹部だったが、武田氏滅亡後、徳川水軍に採用されていた。

豊臣水軍のなかで、最も著名な存在は九鬼嘉隆である。鉄板で装甲した特大の安宅船をつくり、大坂湾で毛利氏配下の村上水軍八百隻を蹴り散らしたのは十二年前のことであった。

九鬼の安宅船には大型の大砲が三門、装備されていた。駿河湾に回航してきた九鬼の軍船が、大坂湾海戦のときと同じものだったかわからないが，より性能のすぐれた船であることは間違いないようだ。

さらに長宗我部元親配下の池六右衛門が乗っていたのは、十八端帆で二百挺艪《ていこぎ》という超大型の安宅船だった。同船には大砲二門、鉄砲二百挺が備えてあったと記録されている。

他の大名の水軍も瀬戸内・熊野・伊勢で鳴らした海賊衆を中心としていて、いずれ劣らぬ豪の者揃いである。

清水湊に集結した豊臣水軍は、駿河湾を吹き抜ける強烈な西風がおさまるのを待ち、三月上旬、いっせいに海を渡って、西伊豆から下田を迂回し、相模湾の小田原海岸へ向かうことになっていた。

第六章　秀吉・京を進発

一

天正十八年（一五九〇）三月一日――。

関白豊臣秀吉は、秀吉本隊直属の旗本軍三万五千を率いて聚楽第を進発する。

この期《ご》に及んで、いまだに秀吉の上洛命令を無視し、抵抗を続ける小田原の北条氏政・氏直父子を懲《こ》らしめる長征《ちょうせい》のはじまりである。その兵馬を率いて小田原参陣を拒《こば》む奥羽の伊達政宗らの諸将に、奥羽仕置のため下向《げこう》する。

秀吉の「本隊を含む東海道軍」「北国勢（北方隊）」「豊臣水軍」の三つに編制された豊臣全軍が関東に集まる将兵の数は、凡《およ》そ二十三万余、史上空前の規模となる。

聚楽第を出た秀吉は、一旦、内裏《だいり》に参内《さんだい》し御所前の桟敷《さじき》にお出ましの後陽成《ごようぜい》天皇に、暇乞《いとまご》いを申し上げる。

――天皇からは、節刀《せっとう》（出征の刀）を賜り、御帝《おみかど》（天皇）や宮家、百官《ひゃくかん》（宮廷の官吏）、五摂家《ごせっけ》（近衛・九条・二条・一条・鷹司《たかつかさ》の五家）、公家や留守を預かる武将たちの見送りを受け、本隊を率いて東海道の起点・新装なった鴨川に架かる三条大橋を渡り、東山・粟田口《あわたぐち》方面へ向かう。

――秀吉は異様な出《い》で立ちである。顎《あご》に作り鬚《ひげ》を下げ、お歯黒《はぐろ》を貼り、太刀《たち》・小刀《こがたな》にいたるまで全て華麗な装いで、派手な武具と馬装《ばそう》をなしている。

甲《かぶと》は唐風《からふう》の冠《かんむり》である。糸緋威《ひおどし》の鎧《よろい》、金の熨斗付刀《いとづけ》二振《ふたふり》、帯金《おびかね》の大土俵空穂《そらほ》の上に征矢《せいや》一筋指《すじさし》を付け、朱滋藤《しゅじふじ》の弓を持ち、金の瓔珞《ようらく》の馬鎧掛《うまよろいかかり》を七寸の馬に掛け。お供の家臣やお馬廻《うままわ》り、それぞれの侍の者まで扮装し、善美《ぜんび》の限りを尽くし、洛中の都大路《みやこおおじ》の沿道では京童《きょうわらべ》が群がって呆《あき》れた顔つきをして見送っている。

――三条大橋を渡るとき、民衆の歓呼の中、東海道を下った。現存する三条大橋の擬宝珠《ぎぼし》にはこの時の出発記念にと。この年の正月に造られたもので、刻印されている。擬宝珠とは、欄干の柱頭などに付ける宝珠《ほうじゅ》の飾りで葱《ねぎ》の蕾《つぼみ》や花に似る。

「天正十八年庚寅《かのえとら》、正月日・豊臣初之御世奉増田右衛門尉長盛《ましたうえもんのじょうながもり》造之」と、銘が現存する（筆者も二〇一四年一月に刻印を確認した）。

つめかけた群衆で三条大橋は、

「一時バカリハ前後不通となり」

「あふれた人々は、三条河原から東の山科《やましな》・粟田口・大津八町の街道付近にまで流れて桟敷を打って見送った」と、史書が伝える。

擬宝珠の銘に、わざわざ「豊臣初之御世」と書かせたのは、

「今年は、天皇の臣下として働く最初の年――」

「そしてこの遠征は、初仕事である」

という、秀吉自身の権威誇示の現われである。

洛中、洛外の行進は、主上様《しゅじょう》（天皇の敬称）の命令による「聖戦《せいせん》」であることを世間に喧伝《けんでん》する効果抜群の示威《じい》行動となった。

―京都の留守居役には、中国の毛利輝元の軍勢四万で聚楽第を守らせる。小早川隆景（輝元の叔父）と安国寺恵瓊などは秀吉に着いていくことになった。

これだけの演出をしたのは、北条氏と縁戚関係の徳川家康を、この聖戦でこちら側に取り込み、北条氏との関係に楔《くさび》を打ち込むことである。

秀吉は、大軍で小田原城攻略に向けて、東海道筋の道路や橋梁《きょうりょう》を整備させ、さらに各駅に伝馬、飛脚を配置させるなど万全の準備を行っている。

籠城戦になるだろうことは秀吉にもわかっており、

「まず、小田原城・本城を孤立させるために」

「関八州（関東）各地の北条の支城網、一五〇余を各個攻撃する作戦にする」

―秀吉の進軍行程である。

三月一日近江の大津泊、三日秀吉の養子豊臣秀次の八幡山城着、四日近江柏原着、五日美濃国大垣城着、六日尾張清洲城着、九日三河の岡崎着、十日三河吉田着、十二日三河の浜松・十七日朝まで逗留《とうりゅう》。十七日三河の掛川城着、十八日駿河の田中城（静岡県藤枝市）。

十九日駿府城に到着。秀吉は二十日、駿府城で先鋒の徳川家康と会い最終的な作戦を練った。二十三日まで駿河の清見寺に逗留。二十六日吉原着、二十七日駿河の三枚橋《さんまいばし》城（静岡県沼津市）に入り、家康や織田信雄と軍議を催した。秀吉に同行している律儀で側近の奉行石田三成は、もしや、関白殿下が家康殿に暗殺されるのではないかと緊迫し、刀を手に掛け続けていたという。

三枚橋城には、秀吉に臣従しようと、日本最北端の北奥羽（青森県）の津軽為信と、下野大田原（栃木県大田原市）の大田原晴清が駆けつけて出迎えしていた。

津軽為信は、昨年、隣国の秋田実季《さねすえ》とも和睦した。家臣の八木橋《はちきはし》備中守を上洛させ、石田三成を介して秀吉に名馬と鷹を献上し、津軽三郡と合浦《がっぽ》一円を安堵されている。

為信は、此度《こたび》の小田原征伐に際し、家臣十八騎（従者兵併せ一千）を連れて三枚橋城へ参向し秀吉に謁見した。謁見により津軽四万石を安堵され、南部氏より独立を果たす。

秀吉は、この素早さに上機嫌で、後の奥羽仕置きの基準として、小田原に参陣しようとしない大名たちに影響を与えることとなる。

奥羽の諸豪族が戦いに争っているところに関白秀吉から小田原出陣の触れが届き、出羽の戸沢氏をはじめ、秋田・小野寺・由利衆も前後して遅くも小田原に参陣した。

家康は三月二十八日。長久保城を拠点として使用し、秀吉をこの城に招いて山中城・足柄城・韮山城の絵図面を見て協議。家康の策が取り入れられ、まず山中城（静岡県三島市山中新田）、足柄城（足柄峠。静岡県駿東郡小山町と神奈川県南足柄市城山の境）、韮山城（静岡県伊豆の国市韮山）を攻略することに決定した。

二

一方、奥羽の動静である――。奥州陸前・奥州探題《たんだい》の大崎氏、その北部で陸前の葛西《かさい》氏の所領としている。大崎義隆《よしたか》（第十三代当主）は、加美《かみ》・志田《しだ》・遠田《とおだ》・玉造《たまつくり》・栗原《くりはら》の五郡に君臨し、葛西晴信《はるのぶ》（第十六代当主『仙台系葛西系図読み』）は北部地域（岩手県南部から宮城県北部）の磐井《いわい》・胆沢《いさわ》・江刺《えさし》・気仙《けせん》・本吉《もとよし》・登米《とめ》・桃生《ものう》・牡鹿《おしか》の八郡を支配している。

大崎・葛西の両氏は「伊達政宗の小田原参陣」のころ、戦国大名としての体《てい》は、ほぼ成しておらず伊達氏の与騎《よき》（半属国化）状態であり、独自に兵を小田原に派遣できる状態ではないと史書が伝える。また、留守氏の重要史料『奥州余目記録』にも「奥州の仕置は太閤殿下から、政宗が一任されている」と当時の政宗が一地域の有力大名から南奥州全域の旗頭として振舞っていた事が見てとれる記述が見える。

大崎義隆（名生《みょう》城・宮城県大崎市古川大崎字名生）は、一族の内紛がたびたび起こって勢力を失い、秀吉の小田原攻めに参陣できないでいた。二月ころ、葛西氏にも秀吉の小田原の陣に参候《さんこう》すべきか否かの決断が迫られ運命の日が巡ってくる。

登米《とよま》城の当主葛西晴信（登米または、寺池《てらいけ》城。宮城県登米市登米町）は、領内家臣の抗争鎮圧するのに日時を要し、その機を逸し、大局を見切れないでいた。中央政権へ通ずる先進的外交を欠いていたのである。

　このころの葛西氏は伊達家の傘下となっており、伊達家周辺の大名・国人衆は、上方の情報を伊達氏という一つの篩《ふる》いをくぐり、そこで分析され通過し、伊達氏が齎《もたら》す二次情報に依存していた。あるいは伊達家の行動そのものに眩惑《げんわく》される。隣国の大崎氏とは長年の戦いに明け暮れ、この時機にも抗争があり、小田原参陣は不能となっていたのである。

　二ヵ月ほど前、葛西領の陸奥国磐井郡の牙城《がじょう》、唐梅館《からうめかん》（長坂《ながさか》城。岩手県一関市東山町長坂）において、豊臣秀吉軍と決戦する軍議を行い、葛西領全郡から各武将四十六名が集結していた。諸将たちは、衆議一致せず揺れる。

「討つか、討たれるか」

「これは秀吉に従うか、否か」である。

　唐梅館は代々長坂千葉氏一族の居城で、主家の葛西氏に仕えてきた。

　関白秀吉による小田原合戦参陣に際し、当主の葛西晴信をはじめ葛西氏配下の諸将が参陣の是非を問う重要な軍議が催された。しかし、この軍議は結論が出ないまま、時が過ぎてしまい、結局小田原参陣に間に合わずになった。後に豊臣勢を迎撃することとなる。

　この三月早々。葛西晴信は家臣に神文《かみぶみ》まで出して、参陣しようとしたが果たせない。晴信が重臣三田《みた》刑部少輔《ぎょうぶのしょうゆう》（前沢城主・岩手県奥州市前沢区陣場）に宛てた誓紙《せいし》（『伊東信雄氏所蔵』『岩手県の歴史（森嘉兵衛著）』）に、次のような書状を認《したた》めていた。

　その誓紙とは――。

「今度秀吉公、北条氏直征討のために相州（相模国）へ発向されるに就いて、諸国の大将日々小田原へ走《は》せ参り候条《そうろうのじょう》、我々も近日罷《まか》り上る覚悟には御座候へ共、先年浜田逆意《ぎゃくい》の砌《みぎり》、同志の者共兼々宮沢日向守に内通これあり候間、小田原中に在って諸事計り難くと相迫り候へば、小田原の首尾如何に候哉《そうろうなり》、ゆかしく候条、留守中の義《ぎ》、其方《そち》偏《ひとえ》に頼む事に候、小田原方首尾《しゅびのう》能く下向候《げこうそうろう》においては、中賞《なかしょう》として桃生郡《ものうぐん》一字宛行《あてごう》ふべく、若《も》し相違においては、梵天帝釈《ぼんてんたいしゃくそう》惣で本国中大小の神祇御罰《かみていおばち》を蒙《こうむ》るべき者也、仍《よ》て件の如し」

天正十八年三月廿一日　　　晴信（香炉印）

三田刑部少輔殿

葛西晴信は自分の留守を、守ってくれる信頼すべき家臣がなかったのか、主人から家臣に神文を出してまで参陣しようとした。

しかし家臣団は家来に神文をだすような当主を信頼できなかったのか、神文をだしても家臣を信じられなかったのか、晴信はついに参陣しなかった。

そこで今度は重臣熊谷掃部頭、石川舟州に小田原・京都に代参を頼み、神文をだしたが、この二人も当主を軽蔑したのか代参せず、結局、後に、秀吉から葛西の地を没収される破目になるのである。

―このころ、奥州の伊達政宗は、関白秀吉が大軍を率いて京を発したことを知る。

三月十一日、秀吉の直臣浅野長吉（長政）・木村清久《きよひさ》から政宗に。秀吉の使者和久宗是《わくむねこれ》と政宗家臣上郡山仲為《かみこおりやまなかため》に。清久から片倉小十郎景綱へ、また伊達家に代々仕える原田宗時《はらだむねとき》へそれぞれに書が届けられた。何れも小田原参陣への督促である。

そこで政宗は一家、一族、主な重臣を会津の黒川城主殿に集めて評議を開いた。

「すでに、関白は都を発った」

「あと半月もすれば小田原表《おもて》に到着しよう」

「従う兵は二十万を超えるという」

「我らは、この多勢を前に膝を屈するべきか敵対致すか——」

「上下老若の遠慮はいらぬ、忌憚のない意見を申すがよい」

一段高い首座から居並ぶ諸将を眺め、政宗は告げた。

「なにを今さら、すでに参陣の時期は逸しておる。今頃、遅れて出て行けば——」

「たちまち虜《とりこ》にされて首を討たれるだけじゃ！」

「ここは伊達の武威を見せる時じゃ」

口火を切ったのは政宗の重臣伊達成実《しげざね》（亘理《わたり》伊達氏の初代当主）であった。

すぐに国分盛重《こくぶもりしげ》が反論する。

「なにを申す。関白の威勢は止まらず、一刻も早く小田原に参陣すべきじゃ」

「勢いなど小田原攻めでなくなるわ」

「奥州に来る頃には疲弊《ひへい》してへとへとじゃ」

「そこへ精気漲《せいきみなぎ》る我らが襲いかかり、さんざんに打ちのめして追い返すのよ」

強気の成実に対し、政宗の叔父・村田宗殖《むねふゆ》も反意を口にする。

「それこそ匹夫《ひっぷ》（身分が卑しい男）の勇じゃ——」

「北条がすぐに降参してみよ。関白は無傷でまいるぞ」

「されば最上を始め、南部、津軽ら北からも仕寄り挟み撃ちになるだけじゃ」

あくまでも国分盛重は戦に反対だ。

その後も、皆は各々の意見を口にする。国分盛重・伊達鉄斎《てつさい》・村田宗殖《むねふゆ》・留守《るす》政景《まさかげ》・小梁川泥蟠斎《こやながわでいばんさい》ら一族の宿老は参陣奨励で、伊達成実をはじめ、白石宗実《しろいしむねざね》・鬼庭綱元《おににわつなもと》・原田宗時・後藤信康など若き側近たちは主戦論を主張する。

片倉小十郎景綱は、両派の意見を尊重し、決め兼ねていた。結局、夕方になっても結論には達せず、評議は延期となった。

政宗の母保春院《ほしゅういん》（義姫《よしひめ》・お東の方）は伊達家存亡に関わる政宗の小田原参陣の是非を問うべく最上義光《よしあき》（最上氏第十一代当主・山形城）の意見を問おうと、実家に帰った。

——保春院は、義光の讒言《ざんげん》（そしりごと）に惑わされた結果、

「小田原に行けば、政宗は殺される」

と、いう脅迫観念に駆《か》られて気を病み寝込んだ上、

「政宗の死体が亡者たちに運ばれる夢を見て」

精神錯乱を起こした挙句。後日、政宗毒殺未遂事件を起こす。

三月二十四日。景綱は政宗に呼ばれた。

「そろそろ、返書をせねばならぬ。なんと記したらよいかと思うか」

まさに意見を聞かせろといっている。

「さればまず、参陣すると伝えておいてはいかがにございましょう」

「行く、行かぬは戦の経過を見て、ご判断なさればよいかと存じまする」

「機は熟しておらぬか」

「いかに見えるかはお屋形様（政宗公）の眼力にございます」

と、告げると政宗は唇を強く結んだ。

その日、政宗は—。

「前田利家の嫡子・利長に。小田原には後詰として参陣する」と書に認《したた》め守屋守柏斎《しゆはくさい》と小関重安《しげやす》を使者として、関東に出立《しゅったつ》させた。

二十五日にも評議を開いたが、結論は出ない。二十六日には小田原参陣に応じている下館城主（茨城県筑西市）の水谷正村《みずのやまさむら》の使いが黒川城を訪れ、秀吉の意向を伝えている。

小田原参陣を決めてからは、改めて大崎、黒川、最上、佐竹家に使者を送り、互いに不可侵条約を結び、また、出発の用意など、片倉景綱は多忙に追われた。

三

政宗が黒川城を留守にしている間、十三歳になった小次郎《こじろう》（政宗の弟・正道《まさみち》）を伊達家の当主として擁立するという問題が発覚した。小次郎の後ろ盾は最上義光であるという。

三月二十八日早朝――。関白秀吉は家康とともに、北条の最前線の城である山中城と出丸岱崎《でまるたいざき》（三島市台崎《だいざき》）の地勢、地形など望見し巡察した。

その視察結果、攻略について意見交換した秀吉は、命じた。

「北条の前線基地である三つの城（山中・韮山・足柄）を落とそう」

「そして、小田原表《おもて》に出よう」

「あす、二十九日、山中城に戦を仕掛け、攻略しようぞ」

「同時に、韮山城、足柄城を攻撃せよ！」
一、山中城攻撃の総大将として豊臣秀次軍二万、左翼（北）から徳川家康軍三万、右翼から池田輝政軍一万八千で、総勢六万八千で攻撃する。
二、韮山城は、織田信雄《のぶかつ》を総大将に、福島正則・蒲生氏郷・細川忠興・生駒親正・森忠政・蜂須賀家政ら四万四千で攻撃する。
三、足柄城は、徳川家麾下井伊直政、豊臣家麾下加藤清正・佐野天徳院ら一万で攻撃。
二十九日の明け方――。山中城攻撃がはじまる。山中道（東海道）を進軍、秀次隊の先陣は堀尾吉晴に内定した。先鋒に中村一氏《かずうじ》・田中吉政・山内一豊《かつとよ》・一柳直末《ひとつやなぎなおすえ》・渡辺勘兵衛《かんぺい》らの諸将を従わせる。
箱根の山に樹木が茂る間道《あいだみち》。山中城の南方から伊豆日金山《ひがねやま》方面には堀秀政が先陣に、丹羽氏重《にわうじしげ》・木村重高《しげたか》・長谷川秀一《ひでかず》・木村重茲《しげこれ》らを向かわせる。

山中城の北方、元山中の間道から箱根に向けて家康の軍勢が侵攻して三方から寄せることになった。秀次の軍は山中道を箱根峠に向けて大軍を進めた。

もう一つの前線基地伊豆の韮山城攻撃には、総大将として織田信雄を起用。両者の成果を競わせることにする。いずれも大軍を駆使しての強攻である。

一方、小田原の北条方は、豊臣軍襲来を察知していた。

北条氏政は――。

「山中城の合戦が気がかりだ」

「山上江右衛門・諏訪部三右衛門に、最前線の山中方面の斥候《せっこう》（物見）を命ずる」

と、偵察に斥候の手兵を派遣した。

北条の斥候は、山中城の東部で見通しのきく相模と駿河の国境《くにざかえ》・鞍掛山《くらがけやま》（標高一、〇〇四メートル）で豊臣軍の動きを見張る。

豊臣軍の別働隊、長谷川秀一・木村重茲・堀秀政など数万の軍勢が、山中城の南方、日金山《ひがねやま》（十国峠の東南山。標高七七四メートル）付近の稜線《りょうせん》を、指物《さしもの》・馬印《うまじるし》が朝日に照らされ進軍していく様子が見える。日金山の山頂は、背の低い熊笹の群生が広がり、遠くの国々が見えるところである。

この別働隊は、眼下の相模湾の海岸道に降り、小田原の根府川《ねぶかわ》に向かう部隊である。日金山を乗り越えて熱海方面へ降り、そこから片浦道《かたうらみち》を北へ、湯河原《ゆがわら》海岸・真鶴《まなづる》・江浦《えうら》・根府川・早川・小田原城に迫る。これに対し北条方は、根府川城（小田原市）付近に一万五千余で対峙する。また、徳川の軍勢数万は、山中城の西方の樵夫《きこり》が使う間道《あいだみち》を利用し、一騎ずつ隊列をなし、山中城に向けて進軍している。

北条方の斥候は――。

「これでは、箱根峠を越えて――」

「今夜のうちに小田原城に押し寄せてくるかも知れぬ」

と、偵察に行った百数騎の手兵が、旗を連ねて小田原に戻ろうとしていた。

秀吉らは、早朝のこと、三島側で山の下の方から、その様子を偵察していて、

「あれを見たまえ、敵兵が撤退しておる」

「山中城は、早くも自分から落ちたようなもんだ」

「諸軍、急いで攻め上がれ！」と命じた。

二十九日の午刻――。豊臣秀次率いる六万八千もの大軍が、北条の最前線岱崎砦《たいさきとりで》を攻撃、次いで山中城を包囲する。

北条方の主将松田康長《やすなが》、間宮康俊《まみややすとし》らの守兵や北条氏勝《うじかつ》（玉縄城からの援軍）の援兵などが、凡そ四千二百で激しく弓鉄砲で応戦してきた。

豊臣軍は、命惜しまずに山中城の外周郭。北条が誇る防禦、畝堀《うねぼり》や障子堀《しょうじぼり》に飛び込んで土塁に槍、旗棹《はたさお》を突き立てて足場とした。人垣の上に人が重なって、北条が仕掛けておいた畝堀に嵌《はま》る。豊臣の兵は、畝堀に嵌《はま》り右往左往する。両軍とも鬨《とき》の声を上げ、天地に響きわたった。力攻めを

強行した豊臣方に犠牲者が多く出たのである。

北条の武勇、七十を超えた間宮康俊は――。

「命は何ほど惜しもうか！」と攻めかかってきた。

この苦戦の報告を受けた秀吉は――。

「なに、一柳直末《ひとつやなぎなおすえ》が戦死したと…」

「一気に、突撃せよ！」と、強襲の号令を発した。

「あの、直末がの…」とその死を惜しんだ。

山中城の松田康長は、扇を手にし、味方を勇気付け、

「今が肝心である」

「命をかけて守り抜き、名を後の世に残せ！」

城兵は忠義を重んじて、命をかけて防戦を続ける。

豊臣軍は、北条方の松田康長をはじめ、間宮俊康・山岡左京・池田民部少輔・推津隼人正・山下兵庫・栗木備前ら多数の名将、二千余を討った。

《余談だが、間宮康俊は嫡男の彦三郎（十三歳）を小田原に送り助かった。後に、その子孫である間宮林蔵《りんぞう》は、一八〇九年、「間宮海峡の発見者」として名高い人物となった》。

援軍の北条氏勝は居城玉縄城（鎌倉市城廻）に落ち延び楯籠《たてこも》った。そして午《うま》の刻（真昼）過ぎ、豊臣方の渡辺勘兵衛らが猛攻し、山中城はわずか半日で落城する。

箱根の関門、山中城が予想以上に早く破れ、次の箱根峠も突破されたことで、北条方にとって

大きな打撃となった。

豊臣側の一柳直末（軽海西城《かるみにしじょう》・城主。岐阜県本巣市軽海）が討死、山内康豊《やすとよ》（一豊の弟）が負傷した。秀吉の命で直末の弟直盛がその後を継ぐことになった。

関白秀吉旗本隊よりも早く、三月三日には、駿河清水湊、沼津湊には豊臣軍の兵站《へいたん》作戦である食糧や物資が船から荷揚げされている。清水湊に集結していた豊臣水軍は、軍船が凡《およ》そ一千隻、その乗員・水軍勢一万六千がいっせいに海を渡って、西伊豆海岸を横目に進航する。

その水軍勢は、九鬼嘉隆船手衆大将・加藤嘉明・菅《すが》達長・脇坂安治《やすはる》・来島道総《みちふさ》・長宗我部元親・羽柴秀長・宇喜多秀家・毛利輝元・徳川家康ら配下の船団である。

まず、北条の西伊豆水軍城拠点の一つ重須《おもす》城（内浦長浜《うちうらながはま》城・沼津市）の城将大川兵庫《ひょうご》らは、豊臣水軍により早くも落とされた。

北条の伊豆水軍が誇る大型艦船の安宅船五十隻を持つ重須湾（現・ヨットハーバー）の重須城であったが、小田原本城の命で小田原海岸に回船していたので戦力は鈍る。

西伊豆沿岸の北条方の水軍城・砦は、ほとんどが無人に近い状態だった。北条方は自ら駿河湾を放棄したのだ。制海権ははやくも豊臣方に握られ、北条水軍の遊撃（ゲリラ）活動は封じられてしまった。

豊臣水軍の先鋒、徳川軍の船手大将は、西伊豆の獅子浜《ししはま》城（沼津市）の城将大石越後守をめがけて攻撃する。無勢の大石ら守兵は山中に逃亡した。

伊豆土肥《とい》の高谷《たかや》城と八木沢《やぎさわ》の丸山城の名将富永山隋《とみながさんずい》らは、小浜景隆《おばまかげたか》らにより開城する。

同じく西伊豆沿岸の安良里《あらり》城は城主山本信濃守常任《じょうにん》や梶原備前守らが守っていたが本多重次に落ち、田子・小松城は徳川水軍の向井兵庫正綱《まさつな》らが攻めた。

だが、北条方の抵抗に遭い、向井が深い矢傷を負ったと伝えられている。山本常任は兵力差どうにもならず、城を捨て山中に逃亡した。

さらに豊臣水軍は、南伊豆の松崎、雲見《くもみ》、妻良《めら》、子浦《こうら》にそれぞれ上陸。これらの湊を占領した。三月二十五日、子浦に上陸した豊臣の一隊は、陸路下田へ向かったが、伊豆岩殿寺《がんでんじ》砦を守っていた清水淡路守英吉に反撃され、兵一名を討たれて、砦を落せないまま後退した。討ったのは淡路守同心の小関加兵衛《こぜきかへえい》という男だった。この知らせは小田原まで届き、北条氏直は緒戦の勝利を大いに喜んで感状を送った。

悠々と西伊豆を制圧した豊臣水軍は伊豆南端の石廊崎《いろうざき》の海を回り、四月一日、大挙して下田城(現・静岡県下田市下田公園)へ押し寄せる。

北条方の下田城を守っていたのは、城主の清水上野守康英《しみずこうずけのかみやすひで》・一族の清水淡路守・清水能登守・伊豆衆同心の雲見の高橋丹波守・八木和泉守・妻良の村田新左衛門・小関加兵衛。それに援軍として小田原から派遣されてきた江戸摂津守朝忠《えどせっつのかみともただ》・高橋郷左衛門《ごうさえもん》ら城兵六百余の籠城戦となった。

豊臣水軍一万六千余。加藤嘉明ら淡路水軍六百は、下田湾に入り、城の対岸の外ヶ浜に上陸して進撃、下田の民家を焼き払い、武山《たけやま》の出丸を占拠してしまった。武山は、稲生沢《いのうざわ》川河口の下田湊をへだてて下田城を見下ろす位置にある山である。

北条方の下田城は三年前から下田湊に突き出た陸地、三方海の丘に修築普請したもので堅城を誇る。

豊臣軍は軍船に積んだ大砲を下し、武山の一角へ運んで据付けた。山上から城を砲撃しようとしたようだが、なぜか実際には発砲しなかった。別の豊臣勢は、城の大手門に押し寄せた。下田湾は、一千隻余の豊臣水軍の軍船で埋めつくされた。湾には全ての船が入りきれないほどだ。

海陸から包囲された下田城は、わずかな城兵で豊臣勢によく堪え、よく守り籠城戦は続く。城主清水康英は北条家臣団のなかでも勇猛をうたわれている武将である。双方の戦いは長引いていった。

一方、三月二十九日足柄城には、徳川の家臣井伊直政軍・秀吉子飼《こがい》の家臣加藤清正軍・天徳寺（佐野）信宣《のぶふさ》軍らが侵攻した。足柄城は、駿河の沼津・佐野（裾野）を経て、竹之下（御殿場市）かり登り、駿河と相模の国境山頂にある。竹之下側から急峻な足柄峠道を登るには、大軍にとって困難が伴う。

足柄城（標高七五〇メートル）は、足柄峠一帯に築かれたもので、国境が接する最前線の城であると同時に、通行監視及び封鎖のための城である。古くから西国と東国（関東）の入口で、古代の坂東（関東）への入口であった。

同日、鷹ノ巣城を落とした連合軍は、四月一日山頂の足柄城の広場が拓けていたので軍勢を集結させる。城主は佐野（北条）氏忠だが、足軽など百余名を引き連れて着陣していた。しかし、氏忠は山中城落城の報せに触れて、小田原城に退去し籠城する。

氏忠は、北条家の第三代氏康の六男である。足柄城守将の依田大膳亮らは、豊臣軍の大軍を見て驚きながら弓鉄砲で応戦した。雑兵《ぞうひょう》（雑卒・足軽）の二十六人が討死し、あっけなく落城した。依田らは生き残った城兵と背後の相模側を下り、相模の坂本（南足柄市関本）から久野に出て小田原城に退却した。

足柄城を落とした徳川家の井伊直政軍・加藤清正軍・宇喜多軍・天徳寺軍らの豊臣軍は、四月一日、箱根口から小田原表《おもて》に侵入する。

同日、大柿《おおがき》（大垣）少将は、秀吉から許された豊臣秀勝（幼名小吉・秀吉の甥・秀次弟）と、堀秀政・長谷川秀一・池田輝政・丹羽長重《ながしげ》・木村重茲《しげこれ》が熱海から片浦道（海岸道）を進軍。北条の根府川城（小田原市）を落とし、小田原城の外郭堀の早川口付近で、小田原城の豊臣包囲軍に加わった。

四

三月二十九日。総大将の織田信雄軍（織田信長の次男）が率いる将兵四万四千余は、北条氏規ら守兵三千六百余の伊豆韮山城を包囲する。

信雄軍は、三手《さんて》に編制し右翼軍として筒井定次《つついさだつぐ》・生駒親正《いこまちかまさ》・蜂須賀家政《はちすかいえまさ》・福島正則《まさのり》・戸田隆重《たかしげ》らの九千七百。中央軍には、織田信包《のぶかね》（信長の弟）・蒲生氏郷《がもううじさと》・稲葉貞道《さだみち》ら八千四百。左翼軍として細川忠興《ただおき》・森忠政《ただまさ》・中川秀政《ひでまさ》・山崎片家《かたいえ》・岡本良勝《よしかつ》ら九千、信雄の旗本は一万七千である。

織田軍の攻撃がはじまると、先鋒の福島正則が鉦太鼓《かねだいこ》を打ち鳴らし、鬨《とき》の声をあげて攻め込んだ。なかでも福島正則・長尾隼人正一勝《はやとのしょういちかつ》・大崎玄蕃長行《げんばながゆき》・可児才蔵《かにさいぞう》・林亀之助《はやしかめのすけ》ら百人が抜け出て迫った。

韮山城主の北条氏規は――。

「ここが危ない」と、見て、城兵七百を率いて城の外へ打って出た。

それを見た秀吉子飼《こがい》の家臣福島正則は采《さい》を振る。

「先陣のものを打たすな！」と、六百の兵で応戦、敵味方入り乱れて激しい戦いとなった。

これを遠方で見ていた大将織田信雄は法螺貝《ほらがい》を吹き、

「総軍、出陣せよ！」と、促した。

北条氏規は、これを見て兵をまとめて、城中に戻った。この時、可児才蔵は、城兵二人の首を捕った。

福島正則の郎党小林平蔵・園田新六郎らは、城中の狭間《さま》（はざま。矢・石・弾丸を放つ小窓）から槍や薙刀《なぎなた》を次々と突き刺され落命した。

織田軍は思わぬ事態となった。北条氏規が仕掛けた、幅三十間（約五四メートル）の空堀に邪魔され、城兵が放つ弓鉄砲で攻撃され数百人の戦死者が出た。

韮山城の北条氏規は、智勇兼備の将であり、家臣の中には、弓鉄砲、槍など鍛えられた者が籠城していたので武功を競った。織田軍は城に近付くことさえ出来ない状況が続く。攻防戦は勝敗つかぬまま過ぎていった。

―四月二日、秀吉は韮山城の攻撃を織田信雄に任せ、本隊とともに、箱根湯本に着陣した。

秀吉の本陣のある湯本は、箱根の山々に囲まれ、早川の本流塔之沢《とうのさわ》と須雲川《すくも》が合流するところである。この二つの川の上流方面は、視界が開けていた。合流した下流は入生田《いりうだ》・風祭《かざまつり》の村落を下り相模湾へ。小田原城が眼下に見えるところであった。秀吉は、湯本の早雲寺《そううんじ》に本陣を張った。

小田原城とは指呼《しこ》の間《あいだ》にある。

「いよいよ、ここで決戦の火蓋《ひぶた》が切られるのか」

と、居並ぶ諸将は固唾《かたず》を呑んで見守った。

本陣から小田原城本丸までは、一・四里余（約五・五キロ）。ころは、四月の上旬。

折りもおり山杜鵑《ほととぎす》が、二声三声《ふたこえみこえ》、秀吉の陣屋のあたりで、秀吉は一句ひねった。

「泣き立てよ　北条山のほととぎす」

（「小田原の北条一味よ、もっともっと泣きわめけ」）の意をこめたようだ。

　小田原攻めは長陣とみた秀吉は、小田原城の全域が見渡せる場所を物色。秀吉に内応してきた北条方の老臣松田憲秀《まつだのりひで》の意見に従い、小田原城南西に接近する石垣山山頂に登り、敵城を望見した。こちらから相手の全貌が見えるということは、北条方からも、こちらを望めるということである。それを承知の上で、秀吉は、これ見よがしに、笠懸山《かさがけ》（標高二五五メートル・石垣山）の山頂樹林に、築城を開始することを決めた。それは石垣山城（別称・一夜城）である。まず、こちらを見ている相手の度肝《どぎも》を抜く作戦である。壮大な石垣と三層の天守閣を持つもので、人夫四万人を動員し休みなく普請を続ける。内部には、茶室を設け、自慢の名物を飾りたて嗜好を凝らしたものである。

さらに、小田原城を包囲する主な諸将（最終陣形）は——。

東側に——。小田原城郭の東側、酒匂川を背後に——。

徳川家康・大久保忠世・本田忠勝・榊原康政・酒井忠次・井伊直政・滝川雄利・天野雄光ら。

北側に——。

黒田如水・山内一豊・堀尾吉晴ら。山側に織田信雄・蒲生氏郷・一柳直盛・豊臣秀次・中村一氏・宇喜多秀家・細川忠興・池田輝政・脇坂安治・木村重茲・堀秀政・長谷川秀一・丹羽氏重ら。

里見義康・黒田長政・島津義弘・大友義統・石田三成・大谷吉継・石川数正ら。

南側の小田原の海に水軍勢——。

徳川家康・羽柴秀長・宇喜多秀家・長宗我部元親・九鬼嘉隆・脇坂安治・加藤嘉明・毛利輝元らの船手衆水軍勢である。

四月二日。秀吉は水軍の諸将に急使を飛ばす。

「下田に留まるのは、長宗我部元親の水軍のみとし——」

「他の隊はすべて小田原沖へ直航し、小田原城攻撃に参加させよ！」と、命じた。

秀吉としては——。

〈伊豆南端の小城ひとつに水軍が釘づけにされてはならぬ―〉

〈下田城などは無理に落城させずとも、封鎖しておけばそれでよい〉と、いう考えだ。

下田城に残った豊臣水軍は、長宗我部部隊の二千五百だけとなった。それでも下田の城方の数倍はあろうという兵力である。

小田原城を包囲した陸海軍は、総勢十六万余に膨れていた。

四月三日。豊臣軍は小田原城を完全包囲の陣形を整えた。しかし、城と町がすっぽり入ってしまうほど巨大な大外郭を有する小田原城は、やはり難攻不落だった。

少しでも犠牲を減らしたい秀吉は、長期戦に臨んだのである。その間、北条方の支城は次々と落としていった。

四月六日には。石垣山城の築城に着手した。秀吉は京を出陣する諸将のうち、「南海道は普請の衆」として、紀州と四国から参陣した五万六千の兵を築城のためにあてる。別に石材・石垣調達のための「近江穴太衆《あのうしゅう》」の将兵や城大工・瓦職人などの職人集団も、あらかじめ任じて出陣させていたのである。

秀吉は、石垣山城として本格的に広間や天守閣まで造る絵図面で指示する。城の作事は着々進行した。

「北条方には、内密にして普請を急げ！」

「わしは本気で関東に出てきたのだぞ」と、いう北条氏への示威《じい》である。

秀吉は、豊富な資金を誇示し、小田原城を包囲した諸大名たちの陣地に、東西南北に路《みち》を普請し、本格的に広大な屋形を造り、数奇屋・書院まで内装する武将もいた。四月ということもあって、周辺の空き地には、ささげ、茄子、瓜など野菜の自給栽培をはじめていたのである。

新しく出来た路沿いには、抜け目のない京、大坂、堺の商人が小屋がけの町並みを作っていた。京と堺の絹布《けんぷ》、乾物、塩魚など諸国の名物、高麗《こうらい》から渡来の珍物など何でも揃っている。早川沿いの箱根街道や、城の北の足柄道、鎌倉道（小田原道）沿いには、茶屋、たばこ屋まであった。京、大坂など各地から集まった遊女たちが、小屋掛《こやが》けして客を呼びはじめた。

秀吉は、諸大名に向かって奨励した。

「小田原は長旅と思え、独りでは不便であろう」

「それぞれ女房どもを呼ぶがいい」

「わしもそうする」と、公言した。

自ら寵愛《ちょうあい》第一の側室である淀殿（淀君）と、第二の側室龍子《たつこ》を京から呼び寄せたのである。また近いうちに京から千利休が本陣のある早雲寺に滞在することになり、茶室の普請を開始した。

秀吉の茶室は、千利休が茶道《さどう》となり、秀吉と淀殿、龍子が茶を点《た》て、各大名やその妻たちがお点前《てまえ》を楽しめるように考えていたのである。

秀吉は、正室祢々《おね》（ねね）には小田原陣中から手紙を出した。

秀吉は、本文で――。

「ゆくゆくまでも、天下の御ためによいようにするので――」

「今度は手柄をふるって、長陣をし、兵粮や金銀も十分に使い」

「のち先、名が残るようにしている」と、述べ。

「各々へ申し触れ、大名どもに女房を呼ばせ―」

「小田原へやって来いと申し触れ、長陣を申しつけた」

「そのために、淀の者（淀殿）を呼びたいので」

「お前の方からしっかりと申し遣わして、前もって用意をさせて下さい」

「お前の次には、淀の者が、私の気の合うように、濃《こま》やかに仕えてくれるので―」

「心やすく来るように、淀の者へも、お前から申し遣わして、人を遣わしてください」（中略）

と書いている。四月十三日付　てんか（天下）

この文書は、高台寺所蔵の手紙番号一九号に残されている（染谷光廣『秀吉の手紙を読む』吉川弘文館）。


とにかく、淀殿を呼び寄せるのに祢々に頼んでいるところで―。

「お前の次に淀殿が…」などといっているのは、秀吉が独自の台詞《せりふ》である。


一方、難攻不落を誇る小田原城に籠城中の北条氏政・氏直父子はじめ、総勢五万六千余は、広大な周郭内にあり、寄せ手の長期在陣に劣らぬ持久生活を実施していた。郭内の松原明神前の通りに、十町（約一キロ）ほどに市《いち》を毎日立てた。

売買する品物は無い物はないほどであった。夜は各道路に篝火《かがりび》を焚き、明るくしている。警備する城兵は武装し交代で守備し、非番の者は、碁、双六、将棋を楽しみ、酒宴に興じ、連歌・詩歌をたのしむ。何か戦どころか、独立国と、付き合いのよくない隣国が存在したような小田原であった。

「これなら、一年や二年も暮らしたい」と、籠城兵はいっている。

北条方は、兵粮はたっぷり二年以上分も備蓄あり、箱根連山からの地下伏流水で井戸水は豊富であった。将兵たちは、一生でもいいという者もあり、余裕があった。周郭内の武将たちは、陣立てした持ち場に、各家々の紋入り、色とりどりの旗を春風になびかせていた。時折、警備の役についていた城兵は、弓鉄砲を威嚇発射し、豊臣方は近くまで攻め寄せることはなかった。

第七章　関東の籠城戦、奥羽の群雄

一

天正十八年（一五九〇）四月二日。関白豊臣秀吉は、本隊とともに箱根湯本に着陣し、三日に先鋒隊の徳川家康も箱根を越え、小田原城外の酒匂川《さかわ》を背に、「背水の陣」を敷いて着陣していた。四日、秀吉は本陣から本願寺顕如光佐へ陣中見舞いを謝し、小田原城攻略の経過を通知した。

六日、秀吉は箱根湯本の早雲寺に本陣を構え、ここに相模国小田原城の包囲戦がはじまっていた。七日、北国勢（北方隊）の真田昌幸が石田三成を通じ秀吉に、上杉景勝・前田利家とともに、三月半ばから北条方の上野国松井田城をはじめ、北関東の支城を次々と攻撃している情況を報告してきた。

一方、四月四日、奥州の伊達政宗は弟の小次郎の後ろ楯《だて》は最上義光《よしあき》（山形城主）であることを知っていた。政宗は母の保春院（お東の方）の侍女・小納言《しょうなごん》の饗応《きょうおう》を受けたのち、密かに片倉小十郎倉景綱を呼び寄せた。

「…という訳じゃ」

重苦しい空気の中、政宗は強《こわ》ばった表情で告げた。

「よもや、かような時機に…」

初陣もしていない十三歳の小次郎を押し立てて保てる訳がないと景綱は思う。このまま問題を先送りにして出立《しゅったつ》致せば、帰る城がなくなるどころか、秀吉にあらぬ偽報を流され、助かる命を散らされてしまうかもしれない。

「仰せのとおり。されど、詮議《せんぎ》している日日《ひにち》も残されておらぬ」

景綱は、眉間《みけん》に皺《しわ》を寄せて声を絞り出した。政宗は問う。

「良き策はあるか？」

「小次郎様も一緒に小田原に同行されてはいかがにございましょう」

「偽りを申すでない。其方《そち》は存じておるはずじゃ」

腹底に響くような政宗の言葉。まるで心臓を抉《えぐ》られたようである。

「明日、母上に饗応《きょうおう》される。これを契機とする」

黒川城下にある片倉屋敷への帰り道、景綱は馬に揺られながら困惑するばかり。とても眠ることなどできない夜となった。

翌四月五日、政宗は、小田原出陣予定日の夕刻。黒川城内に母の保春院を訪ねた。母との間は疎遠になっていたが、送別の宴を、と招かれたのだった。黒川城の御西館《おんにしのやかた》にいた。

談笑ののち、お膳部《ぜんぶ》には心づくしの料理が並んでいる。政宗の箸《はし》が動き、油煮ノ菓子を口に運んだ料理を呑み込んだ直後、突如、政宗は激しい腹痛に襲われた。毒を喰わされたと悟った政宗は、勢いよく戸を開けると、縁側に食していたものを吐き出した。

「政宗殿、いかがなされたか」

保春院は、心配で引き攣《つ》った顔を近づけるが、政宗は母親を押し返す。

「薬師《くすし》を！、小次郎を呼べ！」

苦しそうな声を告げて、蹲《うずくま》る──。そこへ近習《きんじゅう》の屋代景頼《やしろかげより》が駆け付けて介抱する。ほどなく手筈どおり、片倉屋敷に使いの者が駆け込んだ。

「申し上げます。お屋形様がぁ、毒を盛られました」

「なんと!」

血相を変えた景綱は、着のみ着のままの姿で騎乗《きじょう》し、登城した。すでに政宗は居間に移され、薬師の錦織即休斎《にしきおりそつきゅうさい》が付き添っていた。緊急のことで妻の愛姫《めごひめ》も、側室の飯坂局《いいざかのつぼね》も側には待っていない。屋代景頼が控えているだけだ。すぐさま、解毒剤《げどくざい》の撥毒丸《はつどくがん》を服用して事なきを得た。

この毒殺未遂事件は、保春院の兄・最上義光《よしあき》(山形城・第十一代)の使嗾《しそう》(そそのかす)によるものだった。

秀吉の激しい怒りを買っている政宗を毒殺し、伊達家の難局乗り切りを理由に、保春院が溺愛《できあい》する小次郎を家督に据えて実権を乗っ取ろうとしたのである。政宗の受けた衝撃と忿怒《ふんぬ》(いきどおり怒る)の念は大きい。

翌六日、政宗の身を心配した家臣たちがこぞって見舞いに登城するが、まだ毒が残って起きられぬと、誰にも会おうとはしなかった。

四月七日の夕刻。政宗は綱景を呼び寄せた。

「小次郎を呼べ」

「かようなことは、こたびで最後に致すのじゃ」

政宗は、屋代景頼に命じた。

「其方が殺《あや》めてくれぬか」

「とんでもございませぬ。平《ひら》に、平にご容赦くださりませ」と、床に伏した。

仕方なしに、政宗は自分で実行するしかなくなった。

なにも知らぬ小次郎は、四半刻《しはんとき》（約三十分）と、経たずに政宗の居間を訪れた。

「小次郎、許せ！」

落涙《らくるい》の中で政宗は絶叫し、脇差を引き抜くや、小次郎の腹に突き刺した。血飛沫《しぶき》が部屋の中に広がる中で小次郎の首はがっくりと折れ、やがて呼吸は停止した。煩悶《はんもん》の末、家中の内紛の元凶たる小次郎を手ずから斬殺した。

それは、四月七日のことで『伊達治家記録』は、その模様をこう記す。

「御脇指《わきざし》ヲ以《もっ》テ小次郎殿ヲ二刀ニ撃倒サル」

「…其時、公（政宗）、小次郎ニ科《とが》ハナケレトモ母ヲ害スル事ハ不叶《かなわず》故ニ如此ストノ玉フ」

保春院はその夜、兄の義光を頼って山形城へと奔《はし》った。政宗は突然、出来《しゅったい》した事変のために関白豊臣秀吉の命令に反し、小田原への出陣は遅れに、遅れていた。

保春院は自分の自由にならぬ政宗より、素直な小次郎に愛情を持つのは理解できる。政宗では伊達家を危険にさらすばかりで安泰は望めないという家臣たちもいたようだ。須田伯耆守《ほうきのかみ》らである。彼らは保春院にこう吹き込んだ。

「政宗殿が会津の蘆名氏を滅ぼしたということは――」

「関白秀吉の感情をいたく害した」

「再三、伺候せよという命令にも、政宗は逆らって上洛しない」

「それを今になって参陣しても、もう遅い。伊達家の所領が没収されることは勿論、政宗殿自身の首も危ないだろう」

「それよりいっそのこと、政宗殿を討って――」

「秀吉に目通りを願い――」

「小次郎を当主に認めてもらうほうが、賢明な方法では……」

と、説かれて、保春院は大いに心を動かされていた。

山形城に帰った保春院からその事情を聞かされて、義光は吐き出すような口調で妹を詰《なじ》った。

「いやはや、そなたたち母子は、とんだことをしたものだ」

「女子《おなご》の身として、よくぞわが子を殺す気になれたものよのう」

保春院はその言葉に顔を上げず、じっとうつむいてそれに耐えた。それから義光は、かつて父・義守《よしもり》（第十代）の隠居所《いんきょじょ》とした南館《みなみだて》に保春院を置いて保護した。そこは馬見ヶ崎《まみがさき》川の扇状地の扇端にあたり、きれいな泉が湧き出ている土地だった。最上義光自身は、小田原参陣に遅れていた。が、前もって徳川家康に通じておいたので、出発の決意は固まっていた。しかし、義光の父・義守が体調すぐれず、出立は遅れに遅れている。

一方、四月十一日、秀吉の本陣のある湯本・早雲寺に、千利休と山上宗二《やまのうえそうじ》らがやってきた。秀吉の茶室も出来上がっている。宗二は、堺の納屋衆の生まれで、若くして千利休に二十年師事していたことがある。

「上手にて、人に押されることなき人」

しかし、宗二は商家の生まれに珍しく気性が激しく、

「口悪しきものにて、人の憎しみもの也」とも、いわれた人物である。

七年前に、宗二は──。

「秀吉公が、わが家と、主の妹まで横領した」と、秀吉を罵倒《ばとう》したことで、茶道を解かれ追放されていた。宗二は流浪の身となり、徳川家康や佐々成政を頼り、各地を放浪し、二年前の天正十六年二月、北条氏政が茶人として招き小田原に赴いていた。宗二は、千利休が小田原に来ることを知り、合流したのである。

この時、千利休のとりなしで。秀吉の勘気を解かれた宗二は、茶会の席で暴言を吐いた。

「鶴を得て、更に楢柴《ならしば》を得るため、民の苦しみ顧みず兵を興した」

「此度《こたび》は、関八州という名物を得るため、幼主《ようしゅ》を揚げて下向してきた」

このように宗二は、北条家の義理立てしたため、秀吉の怒りを買った。

罵詈《ばり》雑言になれている秀吉は──。

「国土から争いをなくし、民の安寧を願い──」

「天下の仕置きを分らない宗二を生かしてはおけぬ」

秀吉は怒り、宗二の耳鼻《じび》を削《そ》ぎ処刑してしまった。せっかくの茶会も台無しとなった。宗二は享年四十六であった（箱根湯本の早雲寺に追善碑が建つ）。

四月十五日。伊達政宗は大幅に予定を遅らせながらも黒川城を出発した。

政宗、片倉景綱ら百余人の一行は暗い影を残しつつも黒川を発って、天下人の関白秀吉が待つ小田原に向かった。一行はのちに日光街道と呼ばれる道を南に進み、四里半ほどの南会津・大内《おおうち》（福島県南会津郡下郷町《しもごう》）という地に逗留《とうりゅう》していた。

ところが、十九日、先の和議を結んだはずの大崎義隆が、政宗の留守を狙って伊達領を侵すという報せが齎《もたら》された。即座に政宗は岩手沢《いわてざわ》城主（のち岩出山《いわでやま》城・宮城県大崎市）の氏家吉継《うじいえよしつぐ》に命じて大崎口を守らせた。その旨を伊場野外記《いばのげき》・鮎川大隅《あゆかわおおすみ》らにも伝えた。

政宗は、突如、帰城することを言い出した。

「お屋形様、この期《ご》に及んで帰城とは、ますます御家を危うく致しまする」

「和議を結んだ大崎が兵を動かすとすれば――」

「葛西晴信・黒川晴氏《はるうじ》もこれに倣《なら》うかもしれぬ」

「その背後がいるとは思わぬか」

「最上でございますか」

疑い深い政宗は、一度疑念を持てば、追研しなければ収まらない。結局、明確にするために帰城し、小田原参陣はまたも延期されることになった。

この間、豊臣軍は小田原城を包囲し、その支城群を飄風《ひょうふう》（はやて）のごとき勢いで落していた。連戦先から浅野長吉（長政）・施薬院全宗《せやくいんぜんそう》・木村吉清《よしきよ》・清久《きよひさ》父子・和久宗是《むねこれ》からは、政宗に参陣催促も相次いだ。

「北条の支城は次々と落城させ、小田原も落城が目前に迫っている」

と、矢継ぎ早に「書状」を政宗のもとに送りつけていた。

二

このころ、伊豆の南端下田湾で対峙していた北条水軍の伊豆水軍の軍船は、おおむね豊臣勢に破壊され、伊豆水軍は活動するすべを失っていた。

下田城の犠牲者は徐々に増え、四月七日に江戸満頼《みつより》（朝忠の叔父）が戦死した。


秀吉は、前年十二月に全国の諸将に参陣を命じる書状を出していたが、陸奥の三戸城の南部信直には前田利家の家臣が訪れ口説いていた。

「かりに出陣せぬ場合、領地は召し上げられる」

「反対する者は、撫《な》で斬《ぎ》りにする」と、念を押した。

信直は、秀吉の召集状に接し、苦悩する。

「さればといってみずから兵を率いて出陣すれば――」

「空き巣を津軽、九戸の軍に襲われ、元も子もなくなる公算が強い」

三戸南部氏を南部一族の中の宗家《そうけ》的地位に高めた南部晴政の死後に、嫡男晴継《はるつぐ》が十四歳で急死すると、九戸家と石川家の南部本家後継者争いが本格化していた。

石川信直が九戸家を退けて三戸南部家当主になった。九戸政実《まさざね》が大いに信直に不満を抱く。豊臣政権では、公認したものを主君とする旨から、政実は小田原に参陣していない。

石川信直の擁立に尽力したのが、八戸政栄《はちのへまさよし》である。この時、政栄は南部一族であったため、当主に擁立されかけたというが、信直の側近北信愛《きたのぶちか》の説得で辞退したという。以後は信直を主君とし、右腕として活躍する。先年の天正十五年に北信愛は、海路、関白取次役で加賀の前田利家を訪ねて鷹を献上し、秀吉に臣従する意思を伝えている。すなわち、南部信直となった信直は、困り果て、八戸政栄を訪ねた。

「われは、今まさに小田原に参向しようとするが――」

「領内の警備は一に卿《きょう》に任すから、宜しく諸老と相談して行われたい」

今は、九戸氏はすでに反乱しているし、津軽氏も同様である。津軽（大浦）為信によって津軽地方を失って勢力を半減した八戸南部氏。しかも当主は病弱、相続人は年少とすれば、これはやむをえない処置であった。

南部信直は、留守をこの八戸政栄に頼み、手兵をつれて四月十九日、三戸を出発した。のちの七月六日、関白秀吉に拝謁し、「南部内七郡」の拝領の朱印状をもらうことができた。

それから角館《かくのだて》城主戸沢盛安《とざわもりやす》のごときはもっとも小領主であるが、南部信直も利用した田中清六を使って、つねに中央の情報を諜報し、万難を排して小田原に参陣した。それで、見事に山本郡三ヵ村、平鹿郡七ヵ村、仙北郡二三ヵ村を秀吉からもらっている。

このころ、津軽では、津軽（大浦《おおうら》）為信《ためのぶ》が挙兵した。北奥羽の地を支配した南部氏に叛逆《はんぎゃく》して、二十六年にも及ぶ戦いの末に、津軽の地（青森県）から南部氏を一掃したのが、後の津軽氏と名を改める大浦為信である。

この為信の勝利は、妻の阿保良《おうら》（戌姫《いぬひめ》・お福とも呼ぶ）の活躍なしには有り得なかった。『津軽藩旧記伝類《きゅうきでんるい》』は、阿保良のことを、こう伝えている。

「いとど御仁心深く、御知謀も遠くおはしまして、為信公御国家を定められし時、よく内政を助け玉へり」と記す。津軽一統はまさに内助の賜物《たまもの》であった。

阿保良《おうら》は、同じ城で寝起きするうちに、同い《おな》年の為信と恋愛感情が生まれ結婚した。戦いに明け暮れる中、大浦《おおうら》城に鉄砲の玉が不足との急報が届く。狼狽《ろうばい》する家臣を横目に阿保良はあわてず、侍女らを集めて――

「錫類《すずたぐい》の器物をことごとく持ってこさせ、自ら指揮して玉を造り、擂粉木《すりこぎ》で合薬《ごうやく》を製して」戦場に送った。このため、味方の士気は大いに上り勝ち戦となった。

南部信直は為信の動静を気にしながらも、兵一千を率いて小田原へ進発している。

先月の三月二十七日、為信が駿河の三枚橋城で秀吉に謁見しているが、信直の方は箱根湯本で秀吉に謁見し、駿馬《しゅんめ》百頭、鷹《たか》五十足《そく》を献上した。そのまま小田原征伐に従軍している。ちなみに、佐竹義宣が献上したのは馬三頭、最上義光は五頭だったから際立って多い。

このころ、陸奥国和賀郡を治める和賀氏の本城・二子《ふたご》城（岩手県北上市二子町飛勢）では、秀吉からの小田原参陣について軍議が行われていた。

和賀の面々では、小田原攻めに誰を出すかということで紛糾していた。この時の領主は和賀義忠《わがよしただ》であったが若年のため宿老にあたる鬼柳伊賀守《おにやなぎいがのかみ》が小田原に向かう事で決定していたのである。しかし、この軍議の中に隣国の南部信直の間者《かんじゃ》（まわしもの・間諜《かんちょう》）が入り込んだ。

「もう小田原攻めなど始まっており申す」

「今から参陣したとしても、和賀殿は上方勢に笑われてしまいますぞ」

この間者の讒言《ざんげん》（いつわり言）のせいで、和賀方は参陣の機を失ってしまった。軍議は延期に決った。重臣会議が開かれ、事態は紛糾した。結局、家老にあたる小田島隼人《おだじまはやと》が小田原行きを主張し、事態は収拾した。その後、酒宴が開かれたのであるが、鬼柳《おにやなぎ》伊賀守はじめ、黒岩月斎《くろいわげっさい》、工藤主計《ちから》といった重臣が腹痛を模様し、全員その場に倒れてしまったのである。多分、これは南部信直の差し金であろう。

結局、和賀義忠は秀吉のもとに馳せ参じることはできなかった。

小田原に参陣できなかったのは、和賀義忠（岩崎城）、稗貫広忠《ひえぬきひろただ》（鳥谷ヶ崎城＝花巻城）、阿曽《あそ》沼広郷《ぬまひろさと》（横田鎌倉城・遠野市）らであった。

四月二十日、秀吉は下田に、脇坂安治と安国寺恵瓊《えけい》の軍に特命した。

伊豆の下田城では、攻防戦を繰り返していたが、脇坂と安国寺が三ヶ条の起請文《きしょうもん》を城将の清水上野介康英に示し開城させた。

二人は、城内に矢文を送った。

「清水康英どの、城を出て降伏せよ」

「勧告にしたがって、ただちに城を出れば、貴殿以下城兵の命は助ける」

「さもなければ、総攻撃をかけて城を焼き払い、皆殺しにするであろう」

「どちらかの道を選ばれよ」と、いう内容である。

そこで、康英は降伏を決意し、二十三日、ついに下田城を明け渡した。

こうして、下田城の攻防戦は終わった。下田城は守兵六百の小勢で豊臣水軍一万六千と約五十日戦った。清水は、河津郷林際寺《かわづごうりんさいじ》に退去した。これにより、北条の水軍と水軍城は全て瓦解《がかい》した。

下田に残っていた長宗我部の水軍も小田原沖に集結させた。それは小田原海岸や沖まで、海をおおうばかりで、まるで陸続きのように、大船団であった。そのなかには、房総《ぼうそう》の突端・安房国《あわのくに》の里見義康《さとみよしやす》が小田原に遅参《きさん》し里見水軍の艦船が三十隻も加わっていた。

義康は江戸湾を横断、相模国三浦《さがみのくにみうら》（神奈川県三浦半島）を攻撃し、その足で小田原に遅参したため、秀吉の怒りに触れ、上総国《かずさのくに》を没収され、領地は安房国（千葉県最南端部）の一国となった。

秀吉が命じた大船団の船手衆大将は九鬼嘉隆（鳥羽城主・志摩水軍）を筆頭に、徳川・加藤・菅・脇坂・来島・長宗我部・羽柴・宇喜多らの水軍で、総勢一万六千。艦船・凡そ一千隻で陸の小田原籠城戦に対峙する。

北条水軍の三浦水軍と玉縄水軍勢は、小田原海岸の酒匂川《さかわ》（鞠子川）河口から出てきたが、豊臣水軍の兵力差に圧倒され、三浦半島方面へ逃散してしまった。

三

早くも豊臣軍の北国勢（北方隊）は、大将の前田利家、副将の上杉景勝ら総勢六万五千は佐久から碓氷峠《うすいとうげ》を越え、関東の上野国《こうずけのくに》に侵攻していた。

三月十五日。白井城（群馬県・子持村）を攻撃し落城させ、十七日国峰城（群・甘楽郡）は包囲され、城主小幡信定は小田原籠城に参加、城代藤田信吉が防戦したが落城した。

三月十八日。松井田城（群馬県松井田町）を包囲、攻防戦を繰り広げる。

三月十九日。厩橋城《うまやばし》（前橋市）が開城、倉賀野城《くらかの》（群・高崎市）の城主金子秀景が小田原籠城の留守中に落城、安中城（安中市）も次々と攻め落とされる。

三月二十日。松井田城は孤立し攻防戦を展開していたが、北国勢は総攻撃をかけ、陥落した。

小田原では、包囲の豊臣勢力のうち、主に徳川勢から兵力を抽出して北国勢を助ける部隊を編成し、秀吉の側近浅野長吉（長政）、家康の側近本多忠勝らが、相模の玉縄城（鎌倉市）を包囲した。

先の山中城から脱出した城主北条氏勝は、面目を失って小田原本城に入らず、居城の玉縄城に籠っていた。北条氏政が小田原に籠城するように命じたが、山中城に援軍し大軍の前に落城、恥辱を感じて、頑強に抵抗した。

「玉縄城を枕にして討死すべし！」

と、玉縄城に籠城したのである。

徳川家康の策略によって、氏勝の叔父である大応寺住職の了達を通じて説得し、玉縄城は四月二十一日開城した。

上野松井田城の城将・大道寺政繁は、降伏し自ら北国勢に加わり道案内をする破目になった。政繁は、北条氏康、氏政、氏直の三代に仕えた北条家の重臣であったが、豊臣軍の捕虜となった。

関白秀吉の本陣のある箱根湯本早雲寺には、北国勢の戦線の状況が早馬で報告されている。

壬生《みぶ》城（栃木県下都賀郡《しもつがぐん》）の城主壬生義雄は小田原籠城中に藤井城、鹿沼城も壬生氏と同じく、留守の守兵で戦ったが落城した。さらに下野では、足利城、上南摩城、板橋城、唐沢山城、富田城、榎本城、羽生田城の各城が開城していった。

四月二十二日。秀吉は、伊豆や関東各地で豊臣軍の乱暴狼藉《らんぼうろうぜき》は目に余った。

「なに！　そんな行為をする者は、厳罰に処する」

「軍勢の乱暴狼藉や放火を禁止する」

「軍勢らが、民百姓らに非分の儀を申し懸けることを固く禁止する」

秀吉は、全軍に禁制の朱印状を発令した。関東の村々や神社などに禁制を出し、治安の維持につとめる。

このころ、上野国（群馬県）では、愛宕山城、小泉城は開城。金山城の清水太郎は城を放棄。桐生城も開城。長井坂城の猪俣邦憲は開城。深沢城、富岡城、宮崎城が開城。沼田城、高山城も開城した。

四月二十二日。江戸城（東京都千代田区）は、城代遠山景政が小田原に籠城し、弟の奉行・城代の代理川村兵部大輔秀重《ひょうぶのだいゆうひでしげ》と武田の浪人であった遠山丹波・真田隠岐《おき》らが留守を預っていたが、浅野長吉（長政）・前田利家・榊原康政・戸田忠次に明け渡された。

この時点で、徳川家康は落城した北条方の遠山景政の居城江戸城を請け取っており、後の江戸城とのつながりとなった。そして、家康の家臣戸田忠次の管理下に置かれた。

関白秀吉は、江戸城落城直後、朱印状を発した。

「江戸城請取《うけと》るのよし、尤《もっとも》に候。何れの城々も、命相助かり候様にと」

「急ぎ渡し申したく存ずる由に候条」

「請取の城には、留守居を申し付け置き候にて――」

「まずまず城とも手分けを仕り、早々請取るべく候（以下略）」（『浅野家文書』）

秀吉には、意外にも松井田・河越・箕輪・厩橋・佐野などの諸城の在城衆から申し出があり、「はやく城を明け渡したい」と、いうことに対して応えたものである。

四月二十四日。箕輪城が大将前田利家軍によって開城し、これに前後して、西牧城も開城した。

四月二十六日。石倉城の小林左馬助は、松平康国に包囲され開城する。

下野国（栃木県）の雄、宇都宮氏と常陸国（茨城県）の佐竹氏らは、北条に叛旗を翻し、「豊臣軍の関東勢」となり。宇都宮国綱らの軍勢は、四月八日、北条の支城である下野の皆川城の城主皆川広照が小田原籠城中で落城、続いて栃木城、烏山城も開城させた。

先の玉縄城の開城という流れを聞いた湯本の本陣で、秀吉は四月二十六日鎮撫隊《ちんぶたい》（叛乱を鎮める部隊）を編成し小田原を出発させた。

この軍勢は、小田原包囲勢から主に徳川勢兵力を抽出して、これも北国勢を助ける部隊を編成したもので武蔵方面へ侵攻させた。小机城（横浜市）の北条氏堯《うじたか》は小田原籠城中で、城代らは開城した。

—天正十八年（一五九〇）五月に入った。

小田原城の内外では、豊臣軍と北条軍が陣立てしたものの、双方一向に戦をはじめる気配はなかった。もう四月以来一ヵ月、籠城戦らしいものは見られない。

北条方の警備本部からは、城内に次のような指令が出ていた。

「敵が夜中になって、いずれかの外周郭の口を攻めても、他の口の者は加勢しなくてよい」

「ただ、夜の警固に当っている者だけが馳せ加わるがいい」

「昼は、各口の守備の者だけが、矢狭間《やざま》（箭眼《せんがん》）に大鉄砲《おおでっぽう》を仕掛けて発射せよ」

「その他の者は、長期に備えて、籠城で退屈しないように—」

「思い、思いに楽しむがいい。しっかりと自分の分担の所を守備するように」

と、いう達しであった。

そして、豊臣軍にも、北条の小田原城内共に、何ら大きな変化もなく過ぎていった。豊臣方の寄せ手は箱根湯本から、早川沿いの箱根街道を下り、峰から峰、山より谷まで、野も山も埋めつくすほど軍勢がひしめいている。小田原城の外周郭の包囲は、どこを見ても人垣であふれていた。

小田原城の東、相模湾の小田原沖は、豊臣の艦船に、各大名の旗や楯が居並ぶ。小田原城を攻城する豊臣軍の陸と海での陣容は総計十六万余に膨れている。

一方、関八州（関東）の支城では、次々と降伏し、落城や開城するところが相次いだ。先の江戸城を落した豊臣軍の戦力は二手に分けていた。

一軍の「下総方面軍」は、浅野長吉（長政）・徳川家臣・内藤家長らの兵によって、小金城（千葉県松戸市）を落城させた。

もう一つの「武蔵方面軍」は、五月三日に河越城（埼玉県川越市）を浅野長吉（長政）・本田忠勝らが陥落させた。松山城（埼玉県比企郡）は、城主上田朝直が小田原に籠城していて、留守の難波憲次・木呂子《きろこ》友則《とものり》・金子家基・山田和泉守ら二千五百で守っていたが、さまざまなわび言を申して降参した。

先の下総方面軍は、五月十日に臼井城（佐倉市）を降伏させた。十八日佐倉城（佐倉市）の城主千葉直重・城将成東兵庫介将胤《なるとうひょうごのすけまさたね》らが楯籠《たてこ》もったが落城する。土気城（千葉市）が開城する。

上総や下総では、各地に入り乱れて、万木城の土岐義成、大喜多城の正木大膳、小浜城、池和田城、鶴ヶ城、椎津城、大台城、佐貫城、吉宇城、勝浦城、小見川城、真里谷城、小絲城、矢作城、千葉城、飯沼城、一宮城、庁南城、勝見城、東金城、関宿城、金谷城、造海城、鳴戸城、蕪木城、茂原城など、落城や開城が相次いだ。

四

五月十五日。秀吉は湯本の本陣に於いて、武蔵国の忍城《おし》と、上野国の館林城を攻略する専門部隊として、石田治部少輔三成らに命じ小田原を進発させた。

秀吉は——。

「この二つの城を早めに落したら——」

「岩付城や鉢形城、そして八王子城にも援軍として足をのばすがいい」

「はっはー　必ず成しとげまする」と、三成は応えた。

三成は、五年前に秀吉が関白になった際、従五位下《じゅうごいのげ》・治部少輔《じぶのしょうゆう》に任命された。これまで検地奉行や堺奉行、兵站奉行など要職にあり、秀吉から信任され、祐筆の側近である。いま、三十歳の働き盛りである。三成の忠誠と腕前を見るうえで、敢えて算術に強い能吏を持つ、吏僚衆の石田三成を総大将に据え、長束正家、大谷吉継らを付け攻めさせた。小田原を出る前までは、二十万人分の兵站奉行で活躍した長束正家《なつかまさいえ》であり、石田三成も同じであった。

秀吉が命じた専門部隊は、総勢一万七千百である。

「大将石田三成は、七千の兵」

「長束正家が、四千六百余」

「大谷吉継が、六千五百余」

そして、三成は即断した。

「まず、小田原から遠い館林城を最初に攻撃する」と、いって進軍した。

忍城と館林城とは、凡そ三里（約一二キロ）の距離にある。

館林城（群馬県館林市城町中）は、城沼《じょうぬま》を自然の要害とした平城《ひらじろ》であった。城沼を城の東側の外堀とし、この大沼に突出する低台地を区切って、城の中心である本丸、二の丸、三の丸、八幡郭、南郭を置き、これを囲むように、稲荷郭《いなりかく》、外郭、惣曲輪《そうくるわ》を構え、さらにその西方の台地に城下町を配置し、そのすべてを土塁によって囲む外周郭をなしていた。これまで何度か、関東の三国志、すなわち北条氏、上杉氏、武田氏の間で争奪戦が繰り広げられたところである。北条氏が支配するようになったのは、六年前の天正十二年からである。北条氏規が館林城主であるが、居城の伊豆韮山城に籠城し、城代の名将南条因幡守昌治《なんじょういなばのかみまさはる》が守兵五千余が持ち場に布陣している状況にある。

五月二十一日、秀吉に誼をなし北条家に叛旗《はんき》を翻《ひるがえ》した宇都宮国綱、佐竹義宣、結城晴朝ら地元関東勢の諸大名は、それぞれ六、七百ほどの軍勢を従え、三成のもとに駈けつけてきた。これら地元勢は石田三成の総大将の指揮下に入る。三成の兵と合わせ総勢一万九千は利根川を越え、夕刻迫るなか館林城を包囲した。この日の夜は、寄せ手の兵は長旅で疲れたのか、夕餉《ゆうげ》をとると静かになった。

翌二十二日の未明から城代南条昌治が半島状に突き出た三方大沼の付け根に、鉄砲・弓・槍などの部隊をさらに加勢していた。

三成軍の槍隊は、一番隊、二番隊、三番隊とそれぞれ数百人ずつ隊列をなし、半島の付け根から突撃する。城兵が鉄砲で応戦、三成軍の兵数十人討死する。三成軍は突撃を続け、三の丸まで攻め、睨み合いとなる。

三の丸の前は、深い濠《ほり》に架橋してあったが、城代南条昌治の手によって落橋《らくきょう》されていたので、三成軍の兵は進撃を阻まれた。戦線は膠着状態となった。二十三日、館林城の大沼外郭を包囲した豊臣の三成軍および地元関東勢は、威嚇の鉄砲を撃ち、城兵たちは大軍を見ただけでも戦意をなくしている様子が見えた。三成は次の手を考えた。

「関東の支城は、みな開城している」

「潔《いさぎよ》く、開城すれば命は助ける」

と、城のある大沼対岸に矢文を打ち込み告げた。

城代の南条昌治ら重臣が対岸に立った。三成は、矢文に書いた通り明け渡し条件で開城を迫った。この日、遂に南条昌治は全面降伏し、開城した。

《脚注。館林城は、後に徳川家康が関東入府に伴って榊原康政らの三代。松平（大給）乗寿・乗久・綱吉・康政などと続き、徳川幕府五代将軍・徳川綱吉が寛文元年（一六六一）から延宝八年（一六八〇）まで在城した。将軍を輩出した徳川宗家に関わる重要な地として徳川幕府に位置づけられた》

二十三日の夜、三成ら全軍は館林城に駐留していた。三成が岩付城に放っていた斥候から報告を受ける。

「大将、昨日、岩付城が落城しました」

「なに、先を越されたか」と、三成は焦った。

どの諸将も関白秀吉に対し、戦功を急いでいたのである。二十四日夜に到り、次の戦線、武蔵国・忍城攻略の軍議を開いた。館林城本丸大広間に各部将や家臣が集まり、忍城の絵図面を検討し、寄せ手の包囲網、攻め口、水攻めなど談合した。明日、早朝、全軍で館林城を出立することになった。

五月二十日。岩付城（埼玉県岩槻市）を攻略する部隊、武蔵方面軍の浅野長吉（長政）、本多忠勝らが率いる二万の軍勢は、城を包囲し攻撃した。

それに対して、岩付城は籠城の構えを見せ、守兵二千余が城内に楯籠った。このとき、城主北条氏房は小田原籠城に参加して小峰口を守っていたため、城代の伊達房実《ふさざね》であった。この日未明から豊臣軍の浅野、本多の両隊は大構の加倉口を破り、城下町から大手へ攻め込んだ。それと同時に、鳥居、平岩の両隊新曲輪から二の丸へ流れ込み、木村軍は搦《から》め手（城の裏門・東側）へ攻めかかる。これら三方からの同時攻撃により、北条氏の岩付城兵一千余名の甚大な死傷者を出した。

五月二十二日も攻防戦を繰り広げていたが、城兵は力尽き、房実は本丸櫓から傘を揚げて降伏の意を示した。関東の要塞岩付城は落城に追い込まれた。北条氏房の奥方は捕虜となった。後日、氏房が助命嘆願をしたが、秀吉には聞き入れられなかった。

岩付城を攻め落とした武蔵方面軍の浅野長吉（長政）、本多忠勝、鳥居元忠らは北条氏邦の居城・鉢形城（埼玉県大里郡寄居町）へ侵攻した。城主北条氏邦、老臣の黒沢上野介ら三千の兵が守っていた。

時すでに、鉢形城は北国勢の前田利家、上杉景勝および家臣の直江兼続、真田昌幸、島田利正らが四月十九日から包囲し一ヵ月余攻城戦を繰り広げていた。

五月二十三日、先の武蔵方面軍が北国勢に合流し、連合軍五万余は怒涛《どとう》のごとく城を包囲する。鉢形城は北条氏康（第三代）の四男氏邦の居城で、北関東支配の拠点とし、さらに甲斐や信濃からの侵攻への備えとして役割を担っていた。沼田城主の猪俣邦憲らと守っていた。北条氏邦は、この地の豪族であった藤田康邦に入婿したもので、豊臣の連合軍五万の大軍に囲まれたが当初は善戦していた。鉢形城は、広大な外郭をなし、荒川南岸の河岸段丘上に立地し、荒川の断崖と荒川に流れ込む深沢川に挟まれた天然の要害を巧みに利用して築城したものであった。

本多忠勝らが車山から二十八人持ちの大砲で攻撃、城内の被害が甚大となった。一ヵ月余の攻防戦を繰り返してきたが、六月十四日に到り、北条氏邦は助命を条件に開城した。氏邦は、剃髪《ていはつ》し城下の青龍寺《しょうりゅうじ》に入って出家入道し、僧の姿になった。

一方、五月初旬。南奥州・会津黒川に在城する伊達政宗は、関白秀吉が戦う小田原参陣は遅れに遅れていた。小田原参陣前の懸念として、最上領と伊達領が接する境目《さかいめ》（国境《くにざかえ》）である二口峠《にくちとうげ》（山形・宮城県境）の警備にあった。

この峠は、名取川上流で砂岩の絶壁、秋保渓谷《あきう》である。度々合戦のあるところである。政宗は、小田原参陣の留守中に、最上氏の侵入を防ぐため、秋保摂津守定重《あきうせっつのかみさだしげ》に厳重な警備を命じた（『仙台藩家臣録』）。

秋保氏は、古くから奥州（陸奥国）名取郡秋保村（秋保温泉）に住みついている豪族で、伊達家に服属している。さらに、政宗は、葛西晴信にも要請した。葛西家と伊達家は親戚関係にあって、葛西第十三代当主宗清と十五代当主晴胤《はるたね》は、伊達家から迎えられ、伊達家の傘下にある。晴信は長江月鑑斎の領地、桃生郡の南方、深谷庄《ふかやのしょう》に在郷する小野保・矢本郷の将、葛西氏庶流《しょりゅう》（葛西家分家）で、男澤和泉守景徳《かげのり》（男澤氏第十八代当主）らに援兵として出陣させた。

政宗は、二年前の天正十六年。中新田の戦いで、大崎氏側に付き最上氏の捕虜となっていた長江月鑑斎（勝景）の処遇にあった。あの戦《いくさ》の時、月鑑斎は伊達氏から離反したため、外部との接触を避けさせ、秋保氏に預け幽閉（牢獄）していた。

ところが、政宗が小田原参陣で留守中を懸念し、七月には秋保摂津守に命じて月鑑斎を殺害させた。これにより鎌倉時代以来の名門長江氏は滅亡する。

ここで、葛西、長江、男澤氏らを俯瞰《ふかん》してみると、その出自《しゅつじ》は鎌倉時代に遡る――。

凡《およ》そ四〇〇年前の文治《ぶんじ》五年（一一八九）奥州平泉を拠点に繁栄。最終的には奥羽全域を支配し、奥州藤原氏王国を築いていた時代である。この年の七月から九月にかけて、鎌倉幕府の源頼朝《みなもとのよりとも》は、奥州藤原秀衡《ひでひら》の死を機に奥州征伐軍を組織して侵攻する。すなわち、「奥州合戦・別名奥州征伐」

のことで、鎌倉政権と奥州藤原氏との戦いである。頼朝軍は八月に藤原泰衡《やすひら》を討ち取り、奥羽全域を制圧した。これにより「奥州藤原氏は滅亡」する。九月、鎌倉中央軍の親衛隊長として軍功第一の武将、葛西三郎清重《きよしげ》（葛西氏初代、下総国葛西郡を領する鎌倉の御家人）である。清重は、その恩賞により、奥州総奉行職につき、「奥州葛西八郡、六十六島」（現在の岩手県南部から宮城県北部の北上川流域）を頼朝より拝領する。清重に仕える奥州（陸奥国）磐井郡高鞍庄《たかくらのしょう》男澤村（一関市花泉町老松字男澤）の将で、男澤弾正の息女との間に生れたのが、矢本・男澤清近《きよちか》（初代）であった。清近は、葛西氏の庶流《しょりゅう》で清重から奥州深谷庄《ふかやのしょう》小野《おの》保《ほ》矢本《やもと》郷の内、領地一千二百丁余を拝領し長江氏の小野城に仕える（『男澤家系図文書』）。

長江氏の方は、初代長江太郎義景《よしかげ》（『奈良坂系図』）が、源頼朝の挙兵の時代にも石橋山（小田原市）の戦いに参陣、奥州合戦では従軍し、その戦功により頼朝から桃生郡南方の深谷庄を賜り小野城主となった。長江月鑑斎（勝景）は長男であったが、二男景重《かげしげ》が矢本氏（矢本城）を継ぎ。三男家景《いえかげ》は三分の一の所氏《ところのうじ》を継ぎ、深谷庄を三分していた。ところが三兄弟は反《そ》りが合わず円満ではなかった。元亀《げんき》年間（一五七〇年頃）、月鑑斎と矢本（長江）景重の間に合戦が起こり、景重は討たれ矢本《やもと》氏は滅亡に到った。景重の正室には、男澤晴景（第十七代）の妹が嫁いでいる。男澤和泉守景徳は本家筋の葛西晴信に復帰していた。長江氏、矢本氏の滅亡により、天正十八年七月以降、深谷庄は伊達政宗の領有となった。

《脚注。陸奥国桃生郡の南方の「陸奥国深谷庄（保）」とは、現・東松島市～石巻市の旧河南地域。

桓武平氏鎌倉景政を祖とする長江氏の居城・小野城（梅ケ森館・桜ケ森館とも。宮城県東松島市小野・鳴瀬川河口部左岸の丘陵）を拠点に。所領は小野本郷をはじめ野蒜・矢本・赤井・大塩・大曲・塩入・小松・宮戸島（宮戸浜）・大網・大窪・須江・鹿又・高松・新田・根古・福田・北村・根方・前谷地・黒沢・和渕の郷村落（順不同）。他に深谷・広淵沼、前谷地・和渕沼等の沼域（沿岸漁民・水上集落）。文献＝『桃生郡誌』（桃生郡役所・一九二三年）。『桃生郡河南町史（下）』（河南町）。『角川日本地名大辞典』（角川書店）など》。

第八章　政宗・大遅参

一

奥州の伊達政宗は、天正十八年五月九日。改めて黒川城を大幅に遅れて再出立した。供をする者は補佐役の片倉小十郎景綱を筆頭に高野親兼《ちかかね》・白石駿河安綱《しろいしするがやすつな》・片倉以休斎《いきゅうさい》の他、わずか百騎ばかりであった。お供する兵は、会津、岩瀬など伊達に降伏した侍ばかりである。政宗の領内に、会津黒川城の留守は主力の伊達軍隊を集中させたからである。

会津からすぐ南には向かわずに、生まれ故郷の南出羽の米沢を訪れた。そして出羽の小国峠《おぐにとうげ》を抜け越後路の岩船《いわふね》から弥彦《やひこ》に十六日到着した。それから越後直江津《なおえつ》へと。信州路（信濃）の須坂《すざか》・上田・茅野《ちの》（または佐久経由の説）。さらに甲州路（甲斐）の韮崎《にらさき》、二十四日甲斐の府中に着いた。ここで一両日逗留し戦場の小田原の情報を収集する。いよいよ、山中湖畔に出て、駿河の御厨《みくりや》（小山、裾野地方の別称）から登り／足柄峠（古代東海道足柄の関・駿河と相模の坂東《ばんどう》国境。標高七五九《メートル》）／足柄道／降って相模坂本（現・南足柄市関本）に辿りつき。狩川・酒匂《さかわ》川《がわ》沿いを行き、長旅の果て小田原の今井村に到着したのは六月五日のことである。すでに関八州の北条麾下の城はほとんど豊臣軍に攻略され、一五〇余の支城や砦のうち、残る城は十城を切るところまで寄せ手は追いつめていた。

「おお、聞きしに勝る小田原城でございますな」

「関白の大坂城に次ぐ、名城かな」

小田原城を見た景綱は、その壮大さに溜息を吐く。

「それにしても、城を取り囲む豊臣軍の兵のなんと多いことか」

高野親兼も唖然《あぜん》とする。政宗は何もいわないが、圧倒的な豊臣軍に愕然《がくぜん》としていた。小田原城の北側、酒匂川を背に、今井村の柳川《やながわ》邸に構える徳川家康本陣の許に赴いた。家康は直ちに臣下の使番《つかいばん》を、秀吉の箱根湯本・本陣の許に走らせ伝える。

秀吉は大遅参を責め、政宗を箱根山中の底倉《そこくら》に蟄居《ちっきょ》を命じた。豊臣軍の兵士が監視する中、政宗ら一行百余名は、運を天に任せて命ぜられるまま、湯本から湯坂道《ゆさかみち》を上り脇道に逸《そ》れ、底倉《そこくら》（現底倉温泉）に辿り着いた。

山道《やまみち》で景綱は驚いて言い放った。

「あれ、あれは何だ。新しく城を普請しているではないか…」

一行は湯坂山付近で、眼下の笠懸山《かさかけやま》（標高二五五メートル《メートル》）に新造中の城（後に、石垣山城・一夜城）を横目に気がついた。人夫が普請のため動き回っていたからだ。

「だまらっしぇ！」

「見てはならぬ！」と、豊臣軍の監視役が叫んだ。

底倉は、箱根早川《はやかわ》の支流で蛇骨川《じゃこつがわ》に沿って古くから自噴する温泉場である。応永十年（一四〇三）吉野朝のころ新田義隆《よしたか》が木賀彦六《きがひころく》をたよって療養したという。後に、追手に見つかり討死したところである。

六月七日。秀吉の命を含んで糾問《きゅうもん》に派遣された直臣の中務卿《なかつかさきょう》法印《ほういん》・施薬院全宗《せやくいんぜんそう》・浅野長吉（長政）・宮部善祥坊《みやべぜんしょうぼう》・福原直高《なおたか》・色部是常《いろべこれとこ》・前田利家ら七人の尋問使《じんもん》が底倉を訪れた。二日前まで長吉・

利家は北条氏邦の鉢形城を攻めていたが、政宗の参陣で急遽、呼び戻していた。
長時間の尋問は、次の三つである。
一、上洛御礼の遅滞、および小田原参陣の遅刻について、政宗の弁舌は――。
「奥州には、最上・大崎・相馬らが、わが領内を狙う者多くござり」
「これらを野放しにして上洛いたせば」
「却《かえ》って、関白殿下のお手を煩《わずら》わせることになりまする」
「元来、伊達家は恐れ多くも奥州探題に命じられておりますゆえ平らげた次第」
「小田原への道すがらに、邪魔立て致す者がおり」
「越後の方を大回りした次第でござる」
二、惣無事令に反し、関白麾下の蘆名氏を討ち滅ぼし、会津を奪ったこと。
「父輝宗を討った畠山義継を蘆名が支援し」
「われらに戦を仕掛けてきましたゆえ、討ったに過ぎず」
「また、会津に在しておるのは」
「関白殿下が参られるまで、お預かりしているだけにて」
「下知《げち》次第、いつにても、お引き渡し致す所存でござる」
三、親戚関係にある諸家と争うのは――。
「蘆名は先に申した通り。最上は家臣の鮎貝宗信を背信させたゆえ」

「相馬は石川弾正の内応に乗じて、田村家の乗っ取りを画策したため」

「岩城はこれに加担したゆえ。大崎は国境の争いから事が大きくなった次第」

「何れも治まってござる」

と、政宗は、ごく当たり前のごとき、顔をして、正当な理由であることを説いた。

尋問に訪れた七人は、呆《あき》れた顔つきをした。七人は代わる代わる追及した。

常陸の佐竹氏とのことなども尋問されたが、道筋をたてて説いた。

「父祖代々の奥州探題職をあずかる伊達家としては――」

「蘆名氏、最上氏、大崎氏、葛西氏、長江氏、二階堂氏、岩城氏、白川氏、佐竹氏への――」

「対応をして参りました」

なかでも、不気味な丸坊頭で秀吉の隠れ参謀ともいわれている中務卿法印は、腑《ふ》に落ちぬ顔つきをして、政宗をぎょろ目で睨《にら》みつけたりした。

政宗は、過去となった室町幕府の奥州探題職、すなわち一定地域の政務・訴訟・軍事をつかさどる要職のことを、機転を利かせていったのであった。

確かに、九州探題・奥州探題・羽州探題・大崎探題の類など存在したが、戦国時代に突入し、その権威は失われていた。

政宗に好意的な施薬院全宗らは、理路整然とした弁舌に感心して引き上げた。もし、これが秀吉の側近で律儀な石田三成であったならば、違ったことになっていたかもしれない。静かな戦いであった。片倉景綱は下座の端に控え、心臓が破裂しそうであったという。

底倉で見張られている政宗の家臣たちは、あの七人の帰って行く様子から、もう助からないのではないかと思案していた。家臣の片倉景綱は一時自刃した方がいいのか迷うほどであった。尋問使が帰ったあと、政宗は平然として、座禅を組んでいた。景綱は――。

「さすが、お屋形様でござる。とても某《それがし》では申しきれるものではありませぬ」

「当たり前じゃ、わしは伊達の当主であるぞ…」

緊張が解けたのか、政宗は一瞬破顔し、それから眉を顰《しか》めた。

政宗は使者を前田利家の許に遣わした。

「関白殿下の御茶頭を勤める千利休どのに、なにとぞ冥土のお土産に茶の指南を、して戴きたい旨を伝えさせた。

政宗の才覚を評価した前田利家は快《こころよ》く受け、千利休に伝えている。尋問使一行は、本陣のある箱根湯本の早雲寺で、関白秀吉に報告した。

秀吉は渋い目つきをして、何か起きそうな様相を呈した。七人とも、もはや政宗の命運もこれまでと思った。秀吉は、あくまで正当性を主張する政宗を小憎《こにく》らしく、まして奥州探題職を傘にして、天下統一を目指す秀吉には通用しないのだということであろう。

突然にして、秀吉は――。

「政宗の言い訳は、聞き置いた」

「数日のうちに裁定する。沙汰があるまで、底倉に置け！」

「はっはー」と、七人は床に伏した。

前田利家は――。

「どうも、政宗の使いの者が来て、関白殿下の許に、千利休殿が参っておられ――」

「茶の湯をご指導願えればと…」

「なんじゃと！　田舎者めが、利休に会いたいと…」

秀吉は、興味を示し、先の暗い目つきが、一段と光った。

二

翌々日の六月九日。秀吉は本陣から新造中の山城《やましろ》に伊達政宗、片倉小十郎景綱、高野親景、白石安綱・片倉以休斎ら側近五人の出頭を命じた。

政宗は、底倉の宿所で、演技を凝らし、素衣《そい》（白色の服装）で死装束《しにしょうぞく》を調度《ちょうど》し自ら髷《まげ》の元結《もとゆい》（髪を束ねて結ったところ）をほどいた。

周りの者が、頭を茶筅髪《ちゃせんがみ》（髪を茶筅器のように後に束ねる）のまま、水引《みずひき》で髻（髪を頭の頂に束ねたところ）を後ろ手に一束《ひとたば》にした。すでに死を覚悟した姿に見え、その異様さに側近たちも驚くばかりであった。

政宗は、もともと伊達巻《まき》ともいわれるほど派手好みであるが、これは全く逆の発想だ。あるいは、派手が高じたのか不思議議である。家来たちが宿下の蛇骨川の谷底から見上げて、政宗と景綱らの見送り、余りにも不可解な姿に呆然《ぼうぜん》としてしまった。

政宗らは、無言のまま来た道の湯坂を下った。早川と須雲川が合流する湯本に着き、須雲川を渡り、笠懸山の山頂樹林内に築城中の石垣山城へ裏手の早川側から樹林で覆われた狭い坂道を上っていった。

この笠懸山への道は、樵夫《きこり》しか通わない険しい杣道《そまみち》（樵の通る細く険しい山道）である。坂道には武装した豊臣の軍兵が隊列をなし、政宗一行の姿を見るなり、政宗の死装束、奇妙な風体に驚きのどよめきが走った。

山の頂は、鬱蒼《うっそう》とした樹木に囲まれたところで、本格的に曲輪《ぐるわ》、石垣を回らし、櫓《やぐら》、天守台などの普請中であった。この石垣山城は、北条方には内密に築城中でまだ知られていない。この城の陣所の壁には、幕が張られ、両側に錚々《そうそう》たる徳川家康、前田利家、浅野長吉（長政）ら名だたる名将たちが居並び、奥には秀吉が曲彖《まげえん》に腰掛け、政宗は、堂々と進んだ。武将たちも、政宗の異様な姿に注目し、眺めている。

案内された政宗は、五間（九《メートル》余）も離れたところに跪《ひざまず》き、恭《うやうや》しく挨拶をした。ここから北側の小田原城までは、見下ろす様に凡そ三十町余（三キロ余）である。秀吉に謁見する政宗の様子は、北条方にはわかるはずがなかった。

暫しの沈黙があり、浅野長吉（長政）に促されて退出しようとした時であった。

「政宗、許す。これへ参れ」

秀吉は持っていた杖で足下の地を三度叩く。

「畏《かしこ》まってございます」

すくっと立ち上がった政宗は、裾《すそ》を踏まぬように歩む途中で脇差を差していることに気づき、これを抛《ほう》り投げて秀吉の足下に跪《ひざまず》いた。

「其方《そち》は、なかなかの傾《かぶ》き者にて愉快な奴じゃ」

「若いのに似合わず時を心得ておる。よい時来た」

「もう少し遅ければ、ここが危なかったぞ」

秀吉は、持っていた杖で政宗の首を軽く二度叩いた。政宗には、首に熱湯でもかけられた様な気がした。杖は、刃のような思いだったのであろう。

秀吉は、これで関八州と奥州は、平定できる突破口ができたと、確信したのであろう。

今度は秀吉が政宗に、自分に付いて来い、というような手招きをした。眼下の小田原城を包囲する大軍を、樹木の隙間から案内し、見せ付けた。包囲する名だたる主将の指物《さしもの》や旗を杖で指し向け、その陣立ての威力を説明した。付け加えて、関八州の支城は、ほぼ陥落中であることを告げた。

秀吉は、女たらしで有名だが、人たらしでも名将だ。人の出会いで大きく磨いてきたのである。秀吉は五十四の年輪、政宗二十四歳という若さである。政宗は死を覚悟して死装束を身に纏《まと》った姿で臨み、これが功を奏してか光雲が射しこめてきた。

秀吉からは―。

「明日、其方に、茶の湯を進ぜよう」と、思わぬことをいわれた。

「はっ、はっ―」と政宗は、深々と頭を伏した。秀吉の許可を得て、政宗ら一行五人は底倉に戻った。

翌日の六月十日。本陣の秀吉から政宗一人が招かれていたが、家臣景綱ら五人で同行した。普請場近くに茶室が出来ており、訪ねた。

同席したのは、関白秀吉をはじめ、徳川家康、前田利家、浅野長吉（長政）などで、そこに伊達政宗が入った。

もちろん茶の湯の亭主は、関白秀吉であり、その、お点前《てまえ》は、自然の風流の中に、ゆったりと、よどみなく茶席を演じた。政宗は、秀吉のおおらかな動作や、茶人ぶりに目を注いだ。そうこうしているうちに、茶席が終わるころ、秀吉から裁定が下った。

「会津・岩瀬・安積《あづみ》郡は召上げる（没収）――」

「会津の黒川城を明け渡し、米沢城に居城を移す」

「本領の安達・伊達・刈田・柴田・伊具・亘理・名取・宮城・黒川・宇多《うだ》・置賜《おきたま》の諸郡については安堵する」

本領の他に、「田村、二本松、塩松《しおのまつ》を安堵」されたので、政宗としては胸を撫で下した。七十万石近くが残った。

「はっ、はっ――。畏《かし》こまりました」と政宗は地に伏した。

秀吉は、政宗を取り潰して、窮地に追い込むよりも、奥州には、まだ、諸大名が支配しており、これからの奥羽（東北）仕置の先兵として使えると判断したのである。その後、景綱らも謁見が許され、秀吉に太刀目録を献上して下った。

この後、政宗は、箱根の宿所底倉に戻った。六月十四日、政宗、景綱主従は、一応満足の体《てい》で小田原を発ち帰途に就いた。

第九章　八王子城の悲劇、忍城・三成の失態

一

天正十八年六月二十三日（新暦七月二十四日）の早暁《そうぎょう》（明け方）――。

北条方の八王子城（標高四四五米《メートル》）の山裾には、朝靄《あさもや》が立ち込めていた。

豊臣軍の北国勢（北方隊）は、総勢六万五千であるが、その内の一万五千は南下し八王子城（東京都八王子市元八王子町）に進軍していた。

松井田城で北国勢に降伏した北条家臣大道寺政繁《だいどうじまさしげ》は、人質として子を捕られ、北国勢に道案内に使われ、河越、松山、岩付、鉢形城に到り、次には八王子まで徴用《ちょうよう》される。

大将の前田利家、副将上杉景勝・同家臣直江兼続、先軍真田昌幸らの部隊で、北条氏照の居城・八王子城を包囲する。北条一族で最も強硬派の氏照は、自軍四千を引き連れて小田原城に籠城し不在であった。八王子城を任され守っていたのは、城代横地監物《よこちけんもつ》吉信や、狩野主善一庵・中山勘解由家範・近藤出羽守綱秀らわずかの将兵らと付近の農民、職人、女子供など。とにかく人を城内に入れ、凡そ三千余から四千余ともいわれ籠城していた。

八王子城は、防禦普請を整え、織田信長の安土城の築城様式を取り入れた難攻不落を誇り、建屋を段状に設けた山城である。この日の明け方、霧が立ち込め静まる中、前田勢は東正面大手口から侵攻、上杉・真田勢は北側搦《から》め手（城の裏門）の二方向から攻撃を開始していた。

力攻めにより早朝には要害地区まで守備隊を追いやった。その後は激戦となり、城内で千人以上の死傷者を出し、一時攻撃の足は止まった。その後、搦め手側から別働隊の奇襲が成功し、その日のうちに八王子城は落城する。

北条氏照の正室・阿豊の方を前田利家は助けようと城に遣《つか》いを出したが、阿豊は断わり、横地監物が守る中、自害し果てた。城内の婦女子も自刃する。氏照側室お豊の方は、幼い若君を抱いて八王子城から落ち延びようと試みるが、追ってくる将兵の前にもはや絶望的となり、お豊の方はしっかりと若君を抱いて、御主殿の滝に身を投げ、滝は三日三晩、血に染まったと言い伝えられている。城代の横地監物は落城前に桧原《ひのはら》村に脱出したが、小河内《おごうち》村付近で切腹し果てた。

《余談として、御主殿の滝は、先祖供養に小豆《あずき》の汁で米を炊いた「あかまんま」（赤飯）を炊いて供養する風習が現在も続いているという》

前田利家と上杉景勝らは、鉢形城攻略後、いったん箱根湯本本陣の秀吉に参上し、戦況を報告した時。秀吉は、城兵に降伏を勧告し、いたずらに力攻めをせぬように戒めていた。

しかし、秀吉の城攻めの際は、敵が降伏するのを待つ作戦を得意としていたが、時には皆殺しも必要といったことを真に受けて、北国勢は追い駆け回し、惨殺したのである。八王子城は一日で落城したが、翌日には北条方の妻子が、ぼろぼろになった着物を着た女子供など、途中から五艘《そう》の船に乗せられて馬入川《ばにゅうがわ》（相模川）を下り、相模湾小田原海岸まで漕ぎ寄せ籠城中の小田原城兵に示された。討死した首も小田原に届けられ、秀吉の北国勢の戦功を位置づける首実験に晒《さら》された。

また、大勢が捕虜となり、八王子から高尾・相模原・田名《たな》・当麻《たいま》に出て、馬入川を下り連行され、他国に引取られ、その後、どうなったかは不明のままとなった。六月二十五日、武蔵方面軍の徳川勢は南下し、本多忠勝・鳥居元忠・平岩親吉らが、相模の津久井城《つくい》（相模原市）を包囲した。二日前の八王子城の惨劇を恐れた津久井衆の城兵五百人は衆寡敵《しゅうかてき》せず、城将守屋行重らは、開城を余儀なくされたのである。

二

武蔵忍《おし》城（忍の浮き城・亀城とも。埼玉県行田市本丸）の周辺は、利根川や元荒川の大河に囲まれ、水に浮ぶ天然の要塞を誇る水の城ともいわれている。

いつしか、河川の氾濫により、大堀や濠《ほり》が出来、泥足が捕られる。蓮の花が咲き、蓮根《はすね》の採れるところである。濠の淵には、大木が聳え、城の内部まで見えにくい湖沼に浮ぶ城の体を成している。

北条の麾下・忍城主の成田氏長《うじなが》は、小田原籠城戦に参陣し、小田原城の渋取口と井細田口に手勢七百を引き連れて守備にあたっていた。忍城の守備は、城将成田長親《ながちか》ら家臣と農民三千の将兵である。

六月四日。関白秀吉の側近石田治部少輔《じぶのしょうゆう》三成は、館林城を落とし、今度は忍城攻略のため侵攻する。総大将は三成で、長束正家と大谷吉継を副将に、秀吉の北条攻めに参陣する関東地元勢の佐竹義宣・宇都宮国綱・結城晴朝・多賀谷重経など。さらに上野・下野の諸将らで、真田昌幸を先鋒に押し立て忍城の近くで城を一望できる丸墓山《まるはかやま》（旧古墳群跡）に本陣を張った。地元勢は、みな反北条を唱える。

忍城の戦は奇妙な攻防戦となっていった。籠城する成田勢には無名の武将が多く、攻城する側には石田三成など綺羅星《きらほし》のごとくいる。

しかし、忍城の成田氏長の妹を中心によく防禦し、自然湿地の泥濘《ぬかるみ》の多い地形に、三成も戦略をなくし膠着状態となり戦線は長引く。

妹というのは、長女甲斐姫《かいひめ》（於甲斐《おかい》）のことで。さらに甲斐姫には二人の妹、巻姫《まきひめ》と敦姫《あつひめ》がいる。甲斐姫は、十九歳で東国無双の美人といわれ文武の道に通達し成田家では中興の祖として名高い（『成田記』江戸中期作・小沼保道著・大沢俊吉訳）。

三成の軍勢には、岩付城を抜けた徳川勢の後詰も参戦、館林城で降伏した兵士も加わるなど、総勢二万三千にも膨れ上がっていた。忍城は、本丸を中心に二の丸、三の丸、曲輪《ぐるわ》、土塁と、周囲は湿地、蓮の葉がうごめく湖沼に囲まれ、その周囲を包囲してもどうにもならない泥濘《ぬかるみ》だ。

六月十日。箱根湯本の本陣、関白秀吉から三成に一通の書状が届いた。

「水攻めを決行せよ」と、いう仔細な内容である。

秀吉は、新参関東諸将に、富みと力を誇示する絶好の方法であった。そこで、三成も参陣した秀吉の備中高松城水攻めのような構想を立てた。それは、約三・五里（約十四㌔）にも及ぶ新堤防を築き、利根川・元荒川の水を引き入れる水攻めを着想する。早速、高値の雇賃で、行田村や近隣の村々二十五郷から人夫を狩集めた。築堤工事は昼夜兼行でどんどん進んでいった。堤防は、各所にあった小高い丘を繋ぎ合わせると全長七里（約二十八㌔）に及ぶものである。忍城の城将成田長親らは本丸から眺める。

「水攻めの土手造りだと、周りは利根川、荒川、濠ありだ」

「わしらが、先に敵を水攻めしているのだぞ」

「かなり、堤防を高くしないと、無理じゃかろ」

その後、毎日土手造りが続いた。

六月十一日。石田三成が全軍に総攻撃を命じたが、忍城にはあまり効果ない。

なかでも、忍城の有名人となっている甲斐姫は、軍議にも列席し、烏帽子形《えぼしかた》の兜《かぶと》の緒を締め、小桜威《こざくらおど》しの鎧《よろい》、猩々緋《しょうじょうひ》の陣羽織を着て、成田家の名刀浪切《なみきり》、実母からの記念短刀などの武具を付け、城兵とともに、男勝りに応戦する。銃撃戦となり、双方とも数十名の討死がでた。泥まみれの三成の兵は、退却する。

六月十四日。わずか七日ほどで完成した。高さ二間（約三・六メートル）ほど、既存の堤や丘を繋いだので意外と早い。あとは利根川と元荒川から水を入れれば、水攻めということになる。

翌十五日。少しずつ水位が上ってきた。忍城の長親は、こんなもの、うまくいくものかと、誰も驚く者はいない。

「何だか、水嵩《みずかさ》が増したら、涼しくなったの…」

「わしらは、いつも利根川などの氾濫で慣れておるのだ」

三成は本陣の寝所で床に就いた。小姓らに、

「今夜中に、利根川と元荒川から繋いだ水路で水を入れ、水嵩が上るはずだ」

「いよいよ、忍城も水没だぞ」

「その通りでございまする」

六月十八日（新暦七月十九日）。梅雨の折り大雨が降り続く。忍城では、夜警の城兵が水嵩を調べていた。城兵の宗右衛門は、どんどん水面が減っていくのを発見した。遠くから滝のような轟音が聞こえる。城の寝所にいる城将成田長親のところに走った。

「なに、それは、堤防決壊ではないか」

長親は、家臣を集め濠淵《ほりふち》に近寄って見つめた。もう、かなり一気に水位が下がった。その時、三成らは、堤防が決壊して大騒ぎをしていた。

長親は、何が起こるかわからないので、事前に、農夫に扮した間者《かんじゃ》を近隣に置いていた。間者は新堤防人夫に加わり、夜間、要所に葦など枯れ草を土手に細工した。その細工した手抜き工事のところから漏水が拡大し、長さは約一町（一〇九メートル《メートル》余）で、一気に土手が切れたのだ。

「上方の脆弱《ぜいじゃく》な武将は、秀吉公の真似事をするから失敗するのだ」

「この城は、堅城だ！　落ちないぞ！」と踊る姿になる。

長親らは、第一、利根川や元荒川の水害の本場で、水攻めなどうまくいくはずがない。男勝りで美貌の甲斐姫、それに巻姫や敦姫は微笑む──。

「なんと、間抜けな堤防だよね…」

「笑いが止まらないよね…」

土手下の下流には三成の将兵の小屋が建ち並び、武具や弾薬など濁流に流され大損害を蒙《こうむ》った。

三成の兵士は水に追われ逃げ惑った。小屋掛けの兵舎にいた士卒は、体に武具を着けていたので、激流に流され溺死者が読出する。激流が退き、泥の中に死体が散乱し死臭が漂う。

本陣の大将石田三成の許に、兵士が駆けつけ報告した。

「ざっと、二百七十八人です」

「兵舎、八十軒ほど流されましたです」

「そんなにか、手痛いの…」

と、三成は、かなりの銃撃戦でも、こんなに討死は出ないのにと思った。何より、関白殿下に申し訳が立たない。忍城では、勝利したと諸将たちは気勢を上げている。周りの湖沼は、蓮の葉がゆらゆらしている。

六月二十日。岩付城や鉢形城を落とした浅野長吉（長政）らの軍団が忍城にやってきた。三成にとっては、援軍が嬉しいどころか、堤防決壊で面子が悪い。忍城を包囲する軍勢は、これで三万に膨れた。

なかでも、浅野が―。

「石田殿、水攻めはどうだったの…」と、意地悪の質問までいった。

「うーん、それが」と、三成は小声になった。

浅野は、このところ、ずけずけいうようになった。浅野長吉は秀吉の親類縁者だ。秀吉の正室祢々《おね》（ねね）の実家で、浅野家の婿養子である。三成は浅野よりも位が上だが、秀吉の一族となると仕方ない。

両軍あいにく膠着状態が続いた。城将成田長親は、とにかく、小田原本城にいる忍城主成田氏長から援軍を乞うことを考えていた。もともと、三成は、過去に秀吉の水攻めに批判的な武将であったが、いつも、秀吉子飼いの大名の加藤清正や福島正則のような荒くれ武者の戦《いくさ》名人と比較され、論功を焦り、この戦略をとったのである。

秀吉の北条征伐も終焉を迎えつつ、北条の支城・砦一五〇余のうち、忍城だけが落城せずに健在である。小田原本城も時間の問題となっていた。

第十章　関東の小田原北条滅亡

一

天正十八年（一五九〇）陰暦六月中旬（新暦七月二十三日頃）、もうすぐ大暑――。

相模湾を望む北条氏政・氏直の本城・小田原城は、四月から豊臣軍に包囲され、籠城し続けて三ヵ月半余も耐えていた。

総大将関白豊臣秀吉は、箱根湯本の早川下流沿いの箱根街道および小田原城外郭の周囲に大軍十七万八千余で攻城している。

東海道軍　　秀吉本隊含む十四万七千余
豊臣水軍　　一万六千余（大型・中型・小早船など一千艘）。相模湾小田原海域に浮ぶ。

北国勢の一部　一万五千余（八王子城を落城させた部隊が着陣）。

攻囲する豊臣の大軍、籠城する北条軍との間には大きな変化がなく過ぎていく。

五月十八日、秀吉は早雲寺の本陣で命じた。

「これまで、各地で何度も城攻めをしたのだが」

「これほどまで、軍勢と鉄砲を、集めたためしがないな」

「幸いなことよの――」

「数万の鉄砲で、総攻撃してみよう」

夕暮れ時、相模湾御幸ノ浜《みゆきのはま》（袖ケ浜・小田原海岸）の諸艦船から小田原城を目がけて発砲した。

豊臣水軍、これは徳川家康・羽柴秀長・九鬼嘉隆・宇喜多秀家・長宗我部元親・脇坂安治・加藤嘉明・毛利輝元らの船手衆が射撃した。

小田原城の天守閣で指揮をとる北条氏政は大鉄砲隊に命じた。

「それでは、豊臣水軍と鉄砲比べをしようぞ」

月光の中、火縄の火がよく見える。双方、鉄砲の音激しく鳴り響き、どう見ても威嚇発射の様相を呈している。

北条氏直の正室督姫は、鳴り響く鉄砲の音を聞いて、侍女らと二の丸の居室に籠った。督姫は、父の家康公が、豊臣軍の先鋒として小田原城郭と酒匂川の間の今井村に在陣していることは聞いていた。督姫は北条家に嫁いだ以上、北条の人間であることには変わりないと言い続ける。

五月二十七日。秀吉の家臣堀秀政は、小田原城郭の南、早川村の海蔵寺に陣を張っていたが、陣中で病没した。秀吉は陣替えせず、息子の秀治に跡目を継ぐよう命じた。

六月二十三日に豊臣の北国勢（北方隊）によって陥落させた八王子城から北条家臣や将兵の首が、翌日の二十四日に多数小田原に送られてきた。それらの子供や家族が小田原城に籠城していたので、晒し首の風評で泣き叫び悲しむ。また、将兵の妻子が捕虜となり小田原城郭の外で晒し者にされたことが、北条方に沈痛を与えて拍車をかけた。

さらに、秀吉の命で六月初旬ころから、穏健派といわれる北条氏規・氏直に対し、徳川家康・織田信雄らで、和平をめぐる交渉が開始されていた。

北条氏政・氏照ら強硬派の反対もあり一気に講和成立とはならなかった。すでに小田原城内では逃亡する者や豊臣方と内通する者が出ており、厭戦《えんせん》気分（戦争を嫌がる気分）が広がっている。

一方、六月二十四日。伊豆の韮山城は開城した。北条方の守兵は総勢三千六百、豊臣勢三万五千との大きな戦力差の孤立無援の中で籠城、凡そ百日間も持ち応えていたが、ついに降伏した。豊臣の韮山城攻撃の大将織田信雄が、城主の北条氏規に径論を説き同意したのである。信雄は、氏規に対し、小田原に行き、北条氏直に降伏するよう勧める。これまで家康から和議の勧告を受けていた北条氏規は、小田原城に入り、和議に賛意を示すに到ったのである。

「敵ながら、あっぱれ」と、報せを聞いた秀吉は、氏規を許した。

六月二十四日、黒田如水（官兵衛）と滝川雄利の両人は、秀吉の内意を受けて、小田原城郭の井細田口で、守将の太田氏房に和議に賛成するように勧告した。

六月二十六日には、前田本隊と織田（羽柴）信秀（信長の六男）隊も小田原包囲軍に合流した。

六月二十六日、いよいよ小田原攻めの対《つい》の城・石垣山一夜城《いしがきやまいちや》が竣功《しゅんこう》した。

笠懸山（標高二五五メートル）の山頂樹林の中に、総石垣の城で五層の天守閣と三層の櫓《やぐら》を持つ城である。秀吉は、二十七日本陣を湯本の早雲寺からここの城に移転した。一夜城の名前から一夜で出来たわけではない。家康の家臣松平家忠の『家忠日記』によると一応の完成は二十六日とあり、少なくとも八十日間はかかっている。城の櫓や塀に、秀吉が和紙を貼らせ、白壁のように見せ、「張りぼての城」だったという（『関八州古銭録』江戸時代の軍記物）。

二十八日の早暁—。付近の山林を一夜のうちに切り払い、石垣山から小田原城に向けて鉄砲の一斉射撃で威嚇した。この笠懸山は、下界の小田原城までは二七・五町（三キロ余）の距離にある。

「あれ、あれはなんだ、何だ、城だ！」と、突如出現した白亜の殿堂の城に、小田原城内は騒然とする。北条氏政・氏直ら北条一門・重臣などみな驚き、将士の心胆《しんたん》を寒からしめた。

六月二十九日。秀吉は一夜城が完成したことで上方から側室の淀殿や龍子、千利休・能楽師、麾下の武将数百人を招いて茶会を催した。

小田原城郭の九つの功口《こうくち》（門功）を厳重に警固させる。豊臣包囲軍の夥《おびただ》しい将兵、人垣の様子を遠望していた。

「敵の小田原城は、いい借景じゃの」

「なんと、広大な石垣山城全体が、茶室に見えるではないか」

秀吉は天下の茶室で、眼下の小田原城を見下ろし、大名たちが野点《のだて》に趣向をこらし、自慢の名物を飾り立て、武将の妻が茶を点《た》てる。

秀吉と織田信雄の茶室は、千利休が茶頭《さどう》となり、秀吉と淀殿、そして龍子が茶を点て、午前中だけでも百人の人々が茶をさずかった。午後からは秀吉が淀殿と龍子を連れて、城の中の茶席を一つひとつ巡り、大名の妻たちの点前《たてまえ》を楽しんだ。

この茶会を知った小田原の北条一門は—。

「このような戦いがあるものか」と、歯を噛み締め、悔しがった。

そして、茶会も無事に楽しく終了した。秀吉が石垣山城から小田原城を俯瞰《ふかん》しながら徳川家康と一緒に小便を誘った。

「あれをごらん――」

「北条の滅亡は、目前じゃ！」

「されば、関八州は、徳川殿に進ぜよう」

と、約束し、前をまくって、

「いざ、お主もいたされよう」

家康は笑って自分も前をまくりつつ、秀吉は――。

「これぞ吉兆《きっちょう》、以後、関東の連《つ》れ小便と伝えましょうぞ！」（『関八州古戦録』）

しかし、家康は、心の中で三河国の小大名であった松平広忠の長男として生れた父祖伝来の地や、遠江、甲斐、信濃を領有するが、武蔵国江戸の寒村、低湿地帯の異境に移封されて嬉しかろう筈がない。家康の処世法は、とにかく、長い者には巻かれる忍耐を貫き通した。

二

陰暦七月節（新暦八月八日頃）、立秋が近づく。

七月一日、家康の和議の勧告を受けていた北条氏政の弟氏規は――。

「兄上（氏政）、関白様に抵抗することは」

「北条家五代にわたり尽してくれた武将や民を苦しめます」

「関白様は、何年も小田原を包囲できる準備をされていまする」

氏規は、氏政（第四代）・氏直（第五代）父子に降伏を勧めた。

「一族の者が罪を負えば、籠城した武将や民の命は救われます」

と、氏規自らも自害を覚悟していた。

「うーん」と、か細い一言。氏政・氏直父子は頷いた。

こうして、氏直と弟の太田氏房は、それぞれ家康と滝川雄利を窓口として和平交渉に当る。

七月三日、関白秀吉は、開城はもう近いと見ていた。韮山城攻撃の諸部隊を小田原に引揚げさせる。そこで、次の目標を、「奥羽仕置」に定めていた。奥州会津を支配している伊達政宗に対してはー。

「白河より居城のある会津領内の黒川まで道普請と宿舎の整備をせよ」と、命じた。

七月五日。ついに、北条氏直が弟の太田氏房を伴い小田原城を出て、徳川家康の家臣石川数正の陣所に赴いて対面した。

「関白殿下の命令次第、切腹致すべくこと」

「責任は、この身が負うので、城内の将兵の命を助けてください」

さらに秀吉の家臣・雄利の陣所に入り、雄利及び黒田如水（官兵衛）、そして織田信雄を通じて、秀吉に降伏した。

「氏直の切腹の覚悟は、殊勝《しゅしょう》に思うぞ」

「北条氏政・氏照の兄弟、大道寺政繁（上野国松井田城）、松田憲秀（北条氏家老）の四名は、切腹を命ずる」

「北条氏直は助命とする」（『浅野家文書』『小早川家文書』）

秀吉は、関東地方の覇者北条征伐で関東を平定したのである。

「主家（北条家）を滅亡に導く熾烈《しれつ》な武将が二人いる」

と、松田と大道寺を付け加えた。

松田憲秀は、当初、秀吉に徹底抗戦を主張していた。秀吉の家臣堀秀政らの誘いを受けて、憲秀長男の笠原政晴とともに、豊臣側に内応しようとした。しかし、次男直秀の注進があり北条氏直によって事前に防がれ、憲秀は監禁、政晴は殺害された。この事件は、北条家に降伏を決意させるきっかけとなったといわれる。憲秀は秀吉にその不忠を咎められ切腹を命ぜられた。

大道寺政繁の方は、松井田城を開城後、武蔵松山城、鉢形城、八王子城攻めと北条氏の拠点攻略戦に加わっている。特に八王子攻めでは城の搦め手口（裏の門）を教えたり、正面から自身の軍勢を猛烈に突入させるなど攻城戦にもっとも働いた異常性がある。こうして、秀吉からは、北条氏政・氏照、松田・大道寺に開戦責任を咎《とが》められた。

秀吉は五日付で、北条氏直あてに助命の旨を伝えた朱印状を出した。

「右の四人には切腹を仰せ付ける」と、わざわざ自筆で「追而書《おってがき》」に書き添えた。

この日、秀吉は、奥羽仕置の尖兵《せんぺい》として浅野長吉（長政）を奥州に派遣することにした。

尖兵とは、軍隊が敵に近く行軍する際、部隊の前方にあって警戒・捜索を任務とするものである。

一方、未だに落城しない武蔵忍城を攻撃している石田三成・大谷吉継・長束《なつか》正家に加えた関東地元の軍勢であるが、苦戦している。秀吉は、上野にいる上杉景勝に対し、小田原参陣を中止し武蔵忍城攻略に加わるよう命ずる。六日には小田原征伐に参陣した陸奥国の南部信直は、秀吉に謁見した。

五日、秀吉家臣脇坂安治・片桐直盛、徳川家臣榊原康政が、小田原城接収の検使として城に入り、小田原城を受取った。

七日、小田原城は混乱なく、この日から九日にかけて、籠城していた凡そ六万余の将兵は小田原城を出て、四方に散っていった。

北条氏政・氏照は城を出て、城下の医者田村安栖《あんせい》（安清）の宿所に移った。

七月十一日の晩のこと──。

「石川備前（貞清）・蒔田権之助（広定）・佐々淡路（行政）・堀田若狭守（一継）・榊原式部大輔（康政）を検視役として切腹するように」

と、秀吉から命令が下った。（氏政・氏照の自害の場所は現在のJR小田原駅付近）。

「これはいったいどうしたことだ。騙された」と、氏政・氏照は叫んだ。

榊原康政以下の検視役が見守る中、弟の氏規の介錯《かいしゃく》により切腹した。

氏政は、行年《ぎょうねん》五十三歳、「従四位下左京太夫平朝臣、截流軒《せつりゅうけん》」と号す。

氏照は、行年五十歳、「陸奥守従五位下平朝臣、心源院《しんげんいん》」と号す。

氏規は、兄弟の自刃後、追い腹を切ろうとしたが、検視役に止められ果せなかった。北条氏直は、秀吉の命により、家康の女婿のため助命された。

七月十三日。秀吉は小田原城に入城し、論功行賞を行った。

「家康殿には、北条氏の旧領関八州を与える」

「徳川家は、江戸城に入り、陸奥（奥州）・出羽（羽州）の先陣に備えよ」

「そのかわり、家康殿の旧領、駿河・遠江・三河・甲斐・信濃の五ヵ国は収公し、織田信雄に与える」

信雄は北伊勢を離れることを嫌い、尾張を望んだため、秀吉の忌諱《きい》にふれ所領は取上げられ、下野の烏山《からすやま》に追放された。しかし、後に織田信包《のぶかね》の嘆願《たんがん》もあり、下野烏山に五万石を隠居料として給され、大坂城にて鶴丸に近侍することで処分が解かれた。

七月十六日、忍城を攻める石田三成らは、成田氏長の美貌の妹・甲斐姫が在城し、籠城勢は、この女人を崇め心一つに纏めていた。しかし、小田原開城の知らせを受け開城に到った。三成の水攻めの失態は、武将としての権威は地に落ち、この怒りの念が蒲生氏郷や細川忠興との軋轢《あつれき》を生むことになる。

大道寺政繁は七月十九日、河越城にて切腹。松田憲秀も北条氏を裏切ったとして、武蔵国江戸で切腹した。鉢形城の北条氏邦は前田利家に預けられ、忍城主の成田氏長は蒲生氏郷に預けられ、それぞれ助命される。北条氏勝は徳川家に召し抱えられ一万石を与えられた。氏直と離縁した徳川督姫は、池田輝政と再嫁することになるが、氏直が他界してからのことである。

七月二十日。北条氏直は、北条氏邦・氏規・氏房・氏光をはじめ、松田直憲・大道寺直繁ら、三百余人を率いて、東海道を上り紀伊国高野山へ追放（蟄居）された。

第十一章　秀吉天下統一・奥羽仕置

一

天正十八年（一五九〇）七月十七日。関白豊臣秀吉は鶴岡八幡宮白旗社に参詣した。小田原征伐で東国の最大勢力を制圧して天下統一を遂げ、次は北関東および奥羽の諸領主に対して行う奥羽仕置という戦後処置のため下向する―。

先年（四〇一年前）、鎌倉幕府を樹立した源頼朝が、奥州藤原氏征伐の際、文治五年（一一八九）七月十九日に鎌倉を発ち、宇都宮にて宇都宮大明神《みょうじん》に奉幣《ほうへい》し、奥州を平定したことに倣《なら》い、秀吉も鎌倉に二泊してから、七月十九日に合わせ鎌倉を発ち、奥羽仕置の第一段階として「宇都宮仕置」に向かった。

白旗社は、源頼朝の廟《みたま》に、頼朝とその子実朝《さねとも》を祀ってある。秀吉は頼朝の木像をみて、こう述べた―。

「微妙な身の育ちでありながらか、吾ら天下に号令するまでになったのは―」

「わが国で、御身（頼朝公）と、吾（秀吉）のみである」

「しかし、御身は名門の末流で、しかも頼義、義家は東国で名声をはせた」

「だから伊豆の流人の境遇であっても、関東の兵はこぞって御身に従った」

「それだけに、天下統一するのに容易であったろうが」

「この吾は、氏《うじ》族も系図も名もない卑賤《ひせん》から身をおこして天下をとった」

「この点で、御身より吾の方が、一匹夫《いちひっぷ》（身分の卑しい男）からの出世頭である」
「しかしながら、御身と吾とは、天下の友だちである」
と、いって木像の背中をかるく叩いた。（源頼朝坐像の木像は、国の重要文化財として現在東京国立博物館に所蔵）。

秀吉にとって、小田原征伐は天下統一の最終事業であった。鎌倉に家康も同道し、互いに小田原攻めについての感慨を述べあった。

秀吉は、秀吉本隊直属の旗本軍三万五千と、奥羽仕置総奉行浅野長吉（長政）、蒲生氏郷、木村吉清・清久父子らの各軍勢を率いて小田原を出発した。

秀吉はそれぞれの武将に奥羽仕置を命じ、違反する者は容赦なく「撫で斬《なぎ》り」にせよと命じた。

小田原に参陣、または使節を派遣しなかった奥州の諸大名を処分するというものである。

「自然相届かざる覚悟の輩《やから》これあるにおいては、城主にて候はば――」
「其の者城へ追い入れ、各相談し、一人も残し置かずなでぎりに申付くべき候」
「百姓以下に至るまで相届かざるに付けては――」
「一郷も二郷も悉《ことごと》くなでぎり仕るべく候」

と、宣言し、すでに十四日、秀吉の甥で養子の中納言豊臣秀次を奥羽討伐総司令官に任命し、北条の山中城を落とした秀次軍二万は小田原を発っている。

家康の方は、秀吉から武蔵江戸の新しい領国統治を任され、秀吉とは別行動をとり、江戸城へ向かっている。

七月十九日秀吉は江戸に着き、北曲輪《くるわ》平河台の法恩寺《ほうおんじ》（現在の北の丸公園辺り）に一泊し、岩付《いわつけ》城を経由して七月二十六日に下野国宇都宮城に入城し、宇都宮仕置にとりかかる。宇都宮着陣に先立ち、すでに常陸の佐竹義宣、北奥羽の南部信直が宇都宮に入っていた。秀吉は信直に覚書を与え、奥州一番乗りとして本領を安堵した。

また、七月十三日の時点で、秀吉臣下五奉行のうち、増田《ました》長盛を下野の仕置奉行に任命され、その配下の諸将が宇都宮に着いており、宇都宮城を接収していた。長盛は宇都宮城へと入り、宇都宮国綱《くにつな》は居城を多気山《たきやま》城に移しており政治的な摩擦はない。秀吉着城前までに、金森長近《ながちか》・京極高次らの豊臣家臣も駐留していたのである。

徳川家康は、鎌倉街道を行き武蔵府中まで北上、甲州道（甲州街道）に沿って江戸に出る方法をとっていた。秀吉とて家康も戦国の実力者であり、家康に対してまだ警戒している。家康も遠慮して一緒には江戸に入らなかったのである。七月二十四日、甲斐の両奉行成瀬正一《なるせまさかず》、日下部定好《くさかべさだよし》が率いる甲州派遣軍団八千と合流し、江戸の先住民の出迎えと先導によって江戸城に入った。その後、家康は秀吉の要請で宇都宮へ参候する。家康は、公式の江戸入府を八月一日とし、「八朔《はっさく》の御討入《おうちいり》」と呼ばれている所以《ゆえん》である。

一方、前田利家は、十七日に下野の鹿沼《かぬま》に到着していた。鹿沼は壬生《みぶ》氏の所領であったが、壬生義雄は北条氏に着いて、すでに戦死していたため、利家は鹿沼城の請《う》け取りを行った。壬生氏領の宇都宮大明神や寺社は、当時、北条勢力下の日光山僧兵《そうへい》などの焼打ちに遭っていたが接収した。このように秀吉が到着前に、すでに仕置が進められていたのである。

先年、源頼朝が宇都宮大明神を七月二十五日、奉幣し東国の安定を祈願したところが焼失していたなど、秀吉は祈願できなかったようである。

秀吉は七月二十六日の到着であり、到着の日付が近いことから、秀吉が頼朝を意識した可能性があるといわれている。「宇都宮」の名の由来の一説として、「討つの宮」というものがあり、その説は正しいかどうかは別として宇都宮の地が重要な意味を持っていた。

小田原で秀吉に出仕《しゅっし》した南部信直は、帰国せずに宇都宮で秀吉を迎えていた。秀吉は、信直に覚書の朱印状を与えた。「南部内七郡」すなわち和賀・稗貫《ひえぬき》を除くその以北、南部氏本領を安堵する。人質として信直の妻子を京都差上げ、定住させることである。戸沢氏も同様に安堵された。

秋田（安東）実季《さねすえ》や相馬義胤《よしたね》は、小田原参陣せずに石田三成・増田長盛を介して秀吉に通じ、宇都宮出仕において所領を安堵されている。

（秋田氏は正式に本領安堵の朱印状を得たのは、翌年の天正十九年一月、聚楽第であった）。宇都宮に参った大崎義隆の名代として宿老（大崎左衛門督）は、秀吉に謁見すら認められず、宇都宮で義隆の所領召上げが決ったのである。葛西晴信は、参候していなかった。

秀吉は、伊達政宗、最上義光らを招致していたので、伊達政宗、片倉小十郎景綱主従《しゅじゅう》は二十八日、宇都宮に到着する。秀吉よりも二日遅れたのは、秀吉に命ぜられ、これより前に会津と白河の道を整備しており、これを確認してから参候したためであった。早々に参着したことで秀吉の機嫌はよく、政宗、景綱主従は茶室で関白自らの茶を振る舞われるほどであった。この時、政宗は秀吉から（人質として）正室の愛姫《めごひめ》（通称・田村御前）を上洛させることを命じられ、承諾させられた。戸沢光盛には、出羽国仙北之内北浦郡四万四千石余の本領安堵の朱印状を与えた。

最上義光は、小田原参陣や宇都宮参候には遅れていた。が、宇都宮にて正室大崎殿《おおさきどの》と二男家親《いえちか》と共に、秀吉に拝謁し、本領二十四万石の安堵の朱印状を受けた。その代りに、秀吉は領内の検地と正室大崎殿（大崎義直の娘）を質として上洛させることを命ずる。義光は直前に没した（五月十八日）父・義守《よしもり》の葬儀のため、甥にあたる政宗よりさらに遅参している。事前に徳川家康と交渉していた成果もあり、お咎《とが》めはなかった。

二

秀吉は、奥州探題家の伊達政宗と羽州探題家最上義光に、奥羽両国仕置の補佐に命じた。政宗は、奥州奉行の浅野長吉（長政）と石田三成、奥州陸前奉行の木村吉清・清久父子を。義光は出羽奉行の大谷吉継の案内をし、補佐の役目を成すことになった。政宗は、すでに小田原にて所領を安堵されており、宇都宮において正式に所領安堵されるものとみている。ただ、先の南部氏、戸沢氏が居城以外の支城は破却を命ぜられたが、政宗の場合は政宗判断で城を残すことができた。

続いて北関東と奥羽の仕置の事情である──。秀吉は、徳川家康を宇都宮へ呼び寄せた。家康は八月一日に江戸入りしており、宇都宮で家康の関東仕置、すなわち家康の関東支配を命じた。また、北関東の諸大名、宇都宮氏、佐竹氏、多賀谷氏、水谷氏らも宇都宮にて所領安堵を受ける。その他、上野の由良国繁と長尾顕長《のりなが》の兄弟は、小田原攻めに際して秀吉に臣従を約束したが、捕虜となってしまった。その兄弟の母が功を立てたことから、本領は徳川家康に与えてしまったため、常陸国牛久《うしく》にて堪忍分《かんにんぶん》を与えられるに到った。

里見義康は秀吉方に与《くみ》していたが、小田原攻めで帰参し怒りを買い、宇都宮にも遅参したことから、上総《かずさ》国を没収して房総半島の突端、安房一国のみを与えられた。佐野氏の場合は、北条氏忠（佐野氏に養子）が家督を継いでいたが、北条氏滅亡で佐野房綱が秀吉に接近して宇都宮に参候したので佐野氏は存続した。

下野の那須資晴《すけはる》は、服属の意を表明していたが参候せず、催促されても参候しなかったため、秀吉は那須氏の所領没収を決め、関秀長《せきひでなが》を烏山《からすやま》城へ差向けて接収する。

宇都宮に参集した北関東・奥羽の諸大名に秀吉から奥羽仕置、すなわち国分けが示されたが、これはあくまで第一次仕置であり、そのあと、会津黒川で第二次奥羽仕置が発表される。

天正十八年八月四日。宇都宮を発った秀吉は四日、五日と大田原に泊まり、六日には奥州白河に入り、七日岩瀬郡長沼城に一泊、猪苗代湖南岸の安積《あづみ》郡福浦にも一泊、九日背炙山《せあぶりやま》（標高八六三㍍）の背炙峠を越えて会津黒川城に到着（『浅野家文書』）。城下の興徳寺《こうとくじ》御座所《ござしょ》にあてられていた。

白河では木村吉清が政宗の所領問題について秀吉に陳謝し、激怒をかった。この時、政宗は秀吉に酒肴《しゅこう》を贈献《ぞうけん》している。九日、信夫《しのぶ》郡八丁目城に到った。先の白河着のころ、奥羽仕置奉行浅野長吉（長政）が秀吉から分かれて北に向かっている。奥羽討伐総司令官を命じられていた中納言豊臣秀次は、すでに月初めに黒川に着いて会津黒川近辺を制圧していた。

秀吉は、会津黒川で奥羽仕置令、所領召上げの令達を発給し次によるー。

□郡　名	☆領地を召上げられた者	○領地を加増された者
大崎五郡（加美・志田・遠田・玉造・栗原）	大崎義隆（陸前・中新田城主）	木村吉清・清久
葛西八郡（牡鹿・桃生・登米・本吉・気仙・磐井・胆沢・江刺）	葛西晴信（陸前・登米城主）	木村吉清・清久
会津四郡（大沼・河沼・耶麻・会津）	伊達政宗（出羽・米沢城主）	蒲生氏郷
岩　瀬	伊達政宗	蒲生氏郷
安　積	伊達政宗	蒲生氏郷
二本松	伊達政宗（岩出山城へ移封後に）	蒲生氏郷（天正十九年）
塩　松	伊達政宗（二本松地域の一部）	蒲生氏郷

石　川　石川昭光（磐城・石川城主）　蒲生氏郷
白　河　白川義親（磐城・白河城主）　蒲生氏郷
和　賀　和賀信親（陸中・二子城主）　南部信直
稗　貫　稗貫広忠（陸中・鳥谷ケ崎城主）　南部信直
庄内三郡　武藤義勝（庄内一揆煽動の嫌疑）　上杉景勝（天正十九年）

秀吉は、伊達政宗に安堵・宛行《あてがい》が決定された。

出羽の長井・置賜の諸郡。安達・信夫・田村・宇田・刈田・柴田・伊具・亘理・名取・宮城・黒川・志田・志田郡の内松山庄・桃生の諸郡。深谷庄（桃生郡の南方の地）など七十万石を賜った。新たに蒲生氏郷に会津四郡、南仙道五郡の四十二万石を封じた。このことは後々まで尾を引き、伊達政宗と蒲生氏郷との対決を呼ぶことになる。

深谷庄の小野城主・長江月鑑斎は幽閉されていたが、政宗の命で秋保氏に、七月に殺害され長江氏、同族の矢本氏は滅亡し、それぞれ改易による召上のうえ、政宗に与えられた。

この様に、領地を没収された者は葛西晴信・大崎義隆を筆頭にかなりの数に及んでいる。このほか政宗によって所領を没収された宮城郡の留守《るす》政景《まさかげ》や黒川郡の黒川晴氏《はるうじ》などである。秋田（安東）実季《さねすえ》によって没収された浅利《あさり》頼平《よりひら》などがあった。

浅利は、惣無事令発布中にもかかわらず、家中の比内浅利領に攻入ったためである。秀吉としても、伊達政宗に全幅の信頼を寄せる気持にはなれず、自分の分身として、奥羽の司令塔的役割を蒲生氏郷にゆだねようとしたのである。

結局、奥州（陸奥国）では、伊達・南部・津軽・相馬・岩城の諸氏がその地位を認められ、羽州（出羽国）では最上氏をはじめ、戸沢・六郷・小野寺・秋田・岩屋・下村・由利五人衆などが地位を認められている。奥羽諸大名の処分をみると、明らかに羽州の諸氏が安堵されている率が高かった。

しかし、翌年の天正十九年。さらに、秀吉は豊臣秀次に命じて、政宗と氏郷、二人の所領の加除を断行した。―伊達政宗には、上下長井二郡を没収し、代りに大崎五郡、葛西八郡を与え、旧領と合わせ五十八万石とする。―蒲生氏郷に、上下長井二郡（山形県長井市、米沢市周辺）を与え、旧領合わせ九十一万石とする。これに対し、政宗はせめて上下長井二郡だけは、わが領内に置かれるよう豊臣秀次に願い出た。しかし、このことは許されるべくもなかった。秀吉の第二の目論見が政宗の移封にあったからである。後に、米沢城から岩出山城へ移封となる。

三

政宗は、秀吉が会津黒川に来る前に、七月二十二日付で葛西晴信あてに書状を送っている。「奥州・出羽の仕置は、政宗に任ぜられたので、勝手に動きまわることは、慎むように」と、秀吉に仕えようかとも、迷う晴信の行動に、釘をさしている。

しかし、本城の登米《とよま》城（寺池城）の葛西晴信主従は、七月下旬になって、豊臣の仕置軍を迎撃する方向に傾いていった。

晴信は、小田原参陣も躊躇し、宇都宮・会津黒川の仕置にも参候できず、秀吉の仕置軍を迎え撃つ体制に変遷していったのである。

八月九日。会津の黒川に入った秀吉は、大崎・葛西の所領を没収のうえ、両氏の三十万石の地を、木村伊勢守吉清《いせのかみよしきよ》・清久《きよひさ》父子に与えると公表した。

奥羽仕置の焦点は、改易された大崎、葛西、および和賀、稗貫ら諸氏所領の接収と仕置に重点が置かれた。木村吉清の方は葛西領内の登米《とめ》・本吉《もとよし》・気仙《けせん》郡および磐井《いわい》郡の東山方面の城地《しろち》接収に向かうことになった。

八月十一日。葛西領では、風雲急を告げる事態となっていた。葛西晴信は、蒲生氏郷・木村吉清軍が来襲することを察知し、登米城《とよま》（寺池城《てらいけ》）で仕置軍を迎撃すべく指揮をとった。その来襲を偵察警備するため、深谷庄《ふかやのしょう》矢本を起点に南北に走る東浜《ひがしはま》街道の須江《すえ》糠塚《ぬかづか》に、斥候《せっこう》を派遣していた。それには、葛西家庶流で矢本郷の男澤和泉守景徳《かげのり》ら数騎が偵察に向かう。

葛西家当主、晴信の守備態勢である（『葛西盛衰記』）——。

葛西軍の野戦守備隊は、和渕《わぶち》・神取山《かんどりやま》に着陣させる。

木村軍に対し葛西勢は、深谷庄の北端・和渕台地（石巻市和渕）を抵抗線として、大将西郡《にしごおり》（千葉左馬助《さまのすけ》胤元《たねもと》（登米郡西郡城主）ら八百余騎が守備する。さらに、大将で千葉十郎五郎胤永（桃生郡女川城主）。脇頭には及川頼貞・千葉胤則・岩淵経平・千葉武虎・及川頼兼・菅原重国・米倉行友・

峯岸有盛・三条近春・寺崎祐光・飯野正秋・嵯峨舘左近・水戸部九郎・歌津右馬ら、それに足軽組頭以下士卒が続く。

桃生郡中津山の神取山にも抵抗線を布《し》き大将千葉飛騨守《ひだのかみ》胤重《たねしげ》（磐井郡大原城主）ら一万七百余騎が守備する。さらに、大将及川掃部頭重綱（気仙沼蛇ケ崎城主）。脇頭には千葉胤時・千葉吉胤・千葉胤宗・熊谷為安・安部重時・横田常冬・摺沢将監、寺沢丹後・岩淵対馬・矢作内膳ら、それに足軽組頭以下士卒が続く布陣であった。

一方、葛西軍は、高清水で対峙する野戦守備隊を出陣させていた。西方の栗原から来襲する蒲生氏郷軍に対峙するため、栗原郡高清水森原山に出陣したのは、大将薄衣《うすい》甲斐守胤勝《たねかつ》（磐井郡薄衣城主）ら一万五百余騎が守備する。脇頭には千葉胤村・柴股義武・笹町経尚・岩淵経道ら、足軽組頭以下士卒である。

《脚注。当時、神取山（標高五十六メートル）は、和渕台地と地続きで、和渕山・山頂（標高一七四メートル）へと稜線《りょうせん》が続く。迫川《はさまがわ》・北上川は、神取山の東を迂回する。江合川は、西谷地辺りから前谷地沼・広淵沼を乱流し、深谷・赤井方面へ流れていた。現在、和渕と神取山との間は、北上川・迫川・江合《えあい》の三河川が合流し、旧北上川と成って神取橋が架かる。すなわち、和渕台地と神取山との狭い区間を、元和《げんな》二年（一六一七）〜寛永三年（一六二七）に開削《かいさく》土木工事が行われた。川村孫兵衛重吉による改修、開削といわれる。（『石巻市史第二巻』一九五六年、『宮城県史第二巻』）》。

八月十四日早暁《そうぎょう》（明け方）―。豊臣仕置軍の木村吉清・清久父子の軍勢一千五百余騎は、桃生郡南方の深谷庄東浜街道を矢本から須江糠塚・欠山《かけやま》（佳景山）・北上川土手・和渕方面へと北進中であった。

糠塚で偵察に当たっていた斥候は、木村勢の進軍に追撃され男澤景徳らは討死する。間もなく木村勢は和渕に到達した。葛西抵抗線で対峙する大将西郡隊は戦端《せんたん》（戦いの糸口）を開きながら和渕で激突する。

葛西勢は数ばかり多いが、所詮《しょせん》、土着の農兵、弓・槍・鉄砲の使いには不慣れである。豊臣精鋭部隊の木村勢は、自信満々で吉清が檄を飛ばす。鉄砲隊前へ、前へと、鉄砲隊が前に出る。発砲音が規則正しく鳴り響く。

十六日ころ和渕の戦いで木村勢は奮戦し、葛西の大将西郡胤元をはじめ諸将多数の討死を出し、潰走《かいそう》（敗走）・逃亡があった。次は、和渕の東、神取山は地続きとなっており、葛西の和渕勢は神取山へ後退、神取山勢と合流。木村軍は守備する葛西の大将千葉胤重隊との戦いとなって戦線は昼夜続くこととなる。葛西晴信が指揮をとる登米城（寺池城）には、和渕の戦の状勢が届き、形勢不利と感じ、晴信は佐沼城に移城した。

八月十七日に、木村勢とは別に、浅野長吉（長政）・石田三成の軍団は二万二千余。平泉の中尊寺門前の百姓に還住《げんじゅう》（もとの住所に帰ること）し耕作を命じた。その後、さらに北の稗貫郡の鳥谷ヶ崎城（花巻市）まで下って、和賀・稗貫二郡を和賀・稗貫両氏から接収して南部氏に打渡した。

八月十八日に、大崎領では、蒲生氏郷が大崎義隆の中新田の居城を請け取り、大崎領の仕置を開始している。伊達政宗がその案内にあたった。志田郡の古川城（大崎市）、玉造郡の岩手沢城、その他の城では、城請け取りの際、少々の抵抗があり殺される者、自害するものがあった。

八月二十日ころ、先の木村勢は和渕勢を追撃、神取山に布陣している葛西の大将千葉胤重らと戦った。蒲生氏郷の軍勢二万余は、栗原郡高清水森原山に侵攻をはじめた。葛西の大将薄衣胤勝らを攻め、葛西勢は潰走し胤勝は逃亡した。葛西の大将及川重綱らは登米城に転進し籠城する。間もなく森原山で対峙していた大将の薄衣隊の全軍が佐沼城に転進し籠城する。佐沼城に籠城したのは、当主葛西晴信、葛西一門の葛西信正・葛西信国、宿老の及川越後守・青梅尾張守、家老赤井播磨守・福地下総守・末永筑後守ら、侍大将の多数、武将の濱田弾正ら相当多数である。

蒲生氏郷軍は、佐沼城に攻撃を加速する。

もとより、佐沼勢は全滅覚悟の突撃であろう。蒲生軍は、最前面の歩兵・槍隊・弓隊・鉄砲隊が入代り進撃する。氏郷の軍勢は、九州征伐から北条征伐に至る経験豊富な専門部隊であった。葛西勢は、登米城および佐沼城で数百余の討死が出た模様である。葛西晴信の兵は、みな、先陣と殿《しんがり》を兼ねた玉砕の任務に固執していたようである。

八月二十一日ころ。かくして、葛西軍は佐沼城で玉砕すべく籠城し、蒲生氏郷・木村吉清・清久父子の軍が佐沼城に到着した頃から玉砕色が濃厚となっていたのである。葛西晴信以下主従が評定の結果、佐沼の総城門を開いて、豊臣軍に降伏した。戦いは、前線の和渕・神取山、森原山、登米城と佐沼城を中心として行われたが、登米城・佐沼城共落城によって葛西氏は敗北する。

『大崎記』には、「将軍の御勢いに向い一戦すべきようなく同八月おちうせにける」とあるように、天下の仕置軍の威容を目のあたりにして、戦意喪失、逃げ散ったというのが真相ではなかろうか。

伊達政宗の書状によれば――。

「八月二十三日ころにはおそらく登米城（寺池城）を擁護する戦闘で――」

「さらにありとせば、佐沼城の籠城戦もそのころに終息していることになろう」

天正十八年（一五九〇）八月二十三日、鎌倉時代以来、四百年続いた名門の葛西氏は事実上滅亡したのである。

八月下旬――。大崎義隆は、石田三成の指図により上洛した。『引証記』によれば八月二十四日とある。

葛西晴信は、『貞山公治家記録《ていざんこうじけ》』の記すところであるが、それによれば大崎氏の後に京都に上り、浅野長吉（長政）を通じて、秀吉に陳謝したが、許されず前田利家に預けられたという。晴信は七年後の慶長二年（一五九七）四月に、六四歳で没したと伝えられている。晴信は、浅野長吉（長政）や伊達政宗にたのんで、家名再興をはかっていたという。

一方、『熊谷家譜』によれば、天正十九年（一五九一）一月に上洛し、浅野家に御家再興を嘆願、さらに二月に上洛、嘆願をかさねていた。その際、大崎義隆も上洛したとあるが、『楢山家文書』では、その時期が天正十八年十二月であって、翌年の二月とはなっていない。いずれにしても、そのころ葛西氏と大崎氏が、ともに上洛して、嘆願したのは事実であったと思われている。

木村吉清なる武将は、はじめ織田信長の家臣・荒木村重に仕えたが、後に明智光秀の家臣となった。本能寺の変後、光秀と秀吉の山崎の戦い後に秀吉に取り立てられ家臣となった。光秀の亀山城請け取りの際、手際が良かったことを大政所に気に入られたという。

奥羽仕置では和渕・神取山の野戦で敵軍を撃破、大将首を取る武功も立てた。この戦功で知行五千石から旧大崎・葛西領(宮城県北部と岩手県南部)十三郡三十万石を秀吉から与えられた。大崎、葛西領の七十万石の内、三十万石は木村吉清父子に与えられた。残りの四十万石は大谷吉継と浅野長吉(長政)が間接統治し、南部の支城岩ヶ崎をもって豊臣秀次が私することになった。恐らく豊臣政権は、奥州の地はこれほど広大であることに気づいていなかったか、あまり魅力を感じていなかったのであろう。

伊達政宗は、米沢城にもどされ、会津の黒川城には蒲生氏郷が入り、会津五郡、南仙道六郡四十二万石余が与えられた。ほどなく加増を受けて七十三万石となる。表向きは格別の取り立てに見えるけれど、それでもなかった。氏郷は、奥羽の前の覇者たる伊達政宗を監視、牽制する重い任務も負っていたのである。登米城に木村吉清、大崎古川城には木村清久が入城した。

秀吉は、黒川滞在中の八月十二日、「山の奥、海は櫓櫂《ろかい》の続き候迄」と、いう検地施行に関する四ヵ条の朱印状を出している（『浅野家文書』）。これは検地反対者がいても強行しようというものでである。

秀吉自身は、翌十三日、会津黒川城を発って帰京の途に就き、十四日に宇都宮に到着した。十七日には小田原の石垣山城に入る。十八日秀吉は吉川《きっかわ》広家へ、奥羽平定と奥羽における百姓等の刀・武具狩り、検地の実行を報知した。また、迎えを派遣したことを謝し、詳細は黒田如水（官兵衛）に伝達させる。十八日付で浅野長吉（長政）の方は、奥羽仕置の儀を秀吉に書状を送った。

二十日駿河国清見寺（静岡市清水区）に到着。

二十二日駿河国駿府城に到着。

二十三日遠江国掛川城到着。

二十五日三河国岡崎城に到着。

二十七日尾張国清洲城に到着した。

そして、関白豊臣秀吉は天正十八年九月一日。関東・奥羽を収めて天下統一を成し遂げ、秀吉本隊旗本軍三万五千と西国に帰城する諸将らの軍勢を率いて、東海道上方の起点・京都三条大橋を渡り、京の留守居役・毛利輝元の将兵の出迎えと、公家衆や民衆・童《わらべ》まで歓呼の中、京の都洛中に凱旋した。

第十二章　奥羽各地に一揆勃発

一

天正十八年（一五九〇）九月中旬。秀吉は、京に凱旋して聚楽第にいた。

十一日、浅野長吉（長政）から、「奥羽仕置の儀を報ずる内容」の書状が到着する。

「奥羽仕置、入念にすべき旨候」と、秀吉は長吉に命ずる。急使は木下半介吉隆《はんすけよしたか》に命じ書状を届けさせた。

秀吉が、去る八月十二日会津黒川においてのことである。

「検地施行に関する四ヵ条の朱印状」を発給していた。それによればー。

「一人も残し置かず、なでぎりに申し付くべく候」

「一郷も二郷も、悉《ことごと》くなでぎり仕《つかまつ》るべく候」

検地に反対する者には、苛烈な処分を認める強硬な姿勢を示していた。ただ、実際には、それに先立つ七月十一日、秀吉は小田原征伐も最終段階に入り、北条氏政、氏照に切腹を命じた日に。

越後の上杉景勝に対しては、家臣の大谷吉継を軍監として検地を命じておいたのである。

「庄内《しょうない》・最上・由利《ゆり》・仙北《せんぼく》の出羽各地を」

加賀の前田利家らに対してはー。

「秋田・津軽・南部など、北奥羽の各地の検地」を、命じている。

仙北地方の検地は『上杉景勝の年譜』によると、八月中旬以降には着手しており、戸沢光盛宛の木村重茲《しげこれ》・大谷吉継・前田利家連署状によれば、この三名は八月十七日ころには小野寺氏領周辺、上浦郡方面を検地している。

上杉景勝とその重臣色部長真《いろべながまさ》もまた、八月十日ころには大谷吉継とともに庄内地方（山形県沿岸部）の仕置にあたっている。吉継は、横手盆地東部の横手城に入り、景勝は盆地西端の大森城に入った。

そして、九月十二日秀吉は、上杉景勝に対し書状を送った。

「葛西磐井郡《いわい》柏山《かしやま》において、普請命令遂行での長期在陣を慰労し――」

「終了したら、徳川家康・豊臣秀次の指図次第に、早々に帰陣する旨」

の、秀吉「御朱印」を発給することを通達した。詳細は大谷吉継に伝達させる。

「出羽国仙北および秋田方面での検地の件で――」

「処置を入念に遂行し上洛すること。長期在陣を慰労しつつも、検地完遂の旨」

と、矢継ぎ早に、秀吉は命じている。これも、木下吉隆に伝達させる。

一方、浅野長吉（長政）は、九月十三日奥州平泉高館に到着する。前田家に再出仕《しゅっし》した前田慶次郎（利益）と前田利家は津軽検地を行っていた。

九月下旬。上杉景勝が検地もひとまず終了し、そろそろ越後へ帰国しようかという段になって、仙北地方（秋田県横手盆地・仙北三郡）と由利地方に検地反対の一揆が勃発した。「仙北一揆」のことである。それが「庄内藤島一揆」にも波及する。さらに「葛西・大崎一揆」、「和賀・稗貫《ひえぬき》一揆」、「九戸政実《まさざね》の乱」へと戦線が及ぶのである。

仙北一揆では、諸給人・百姓らが仕置に反対しての蜂起である。一揆勢は各所に放火し、増田（秋田県横手市）・山田（湯沢市）・川連（湯沢市）の古城に二万四千余が籠った。この報せで上杉景勝は、増田を攻撃。一揆勢は山田・川連の両城から援兵を出し防戦した。上杉勢は二千余の軍兵を川連城付近まで極秘裏に進軍させ、陣貝《じんがい》（陣中で進退の合図にならす法螺貝《ほらがい》）を合図にして一挙に攻めて一揆勢を破った。

その後、一揆勢は翌十月初めに再燃し、大谷吉継勢と上杉景勝勢の総勢一万二千が出動し、一揆衆の首一千六百余を討ち取った。上杉方も討死二百余を出し、十月十八日ころ鎮圧された。（のちに、大谷吉継は、奥羽検地と仙北一揆平定の功績により、越前国府中十二万石を関白秀吉から拝領された）。

十月二十日、越後への帰途、上杉景勝は仙北・由利から庄内に入ろうとしたところを三崎山《みさき》（にかほ市。秋田県と山形県境）で一揆に要撃された。この庄内一揆には十一月十日ころまで鎮圧にかかった。

九月二十三日。聚楽第で秀吉主催のもと、帰国した黒田如水（官兵衛）を正客に、千利休が茶を点《た》てる茶会が開催された。相客《あいきゃく》は針屋宗和《むねかず》、津田宗凡《そうぼん》（宗及の嫡子）。利休と秀吉の数奇の意地が直接ぶつかり合う茶会である。これは、後世、「野菊の茶会」と呼ばれることとなった。

十月四日。秀吉は先月二十五日から訪れていた攝津国有馬湯山（有馬温泉）において、茶会を催した。この茶会は千利休・小早川隆景・有馬則頼《のりより》・善福寺《ぜんぷくじ》（湯山の代官）・阿弥陀堂《あみだどう》・池坊《いけのぼう》・

山崎片家《かたいえ》・津田宗及《そうきゅう》らが参加した。

十月十九日。秀吉にとって大事な弟・豊臣秀長の病気見舞いに大和郡山城を訪問する。秀長の病状は日増しに昏睡するばかりであった。

豊臣秀次は検地を行うため奥羽に残っていたが、検地を終えて引き上げ、また、蒲生氏郷も会津黒川に引き上げ、伊達政宗も出羽の米沢に引き上げていった。いわゆる「駐留軍」がいなくなり、大名として新たに入ってきた木村吉清・清久父子だけが奥羽に残る形となった。ただ、上杉景勝は、庄内一揆鎮圧に時間を要し、鎮圧戦線が続いている。

二

秀吉もこれまで西国の戦後処理での経験から想定はしていたものの奥羽仕置から二ヵ月後、大規模の「葛西・大崎一揆」が勃発したのである。

「木村父子の政道正しからず、財をむさぼり民は苦しむ」

「ゆえに葛西・大崎の旧臣三千余騎、土民百姓らが志をあわせ、一揆が蜂起す」

と、『伊達治家《じけ》記録』（伊達家編纂・仙台藩の正史）にある。

木村父子は、上方から召連れた聚者《あつむもの》を所々の城主にすえ、中間・小者を武士に取り立てた。それら家臣には法儀も知らぬ者多く、土民や家にも押入り、年貢を責めとり、妻子下女下人をも奪い取るなど無道のありさまであった。

十月十三日。憤慨した旧臣らは、最初に胆沢《いさわ》郡柏山《かしやま》（岩手県金ヶ崎町）に一揆をおこし、胆沢近辺の一〇数ヵ処の城館で木村吉清が配置した家臣たちがそれぞれ襲われて討ち殺された。続いて気仙《けせん》郡・磐井《いわい》郡東山《ひがしやま》に一揆が蜂起する。

また、十月十六日。葛西・大崎の旧領で、その遺臣《いしん》らを中心とする大規模な一揆が勃発したのである。これは、みるみるうちに拡大していった（この一揆は、翌年の天正十九年七月三日まで続く）。

奥州の岩手沢《いわてさわ》城（のち岩出山城。宮城県大崎市）で旧城主の氏家吉継《うじいえよしつぐ》の家来が領民と共に蜂起し占拠する。

秀吉の奥州仕置により旧葛西・旧大崎領十三郡は木村吉清・清久父子の領となるが、検地・刀狩りなど施政が適切を欠き、その不満から一揆が発生する。すなわち、新領主の幕政、太閤検地の強硬など挙げられるが、伊達政宗の扇動も見え隠れしてきた。

叛乱は、旧葛西領全土に拡大しつつ、それに呼応するかのように旧大崎領でも叛乱が起こった。叛乱軍は十月十六日に、岩手沢城を落とすと古川城に攻め寄せ、あっという間に総勢四万六千余という大軍に膨れ上がった。

報せに接した古川城主の木村清久は、叛乱鎮圧の善後策を協議するため、登米《とよま》城（寺池城）の父・吉清のもとへ駆けつけたが、名生《みょう》城（大崎市）に戻るその帰路、叛乱軍に攻められ、救援に赴いた吉清もろとも佐沼城に閉じ込められ籠城した。

結局、木村父子および佐沼城主成合平左衛門《なりあいへいざえもん》以下二〇〇騎が城中に閉じ込められることとなる。古川城は留守居の関大夫《せきだゆう》・大野総左衛門《ふささえもん》以下三千人ほどが籠城したが防戦のすべがなかった。

一方、奥州（陸奥国）の和賀《わが》郡、稗貫《ひえぬき》郡でも葛西・大崎一揆の騒動に協調し、和賀義忠、稗貫広忠らが蜂起した。これは「和賀・稗貫一揆」のはじまりである。

十月二十三日、和賀氏の元居城であった二子《ふたご》城（岩手県北上市二子町）の浅野長吉（長政）の代官・後藤半七を急襲して攻略、和賀氏の旧領を奪回した。

その勢いで鳥ヶ谷崎城を二千余名が包囲する。一揆勢二千は少し前まで現役の士卒で土民の一揆よりはるかに戦《いくさ》慣れしており、それに対し鳥ヶ谷崎城代官・浅野重吉《じゅうきち》の城兵は、わずか一〇〇騎余と足軽一五〇ほどしかいなかったが、城が天然の要害の地にあり、なかなか落城しなかった。

十月二十六日、秀吉は、すぐさま蒲生氏郷と伊達政宗に鎮圧を命じた。この日、葛西・大崎一揆の件で対立の蒲生氏郷と伊達政宗は、伊達領の黒川郡下草《しもくさ》城（宮城県黒川郡大和町鶴巣下草）にて会談した。

来月の十一月十六日より共同で一揆鎮圧にあたることで合意する。さらに、石田三成は、旧葛西・大崎領一揆鎮定の軍監として出陣、奥州相馬に下った。

十一月二日、一揆蜂起の知らせを聞いた徳川家康は、榊原康政（上野国館林城主）らを先鋒として出陣させ、結城秀康（家康次男）を、奥州白河に出兵させる。

蒲生氏郷の会津拝領のことが決ってから百日足らず、黒川入城から数えると五十日前後の出来事である。

ところが、厳冬の十一月五日は折からの大雪である。その大雪の中で、新領主の蒲生氏郷の軍兵は黒川城内に集結し、出陣の準備を完了していた。

氏郷は会津を出陣し、奥州仕置により所領を没収された大崎義隆・葛西晴信の旧領地に勃発した旧臣・農民の一揆（前月十六日蜂起）の鎮定に赴いたのである。

氏郷は出陣するに当り木村父子の二の舞いにならないように、黒川城には蒲生左文郷可《さもんさとよし》・小倉豊前《ぶぜん》・上坂兵庫《ひょうご》・関一政《かずまさ》といった、最も信頼の置ける者たちを中心に残し、後の備えを固くする。

さらに、強力な政宗の家臣、田村三春城の片倉小十郎景綱にも備えて、須賀川城に田丸中務《なかつかさの》少輔《しょうゆう》を、関東口白河城に関右兵衛尉をはじめ、中仙道《なかせんどう》口・越後口・奥街道口の諸城にも兵を配したので、率いる兵は総勢六千余騎にすぎなかった。松坂の故地《こち》にはありえない積雪の中の行軍である。

これは、一揆勢鎮圧でもあるが、まるで伊達政宗との対決の様相であった。蒲生氏郷出陣のあと、伊達軍が隙《すき》を窺《うかが》って、会津黒川城になだれ込むであろうという予想は、残された兵士たちの誰もが考えていた。

その日、蒲生氏郷は猪苗代城に一泊した。城主の町野左近将監《さこんしょうげん》が出迎えた。町野は近江の神官出身だが、その妻が氏郷の乳母だったこともあって股肱《ここう》の臣として活躍している。

「この大雪では、兵が疲れるばかりです」

「来春を待って、あらためて進発なさった方がよろしいかと思いまする」

「関白殿下は、木村父子を自分の本当の子とも思って、眼をかけてくれと、な」

「かの地は、政宗めが、事実上自分の支配下に取り込みつつあるところです」

「一揆勢とともに、われわれのくるのを待ち伏せしておりましょうぞ」

十一月六日には、将監も氏郷に従って二本松に出た。

軍の手先蒲生源左衛門から、使者がきた。

「政宗が一万五千の大軍を率い、奥州の案内と称し」

「信夫《しのぶ》郡飯坂城に出張っております」

「今日は、源左衛門にそのまま、伊達軍とともに、宿営しろと伝えろ！」

氏郷が使者を返すと、入れ替わりに政宗の使者がやってきた。

「主人政宗が、これより先は伊達領につき、ぜひ道案内させていただきたい旨」

「それはご苦労だ。が、政宗殿にとくと伝えてもらいたい」

氏郷は慣れぬ積雪、伊達旧領民の冷遇《れいぐう》、そして何よりも、不可解かつ不快な動きをみせる政宗に対する警戒に、神経を煩《わずら》わされねばならなかったのである。

このとき繰り広げられた両者のかけひき、策謀については、後世に様々な憶説《おくせつ》が伝えられている。

そもそも一揆は政宗が煽動《せんどう》したという説（『改正三河後風土記』）。蒲生軍は後続の伊達軍を警戒し、後備《あとぞな》えの三段の隊を後ろ向きに行軍させたという説（同）。政宗による氏郷毒殺未遂一件があったという説（『蒲生軍記』）などなどである。それらの真否《しんぴ》はさだかでないが、干戈《かんか》（転じていくさ）を交えぬ戦《いくさ》、神経戦が繰り返されたことは確かであろう。

十一月七日早朝。蒲生軍は雪の中を政宗の領分に向かって動いた。六千の蒲生軍が一万五千の伊達軍を後から押し立てるようにして、強引に行軍を続けていく。丸森・刈田・岩沼などの宿々で逗留がつづいた。夜は、伊達の陣営から離れて宿営したが、どこの地でも、百姓、町人は堅く戸を閉ざして蒲生の兵士を迎えいれようとはしない。政宗軍からきつい達しが出ているのだ。

会津黒川城の「奥州の王」から古巣の米沢の一城主に落とされた政宗としては、関白豊臣秀吉の強権を背後に新参してきた上方者の氏郷の存在が、面白かろうはずがない。

一方、蒲生氏郷としても以前から不穏の行動で物議をかもしてきた、十一歳下の野心家政宗に対して、逆心が露見したならば一戦、これを討ち取ってくれようという覚悟はできていたのである。

蒲生軍は、北へ北へと進軍し逗留しながら十四日、氏郷は伊達領、黒川郡前野（宮城県大和町舞野）に着陣した。政宗はそこから少し離れた下草城に入った。

その夜、政宗からの使者がやってきた。

「諸事申し合わせたいことがありますので、明朝ぜひとも当所の柴《しば》の庵《あん》へ」

「お越しいただきたく、お茶など差し上げたいと思います」

「伊達殿に伝えてもらいたい」

「御懇志かたじけない、明朝さっそく参上して御礼を申し上げる、とな」

と氏郷は、応じた。使者が帰ったあと、氏郷の帷幕《いばく》（転じて本営）は騒然となった。

「茶室に招き、伊達軍が一挙に謀殺しようというのではないか」

と、氏郷の家臣たちが警戒する。

十一月十五日、氏郷は家臣を連れて、馬を走らせて下草の伊達陣営に向かった。

氏郷は政宗の点前《たてまえ》をじっと見つめた。政宗恐るべし、という思いがする。

一服した後、氏郷は――。

「ここから、佐沼へはどれほどあろうか」

「佐沼へは二十里ほど（約六十㌔）です。ただ田舎道ですぞ」

氏郷と政宗が、大崎・葛西一揆勢を共同で鎮圧することで協議したが、氏郷は政宗の説明や行動に疑問を抱きながら、前野の陣営に戻った。

三

十一月十六日、蒲生氏郷は政宗に先駆けして単独で名生《みょう》城（宮城県大崎市古川大崎名生）を攻め落し、一揆を撃退させた。そして一揆と政宗に備え、攻め落した名生城に、兵五千余で籠城する。

このころ、虚言を信じた蒲生氏郷は、秀吉に対して「政宗謀叛の疑いあり」の密書を送った。

氏郷がこの城に籠ったため、叛乱鎮圧は、ほぼ伊達軍の手で進められることとなる。蒲生氏郷の急戦、即戦によって、名生城は蒲生軍の手に落ちたが、この時の戦いで、敵の首数は六百八十余にものぼったという。そこは、「名生の首塚」と呼ばれている。

その夜、名生城内では、明日以降の高清水《たかしみず》攻めをめぐって軍議が交わされた。高清水に向かうか、それとも名生城に留まって、政宗の出方を慎重に見定めるか、である。亥《い》の刻《こく》（夜十時）、蒲生氏郷の陣に政宗家臣・須田伯耆《すだほうき》が一揆を煽動《せんどう》したのは政宗であると訴えてきた。

さらに政宗の祐筆であった曽根四郎助《そねしろうすけ》が、政宗が一揆に与えた密書を持参してきた。

「政宗の陰謀の証文を持参いたしました」と、いうのだ。

「第一に、一揆をあおり立てて、各地にこれを起させたのは政宗であること」

「次に、黒川郡の前野において氏郷を討とうと謀《はか》ったこと」

「中新田で仮病を使ったこと。名生《みょう》城で一揆勢と相謀ったこと」

この二人の侍は、伊達家譜代の家柄だが、政宗に自分らの父親の処遇をめぐって冷たく扱われたのを恨み、政宗から心が離れていたということだった。氏郷はこれで謀叛のすべてが明らかになった、と思った。

蒲生氏郷は、上洛途上にある奥州仕置の総奉行浅野長吉（長政）にも「政宗謀叛」の密使を送った。

十一月二十四日、伊達政宗は千石《せんごく》城（宮城県大崎市松山千石）を本営として、叛乱軍の中目《なかのめ》城・師山《もろやま》城（大崎市古川師山）・高清水城（栗原市高清水町）の諸城を次々に攻略。佐沼城（登米市。〈旧迫町〉）を包囲していた叛乱軍は、伊達軍の猛攻を前に戦わずして撤退し、叛乱は収まった（しかし、翌年五月に再び叛乱軍が挙兵する）。

政宗は、佐沼城を落として木村吉清・清久父子を救出、父子を名生城の蒲生氏郷のもとに送った。

佐沼城というのは、文治年間（一一八五～一一八七）奥州藤原秀衡《ひでひら》の家臣・照井太郎高直によって築城され、鎌倉時代には葛西氏の支配下の城であった。

戦国時代には大崎氏の持城となっていた。城の崖下を川幅五〇㍍《メートル》ほどの佐沼川が流れ、これを四囲に取り込んで、湖上に浮く、「水城」である。（後に、味方と思った伊達軍に、半年後の夏の盛り、侍・百姓・女・子供三千余名が、ここで皆殺しにされる）。もともと佐沼は、三沼ともいわれ、北上川と迫川が合流した水郷地帯である。

十二月初め。浅野長吉（長政）は上洛途上の駿府《すんぷ》（駿府城。静岡市葵区）で、蒲生氏郷からの報告を読んだ。長吉は直ちに兵を引き返し、江戸城で徳川家康と会見、助勢を乞うた。

政宗の方は、密使からの報告で、容易でない事態に立ち至ったことを悟り、しきりに氏郷へ向けて釈明の使者を送った。

伊達陣営では、政宗・伊達成実・片倉小十郎景綱を中心に、軍議が繰り返された。

「このままでは、今度こそ関白殿下に伊達家取り潰しと決ってしまう」

「あくまで、一揆勢とは係りないとするか、氏郷を攻め殺すかだ」

「この二つに一つだ」

評議の結果、なんとしても、一揆勢とは関係ない、となった。

十二月二日、伊達軍は全軍が米沢に撤退した。だが、会津黒川城内では――。

「政宗の会津への反転攻撃でないか」と、会津は緊迫した。会津城下は、家財道具を運び出す騒ぎとなり、町奉行が混乱収拾の措置をとった。

十二月中旬。浅野長吉（長政）が二本松に軍勢を率いて着陣した。政宗は長吉着陣と同時に、片倉小十郎景綱らを連れて、自ら即刻参上して、陳弁に努め、苦心の申し開きを行った。

浅野長吉（長政）は、政宗の弁舌に対して――。

「そなたの弁明は、よくわかった」

「だが、氏郷殿のいうことを聞いてからでないと、判断しかねる」

「ついては、伊達成実《しげざね》、国分盛重《もりしげ》の両名を人質に名生城に差し出しては如何か」

と、断じた。

「ははっ、浅野殿がいわれる通りにいたしまする」

政宗は、早速、人質の二人を名生城に送込んだ。こうして、十二月十五日、氏郷は政宗と和睦したのである。名生城では、蒲生氏郷に木村父子が床に頭をこすりつけ――。

「佐沼は兵粮も尽き、雑菜ばかり食しておりました」

「関白殿下より、死罪流刑も申し渡しもありましょうが、御扶助を賜りたく…」

この後、蒲生氏郷の助命嘆願により、関白秀吉より、

「木村父子は、蒲生氏郷に臣従し、一与力《よりき》（助勢）大名となって生命《いのち》を永らえよう」

十二月下旬。氏郷は、政宗が人質二人を遣わしてきたので、ようやく名生城を出て会津黒川城へ帰陣することとなった。この年も終わり、新年を迎える。

一方、このころの和賀・稗貫一揆の状勢である。

関白秀吉から北奥《ほくおう》（北奥羽）を安堵されていた南部信直は、不来方城《こずかた》（盛岡市。のちの盛岡城）に軍勢を集結させて、自らが五〇〇騎ほど引き連れて鳥ヶ谷崎城に一旦入城したが、積雪期が近づき、冬に城を護り通すのが困難であると判断、城を捨てて浅野重吉らを連れて南部氏居城の三戸城へ撤退した。結果、鳥ヶ谷崎城含め稗貫氏の旧領も一揆勢に渡った。

こうして豊臣政権が奥羽に派遣した郡代、代官は悉く《ことごと》、旧領主の軍勢によって駆逐された。しかし、翌年、奥州再仕置軍が奥羽に侵攻し、和賀氏らも頑強に抵抗したものの、再仕置軍に鎮圧された。

和賀義忠は逃走の途中で土民に殺害されたという。その後、この領地は、秀吉から南部信直に与えられた。これを恨んだ和賀忠親（和賀義忠の子）は、のちに再び一揆を起すこととなる（岩崎一揆）。

終章

天下人秀吉・太閤成就

一

天正十九年（一五九一）一月元旦。豊臣秀吉は、聚楽第において諸大名の参賀を受けた。五日に秀吉は徳川家康に命じて、伊達政宗に書状を送らせ、できるだけ早く上洛して秀吉の感情を緩和すべきことを勧告した。十日には、石田三成が相馬領に到着し伊達政宗に対して秀吉からの上洛命令を伝える。次いで三成は、蒲生氏郷・木村吉清父子らを伴って帰京する。

政宗は、元旦、片倉小十郎景綱を伴って飯坂城（福島市）で新たな正月を迎えていた。十一日、政宗が景綱に話かけていた。

「上洛を促すのは必定、蒲生は鬼の首でも取ったような顔をしておるな」

「お屋形様（政宗）は、いざという時、いかがなされるかです」

「今行けば、まさに首を取られるかもしれぬ」

「上洛すれば、詮議され、蒲生殿や浅野殿、徳川殿も同席されよう」

「さすれば、一揆討伐せねば、取り返しがつかなくなる」

と、景綱は進言する。

一月十九日に、十二日付の徳川家康の書状が景綱に届けられた。

「厳しく申し入れる。こたびの政宗上洛のこと。浅野長吉（長政）と我ら両人が任せられたので、一刻も早く急ぐのが尤《もっと》もだ」

家康からの書状を受けた景綱は、政宗のもとを尋ねた。

「石田三成殿の下向は、一揆討伐ではなく、米沢城請け取りかも」

「その前に、上洛なされた方がよいかと存じまする」

「本当に、上洛することにしよう」

一月二十日、政宗の下知を受けた景綱は、すぐさま、一ヵ月前から二本松に着陣している浅野長吉（長政）を訪ねた。

「主・政宗は御貴殿の勧めに従い、晦日《みそか》（月末）には上洛いたします」

「左様か、了解した」

一月二十一日、政宗は米沢を発ち上洛する。

蒲生氏郷と浅野長吉（長政）の配慮で、秀吉は、鷹狩りをしに尾張清洲に来るという。翌二十七日、政宗は景綱を連れて清洲城の主殿で秀吉に謁見した。

ところが、秀吉は、政宗と顔を合わせても雑談ばかりで、一揆煽動の詮議をしようとしない。どのような、顔つきをしてきたか、秀吉は確認に来たというのだ。

二月九日、秀吉の豪華絢爛たる京の聚楽第に、伊達政宗、片倉小十郎景綱主従が登城した。藺草《いぐさ》の芳《こう》ばしい香が漂う大書院に通される。

一段高い首座には、関白豊臣秀吉。周りには徳川家康、前田利家、豊臣秀次、蒲生氏郷、浅野長吉（長政）、石田三成、施薬院全宗《せやくいんぜんそう》など有力大名が詰めていた。

詰問《きつもん》役は、秀吉の側近、石田治部少輔《じぶのしょうゆう》三成である。

「須田伯耆《ほうき》からの訴えがあった。この書状に見覚えがあろう」

「そちが一揆を煽動し、木村吉清・清久父子を窮地に追い込んだのは明白」

石田三成は、秀吉から手渡された書を持ち、政宗の前に見せつけた。

「ほう、これはよう似ておりますな。されど、真っ赤な偽物にござる」

政宗は、悪びれることなく言ってのけた。

「ここに、その方が蒲生氏郷殿に送った誓書がある」

「だれがどう見ても同じ者が記したものとしか思われぬ」

と、石田三成が言いきると、秀吉が口を開く。

「須田伯耆は某《それがし》（政宗）の祐筆《ゆうひつ》、小細工のうまい者でござる」

秀吉が見比べる中、政宗は告げる。

「こは、同じじゃ、かほどに似た花押《かおう》を他人が真似できるはずがないし…」

秀吉は二枚の花押を重ねて見たのち、鋭い視線を政宗に差し向ける。

「かようなこともあろうかと、某《それがし》は記す鶺鴒《せきれい》の花押には細工がしてござる」

と、政宗は異義を唱える。《脚注。鶺鴒＝スズメ目セキレイ科に属する小鳥の総称。長い尾を上下に振る習性がある》

「細工とな？」

「御意《ぎょい》にございます。某が記する鶺鴒の花押には――」

「針の一点を入れ、眼《まなこ》を開けてございまする」

「ゆえに、蒲生殿に差し上げた眼のある花押が本物」

「眼のない花押は、偽物でござる。篤《とく》とご披見《ひけん》戴きましょう」

堂々と政宗は言いきった。

秀吉は絡繰細工《からくりざいく》の種明《たねあ》かしを教えてもらった様に大笑いする。当然、二枚の書状の鶺鴒に眼は開いていない（現存する書状の花押に眼が開くものがないという）。この謁見で一応、政宗の命と伊達家の存続は認められた。正式に伊達家の所領が定まるのはこの年の秋のことであった。

五月二十日、政宗・景綱主従一行は、米沢に帰着した。これから奥州一揆を討伐するのである。

《脚注。因《ちな》みに伊達政宗は、生涯において二〇種以上の花押を使っていた。その数の多さは際立っている。だが、使用する花押には一定の原則があり、文書の発給対象者や用途によって、公用花押と私用花押を明確に分けて使っていた。また、新しい花押を考案すると、古い花押は決して使用しない》

二月二十八日突然の事―。秀吉は、聚楽第《じゅらくだい》屋敷内で千利休に切腹を命じた。

事の起こりは、一ヵ月前の一月中旬。京都大徳寺山門の利休木像が問題となり、利休は窮地に陥っていた。秀吉は利休に赦《ゆる》しを請《こ》いに来させて、上下関係をはっきりと分らせ、頭を下げさせようとする。

そして、二月十三日利休は突然、秀吉から―。

「京都を出て、堺で自宅謹慎せよ」と、命令を受ける。

利休には、多くの門弟がいたが、秀吉の勘気に触れることを皆が恐れて、その晩、京を追放される利休を淀《よど》（淀川）の船着場で密《みつ》に見送ったのは、古田織部《おりべ》（重然）と細川三斎《さんさい》（忠興）の二人のみだった。

二十五日、利休が謝罪に来ず、そのまま堺へ行ってしまったことに怒る秀吉である。大徳寺の利休木像を山門から引き摺《ず》り下ろし、聚楽の大門もどり橋（一条戻り橋）に晒《さら》す。利休木像をつくり、雪駄《せった》を履《は》かせ、杖つかせて造り置いたことが曲事《きょくじ》とされ。これは勅使《ちょくし》や貴顕《きけん》（身分・名声が高い人）の通る山門の上に、堺の商人出身の身分で、利休木像を置くことを不敬《ふけい》とした。

二十六日秀吉は気が治まらず、利休を堺から京都に呼び戻す。利休は、上杉勢三千の兵が取り囲む京都の自宅に戻り上使《じょうし》を待つ。利休はすでに、辞世と和歌を認《したた》めていた。二十八日に秀吉から切腹を命ぜられ首は梟首《きょうしゅ》された。梟首とは、斬罪《ざんざい》に処せられた人の首を木にかけて晒すことで、晒首《さらしくび》の意味である。二十九日利休の首は、木像とともに、聚楽大橋《じゅらくおおはし》（現在の堀川第一橋）にかけ置かれたという。生首を木像に踏ませた珍奇《ちんき》な事件である。

一方、二月二十八日。北奥羽の九戸政実《くのへまさざね》は、主君南部信直の三戸城《さんのへ》（青森県三戸郡三戸町梅内）における正月参賀を拒絶して南部本家への叛意《はんい》を明確にする。すなわち、自身が南部家の当主であると公然と自称するようになった。

九戸政実（第十一代当主）は、南部氏の一族で九戸城（福岡城。岩手県二戸市福岡城ノ内）の城主である。葛西・大崎一揆をじっと見守っていた政実は、南部の本家が、当主が相次いで死に、一族の石川信直という人物が、重臣の北信愛《きたのぶちか》の強力な推薦を受けて、当主になり南部氏を名乗った。

そこで葛西・大崎一揆が起こった時も、一揆がいつまでもかたがつかないようなら、その争乱に紛れて、南部信直を殺して、本家を乗っ取ろうと考えた。しかし、蒲生氏郷によって一揆はからくも鎮圧され、浅野長吉（長政）率いる豊臣秀吉の軍勢が、ふたたび奥羽に入ることとなる。

南部氏の正月参賀を拒絶した九戸政実の党が一斉に蜂起し、近郷の一戸城《いちのへ》（岩手県二戸郡一戸町北舘）や伝法寺城《でんぽうじ》・苫辺地城《とまべち》などを攻撃した。

三戸城に配置されていた浅野長吉（長政）の代官が、二月二十八日上杉景勝の重臣で、横手盆地西端の大森城（秋田県横手市大森町）に送った手紙によると――。

「逆意を持つ侍衆が居る糠部郡《ぬかのぶ》（青森県東部から岩手県北部）が混乱状態にある」

「当地の衆が京儀《きょうぎ》を毛嫌いし――」

「豊臣になびく、南部信直に反感を抱だいていること」

「仕置軍の加勢がなければ、南部信直は厳しい状態である」

などを、伝えている。同日に南部信直から色部長実《いろべおさざね》に送られた手紙にも――。

「逆意を持った者達に手を焼いているが、仕置軍が来るのは必定である」

という、旨を書いている。

三月十三日。九戸方の櫛引清長《くしびききよなが》が苫辺地城《とまべち》（三戸郡南部町苫米地）攻撃を皮切りに、ついに九戸政実は五千の兵を動かし挙兵し、九戸方に協力しない周囲の城館を次々に攻めはじめた（「九戸政実の乱」三月十三日～九月四日終結）。

六月九日には、南部信直が嗣子《しし》・彦九郎《ひこくろう》（利直）に北信愛《きたのぶちか》を付けて上洛させた。信愛が秀吉「御前」へ召し出した物は、鷹十三居《こ》、馬二頭、太刀《たち》を進上する。これは秀吉に窮状を訴え、その支援を仰ぐためである。秀吉に謁見し情勢を報告したのである。一方、伊達政宗は、五月二十日、京から米沢に帰着後。二十七日、正式に一揆討伐の陣触れを発した。六月十四日、政宗は米沢城を出立《しゅったつ》し、十五日には王城寺原《おうじょうじはら》（宮城県加美郡色麻町）に着陣する。

二

秀吉は、天下統一も成り、京都大改造に乗り出している。

京の町を大改造して「安寧楽土《あんねいらくど》」を築こうと、聚楽第や御土居《おどい》の建造とともに、交通網や町の区画整理も手がける。昨年の天正十八年北条氏制圧にあたって秀吉は、鴨川に三条大橋を架橋、日本初の本格的な石柱橋である。三条大橋は東海道の起点、京の玄関口として賑わうようになる。秀吉は町割を変更し、南北に道路を設け、正方形から短冊形《たんざく》にしたのである。

また、太閤検地によって税収を増やす。洛中《らくちゅう》に点在する寺院を寺院街や寺之内町に纏める。今年（天正十九年）一月からつくり始めた御土居も秀吉の都市計画のひとつ。聚楽第を中心に、京の四方を土で盛り上げ囲んだもので、まわりに堀を巡らせ御土居堀とも呼ばれる。

五月十九日に完成し北野社（天満宮）西側の堤（土居）を検分した。御土居は上京《かみぎょう》・下京《しもぎょう》を囲い込んだ。その結果、御土居に七口を設け、囲まれた内側は洛中《らくちゅう》とし、外側は洛外《らくがい》と呼んでいる。

六月二十日、秀吉は、奥州再仕置の動員令を発した。葛西・大崎一揆および九戸の乱討伐を第一とする。あわせて葛西・大崎地方の城郭対策および伊達・蒲生の「郡分《ぐんわけ》・知行替《ちぎょうがえ》」までを目的とするものである。一揆蜂起によって揺り戻された「奥羽仕置」を再征《さいせい》によって、まさに完結させることを目的としたものである。二十日の動員発令の大きな動機は、先の南部信直の子息・彦九郎（利直）が、父の名代として北信愛と共に救援のため五月二十八日に入洛《じゅらく》し、六月九日に秀吉に実情を訴えたことによるものである。

秀吉は、政宗が葛西・大崎一揆を討伐してから、政宗と蒲生氏郷の両人が南部九戸の乱を討伐することを想定し、その進行中に豊臣上方《かみがた》軍の奥州到着を構想した。この日、秀吉は「九戸の乱」以外にも大規模な奥州での一揆鎮圧のため、大号令をかけ奥州再仕置軍、総勢六万五千余の編制を諸将に命じた。

南奥羽の白河口には、総大将豊臣秀次（尾張中納言）軍三万と徳川家康（江戸大納言）軍。出羽の仙北口には、上杉景勝（越後宰相中将）と大谷吉継の軍。北奥羽の津軽方面には、前田利家と前田利長の軍。南奥羽の相馬口には、石田三成、佐竹義重、宇都宮国綱の各軍である。

そして秀吉は、これら諸将の指揮下に入るように命令を出した。伊達政宗・最上義光・小野寺義道・戸沢光盛・秋田実季・津軽為信らへである。

六月二十一日、政宗は、早速、宮崎城（加美郡加美町〈旧宮崎町〉）を攻撃する。前年の葛西・大崎一揆では、この城は一揆側の最後の拠点となったが、今回は伊達軍の猛攻で二十五日には落城させた。宮崎城主の笠原民部《みんぶ》以下がよく守り、なかなか落ちなかったが、二十五日の夜になって、城中に失火があり、それを機として伊達勢が攻め込み、亥の刻《いこく》（午後十時ころ）に落城したのである。

一揆の人々は悉《ことごと》く斬《き》り殺され、城主以下主だった人々の首八一、他に一三〇人分の耳鼻が京都に送られた。伊達勢でも宿老《しゅくろう》の浜田伊豆景隆《いずかげたか》をはじめ成田惣八郎《そうはちろう》など多数の人々が討死し、足軽百余人も討死した。城主の笠原民部は降《こう》を乞《こ》うたが、政宗はそれを許さず、攻め落としたのである。

宮崎城落城後の二十七日から政宗は、一揆最大の拠点である佐沼城を総攻撃した。この攻撃は、翌月の七月三日までの七日間におよんだ。葛西・大崎一揆最大の激戦となった。佐沼城は、本丸に西曲輪《ぐるわ》を備えた城で、城下町までを防御陣地に取り込んだ惣構《そうがま》えとしていた。二年にわたる一揆勢の籠城の中で、堅固に発達した城に仕上げられていたのである。激戦の末、七月三日寅《とら》の刻《こく》(午前四時ころ)、詰《つ》めの門が破られ城は落ちた。籠城していた一万人のうち、男女二千五百人余を斬殺して攻略する。城主兄弟はじめ究意《きわむい》之者共《のものとも》五〇〇名を討ち捕え。二千余人を刎頚《ふんけい》(首を刎《は》ねる)し、女子供まで「撫《な》で斬《ぎ》り」に処した。

政宗はこの戦いの結果を、『伊達家文書』七月二十八日付政宗書状によれば――。

「…五百余人討取り、其の他二千余首を刎《は》ね、女童《めのわらわ》迄悉《ことごと》く撫で切りに及び候」

と、京都の関白殿下(秀吉)に報告した。無惨な殺戮《さつりく》は、政宗の一揆煽動《せんどう》の証拠を湮滅《いんめつ》するためだったとする説もあるが、それが奏功し、佐沼城攻防戦を境にして一揆は急速に終息していった。

秀吉も、また、『伊達家文書』七月二十日付豊臣秀吉朱印状によれば――。

「物主《ものぬし》をはじめ総勢二千五百余、討ち捕まる之儀、神妙に思食《おぼしめ》し候」

と、秀吉は殊勝《しゅしょう》に思うという、感状を与えている。

七月四日、政宗は、さらに佐沼から旧葛西領内の登米《とよま》城を目指して兵馬を進め一連の一揆制圧を宣言した。しかし、宮崎城と佐沼城で壊滅して主力を失った一揆勢は、立ち向かう力に乏しく、籠《こも》っていた登米城やほかの城館《じょうかん》で政宗勢に降伏し、あるいは城から逃散した者も多い。

政宗は、降伏した中の主だった者二〇余人の助命を約束し、これを桃生郡南方の深谷庄《ふかやのしょう》の須江《すえ》山糠塚《やまぬかつか》に移した。一揆加担の嫌疑ある者、家屋敷を失っている者には、政宗の重臣片倉小十郎景綱が直々談判した。

そして、概ね次の事柄を談合した。

「一、葛西家の再興を望む葛西の臣は、これより一時的に政宗の軍門に下れ」

「二、一揆加担の嫌疑ある者は、その詮議をせぬ上、家々の世襲を願え出よ」

「三、心ある者は、この八月十四日までに九戸政実の一揆討伐のため――」

「戦支度《いくさじたく》を整えて、深谷庄須江山糠塚（石巻市須江）に集合せよ――」

「葛西家再興の希望は、その一戦にあり。ご存分にお働きあるように」

と、再興を望む葛西の旧臣は、須江山糠塚に続々と集まりはじめ陣を布いた。

一方、秀吉の命により豊臣秀次は、再び尾張を出陣し、八月五日須賀川に到り、六日に二本松に着いた。徳川家康も江戸を出陣し、六日に二本松に着き、秀次と軍議を重ねた。

政宗は、二本松の秀次の許に赴き報告する――。

「一揆の者どもは、要害に守られ、退治することは難しい」

「そこで、深谷須江という村里に集め置いてござる」

「このうえ、討ち果すかどうかは、中納言（豊臣秀次）殿のご命令次第に存ずる」

「早々に討ち果たせ」と、秀次は、上意《じょうい》を掲げ命じた。

八月十日、政宗から最終確認の書状がこの陣に披露された。

「早速、葛西の臣がこの須江山に布陣されたことを謹んで申し伝えよう」

「九戸での戦いは、冬籠《ふゆごも》りになるやもしれぬ」

「しかし、その任務を終えれば、天下に轟き、主君葛西晴信公も――」

「関白殿下のご勘気が解け、この奥州にご再興なされよう」

「十四日は葛西再興のための九戸出陣の吉日。それまでは、存分に時を楽しもう」

書状が披露された後、政宗から次々と酒、肴《さかな》など大量に届けられた。旧臣たちは、三日三晩にわたり飲食し、葛西晴信の帰参を夢見ていた。

須江山といっても小高い山で、その麓は東浜街道が通り、道路から少し入ったところに、小さな糠塚館という砦がある。政宗からの饗応《きょうおう》で日夜華やいだ。

十三日の深夜、政宗は岩手沢城（岩出山城）において、麾下《きか》（家来）の泉田重光《いずみだしげみつ》（名取郡岩沼城主、のち磐井郡薄衣城主）と、屋代景頼《やしろかげより》（刈田郡白石城主、のち名取郡北目城主）に密命を施した。

「明日、一揆の主立った者達を須江山糠塚に誘き出し、皆殺しにせよ」

「承知仕り致しました」

と、泉田と屋代の征伐隊は、夜の内に、須江山に進軍する。

葛西家旧臣らは、運命の十四日の夜が明けた。須江山東麓の糠塚館の周りに参集した葛西旧臣武将は、旧葛西領下の城主や館主が、凡《およ》そ一〇〇人を数える。伊達軍の到来を待ちわびていた。日差しも強い昼過ぎ、東浜街道を北上する泉田重光・屋城景頼の軍、総勢三千余騎が確認された。旧臣らは身なりを整え、満面の微笑みで緊張していた。

間もなく須江山の東麓に到着した。泉田と屋代の両将は、九戸一揆に触れず──。

「此度、豊臣秀次殿より、葛西一揆の首謀者を根絶せよとの厳命があり」

「もはやこれまでと、観念して、早々にその首を差し出せ」

「はよう、討取れ！」

この瞬間、この合図に、葛西旧臣の無防備に、伊達軍が突撃した。何がなんだかわからないまま、目の前に槍や刀をむかえた旧臣たち。一瞬にして、糠塚館の周りの地は修羅場となり、血飛沫《ちしぶき》を揚げ、混戦に陥った。

周りの納屋にも火をかけられ煙が立ち上る。かくして、「須江山の惨劇」は、葛西家旧臣の全滅に到った。この惨劇は、『政宗記』を見れば、一揆の首謀者たちの助命を、政宗が本当に秀次に願い出たのかどうかについては、疑いをいだかざるを得ない。『葛西四百年』の著者、佐藤正助氏は、「伊達政宗が、本当に助命嘆願をしたのであるかは疑問である。（政宗の）一揆煽動の証拠を湮滅《いんめつ》させるために、一ヵ所に集め、秀次の命令という名のもとに殺したのであろうか」と、述べている。

『仙台領の戦国誌』一九六七年刊の著者（元石巻高校教師）紫桃正隆氏によると、「深谷の須江山で殺害された人数は、少なくとも七八人におよぶと、その氏名と身分を書きつらね、この著書のなかで紹介された。

一揆鎮定後、関白秀吉は、政宗の領地を正式決定した。八月十八日。関白秀吉の命を受けた徳川家康は、岩手沢城に到着した。伊達政宗も片倉小十郎景綱主従らも一緒である。家康は政宗に、ここで所領を言い渡した。

「伊達氏本貫地の伊達・信夫《しのぶ》・田村・刈田郡と。二本松・塩松および長井（米沢）」を没収する。

新たに下賜および認める地は──。

「江刺《えさし》・胆沢《いさわ》・気仙《けせん》・磐井《いわい》の四郡（岩手県）」

「本吉《もとよし》・登米《とめ》・牡鹿《おじか》・桃生《ものう》（深谷庄《ふかやのしょう》含む）・加美《かみ》・玉造《たまつくり》・栗原・遠田《とおだ》・志田・黒川・宮城・名取・亘理《わたり》・伊具《いぐ》・柴田の十五郡（以上、宮城県）。宇多郡（福島県）」の計二十郡。およそ五十八万五千石である。

仙道を制覇した直後、最大の版図《はんと》を誇った時期に一〇〇万石余だったから、およそ半分に減じたことになる。

家康は──。

「辛かろうが、そんなに落胆されるな」

「検地の終わった米沢よりも」

「大崎、葛西の地ならば、開拓や湿地干拓により石高を増やせましょうぞ」

「貴殿の腕次第で、豊にできるではないか」

家康の勧めに応じて、政宗は素直に受けることになった。

家康が四〇日間滞在し、縄張り改築改修し、岩手沢の普請を援助してくれたので、政宗はここを岩出山城《いわでやま》（宮城県大崎市）と改名し、居城とすることに決めた。政宗は、九月二十三日に入城する。《政宗は、以後、仙台城築城（雅称・青葉城、別名・五城楼。仙台市青葉区）までの十二年間居城とした。地名を仙台と改める》。

一方、豊臣の再仕置軍は、一揆を平定しながら北進し、蒲生氏郷や浅野長吉（長政）と合流、八月下旬には南部近くまで進撃した。これは秀吉の国内平定最後の仕上げとも言うべき号令である。八月二十三日。九戸政実輩下の小鳥谷摂川《せっせん》は五〇名の兵を引き連れて、木沢で仕置軍に奇襲をかけ四百八十人に打撃を与え、これが緒戦となった。豊臣討伐軍は、九戸の所領へ攻撃を開始する。栗原郡三迫《さんのはさま》川方面からは会津蒲生氏郷勢・浅野長吉（長政）勢ら、出羽側からは仙北郡より山を越えて和賀方面に、本吉気仙方面には石田三成勢がそれぞれ進撃する。

九月一日。豊臣仕置軍は、九戸方の諸城に攻撃を開始した。豊臣秀次、徳川、上杉、大谷、前田、石田の各軍の下に、攻撃軍には南部勢はもちろんのこと、出羽から小野寺義道・戸沢政盛・秋田実季・由利衆、さらに津軽からは津軽為信が参陣し、その総勢延べ七万余に上る。

九戸勢の前線基地である姉帯《あねたい》城（二戸郡一戸町姉帯）・根反《ねぞり》城（一戸町根反）が落ち、これに抗した九戸政実は九戸城（岩手県二戸郡福岡町五日町）に籠城した。

九月二日。豊臣の兵は総勢七万余が、九戸政実・実親《さねちか》兄弟をはじめ、五千の兵が籠る九戸城に、早くも包囲攻撃を開始した。総大将豊臣中納言秀次は討手《うって》の大将蒲生氏郷・堀尾吉晴・浅野長吉（長政）・井伊直政ら指揮する討伐軍である。

九戸城は、西側を馬淵川《まべち》、北側を白鳥川、東側を猫淵川により、三方を河川に囲まれた天然の要塞であった。城の正面にあたる南側は蒲生氏郷と堀尾吉晴が、猫淵川を挟んだ東側には浅野長吉（長政）と井伊直政が、白鳥川を挟んだ北側には南部信直と松前慶広《よしひろ》（改姓前の蠣崎《かきざき》慶広。蝦夷《えぞ》島＝北海道）が、馬淵川を挟んだ西側には津軽為信・秋田実季・小野寺義道・由利十二頭らが布陣した。九戸政実は、豊臣の再仕置軍の包囲攻撃に健闘したが、城兵の半数が討取られた。

そこへ浅野長吉（長政）が九戸氏の菩提寺である鳳朝山長興寺の薩天和尚を使者にたてた。「開城すれば、残らず助命する」と、政実に説得する。

九戸政実は、これを受け入れて髪を剃《そ》り、弟・九戸実親に後を託して九月四日、七戸家国・櫛引清長・久慈直治・円子光種《まるこみつたね》・大里親基・大湯昌次《おおゆまさつぐ》・一戸実富《いちのへさねとみ》らと、揃って白装束《しろそうぞく》に身を変えて出家姿で再仕置軍に降伏した。

浅野・蒲生・堀尾・井伊の連署で百姓などへ環往令《おうかんれい》を出して戦後処理を行った。しかし、助命の約束は反故《ほご》にされて、九戸実親をはじめ城内にいた者は全て二の丸に押し込められ惨殺、撫で斬りにされ火をかけられた。その光景は三日三晩夜空を焦がしたといわれる。九戸政実ら主だった首謀者たちは集められ、栗原郡三迫《さんのはざま》（宮城県栗原郡三迫）で処刑された。

九月二十日。蒲生氏郷は帰陣の途についた。この時の氏郷の叛乱者側に対する処分は厳しく、九戸政実の妻や子供が捕えられてくると、すぐ首を刎ねさせた。また、この戦いで、法度に反して卑怯な振る舞いのあった者は、すべて惨殺する。

会津黒川に戻った氏郷は、あらためて、部下たちの論功行賞をおこなった。

かくして奥羽の乱が鎮定すると、豊臣秀次と徳川家康とは、高館《たかだち》（中尊寺の東方の丘陵）、平泉、衣川《ころもがわ》（岩手県の南部）の旧跡を見物し、ゆるゆると帰路についた。その後、家康は岩出山に滞在した。一方、秀次は出羽路をとって最上義光の山形城に赴いた。この賓客《ひんきゃく》を迎える準備で、山形城はごった返していた。最上家は、時の権力者と誼《よしみ》を通じることは、決して損な取引ではない。それに、次のような噂が義光の耳に入っていた。

「秀次殿は大坂に帰ると、秀吉殿の覚えもめでたく――」

「関白の職を譲られるであろう」と、噂が出ていた。

こうして、第二の天下人、豊臣秀次を迎えると、義光は二の丸に移り、秀次には本丸を明け渡した。昼夜を分かたぬ宴である。秀次ならずとも舞い上がるのは必定であった。その席に義光の息女、駒姫《こまひめ》がいた。秀次は姫をひと目見て気に入った。酔然《すいぜん》として秀次はいった。

「出羽義光。鄙《ひな》（いなか）にもまれな花の容《かんばせ》（容貌）よ」

「末《すえ》楽しみなことよのう」

「御意《ぎょい》、恐れ入りまする」

義光は秀次の意を汲んだ。もとより望むところである。義光はほくそ笑《え》んだ。

「わがこと成れ」と。しかし、そのとき駒姫は童女だった。時期を待って聚楽第に駒姫（側室候補）を伺候《しこう》させる旨を告げると、秀次も上機嫌でそれに頷《うなず》いた。この瞬間、駒姫は悲劇の道を歩むことになる。のちに運命が宿命と化し、避けがたいものとして彼女の前に立ちはだかったのである。《文禄四年（一五九五）、秀次事件に巻き込まれ、駒姫は京の三条河原で処刑された》。

そして、九戸の乱以後、豊臣政権に対し、組織的に反抗する者はなくなり、関白豊臣秀吉の天下統一は、ここに完成したのである。

十二月十八日、秀吉は関白職を退いて太政大臣如元《だいじょうだいじんにょげん》となった。二十七日、甥の秀次を家督相続の養子として関白職と聚楽第を譲る。秀次は二十四歳の若さで関白に任じられたのである。関白を退いた人物を、中国では太閤《たいこう》という。秀吉も「太閤」と称する。歳の瀬も迫った十二月二十八日、秀吉は秀次以下の大名を連れて京都御所に参内した。秀次は正式に関白左大臣に補《ほ》せられた。諸大名に対しても叙任《じょにん》が行われた。天正二十年一月に入り年号を文禄と改元する。太閤秀吉は、日本の隅々まで平定し、さらに、文禄元年（一五九二）一月五日、朝鮮渡海作戦のため諸将に出陣命令を出したのである。

（完）

豊臣秀吉天下統一・戦記年表

【室町時代】

暦応　元年（一三三八）◎京都。足利尊氏、光明天皇から征夷大将軍に任ぜられ、「室町幕府」は名実ともに成立。
正平　六年（一三五一）◎京都。足利義詮、室町幕府第二代将軍に就任。
応安　元年（一三六八）◎京都。足利義満、室町幕府第三代将軍に就任。
応永　四年（一三九七）◎京都。足利義満、金閣寺（鹿苑寺・ろくおんじ）を建立し、「北山文化」が開花する。
永享　四年（一四三二）◎備中国。伊勢新九郎盛時（のちの北条早雲）、備中国高越山城主の次男として誕生。
嘉吉　元年（一四四一）◎嘉吉の乱。播磨・備前・美作の守護、赤松満祐が室町幕府第六代将軍足利義教暗殺・争乱。
宝徳　元年（一四四九）◎京都。足利義政、室町幕府第八代将軍に就任。
寛正　六年（一四六四）◎京都。将軍義政の実子、義尚が誕生。

【室町時代】（戦国時代・前期）

「戦国時代始期説Ⅰ」応仁の乱勃発を始期とする従来の説（一四六七年）

応仁　元年（一四六七）◎京都。「応仁の乱勃発」八代将軍足利義政の後継者問題に端を発し、内乱が続く。
文明　九年（一四七七）◎京都。「応仁の乱沈静化」。室町幕府弱体化、以後各地の権力者独自に動き混乱化する。
延徳　二年（一四九〇）◎京都。足利義政、銀閣寺（慈照寺）建立。「東山文化」を代表する建築と庭園を有する。
延徳　三年（一四九一）◎伊豆国。伊勢新九郎盛時（長氏）・（北条早雲）。伊豆国（静岡県東部）を占領する。

「戦国時代始期説Ⅱ」「明応の政変（下克上に突入）」を始期とする近年の有力説（一四九三年）

明応　二年（一四九三）◎京都。中央政権としての幕府体制が完全に瓦解し、「明応の政変」が起こる。
◎守護大名の細川政元、将軍家を襲い下克上の風潮が全国化・常態化する重大な分岐点となる。
◎伊豆国。北条早雲、「伊豆の乱、伊豆国の堀越公方を滅ぼす」。下克上の幕開けとなる。
明徳　四年（一四九四）◎相模国。早雲、大森藤頼の居城・旧小田原城を攻略する。
永正十三年（一五一七）◎相模国。早雲、「相模地方を統一」。相模・三浦半島の三崎城・三浦義同を滅亡させる。
天文　三年（一五三四）◎尾張国。「信長、誕生」。織田信秀の嫡男として、尾張勝幡城で吉法師（信長）が生まれる。
　　　六年（一五三七）◎尾張国。「秀吉、誕生」。尾張国愛智郡中村の百姓の子供として生まれる。

十一年（一五四二）◎三河国。「家康、誕生」。松平広忠の嫡男として、三河岡崎城で竹千代（家康）が生まれる。

十二年（一五四三）◎ポルトガル人が種子島に漂着、鉄砲を伝える。

十五年（一五四六）◎尾張国。織田信長、元服して、織田三郎信長と名乗る。
◎播磨国。黒田官兵衛（孝高）、黒田職隆の嫡男として、播磨国姫路に生まれる。
十六年（一五四七）◎三河国。信長、今川領の三河吉良へ初陣する。
◎徳川家康、今川氏の人質として駿府を出発するが、途中で織田方に送られる。
十八年（一五四九）◎フランシスコ・ザビエルが来日、キリスト教を伝える。

二十年（一五五一）◎尾張清洲。秀吉（十五歳）、亡父弥右衛門の遺産・永楽銭一貫文で木綿針を買い、針売りする。

二十三年（一五五四）◎尾張国。「秀吉（十八歳）、織田信長の小者」として仕える。信長、二十一歳である。

弘治　元年（一五五五）◎安芸国。「厳島の戦い」。毛利元就、陶晴賢を討ち果たし、戦国大名として独立。

永禄　二年（一五五九）◎尾張国。織田信長、尾張国を統一、尾張の国主となる。

三年（一五六〇）◎尾張国。織田信長、「桶狭間の戦い」。今川義元が上洛を開始、その途上を急襲して討つ。

四年（一五六一）◎秀吉二十五歳、祢々（おね。ねね）十四歳と結婚。◎第四次川中島の戦い。武田軍対上杉軍。

五年（一五六二）◎織田信長、松平元康（徳川家康）と、「清洲にて同盟を結ぶ」◎黒田官兵衛、初陣（十七歳）。

七年（一五六四）◎徳川家康、一向一揆勃発を鎮圧。東三河、奥三河での攻防戦を繰り広げる。

八年（一五六五）◎京都。第十三代将軍足利義輝、暗殺される。
◎秀吉、坪内文章に「木下藤吉郎秀吉」と署名し、名乗る。
九年（一五六六）◎木下藤吉郎秀吉、濃尾国境に「墨俣一夜城」を築城。秀吉を一躍有名に。斎藤龍興勢を撃破。
◎三河国。家康、朝廷の勅許で従五位下、三河守に叙任、「徳川と改姓」。三河国平定統一。
十年（一五六七）◎美濃国。織田信長、斎藤龍興を伊勢長島に敗走させ美濃国を平定。尾張・美濃の大名となる。
◎八月三日、出羽国。「伊達政宗、誕生」（第十七代）。米沢城に生まれる。幼名・梵天丸。
十一年（一五六八）◎京都。「織田信長、入洛」。六万の軍を率いて足利義昭を奉じて京都に入洛する。
◎姫路の小寺政職の臣下・黒田官兵衛、長男・松寿丸（のち長政）が誕生する。
十二年（一五六九）◎八月、織田信長、播磨国に侵攻を企てる。小寺政職・宇野政頼は信長に敵対する。
元亀　元年（一五七〇）◎「姉川の戦い」。織田・徳川連合軍と浅井・朝倉連合軍が戦い織田信長・徳川家康が撃破。
◎木下藤吉郎秀吉、姉川で軍功を挙げる。越前の金ヶ崎城の守備にあたる。◎石山戦争勃発。

二年（一五七一）◎信長と大坂本願寺が対決姿勢を深める。以後、十年にわたる戦いを繰り広げる。◎九月、信長、「比叡山延暦寺を焼き討ち」。神社仏閣を焼き払い僧侶など三千人を殺害。◎甲斐国。武田信玄、「三方ヶ原の戦い」。三方ヶ原にて織田・徳川軍を退ける。

四年（一五七三）◎七月二日、「羽柴秀吉を名乗る」（離宮八幡宮文書）。◎秀吉、信長の老臣・丹羽氏と柴田氏の一字をとって「羽柴」を名乗り、羽柴秀吉。◎羽柴秀吉、姉川の合戦以来三年余り「浅井・朝倉攻め」の論功行賞で十二万石の地が織田信長より与えられる。城も浅井長政の居城だった小谷城が与えられ一国一城の大名となる。

【安土桃山時代】（戦国時代・中期）—室町幕府・滅亡、織田政権樹立

天正　元年（一五七三）◎山城国京都。「室町幕府が滅亡」。織田信長、将軍義昭を京から追放する。織田政権樹立。◎甲斐国。武田信玄、上洛途上で病死。武田勝頼が継ぐ。◎織田信長、朝倉義景・浅井長政を滅ぼす。刀根坂の戦いで朝倉軍を破り、小谷城を攻略する。

天正　二年（一五七四）◎織田信長、「伊勢長島・越前の一向一揆を鎮圧」、長島門徒二万人を焼討ち全滅させる。◎羽柴秀吉、近江今浜に城を築城・長浜と改称、「羽柴筑前守秀吉」と名乗る。◎石田三成（十五歳）、羽柴秀吉に仕官する。

天正　三年（一五七五）◎秀吉、信長の伊勢長島・長篠の合戦・越前一向一揆など天下統一事業に参陣。◎織田信長、「三河・長篠の戦い」。三河長篠にて織田・徳川軍に武田勝頼敗れる。

天正　四年（一五七六）◎織田信長、「安土城築城開始」。居城とする。◎再び本願寺が反攻する。◎秀吉、安土城築城に際し、石垣工事を輩下の穴太衆（近江の石工集団）に命ずる。◎十月十四日、秀吉、羽柴秀勝（石松丸）誕生。秀吉の側室南殿との間の長男（六歳で夭逝）。◎上杉謙信、信長との戦いで苦境にあった本願寺顕如と和睦。これにより「信長との同盟破棄」。◎伊勢長島一揆が壊滅、大坂本願寺に不利な状況、信長の包囲網で本願寺は陸の孤島化。

天正　五年（一五七七）◎一月、小寺氏の麾下・黒田官兵衛（孝高）、梶井門跡領安室郷の代官となる。◎織田信長、根来・雑賀衆を攻撃して雑賀衆を鎮圧する。◎信長、安土城に楽市令を出す。◎十一月十五日、「政宗、元服して藤次郎政宗」（十一歳）と名乗る。◎羽柴秀吉、中国地方の平定を命ぜられる。上月城を攻囲。備中高松城を秀吉の軍勢が奪う。

天正　六年（一五七八）◎十一月二十七日、秀吉の麾下、黒田官兵衛・福原城を陥落させる。上月城に秀吉軍勢迫る。
◎「上月城の戦い」で黒田官兵衛（孝高）と竹中半兵衛（重治）、敵を討取り大活躍する。
◎三月十三日、「上杉謙信死去」。遠征準備中に春日山城で死去（脳溢血とか）。享年四九歳。
◎三木城・別所長治、有岡城・荒木村重が織田信長に叛逆。黒田官兵衛（孝高）を村重が幽閉。
◎豊後、薩摩国。「耳川の戦い」、豊後の大友氏と薩摩の島津氏が激突。
◎織田信長、「第二次木津川海戦」、織田軍の九鬼水軍・鉄甲船登場で毛利水軍を撃破する。

天正　七年（一五七九）◎三月、「御館の乱」。上杉謙信の養子・景虎と景勝の間に家督争い一年余り、景勝が勝利。
◎織田信長、家康の長男信康と築山殿に処罰を命ずる。
◎六月、竹中半兵衛（重治）、三木城から北の平井山の陣中において病没（肺炎か肺結核）。
◎十月、織田信長軍、「荒木村重の有岡城を攻略」。黒田官兵衛・幽閉より脱出、生還する。

天正　八年（一五八〇）◎正月十七日、羽柴秀吉、「播磨の三木城を攻略」。三木城の別所長治を滅ぼす。餓死者数千。
◎織田信長、「石山本願寺戦争終結」、本願寺と講和し、本願寺顕如は退去する。
◎織田信長の家臣柴田勝家、加賀の一向一揆を鎮圧。

天正　九年（一五八一）◎織田信長、淡路を平定。◎四月二十五日、羽柴秀吉、「鳥取城攻略」、黒田官兵衛・従軍する。
◎三月、播磨国姫路。秀吉、石垣で城郭を囲い築城、天守を建築し姫路城と改名する。

【安土桃山時代】（戦国時代・後期）―「本能寺の変」織田信長死去―豊臣（羽柴）秀吉・全国統一に乗り出す。

天正　十年（一五八二）◎正月、織田信長、諸国にちらばっていた信長の武将たちも安土城に集まり、年頭の挨拶。
◎三月十一日、甲斐国。「武田氏滅亡」。織田・徳川・北条の攻撃。天目山で武田勝頼自害。
◎五月七日、羽柴秀吉、「備中高松城水攻め」を開始する。黒田官兵衛・羽柴秀長らも従軍。
◎五月七日以降、秀吉家臣、黒田官兵衛、船に土嚢を積み、底に穴を開けて沈める献策・成功。
◎六月二日未明、「本能寺の変」。織田信長（四十九歳）、本能寺で明智光秀の奇襲に遭い自刃。
◎六月十三日、秀吉、「山崎の戦い」。山崎で明智光秀と激突し勝利。小栗栖村にて光秀落命。
◎六月十五日、織田信雄軍、安土城に放火（異説もある）。
◎六月二十七日、「尾張清洲会議」、秀吉が推す織田三法師が世継ぎと決る。秀吉優位に立つ。
◎十月二十七日、相模国。「北条氏直と徳川家康、和議」を結ぶ。

天正十一年（一五八三）◎四月二十一日、「賤ヶ岳の戦い」。秀吉軍、柴田軍に勝利する。黒田官兵衛・石田三成ら従軍。
◎四月二十四日、秀吉、北ノ庄城落城させる。柴田勝家自害する。茶々・初・お江を救助する。
◎八月十五日、「徳川・北条同盟」。家康、北条氏政の嫡男氏直に、家康の娘督姫を嫁がせる。
◎九月一日、秀吉（四十七歳）、石山本願寺跡に、大坂城築城に着手。黒田官兵衛に縄張り命ず。

天正十二年（一五八四）◎四月九日、「小牧・長久手の戦い」。織田信雄・徳川家康連合軍が、羽柴秀吉軍を破る。
◎十月、奥州、伊達政宗、家督を継ぎ米沢城主。第十七代、十八歳。父、輝宗が隠居する。
◎十一月二十三日、羽柴秀吉、「従三位・権大納言」に昇進。小牧・長久手の戦いが終わる。
◎十二月、秀吉と家康が講和　◎「沖田畷の戦い」、肥前島原で龍造寺氏と有馬・島津氏の合戦。

天正十三年（一五八五）◎四月二十三日、羽柴秀吉、「紀伊を平定」、「根来・紀伊雑賀一揆」を討伐。
◎七月十一日、秀吉、「従一位関白の宣下を受ける」。◎長宗我部元親、四国を平定。
◎七月十一日、秀吉の側近石田三成、「従五位下治部少輔」に叙任。
◎詫び茶で高名な千宗易、正親町天皇に献茶、「利休居士号」を下賜される。千利休と名乗る。
◎八月六日、羽柴秀吉、「四国平定」。長宗我部元親を攻撃して破り降服させる。
◎十一月二十九日亥の下刻、天正大地震（白川地震）起こる。現代のマグニチュード（M）七・八。

天正十四年（一五八六）◎二月二十一日、関白秀吉、政庁と豪邸を兼ねる聚楽第の工事を開始する。
◎五月十四日、秀吉の妹・旭姫（朝日姫）を家康のところに輿入れする。
◎十月、「家康、秀吉に臣従し、臣下となる」。家康が上洛し、秀吉に事実上服属する。
◎十一月、秀吉、徳川家康の帰服を機に、「関東惣無事令」を命じ、北条氏政に伝えさせる。
◎十二月十九日、「羽柴秀吉、太政大臣に就任」。豊臣の姓を賜る。

天正十五年（一五八七）◎五月、豊臣秀吉、「九州を平定」。豊臣秀吉（五十一歳）。島津義久、剃髪の上、秀吉に降伏。
◎六月十五日、秀吉、突然、これまで保護を与えていた「キリスト教禁止令」を発す。
◎六月十八日、秀吉、黒田官兵衛（孝高）に豊前の南半分の六郡、十二万石の軍功を賞する。
◎七月十四日、秀吉、「九州征伐」を終え、備前片上を出帆して海路大坂城に凱旋する。

—豊臣秀吉、関東・奥羽平定作戦を開始する—

◎九月十三日、秀吉、京都に聚楽第を完成。
◎十月一日、秀吉、北野大茶湯（北野天満宮）を開催する。

天正十六年（一五八八）

◎十二月三日、秀吉、関東・奥両国（関東・陸奥・出羽）に惣無事令を発す。
◎四月十八日、秀吉、後陽成天皇が聚楽第に行幸。諸大名に、秀吉に服従する起請文を取る。
◎七月八日、秀吉、刀狩り令を発する。◎奥州、「中新田の戦い」。出羽、「十五里原の戦い」。
◎十月、秀吉、徳川家康をして、伊達政宗に最上・佐竹・蘆名・岩城・相馬諸氏の和議を図る。
◎淀殿（本名浅井茶々）、秀吉の側室となる。茶々は浅井長政の娘・母は、お市。

天正十七年（一五八九）

◎二月二十五日、秀吉、聚楽第の番所の壁に落書きあり、犯人の番衆十七人を処刑する。
◎三月二十四日、秀吉、政宗に使者を送り上洛を促す。
◎五月二十七日、秀吉（五十三歳）、長男鶴松誕生、母は淀殿。（天正十九年、鶴松死去）。
◎五月、黒田官兵衛（孝高）、四十四歳で隠居、黒田如水と号す。息子長政二十四歳家督を継ぐ。
◎六月五日、伊達政宗、「摺上原の戦い」で蘆名軍に勝利し、奥羽（東北）最大の勢力となる。
◎六月十一日、政宗、会津の黒川城に入城。秀吉から「惣無事令に違反」として問われる。
◎七月初旬、北条氏直、真田氏より沼田領三分の一を受け取り、北条氏邦の管理の元に置く。
◎七月、秀吉、伊達政宗の会津黒川攻略を責め、上杉・佐竹氏に政宗討伐を命ず。
◎九月一日、秀吉、奥羽の諸大名に、小田原参陣の大号令を発する。
◎九月三日、政宗、秀吉に使者を送り、上洛の延引と蘆名氏討伐を弁明する。
◎十月二十三日、北条氏邦の家臣で沼田城将、猪俣邦憲が真田氏の「名胡桃城を奪い」取る。
◎十一月二十四日、秀吉、北条氏に対し最後通牒を、家康を通じて送る。「宣戦布告」する。
◎十二月初め、秀吉、全国諸大名に「小田原北条討伐の陣触れ」を発する。
◎十二月十日、秀吉、在京の上杉景勝・前田利家・徳川家康と聚楽第で小田原攻めの軍議。
◎十二月中旬、秀吉、「京都町割り改造」、洛中に南北の道路新設、短冊形の町並みに普請開始。

天正十八年（一五九〇）

―豊臣秀吉、関東・奥羽征伐、平定に進発する―

◎一月一日、関白豊臣秀吉、参内し、次いで院御所において新年を祝賀する。
◎一月二日、関東の北条氏政（第四代）、「小田原評定」。和戦決せず、籠城戦に決まる。
◎一月九日、秀吉、上杉景勝に小田原攻めを告げ、信濃路から関東に攻め込むよう命ずる。
◎一月十四日、徳川家康、正室朝日姫が聚楽第で病没。四十八歳。
◎一月十五日、秀吉、家康の三男・竹千代が聚楽第で謁見。秀吉の一字をとり「秀忠」と名付。

◎一月中旬、秀吉、大坂天満の本願寺の京都移転を命ずる。
◎一月二十八日、秀吉から水軍の出動を要請されていた毛利輝元、家臣に準備を命ずる。
◎一月下旬、秀吉、三条大橋、奉行増田長盛に石柱橋に改修。京の東玄関口・東海道起点。
◎二月二日、秀吉、前田利家に北国勢として上野国侵攻を命ずる。◎伊達政宗に出陣促す。
◎二月十日、徳川家康、北条討伐軍の先鋒として駿府城を出陣する。
◎二月二十日、前田利家、小田原攻めの北国勢大将（上杉・真田が属し）として金沢城を出陣。
◎二月二十四日、家康、駿河長久保に着陣する。
◎二月二十七日、秀吉、豊臣水軍・駿河清水湊に着船する。
◎二月二十八日、石田三成、京都出陣。浅野長吉（長政）、若狭小浜城を出陣。
◎三月一日、秀吉、本隊直属旗本軍三万五千を率いて、関東の北条征伐に京を進発する。
◎三月三日、秀吉、近江八幡到着。◎三月四日、近江柏原、五日美濃国大垣城到着。
◎六日、尾張清洲城到着。十日三河国吉田城着。◎十日夜、出羽戸沢盛安、秀吉島田陣所で対面。
◎三月十九日、秀吉、駿河国駿府城着。◎二十日、秀吉、家康の餐応を受け作戦を談合する。
◎二十三日、秀吉、駿河の清見寺。二十六日吉原。二十七日秀吉、沼津三枚橋城に本営を張る。
◎三月二十一日、奥州の葛西晴信、「小田原参陣の誓紙」を作成するが内紛で参陣を果せぬ。
◎三月二十七日、北奥羽。津軽為信、下野の大田原晴清の両名が秀吉に謁し小田原に参陣。
◎三月二十八日、伊豆国。秀吉、北条の支城・山中城、韮山城の地形を巡察する。
◎同日、秀吉、豊臣秀次に山中城の攻撃を命令。◎前田利家、武蔵国八王子城への攻撃開始。
◎三月二十九日、豊臣秀次、山中城攻略。◎織田信雄、韮山城攻撃開始、陥落せず持久戦に入る。
◎小田原参陣の奥羽大名。津軽・南部・秋田・戸沢・小野寺・六郷・本堂・最上・相馬氏諸将。
◎小田原不参陣の奥羽大名。葛西・大崎・白河・石川・和賀・稗貫氏諸将。
◎小田原遅参、伊達政宗。会津黒川に参向、最上義光。
◎四月一日、浅野長吉（長政）ら、伊達政宗に会津を上納とし小田原参陣を促す。
◎四月一日、奥州・会津黒川城の伊達政宗、小田原参陣を決断する。
◎四月一日、秀吉、箱根山へ移陣、北条の支城・足柄城・鷹巣城・久野砦・深川砦攻略する。
◎四月一日、家康・豊臣秀次・宇喜多秀家、箱根口より小田原へ侵入。小田原城包囲する。

天正十八年（一五九〇）

◎四月二日、秀吉、箱根湯本早雲寺に着陣。三日小田原城を包囲、兵粮攻めの態勢をとる。
◎三月以来、北条氏政・氏直、氏照・氏房・佐野氏忠・成田氏長・上田憲定・内藤直行。
◎更に松田憲秀らが小田原籠城。これに対し豊臣軍の東海軍が包囲する。
◎四月六日、秀吉、湯本早雲寺に本陣を構える。◎笠懸山に石垣山築城（一夜城）を開始。
◎四月七日、伊達政宗、弟・小次郎を手討ちにする。（実母による政宗毒殺未遂事件発覚）。
◎四月十五日、政宗、小田原参陣に向け、会津の黒川城を出立（ただし、一旦戻る）。
◎四月十九日、陸奥。南部信直、小田原参陣のため、三戸を出発（のち、7月六日着く）。
◎四月十九日、豊臣北国勢、厩橋城を攻略。◎二十日、豊臣北国勢、松井田城を落城させる。
◎四月二十三日、秀吉、相模国玉縄城主・北条氏勝が降伏し、身柄を徳川家康に預りる。
◎四月二十三日、秀吉に臣従した北関東の武将、常陸の佐竹義宣・佐竹義重・宇都宮国綱の軍。
◎北関東の諸将、北条の下野沼田城を攻略。共に小田原に参陣する。
◎四月二十四日、北条の支城、箕輪城落城。西牧・国峰・厩橋・和田・佐野城など開城する。
◎四月末から五月二日まで、江戸・佐倉・臼井城など落城。五月三日、河越・松山城が落城。
◎四月二十五日、本願寺顕如光佐、京都に行く。
◎五月三日、北国勢前田利家、河越城攻落。浅野長吉、徳川家臣内藤らで下総小金城攻落。
◎五月初旬、伊達政宗、童生淵の戦い（伊達氏と相馬氏の戦い）、相馬義胤と岩城童生淵に戦う。
◎五月七日、秀吉、側室淀殿の小田原下向のため伝馬・宿所の用意を命令する。
◎五月九日、政宗、大幅に遅れて会津黒川城を発ち、越後方面を迂回し小田原に向かう。
◎五月十五日、秀吉、武蔵忍城と、上野館林城を攻略する専門部隊として石田三成に命ずる。
◎五月十八日、三成、書状の送付のあった岩城常隆へ内容得心させ、急遽参陣を命令。
◎五月二十二日、北条の支城・岩付城落城。◎五月二十三日、佐竹義宣・義重（父）小田原参陣。
◎五月二十七日、秀吉の家臣堀秀政、小田原包囲中の早川村海蔵寺の陣屋で病没。三十八歳。
◎五月二十九日、秀吉、陣中で茶会を開く。◎六月初め、北条氏邦の鉢形城が落城。
◎六月四日、出羽国・羽後。小野寺茂道（西馬音内）、小田原参陣の役銭を家臣より集める。
◎六月五日、政宗、越後、甲州路を回り小田原に参陣。秀吉に大遅参を責められ、底倉に蟄居。
◎六月七日、石田三成、忍城の水攻め計画。利根川と元荒川の水を引き入れる大作戦に出る。

◎六月九日、政宗、築城中の石垣山城にて秀吉に謁見する。◎石田三成、忍城に堤防を築く。
◎六月十日、「秀吉の裁定」。政宗に会津など三郡を没収すると命じ、政宗の本領のみ安堵。
◎六月十一日、政宗、小田原を立つ、会津黒川城を明け渡し、出羽の米沢城に向う。
◎六月十四日、蒲生氏郷、陸奥国二本松に到着。◎石田三成、忍城攻防のため堤防が完成。
◎六月十五日、浅野長吉（長政）、九戸政実は早急に成敗されるべしと、南部信直に通達する。
◎六月十八日、石田三成、暴風雨で忍城の堤防決壊。寄手の溺死者二七〇余人を出す失態。
◎六月二十三日、豊臣北国勢、北条氏照の八王子城落城。一千人余り討取る。◎韮山城開城する。
◎六月二十四日、秀吉、黒田如水（官兵衛）へ、太田氏房に勧めて北条氏政・氏直に講和を説く。
◎六月二十四日、韮山城主北条氏規、幼馴染みの家康の勧告で降伏する。
◎六月二十五日、秀吉、笠懸山に石垣山城（俗に一夜城）を築城し小田原城の諸将驚く。
◎六月二十八日、秀吉、本陣を石垣山城に移す。秀吉、武蔵国江戸を徳川家康の城地と定める。
◎六月二十九日、秀吉、一夜城完成に伴い側室淀殿や龍子、千利休、能楽師、武将を招き茶会。
◎七月一日、北条氏規、小田原城に入り、氏政・氏直父子に降伏を勧める。
◎七月五日、秀吉、北条氏直が降伏。「小田原の役終結」。北条氏政・氏照兄弟に切腹を命ずる。
◎七月五日、秀吉、大道寺政繁（松井田城）・松田憲秀（北条氏家老）に切腹命ずる。北条氏直は助命。
◎七月七日、秀吉、「小田原城を開城」。この日から九日にかけて籠城の七万の将兵四方に散る。
◎七月十日、秀吉、小田原落城後、淀殿・龍子の帰洛道中の用意を小早川隆景・吉川広家に命令。
◎七月十一日、北条氏政・氏照、検視役見守る中、氏規の介錯を受けて割腹。「北条氏滅亡」。
◎七月十三日、秀吉、小田原城に入城、論功行賞を行う。家康には北条氏の旧領関八州を与える。
◎七月十三日、秀吉、奥州に奥羽仕置軍派遣命令を出す。伊達政宗の治府を再び米沢城に移す。

―豊臣秀吉、奥羽征伐「奥羽仕置」、平定に進発する―

◎七月十四日、関白豊臣秀吉、石垣山城（小田原市）において、「奥羽平定」のため出陣命令を出す。
◎七月十四日、秀吉、豊臣秀次を「奥羽討伐総司令官」に任命。秀次軍は小田原を進発。
◎七月十四日、秀吉、「奥羽仕置総奉行（軍監）」に浅野長吉（長政）を任命する。
◎七月十六日、武蔵忍城（埼玉県行田市）は最後に開城する。「小田原の役の合戦・完全に終結」。
◎七月十六日、京都。秀吉、北条氏政・氏照兄弟の首級を京に上らせ、一条戻り橋に晒す。

天正十八年（一五九〇）

◎七月十七日、秀吉、小田原を発ち鎌倉鶴岡八幡宮白旗社の源頼朝の廟に参詣する。
◎七月十九日、秀吉、鎌倉を発ち「奥羽仕置」に下向。浅野長吉（長政）・木村吉清父子らと進発。
◎七月十九日、秀吉、江戸に着き、北曲輪平河台の法恩寺に一泊。翌日、宇都宮に向かう。
◎七月二十日、北条家臣・大道寺政繁、秀吉の命令で河越城にて自刃。
◎七月二十日、秀吉の命で北条氏直は家康の婿のため助命され紀伊高野山に三百余人で旅立つ。
◎七月二十四日、徳川家康、（非公式）江戸城に入り、秀吉の宇都宮への後を追う。
◎七月二十六日、秀吉、岩付を経由して、下野・宇都宮城に着き、家康と合流する。
◎七月二十七〜八日、奥羽大名に対し「宇都宮仕置」を行う。伊達政宗・最上義光らを招致。
◎浅野長吉・蒲生氏郷・木村吉清・清久父子らと共に、葛西・大崎・九戸の討伐を命じる。
◎秀吉に、政宗陸奥の図籍を献上する。◎最上義光、夫人と秀吉に拝謁し、本領二十四万石安堵。
◎秀吉、陸奥北部の南部信直に対し人質を求め、陸奥北部七郡の所領を安堵。岩城常隆も安堵。
◎八月一日、徳川家康、江戸城に入る。「八朔御討入」と呼ばれた日となる。七月十八日説もあり。
◎八月一日、秀吉、上杉景勝・大谷吉続に命じ、大宝寺領及び庄内三郡を検地させる。
◎八月四日、秀吉、宇都宮を発ち、会津黒川に向かう。四・五日大田原泊。
◎六日、秀吉、白河小峰城到着。仕置で政宗から召上げた会津を蒲生氏郷・浅野長吉を筆頭。
◎秀吉、政宗の案内により白河に到着。七日長沼城（須賀川市）に婦女子数百を呼び宴会を開く。
◎八月九日、秀吉、会津黒川の興徳寺に入る。会津黒川城に到り奥羽仕置を行い、天下統一なる。
◎改易＝葛西晴信・大崎義隆・和賀忠親・稗貫輝家・田村宗顕・石川昭光・白河義親ら。
◎減封＝前年惣無事令に違反し、摺上原で蘆名義広を破り、小田原に遅参した伊達政宗に。
◎所領安堵＝最上義光・相馬義胤・秋田実季・津軽為信・南部信直・戸沢盛安ら。
◎新封（転封）＝伊勢松坂の蒲生氏郷に蘆名氏の旧領・会津黒川四十二万石に転封。
◎新封＝木村吉清・清久父子に葛西・大崎の旧領三十万石を与える。
◎八月十日、秀吉・黒川城、浅野長吉（長政）に「陸奥国に強硬な検地と、刀狩り」を命令する。
◎豊臣秀次に会津を、宇喜多秀家に白川（河）周辺の警固担当を命令する。
◎八月十日、秀吉、最上義光・伊達政宗に、早急に妻子を人質として京都に提出させる。
◎更に妻子を京都へ進上する者は容認すると、会津に出頭命令を出す。

◎「出羽国御検地条々」が検地奉行の木村重茲・大谷吉継の連名。上杉勢が進駐し諸城を接収。
◎最上氏は城外に出され、豊臣中堅大名の検地担当官で、山内一豊・松下之綱に米沢城を。
◎木村重茲に山形城を一旦渡す。ここを本拠に、置賜・村山・最上郡の検地を行う。
◎八月、出羽検地のため、大谷・上杉氏は、庄内・由利を経て、仙北郡に入る。
◎八月、「庄内検地一揆」「由利郡一揆」「仙北郡一揆」が起こる。
◎翌年春五月まで抵抗するが、上杉の将・直江兼続、藤島城で降す。
◎八月十三日、秀吉、会津黒川を発ち、帰京の途に着く。十四日宇都宮に到着。
◎八月十一日～十六日、木村吉清・清久軍、和渕・神取山に侵攻、葛西晴信の家臣勢と交戦。
◎八月十七日～二十七日、豊臣の木村勢が登米城を落し、葛西晴信佐沼城に籠城、降伏する。
◎八月十七日、秀吉、小田原の石垣山城に入る。二十日駿河の清見寺到着。二十二日駿府城到着。
◎八月二十二日、秀吉、小西行長・毛利吉成を呼んで「明への出兵の準備」を命ずる。
◎八月二十三日、遠江掛川城到着。二十五日三河岡崎城到着。二十七日尾張国清洲城に到着する。

「戦国時代終期説Ⅰ」豊臣秀吉、関東・奥羽平定、京都凱旋を終期とする説

◎九月一日、豊臣秀吉、「京都に凱旋」する。六ヵ月にわたる長い遠征を終える。
◎九月十三日、浅野長吉（長政）、陸奥国平泉高館に到着。二十日八戸政栄へ栗毛の名馬所望。
◎九月十八日、秀吉、上杉景勝へ出羽国仙北および秋田方面検地完遂を命令する。
◎九月下旬、出羽。「仙北一揆（仙北増田・川連・山田）」、上杉景勝らで一揆勢を破る。
◎九月二十三日、秀吉、聚楽第において、千利休の点前で茶会を開催。
◎九月二十五日から翌月十四日まで、大坂城の淀殿を経由、「有馬温泉で遠征の疲れを癒す」
◎十月初め、出羽。「庄内藤島一揆」、大谷吉継・上杉景勝で翌十一月十日まで鎮圧する。
◎十月、新領主木村吉清・清久親子、吉清が旧葛西の登米城（寺池城）を本拠とする。
◎十月、木村清久、大崎の名生城を本拠とする。木村吉清父子、旧葛西・大崎領を太閤検地。
◎十月、奥州仕置から二ヵ月後、秀吉の命で旧葛西領の柏山で強圧的な検地や刀狩りに不満勃発。
◎十月、葛西家の旧臣たちが叛乱を起し、旧葛西領全土に及ぶ。
◎十月十四日、秀吉、四日から有馬湯山で茶会等々、大坂城に帰城。
◎十月十六日、「葛西・大崎一揆勃発」。葛西の叛乱に呼応して、旧大崎領でも叛乱が起こる。

天正十八年（一五六〇）

◎十月十六日、岩手沢城で旧城主・氏家吉継の家来が領民と共に蜂起し、古川城に攻め寄せる。
◎十月十六日、古川城の木村清久、叛乱鎮圧の善後策を協議のため、登米城の父・吉清へ向う。
◎登米城からの帰路、叛乱軍に攻められ、吉清とともに佐沼城に僅か二百騎余で籠城する。
◎秀吉、白河に滞陣中の浅野長吉（長政）、蒲生氏郷と伊達政宗に木村親子の救出を命ずる。
◎葛西・大崎一揆、そして「和賀・稗貫一揆」にも波及していく。
◎十一月中旬、葛西・大崎一揆鎮圧に、伊達政宗軍が出陣し、千石城を拠点とする。
◎十一月十四日、秀吉、蒲生氏郷・伊達政宗に鎮圧を命ずる。両者は下草城に参集し会談。
◎十一月十六日より、蒲生・伊達の共同で一揆鎮圧することで合意する。
◎十一月十六日、蒲生氏郷、単独で名生城を攻略し、秀吉に使者を遣わして情勢を報告。
◎秀吉、石田三成を派遣、対策を命じる。◎政宗、単独で行動、高清水城・宮沢城を攻略。
◎十一月二十四日、伊達軍で佐沼城を落城させる。木村吉清・清久父子を救出する。
◎伊達政宗、木村吉清・清久父子を蒲生氏郷の居る名生城へ送り届ける。
◎蒲生氏郷、木村父子救出後も政宗への備え解かず、名生城に籠城し越年。
◎蒲生氏郷、帰路の安全確保の為人質を要求。政宗、一門の重臣・伊達成実・国分盛重を提出。
◎十二月初め、蒲生氏郷、秀吉に「政宗の叛心」を訴える。
◎十二月、秀吉、津軽（大浦）為信に領地高安堵、太閤蔵入地設定、「津軽氏」を公式に称す。

天正十九年（一五九一）

◎一月十日、秀吉、葛西一揆の知らせで派遣「石田三成が相馬に到着」。蒲生・木村と合流。
◎一月、京都。秀吉、蒲生氏郷・伊達政宗を京に召還する。
◎一月、京都。秀吉、京都の都市計画「御土居、御土居堀」の普請を開始する。
◎一月、陸奥。「九戸政実の叛乱」。九戸城主・九戸政実が主家の南部信直に反し挙兵。
◎秀吉、直ちに「鎮圧軍を出動」。総師・豊臣秀次、総大将・蒲生氏郷、総奉行・浅野長吉。
◎武者奉行・堀尾帯刀（たてわき）、横目付・石田三成、さらに徳川家康の軍。
◎奥州の豪族連合衆など、延べ七万余りの大軍で「九戸城を包囲、総攻撃」をかける。
◎一月、九戸政実、善戦するが、九月に豊臣軍の浅野長吉（長政）の勧告に従い降伏し落城。
◎一月十七日、秀吉、六郷・戸沢・小野寺・秋田氏らに領地朱印状を与える。
◎一月十九日、秀吉、政宗に上洛の命を下す。◎一月二十一日、政宗、米沢を出発し上洛

◎一月二十三日、秀吉の弟・豊臣秀長死去。享年五十三歳。
◎一月二十七日、「伊達政宗、京着」。秀吉に謁見する。蒲生氏郷も同じ頃上洛。
◎二月に入り、「九戸一揆起こる」前年平定された奥州南部領で、再び九戸政実が叛乱を起す。
◎二月九日、秀吉、木村氏の封（ほう。領地）を政宗に与え、侍従に任じ、羽柴姓を許す。
◎二月十三日、秀吉、千利休に対し、堺に蟄居させ、二十八日京都葭屋町の邸で切腹を命ず。
◎陸奥の「和賀・稗貫一揆」。奥羽仕置で所領を没収された和賀義忠・稗貫広忠らが蜂起。
◎二子城を落とし、鳥谷ヶ崎城を包囲したが、浅野長吉（長政）・南部信直軍に鎮圧される。
◎二月二十八日、秀吉の命で千利休自害する。享年七十歳。死後、首は一条戻り橋で梟首された。
◎五月、豊臣の上杉景勝、出羽の「庄内・由利郡一揆を鎮圧」。上杉の太閤検地に反発する。
◎由利郡周辺土豪らが挙兵、上杉軍で鎮圧。庄内は上杉の将・直江兼続が藤島城を落とす。
◎五月、豊臣の大谷吉継・上杉景勝、出羽の「仙北郡一揆鎮圧」。大谷の太閤検地に反発。
◎土豪らが領内の諸城将と結託して一揆。一揆軍は増田城に籠城、上杉景勝軍が鎮圧。
◎五月、「再び、葛西・大崎一揆」、叛乱軍は、宮崎城・一迫城・佐沼城などを拠点とする。
◎五月二十三日、秀吉、上杉の将・直江兼続、庄内・藤島城にて「庄内検地一揆」を降す。
◎六月中旬、伊達政宗、往生寺原に着陣する。
◎六月二十日、秀吉、「奥州奥郡再仕置の軍割（いくさわり）」を発表する。総大将豊臣秀次。
◎秀吉、九戸政実討伐に大将蒲生氏郷。葛西・大崎一揆討伐に大将伊達政宗という布陣。
◎二本松から伊達・蒲生の軍が進み。相馬から佐竹・宇都宮の軍、最上方面から上杉景勝の軍。
◎六月二十日、出羽。仙北・秋田・由利諸氏、九戸一揆退治に従軍する。
◎六月、豊臣秀次、九戸政実討伐の際に、山形城の最上義光の三女・駒姫を側室にねだる。
◎六月二十四日、政宗、宮崎城を攻める。伊達軍、浜田伊豆など武将を失う激戦となる。
◎政宗、古川方面に進軍。百々城・宮沢城に籠る叛乱軍は、伊達軍の猛攻に次々と城を捨てる。
◎六月二十四日、伊達軍は、佐沼城に取り込まれた木村吉清を救出、葛西・大崎一揆を鎮圧。
◎伊達軍、「佐沼城の戦い。佐沼城の撫で斬り」、籠城者を惨殺。二千五百余人を討取る。
◎七月四日、生き残った叛乱軍の多くは、葛西家の本城・登米城（寺池城）に籠ったが落城する。
◎七月四日、首謀者数十人が処刑され、鎮められた。「葛西・大崎一揆は終息」、鎮定する。

天正十九年（一五九一）

◎八月五日、秀吉、長男・鶴松が三歳で死去（天逝）。
◎八月七日、秀吉、鶴松の悲しみ、清水寺に遊び。「七日から有馬温泉に湯治」に出かける。
◎八月十三日、秀吉、肥後の加藤清正に朝鮮出兵計画を命じ、十六日諸大名に出兵準備指示。
◎八月十四日、「須江山の惨劇」（石巻市須江）。佐沼城の戦いの残党首謀者を須江山に集め処刑。
◎深谷庄・須江糠塚山で一揆物頭衆が全滅。政宗の密命を受けた泉田重光と屋代景頼が皆殺し。
◎八月二十三日、徳川家康、旧葛西・大崎領の検地を行う。
◎家康、岩手沢城を改修し政宗に引き渡す。政宗、岩出山城（大崎市岩出山）と改名する。
◎秀吉、松下之綱・山内一豊を出羽・米沢城に駐屯させ、伊達氏の移封を看視させる。
◎九月二日、秀吉の麾下・蒲生氏郷勢、九戸城を包囲する。
◎九月四日、「九戸城落城、平定」。九戸政実、櫛引清長とともに剃髪し降伏。
◎九戸一族処刑、九戸家は滅亡。後に九戸城を再普請、南部信直が入城し「福岡城」と改称す。
◎九月十六日、秀吉、諸将に「朝鮮出陣命令を発す（文禄の役）」。
◎九月二十三日、伊達政宗、信夫・伊達・田村・安達など米沢と共に没収される。
◎伊達政宗、米沢から玉造郡「岩出山城」に移る。
◎蒲生氏郷、会津黒川城の氏郷は政宗の旧領を合わせ七十三万石領する。
◎十月、秀吉、名護屋築城に着手。
◎十月四日、総司令豊臣秀次、帰路平泉に寄り、中尊寺より紺紙金銀泥経を持ち出す。
◎十二月十八日、秀吉、関白職を退いて太政大臣如元となる。
◎十二月二十七日、秀吉、秀次に関白職と聚楽第を譲る。「秀吉、自ら太閤」と称する。
◎十二月二十八日、正式に豊臣秀次は、関白左大臣に補せられ京都御所を参内した。

—以上・本書の完結—

天正二十年（一五九二）
（文禄元年）

◎一月五日、太閤秀吉、「文禄の役（この日五日〜文禄二年十二月十三日）」、朝鮮出陣命令。
◎一月五日、太閤秀吉、諸大名を肥前国名護屋城に集結させる。
◎一月、蒲生氏郷、黒川を若松と改める。同じころ杉目を福島と改める。
◎一月二十六日、後陽成天皇、関白豊臣秀次の聚楽第へ、再度、行幸する。
◎三月十三日、太閤秀吉、高麗渡海陣立書を発す。

文禄 二年（一五九三）
◎三月二十六日、秀吉、朝鮮出兵のため聚楽第を出陣する。
◎四月十二日、豊臣・第一軍の小西行長ら対馬大浦を出航、釜山に到着。
◎四月十七日、第二軍加藤清正ら、第三軍黒田長政ら、第四軍毛利吉成らが釜山に上陸する。
◎五月二日、豊臣・第一軍、小西行長ら高麗の都・漢城（ソウル）攻略。清正ら漢江を渡る。
◎七月二十二日、秀吉の母大政所（なか）、聚楽第で死去。享年八〇歳もしくは七七歳。
◎大政所は、秀吉・秀長・日秀・朝日姫の生母。福島正則母は姉妹。加藤清正母は従姉妹。
◎八月二十九日、平壌近郊にて、小西行長らが明の使者と会談、日明間で五十日間の休戦協定。
◎閏三月、秀吉、伏見城へ移る。◎四月十八日、日本と朝鮮の間で休戦協定結ばれる。
◎八月三日、秀吉（五十七歳）、「秀頼、大坂城で誕生・幼名捨丸」。母はこの時から「淀の方」。

三年（一五九四）
◎八月十六日、出羽。直江兼続、田川・櫛引両郡の法度を定め施行させる。
◎十二月十三日、秀吉、「文禄の役終了」。

四年（一五九五）
◎一月二十三日、出羽。兼続、庄内の鉱山代官を任命、浅野長吉の申付けに従い仕置させる。
◎二月七日、蒲生氏郷、京にて死去。享年四十歳。
◎七月八日、秀吉、「聚楽第事件（秀次事件）」。秀次の関白職を奪い自刃させる。
◎伊達政宗・最上義光、秀次事件に連座したと、京都の邸内に監禁される。

文禄 五年（一五九六）
（慶長元年）
◎九月二十五日、秀吉、方広寺（大仏殿）を建立。
◎九月一日、朝鮮との和平交渉決裂する。翌二日、朝鮮への再征が決定される。
◎九月二日、秀吉、「慶長の役（この日二日〜慶長三年十一月二十日）」。

慶長 二年（一五九七）
◎葛西晴信、加賀で没す。一方、『葛西真記録』では、登米城または佐沼城で戦死の説。
◎一月、豊臣軍が渡海を開始する。◎二月、秀吉、「慶長の役」の陣立書を発表す。

三年（一五九八）
◎一月、秀吉、蒲生秀行を宇都宮に移し、上杉景勝に会津百二十万石を与える。
◎三月十五日、秀吉、「醍醐の花見」。秀吉最晩年、醍醐寺三宝院裏の山麓において花見の宴。
◎七月十五日、秀吉、「五大老・五奉行を設置」、諸大名に秀頼への忠節を誓う誓詞を要求。
◎八月十八日、太閤秀吉、京都伏見城で死去（病死）。享年六十二歳。
◎八月二十五日、五大老、「慶長の役」、朝鮮にいる豊臣軍に撤退を発令。
◎十一月二十五日、豊臣軍朝鮮より撤退。

慶長　四年（一五九九）◎四月二十七日、豊臣政権五大老の一人・前田利家、大坂の自邸で死去（病死）。享年六十二歳。

「戦国時代終期説 Ⅱ」秀吉亡き後、徳川家康が石田三成を破った関ヶ原の戦いを終期とする説

五年（一六〇〇）◎徳川家康、上杉景勝征伐のために出陣　◎長谷堂城の戦い、上杉氏と最上氏の激戦。

◎九月十五日、「関ヶ原の戦い」。東軍徳川家康が西軍に勝利。十月一日、石田三成ら処刑。

六年（一六〇一）◎伊達政宗、仙台城（雅称・青葉城。別名・五城楼）を築城。

【江戸時代】

慶長　八年（一六〇三）◎二月十二日、徳川家康、征夷大将軍となり、「江戸幕府成立」。

「戦国時代終期説 Ⅲ」豊臣氏滅亡・徳川家康勝利、大坂の陣を終期とする説

十九年（一六一四）◎大坂冬の陣。◎方広寺鐘銘事件起こる。

二十年（一六一五）◎大坂夏の陣。大坂城落城、豊臣家滅亡。これ以後日本では戦いが止む。年号を元和と改元。

（元和元年）

以上

■主な参考史料文献（敬称略・順不同）

○織田信長に仕えた武士・太田牛一著（一六〇〇年頃）・中川太古訳『信長公記』新人物文庫（二〇一三年）○奥野高広『織田信長文書の研究』吉川弘文館　○小瀬甫庵『太閤記』○佐脇栄智校注『小田原衆所領役帳』東京堂出版　○粟野俊之『織豊政権と東国大名』吉川弘文館　○小和田哲男『秀吉の天下統一戦争』吉川弘文館　○池　享『東国の戦国争乱と織豊権力』吉川弘文館　○『日本史年表・地図』吉川弘文館　○『伊達家文書四七一号』○『余目記録』（留守氏の分家余目氏の記録）○『明智光秀帳行百韻』（愛宕山・明智光秀帳行した連歌）○僧の英俊はじめ三代の著者『多聞院日記』○『言経卿記』山科言経日記　○吉田兼見『兼見卿記』○『イエズス会日本年報』○大村由己『秀吉事記』別名『天正記』○『浅野家文書』浅野家　○川角三郎右衛門『川角太閤記』（江戸初期の作）

○小和田哲男『秀吉記』新人物往来社　○小和田哲男『戦国の合戦』学習研究社　○外川淳『戦国時代用語辞典』学習研究社　○平山優『武田遺領をめぐる動乱と秀吉の野望』戎光祥出版　○小和田泰経『戦国合戦史事典』新紀元社　○相川司『戦国・北条一族』新紀元社　○江西悦志子原著・岸正尚訳『小田原北条記上・下』（原本現代訳）ニュートンプレス

○『歴史読本・本能寺の変』２０１１年７月号新人物往来社　○『歴史読本・黒田官兵衛』２０１３年５月号新人物往来社　○『別冊歴史読本・徳川家康』１９７８年冬第９号新人物往来社　○『歴史読本・戦国武将の後継者』２０１３年９月号中経出版　○歴史地図シリーズ『諸国の合戦争乱地図・東日本』人文社　○祥伝社ムック『武将の決断』祥伝社

○梅村俊広編集『戦国合戦詳細地図』インフォレスト　○新・歴史群像シリーズ②『信長・秀吉・家康』学研　○新・歴史群像シリーズ⑨『本能寺の変』学研　○新・歴史群像シリーズ１９『伊達政宗』学研　○童門冬二『蒲生氏郷』集英社文庫　○歴史群像シリーズ特別編集『石田三成』学研　○歴史群像シリーズ特別編集決定版『図説・戦国合戦地図集』学研　○歴史群像シリーズ②『戦国関東三国志（上杉・武田・北条）』学研　○歴史群像シリーズ５０『戦国合戦大全（上巻）』学研　○歴史群像シリーズ５１『戦国合戦大全（下巻）』学研　○別冊宝島『石田三成』宝島社　○歴史街道２０１１年７総力特集岩手・宮城・福島『東北戦国武将伝』ＰＨＰ研究所　○『戦国武将年表帖（上巻）信長誕生～本能寺の変』ユニプラン　○『戦国武将年表帖（中巻）信長後継～天下取り～江戸幕府成立』ユニプラン

○『戦国武将年表帖（下巻）家康後継～豊臣家滅亡～徳川長期政権』ユニプラン　○染谷光廣『秀吉の手紙を読む』吉川

弘文館　○加藤廣『秀吉の枷』文春文庫　○吉川英治『黒田如水』角川文庫　○松本清張・南條紀夫『東北戦国志』PHP文庫　○中村晃『最上義光』PHP文庫　○『日本戦国史・別冊宝島二一六〇号』宝島社　○小和田哲男監修『乱世を生き抜く！戦国時代』主婦の友社　○宮崎道生『青森県の歴史』県史シリーズ・山川出版社（以下省略）○森嘉兵衛『岩手県の歴史』○高橋富雄『宮城県の歴史』○今村義孝『秋田県の歴史』○誉田慶恩・横山昭男『山形県の歴史』○小林清治・山田舜『福島県の歴史』○山田武麿『群馬県の歴史』○児玉幸多・杉山博『東京都の歴史』

○中丸和伯『神奈川県の歴史』○若林淳之『静岡県の歴史』○永岡治『伊豆水軍』静岡新聞社　○槇島昭武『関八州古戦録全二〇巻・江戸時代軍記物』新人物往来社　○加藤美勝『小説 戦国北条記』知道出版　○小川由秋『伊達三代記』PHP文庫　○『鹿苑目録』續群書類従完成会　○秀吉の祐筆大村由巳『九州御動座記』○『北野神社文書』北野神社　○『葛西晴信小田原参陣誓紙文書』伊東信雄所蔵　○『伊達治家記録』伊達家編纂・仙台藩の正史　○『津軽藩旧記伝類』津軽藩編纂　○『梅林寺文書』秀吉の書簡　○染谷光廣『秀吉の手紙を読む』吉川弘文館　○『鹿苑目録』京都金閣寺　○『御湯殿上日記』御所女官達の当番制日記　○林元美『爛柯堂棋話』（江戸時代に書かれた書）○大久保忠教（彦左衛門）『三河物語』

○『小早川家文書』小早川家　○『原川家文書』原川家　○『勢洲四家記』（伊勢内外両宮兵乱記）○『家忠日記』松平家　○『葛西盛衰記』葛西氏家臣の書　○『葛西真記録』葛西氏家臣の書　○『熊谷文書』熊谷家　○『熊谷家譜』熊谷家　○『北上川・江合川・迫川における流露変遷』貞山運河事典　○『貞山公治家記録』伊達家　○『吉川家譜文書』吉川家　○『佐竹文書』佐竹家　○『楢山家文書』楢山家　○『男澤家系図文書』男澤勝所蔵　○佐藤正助『葛西家四百年』

○『政宗記』伊達成実　○『大崎記』大崎家　○紫桃正隆『仙台領の戦国志』○『引証記』（仙台市史資料編1所収）○『上杉景勝の年譜』上杉家　○『理科年表（平成二三年版）』国立天文台編纂　○立石助兵衛『長元記』（長宗我部元親記）○『上越』（上杉家二三九一号）○『一豊公記』山内家史料

○小沼保道著・大沢俊吉訳『成田記』江戸中期作　○石巻市編纂委員会『石巻市の歴史 第六巻 特別史編』石巻市平成四年三月刊　○『宮城県史第二巻』宮城県　○『石巻市史第二巻』石巻市　○『高山公実録』藤堂高虎伝　○『京都の中世・現地取材調査記録』筆者加藤美勝（未発表記録）「二〇一二年一月、二〇一四年一月」

以上

【著者略歴】
加藤　美勝（かとう　よしかつ）

1935年宮城県生まれ。山形大学卒業後、東北大学工学研究科聴講研究生。三菱地所株式会社本社入社、建築設計監理。同社退社後、著述や講演など幅広いジャンルで活躍。作家。
主な著書に、文芸書・戦国歴史長編『小説 戦国北条記』－伊豆箱根天嶮・関八州の王者－でデビューする。一般書『団塊力で本を出そう』（日本図書館協会選定図書）。東日本大震災から１年後、科学書『最新地震津波総覧』－地球科学に迫る防災対策書。理工書『現代建築設備設計法の潮流』などがあります。

小説《しょうせつ》　天下人《てんかびと》秀吉《ひでよし》

2015年３月５日　初版第１刷発行
著　者　加藤美勝
発行者　加藤恭三
発行所　知道出版
〒101-0051　東京都千代田区神田神保町1-40 豊明ビル 2F
TEL　03（5282）3185　FAX　03（5282）3186
http://www.chido.co.jp
印刷・製本　モリモト印刷

ISBN978-4-88664-268-4